80년 5·18 당시 광주시 중심가 요도

80년 5·18 당시 광주시 요도

임·철·우·장·편·소·설

1998
문학과지성사

임철우 장편소설
봄날 4

초판 1쇄 발행 1998년 1월 9일
초판 9쇄 발행 2021년 6월 4일

지은이 임철우
펴낸이 이광호
펴낸곳 ㈜문학과지성사
등록번호 제1993-000098호
주소 04034 서울 마포구 잔다리로7길 18(서교동 377-20)
전화 02) 338-7224
팩스 02) 323-4180(편집) / 02) 338-7221(영업)
전자우편 moonji@moonji.com
홈페이지 www.moonji.com

ⓒ 임철우, 1998. Printed in Seoul, Korea
ISBN 89-320-0966-X
ISBN 89-320-0962-7(세트)

이 책의 판권은 지은이와 ㈜문학과지성사에 있습니다.
양측의 서면 동의 없는 무단 전재 및 복제를 금합니다.

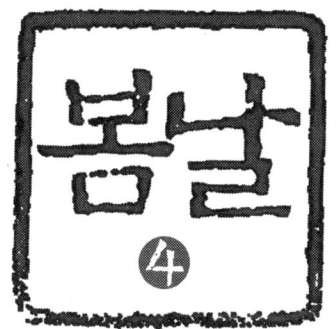

> 미국은 한국 군사 지도자들에게 어떤 의미 있는 압력을 가할 계획이 없다. 보복 조치로 주한 미군 철수 위협을 할 생각도 없다. 서울과 워싱턴의 미국 관리들은 안보가 제일이라고 느끼고 있으며, 남한에 대해 간섭하려는 어떠한 시도도 이미 분단된 나라를 더욱 악화시킬 것으로 생각하고 있다.
> ── 워싱턴 포스트, 80. 5. 21.

5월 21일 08 : 30, 녹두서점

윤상현은 한국은행 앞 인도에 서서 노도와 같은 행렬을 지켜보고 있었다. 맨 선두에서 방송 차량인 소형 트럭이 천천히 다가왔다. 피곤에 지친 여인의 목소리는 울음과 격정으로 불안하게 흔들렸다. 그러나 여전히 카랑카랑하게 울리는 그 음성은 강렬하고 애절했다.

트럭이 앞을 지나치는 순간 윤상현은 그녀의 얼굴을 자세히 보기 위해 발뒤꿈치를 들었다. 앞자리에 앉은 여인의 둥그스름한 얼굴 옆모습이 얼핏 비쳤다. 붉은색 잠바에 긴 머리를 한 여자. 소문과는 달리 여대생 같아 보이지는 않았다. 나이가 제법 들어 보였고, 첫눈에도 당당하고 대담한 인상을 풍기는 여자였다.

윤상현으로서도 그 여자는 전혀 낯선 얼굴이었다. 누구일까. 도대체 어떤 여자이기에, 이 절박한 순간에 혜성처럼 나타나 저렇듯 강한 호소력으로 사람들의 마음을 사로잡아버리는 것일까…… 참으로 놀라운 선동력을 지닌 여자였다.

윤상현은 그녀의 정체가 궁금했다. 주변의 그 누구도 그 여자의 정체에 대해 아직 이렇다 할 정보를 갖고 있지 못했다. 적어도 그녀는 이 지역에서 활동해온 민주화 운동 그룹의 일원이 아닌 것만은 분명했다. 그렇다면 그 여자는 그야말로 평범한 시민들 속에서 홀연히 이 역사적인 싸움의 한복판으로 뛰어든 무명의 인물인 셈이었다. 참으로 놀랍도록 용감하고 대담한 여자. 윤상현은 그 여자에 대한 찬탄과 고마움으로 가슴이 뜨거워졌고, 동시에 스스로에게 부끄러움을 느꼈다.

뒤이어 손수레가 천천히 다가오고 있었다. 인도에 서 있는 사람들의 입에서 비통한 탄식과 놀란 부르짖음이 터져나왔다. 윤상현은 태극기에 덮인 채 손수레에 실려오고 있는 두 구의 시신이 시야에 들어오는 순간 목 안이 컥 잠겨오고 말았다.

두 남자.

그들은 비좁은 손수레 안에 반쯤 몸이 겹쳐진 채로 누워 있었다. 더벅머리의 남자는 입을 벌린 채 고통스러운 표정 그대로 굳어 있고, 또 다른 사내의 얼굴은 거의 형체를 알아보기 힘들 만큼 짓이겨져 있다. 둘 다 목덜미며 가슴께에 온통 검붉은 피가 흥건하다. 그것은 참으로 추하고 끔찍한 광경이었다. 윤상현은 울컥 구토증을 느꼈다.

'아아, 저 고통스레 일그러진 표정. 뭔가 마지막 한마디를 외치고 싶어서 끝내 다물지 못한 채로 잔뜩 비틀려 있는 듯한 입 모양. 그게 무엇이었을까. 마지막 순간, 그는 우리에게 뭐라고 소리치려고 했던 것일까……'

불현듯 눈앞이 흐려져왔다. 윤상현은 목울음을 삼켰다. 분노와 증오심에 가슴이 터질 것 같았다.

"오메오메! 저걸 어쩌까이. 저 불쌍한 사람들을 어째야 쓸꼬오!"

"아이고 하느님임! 이럴 수가 있당가요."

"세상에나! 저 사람들이 무신 죄가 있다고……"

옆에서 중년 여인들이 울음을 터뜨리며 발을 동동 굴러댄다. 손수레가 지나가는 자리마다 사람들이 앞으로 몰려나가 시신들을 들여다보았고, 그때마다 울음 소리와 탄식이 터져나왔다.

'이럴 수가 없어. 절대로, 놈들을 절대로 용서할 수 없어. 아아, 이 일을 어떻게 해야 한단 말인가. 저 짐승보다 못한 놈들을 어찌 해야 한단 말인가. 아아, 하느님……'

윤상현은 길가 은행나무 둥치를 그러안고서 저도 모르게 하느님을 불렀다. 참을 수 없는 울음이, 분노가 핏덩이처럼 목구멍을 치받으며 터져나오고 있었다. 윤상현은 이를 앙다물고 울음을 참으려 애썼다. 온몸이 부들부들 떨렸다. 윤상현은 행렬 안으로 섞여들어갔다.

"사나이로 태어나서 할 일도 많다만 너와 나 나라 지키는 영광에 살았다. 전투와 전투 속에 맺어진 전우야……"

"어제의 용사들이 다시 뭉쳤다. 직장마다 피가 끓어 드높은 사기. 총을 들고 건설하는 보람에 산다. 우리는 대한의 향토예비군……"
 엉뚱하게도 사람들은 군가를 합창하고 있었다. 이 나라 사람들이라면 누구나 알고 있을 그 군가. 설사 군대 경험이 없더라도, 최소한 고등학교를 다녔던 사람이라면 누구나 예외 없이 그 지겨운 군사 교육 훈련 시간마다 수없이 불러야 했을 그 군가. 아니 이 두 동강이 난 땅에 태어난 사람이라면 어린아이부터 허리 꼬부라진 노인에 이르기까지 누구나 저절로 외우다시피 하고 있는 그 군가. 반쪽으로 찢어진 이 나라 방방곡곡 어디에서건 날이면 날마다 귀가 따갑도록 흘러나오는 바로 그 군가.
"싸워라 붉은 무리 침략자들아. 예비군 가는 길에 승리뿐이다아……"
 윤상현은 무심코 그 노래를 따라부르다가 그만 실소를 흘렸다.
 '이게 무슨 희한한 꼴이란 말인가. 이런 해괴망측한 세상이 이 지구상에 또 어디 있을까. 국민이 거두어낸 세금으로 만들어진 '국민의 군대'가 맨손뿐인 제 나라 국민에게 총칼을 들이대고, 개 잡듯 무자비하게 때려죽이고, 찔러죽이고, 총을 쏘아 학살하는 나라. 그리하여 지금 분노에 찬 국민들이 목숨을 내걸고 행진하는 바로 그 순간에, 이렇듯 국민들의 입에서 자연스레 흘러나오는 것이 하필이면 군가라니. 그것도 '붉은 무리 침략자들아'라니…… 그렇다면, 과연 저들은 누구인가. 지금 눈앞에서 우리를 향해 총구를 겨냥하고 있는 저자들은? 그들은 '붉은 무리 침략자들'도 아니고, 조국을 침략해온 이방의 군대도 아닌, 바로 이 나라의 군대, 이 국민의 군대인 것이다. 왜, 무슨 까닭으로 저들은 지금 우리를 이렇듯 무자비하게 살해하고 있는가. 설사 이

방의 침략군이라 할지라도 차마 이러하지는 못하리라. 그렇다면, 저들은 우리의 '적군'인가. 아니면 '아군'인가……'
 윤상현은 잠시 머릿속이 엉망으로 헝클어지는 느낌이었다. 그러나 이내 윤상현은 입술을 악물었다.
 '아니다. 저들은 '적'이다. 적어도 지금 이 순간만은 저들이야말로 분명한 우리의 적인 것이다. 혼동하지 말자. 착각해선 안 된다. 우리의 군대니 국민의 군대니 하는 따위의 허황된 논리에, 그 우스꽝스런 허상에 속아넘어가지 말자. 죄 없는 국민을 학살하고 핍박하는 세력, 그것이 바로 우리들의 가장 확실한 '적'일 뿐이다. 내 목숨을 해치려는 자, 내 형제와 이웃을 살해하는 자, 그것이야말로 '적'이라는 낱말의 가장 명확한 의미이자 실체가 아닌가? 이 수많은 시민들이야말로 바로 그 사실을 명확하게 꿰뚫어보고 있는 것이다. 바로 그 때문에 이들은 죽음을 두려워하지 않고 이렇듯 거리로 쏟아져나와 싸우고 있는 것이다…… 따지고 보면, 저 병사들 역시 또 다른 의미의 희생자일지도 모른다. 아니, 그럴 것이다. 제 부모, 제 형제, 제 친구들의 가슴에 총구를 겨냥해야만 하는 저들에겐 실상 선택권이 없을 터이므로…… 진짜 범죄자들은 오히려 저 얼룩무늬 병사들의 등뒤에 있는 자들이다. 그놈들이야말로 이 엄청난 사람 사냥을 음모하고, 저 병사들에게 무차별 학살을 저지르도록 명령하고 있는 진정한 살인자의 집단이 아니겠는가. 그렇다. 이 싸움은 바로 그 자들과의 싸움이어야 한다. 이 싸움의 진정한 승리는 그 가증스런 범죄자들을 민중의 손으로 처단하는 바로 그 순간에야 비로소 완성되리라. 아암. 그래야 한다. 반드시 그래야만 한다……'
 윤상현은 분노한 사람들의 물결 속을 따라 흘러가며 혼자 그렇게 몇 번이나 다짐하고 있었다.
 그런 한편으로, 윤상현은 내내 안타까움을 견딜 수 없었다. 시민들의 저항 의지는 그렇듯 믿어지지 않을 만큼 뜨겁고 강렬했다. 십만 명이 넘는 시민들로 거리는 터질 듯 넘쳐나고 있었다. 금남로뿐만 아니라 도청 광장을 중심으로 이어진 모든 도로가 그야말로 인산인해를 이루고 있는 것이다.
 그러나 정작 거기엔 그 강렬한 분노와 저항 의지를 결집시키고 이끌어나갈 조직력이 전혀 존재하지 않았다. 노인들과 아녀자들까지 거리로 뛰쳐나올 만큼 시민들의 분노는 극에 달해 있는데도, 저 이름없는 수많은 사람들의 눈에 끊임없이 맑은 눈물이 고이고 있는데도, 그들의 분노와 고통을, 잠재된 저 엄청난 폭발력을 하나로 모아줄 어떤 최소한의 조직적인 지도부 따위조차 아직 나타나지 않고 있는 실정인 것이다.
 사실 그럴 수밖에 없는 이유가 있긴 했다.
 지난 17일 자정에 기습적으로 실시된 예비 검속으로 인해 이 지역 재야 운동권 및 유력 민주 인사들의 상당수가 연행되어갔고, 검속을 요행으로 피할 수 있었던 사람들은 대부분 시외 지역으로 빠져나가버린 상태였다. 그러나 무엇보다 치명적인 것은 이 상황에서 가장 핵심적인 역할을 담당해야 할 전남대 총학생회 조직이 와해되어버린 상태라는 사실이었다.
 더듬어보자면, 80년 봄의 뜨거운 열기 속에서 광주 지역 역시 다른 지역과 마찬가지로 학생 운동의 역할이 가장 두드러졌다. 그 한편으로, 이 지역의 지역 운동 역량도 이미 나름대로 든든한 연혁을 갖고 있었다. 멀게는 4·19 이후, 짧게는 유신 정권하에서 지속적으로 반독재 민주화 투쟁을 전개해오면서, 그간 축적된

각 역량들이 지역 사회의 다양한 분야에서 나름대로 활발하게 움직이면서 서로 유기적인 관련을 맺어왔다.

그것들을 크게 둘로 나누어보자면, 한쪽은 가톨릭농민회, 기독교농민회, 가톨릭정의평화위원회, NCC, 가톨릭노동청년회(JOC) 등의 종교 단체. 다른 한쪽은 한국엠네스티 광주지부, 민주청년협의회, 현대문화연구소, 녹두서점 등등의 재야 청년 사회 단체들이다. 이들 단체들은 표면상 분립되어 있으나, 내부적으로는 이 지역 특유의 공동체적 정서를 바탕으로 동네 사랑방과 같은 연대 의식과 동지 의식을 통해 서로 긴밀하게 연결되어 있었다.

이 같은 각 부문 운동 그룹들간의 긴밀한 연계와 아울러, 원로 재야 인사에서부터 청년 운동가 그룹, 그리고 학생 운동권에 이르기까지 폭 넓은 각 세대층이 끈끈한 결속력을 통한 연대 관계를 유지해오고 있다는 점. 바로 그것이 광주 전남 지역 운동권의 특징적 성격이었다. 그 같은 내력 때문에, 지난 5월 14, 15, 16일 사이에 벌어졌던 학생 가두 시위도 시민들의 열렬한 호응과 결집력을 이끌어내면서 성공적으로 마칠 수 있게 되었던 것이라고 윤상현은 판단하고 있었다.

그러나 그 연사흘 동안의 집단 시위와 시민 학생 공동 집회를 성공적으로 치러내는 데 핵심 역할을 맡았던 전남대 학생 운동 지도부는 현재 잠적중인 채 행방이 묘연한 상태였다. 17일 자정의 계엄 확대 조치 및 18일의 시내 상황을 지켜보고 나서, 학생 지도부는 일단 몸을 피하는 쪽으로 결정을 내렸던 것이다.

첫날의 산발적인 소규모 시위가 더 이상 계속 이어지기는 어렵다는 판단, 또 공수부대의 살상 진압 충격이 너무 압도적인 것이었기 때문에 결국 시민들의 시위가 단시일 내에 쉽사리 진압되고 말 것이라는 비관적인 예측을 내린 것이 결국 그들 학생 운동 지도부로서는 결정적인 실책이었던 셈이다.

사실 따지고 보면, 그것은 전남대 총학생회를 주축으로 하는 학생 운동 지도부만의 실책은 아니었다. 학교 바깥의 청년 운동 그룹, 사회 운동 그룹, 재야 운동권 인사들, 그리고 거의 대부분의 진보적 성향의 지식인들 역시 그와 똑같은 판단을 내렸고, 그에 따라 당국의 손길을 피해 각자 따로따로 도시를 빠져나가 어디론가 잠적해버리고 말았던 것이다. 또 용케 예비 검속을 피해 시내에 남아 있는 인물들은 몇 명 되지 않은 데다가, 아직까지는 어떤 조직적인 대책을 강구하기엔 미흡한 처지였다. 그들은 이 긴박한 상황 속에서 각자 분산된 채 시위 대열에 함께 휩쓸려다니고 있을 뿐이었다.

윤상현은 입 안이 바작바작 타들어가는 느낌이었다. 그렇듯 최소한의 구심점도 없이, 구체적인 지도력조차 결여된 채 시위는 그야말로 자연 발생적이고 산만한 형태로 숨가쁘게 달아오르고 있었다. 시민들의 엄청난 폭발력은 거의 방치 상태에 놓여 있는 셈이다.

비록 현재까지는 비등점에 다다른 물처럼 극도로 뜨겁게 달아오르고 있긴 하지만, 조직적이고 체계적인 지도부가 생겨나지 않는 한 끝내 시민들의 저항과 투쟁 의지 역시 시간이 갈수록 현저히 위축되고 말 것이 틀림없었다.

'박관현! 그래. 이럴 때 관현이라도 남아 있었다면…… 아, 이 친구는 도대체 어디에 처박혀 있는 것인가.'

뒤늦게야 윤상현은 땅을 치고 싶었다. 그때 관현이를 그렇게 보내는 게 아니었다. 위험을 무릅쓰고 이 자리에서 버텨야 한다고, 무엇보다 너는 여기 남아서 싸워야 한다고, 그렇게 설득해서 곁에 붙잡아두었어야 했다. 사흘 전인 18일 오전, 박관현은 잠적 직전에 윤상현을 찾아왔던 것이다.

그날 윤상현은 후배들과 함께 집에서 잠을 자고 있다가, 녹두서점의 김상윤선배가 전날 밤 예비 검속으로 연행되어갔다는 소식을 듣자마자 서둘러 들불야학으로 돌아왔다. 우선 중요한 문건들을 급히 소각한 뒤, 필요한 자료들을 강학들에게 치우도록 했다. 긴장감 속에 그렇게 바삐 움직이고 있는 참인데, 느닷없이 박관현이 그 자리에 불쑥 나타났던 것이다. 안 그래도 걱정하던 참이라, 윤상현은 놀랍고 반가웠다.

박관현을 비롯한 학생회 간부들이 서울로부터 한 통의 전화를 받은 것은 17일 오후 일곱시경. 이날 전국 대학 총학생회장단 회의가 열리고 있던 이화여대에 경찰이 급습, 다수가 끌려갔다는 급보였다. 마침 박관현은 그 회의에 불참한 채 광주에 남아 있었다.

박관현은 급히 김상윤을 비롯한 주변의 선배 몇몇과 전화로 상의를 하는 한편, 서울로 여기저기 전화를 걸어 상황을 확인했다. 그리고 숙고 끝에 결국 학생회 간부들 전원이 잠복하기로 결정했던 것이다. 일단 무등산장으로 피신하여 밤을 보내고 나서, 박관현은 광천동으로 곧장 윤상현을 찾아 내려온 참이었다.

"어떻게 된 거야. 잡히면 어쩌려고 이렇게 돌아다니는 거냐."
"형님, 어째야 좋을지 모르겠소. 학생회 집행부 몇 명만 간신히 빠져나왔을 뿐, 각 단과대학 회장들은 대부분 예비 검속에 걸려 들어간 모양입니다. 타지역 대학들과도 연락이 전혀 안 되고, 어디나 조직 자체가 대부분 와해돼버린 것 같습니다. 뭘 어떻게 해야 할지, 대책이 떠오르지 않아요."

박관현은 불안한 표정으로 허둥거리고 있었다.

윤상현은 잠시 생각을 가다듬었다. 애당초 박관현으로 하여금 전남대 총학생회장 선거의 출마를 강력하게 권유했던 게 바로 상현 자신이었다. 지난 1월 전남대에 '학원자율화추진위원회'가 결성되고, 학내 민주화를 위한 가장 중요한 사항으로서 직접 선거에 의한 학생회 구성이라는 문제가 대두되자, 전남대학 내의 운동 조직은 3월말경 본격적인 선거 준비에 들어갔다. 여기서 총학생회장 후보로 자연스럽게 떠오른 인물이 바로 박관현이었다.

그 무렵 박관현은 윤상현이 이끄는 들불야학에서 강학으로 활동중이었다. 학생 운동 그룹의 제의가 들어오자, 관현 자신은 학내 활동보다는 야학 운동에 주력하겠다며 한사코 총학생회장 후보 자리를 사양했다. 그 얘기를 들은 윤상현은 관현을 불러다놓고 설득했다. 이 결정적인 시기에 학생회장의 책임과 역할이 얼마나 중요한가를 윤상현은 알고 있었고, 관현이 지닌 탁월한 대중 연설 능력과 지도력을 높게 평가하고 있었기 때문이다. 결국 박관현은 윤상현의 설득을 받아들였다.

총학생회장이 된 이후, 과연 박관현은 탁월한 학생 운동가의 면모를 보여주기 시작했다. 잇달아 열린 학내외 대중 집회, 특히 지난번 연사흘 동안 열렸던 도청 앞 광장 시민대회에서의 대중 연설은 그를 일약 유명 인사로 만들었다.

윤상현의 예측대로, 확실히 박관현은 카리스마적이라고 할 만큼 타고난 선동가적 능력을 지니고 있었다. 무엇보다 박력 있게 쩡쩡 울리는 특유의 웅변 솜씨는 시민들의 마음을 단번에 사로

잡았다. 총학생회장 선거전의 학내 로고로 사용했던 '민주 학원의 새벽 기관차'라는 문구는 광주 시민들에게까지 어느 사이엔가 귀에 익은 별명이 되었을 정도였다. '장차 대통령감'이라느니, '제2의 김대중'이라느니 하는 애칭까지도 붙여졌다.

실상 계엄령 직후부터 "박관현이가 군인들에게 잡혀가 살해되어 쥐도 새도 모르게 암매장되었다더라"는 유언비어가 온 도시 안에 나돌고 있는 것도 바로 박관현에 대한 시민들의 관심과 애정을 반증하는 셈이다. 그렇듯 시민들에게 상징적인 존재로 뚜렷하게 부각되어 있는 박관현인 까닭에, 이럴 때일수록 섣불리 위험을 자초해서는 안 되리라고 윤상현은 판단했다.

"관현아. 넌 섣부르게 움직이다가 놈들에게 체포되는 일은 없어야 해. 지금으로서는, 일단 상황의 추이를 지켜보고 나서 그 다음 일을 생각해보는 게 좋을 것 같다. 넌 누구보다 얼굴이 많이 알려져 있고, 때문에 놈들은 널 잡으려고 혈안이 되어 있을 거야. 때가 오면, 그때 뛰어나가도 늦지 않아. 이제 싸움은 본격적으로 시작되었고, 너나없이 모든 것을 걸고 뛰어들어야 할 일만 남은 셈 아니냐?"

"그렇다면, 당장 어째야 할까요, 형."

"내 생각엔, 당분간은 시내에 은신해서 앞으로의 상황을 지켜보는 편이 좋겠다. 우리들과는 비밀리에 접촉할 수 있도록 하고. 자, 어서 가거라. 여기서 머뭇거리다간 위험해."

"형, 가겠습니다. 조심하세요."

박관현은 일행들과 함께 골목을 급히 빠져나갔다.

그런데 어찌 된 셈인지 박관현으로부터는 그 이후 소식이 뚝 끊어지고 말았다. 시외로 빠져나갔다는 얘기도 있었다. 그러나

행선지가 어디인지, 동행이 누구인지, 안전하게 숨어 있는지조차 전혀 확인할 수가 없었다.
"아참, 내 정신 좀 봐. 기다리고 있을 텐데……"
윤상현은 잠시 잊어버리고 있던 약속을 떠올렸다. 한 시간 전쯤, 녹두서점으로 급히 와달라는 전화 연락을 받았던 것이다. 서울에서 누군가 내려와 급히 찾고 있다고 했다. 시계를 보니, 아홉시였다. 윤상현은 서둘러 사람들 틈을 헤집고 나갔다.
"워메, 저 공수새끼들, 총이라도 있으면 모조리 갈겨 쥑여뿌릴 것인디. 이렇게 빤히 보고만 있을랑께로, 참말로 미치겄구마이."
"그렁께 우리도 무기가 있어야 한당께! 아, 맨주먹으로 어떻게 당해낸단 말여? 저놈들한테는 총이랑 탱크까장 있는디."
가톨릭센터 앞. 남자들이 그렇게 격앙된 어조로 주고받고 있었다.
중앙초등학교 후문 앞 골목길로 접어들었을 때였다. 누군가 윤상현의 어깨를 툭 치며 반색을 했다.
"이봐, 상현이."
"아, 상섭이로군."
"이 사람. 어딜 그렇게 급히 가는 거야. 불렀는데도 그냥 지나치다니."
둘은 반갑게 악수를 나누었다.
김상섭. 그는 윤상현과는 같은 학번이었다. 학과는 달랐지만, 김상섭이 대학신문사 기자 일을 맡고 있었을 때부터 알게 되어 꽤 가깝게 지냈었다. 졸업 후 윤상현이 서울에서 은행원으로 지낸 일 년 동안은 통 만나지 못하다가, 직장을 그만두고 광주로 다시 내려온 뒤로는 이따금 얼굴을 볼 수 있었다. 마침 김상섭이

K일보 광주 주재 기자로 일하고 있는 까닭에 이런저런 모임이 있는 자리에서 자연스레 만났고, 최근엔 두어 차례 술자리에서 만나 시국 동향에 관한 정보들을 주고받기도 했었다.
"예비 검속 때 혹시 자네까지 당했나 싶어서 무척 걱정했지. 참, 김상윤선배는 연행되었다던데."
"그러잖아도 지금 거길 가는 길이야."
"녹두서점에?"
"응. 누굴 좀 만나보려고."
"그래? 나도 어제 오후, 서점에 잠깐 들렀었지. 거기서 자네가 안전하다는 소식 들었어. 상윤선배의 부인이 그러더군. 야학에서 유인물 제작중이라고. 과연 자네답다는 생각이 들더군. 그 유인물, 나도 읽어봤어. 누굴까, 궁금했는데, 그게 설마 상현이 자네일 줄은 몰랐네."
김상섭은 윤상현의 어깨를 가볍게 툭 치며 웃어보였다.
"내가 한 일이 아니야. 후배들이 고생하고 있다구."
"서점에 함께 가도 괜찮겠나? 취재한답시고 이렇게 대책 없이 돌아다니는 것보다야 그쪽이 훨씬 더 생산적이겠어. 자네들 활동이 궁금하기도 하고. 또 혹시 내가 도움이 되어줄 만한 일이 있을지도 모르잖아?"
"그래, 잘됐군. 안 그래도, 우리 역시 정보가 절실하게 필요해. 나름대로 전체적인 상황을 체크하고 있긴 하지만, 아무래도 산만하고 부족한 형편이야. 자네는 신문 기자니까 훨씬 더 정확하고 많은 것들을 알고 있겠지."
"천만에, 말도 마. 지금으로서는 나을 것도 없네. 말이 신문 기자지, 손발에 입까지 다 묶인 꼴이라구. 몇 시간 전부터 시외 전화도 완전히 끊겼지, 자동차도 사용할 수 없지, 관의 협조 따윈 애당초 기대할 수조차 없고…… 그야말로 처음부터 끝까지 발로만 뛰어다녀야 하는 꼬락서니라네. 더구나 신문 기자라고 섣불리 신원을 밝혔다간 분노한 시민들한테 당장 몰매를 맞을지도 모르는 판국이니 원. 하기야, 맞아도 변명할 여지가 없지만 말일세."

　두 사람은 골목으로 접어들었다. 문화방송국 건물이 가까워졌다. 검은 연기가 여전히 물컥물컥 하늘로 솟구쳐오르고 있다. 불길은 오래 전에 꺼진 듯싶은데, 아직 어느 구석엔가 불씨가 남아 있는 모양이다. 매캐한 냄새가 코로 스며들어왔다. 김상섭이 재채기를 했다.

　"언론 쪽 상황은 어떤가? 어제부터 중앙 일간지는 시내 유입이 전면 차단된 모양이던데. 광주 상황에 대한 보도, 나온 게 있나?"

　"아직까진 전혀 없어. 놈들이 책상 옆에 버티고 앉아 철저하게 막고 있겠지. 개자식들! 아무리 그렇다고 이렇게까지 입을 다물고 있다니. 정말이지 복장이 터질 지경이라구. 어쨌거나 전언론사마다 총비상이 걸렸어. 어제 오후부터 각 신문사마다 특별 취재반이 편성되어, 외신 기자까지 합하면 벌써 백여 명쯤 광주로 내려와 있다구. 그래봤자 제대로 보도가 나가기나 할 것인지 의심스럽지만, 어쨌든 기자들도 하나같이 잔뜩 흥분해 있어."

　김상섭은 안타깝다는 듯이 고개를 절레절레 흔든다. K일보 역시 특별 취재반이 편성되었고, 이미 아침에 추가 인원 네 명이 광주에 도착해 있었다. 김상섭은 조금 전까지 그들과 함께 있다가, 집에 들러 옷을 갈아입고 나서 곧장 지사로 나가려던 참이다. 하지만 윤상현을 만나게 되자 우선 녹두서점부터 들러보고 싶어졌다.

　김상섭은 간밤 내내 정신없이 뛰어다녀야 했다. 새벽 한시경 세무서가 불타는 것을 지켜보았고, 신역 앞의 공방전, MBC와 KBS 건물 방화, 도청 광장 일대의 격렬한 싸움까지를 부분적으로나마 목격할 수 있었다. 서울에서 온 동료 기자들이 그에게 집으로 돌아가 잠시라도 눈을 붙이라고 종용했지만, 그로서는 차마 현장을 떠날 수 없었다. 기자로서의 사명감 때문이라기보다는, 그 자신부터 격렬한 분노와 흥분을 도저히 억누를 수가 없었던 것이다.

　'이 모든 상황을 두 눈 크게 뜨고 똑똑히 지켜보리라. 그래서 훗날 이 엄청난 사실을 누군가에게 명확하게 전해주리라.'

　그렇게 이를 악물고 수없이 다짐하면서, 김상섭은 군중들과 함께 최루탄 분말과 땀으로 목욕을 하면서 밤새 뛰어다녔던 것이다.

　두 사람은 문화방송국 앞을 지났다. 주변엔 아직까지도 뜨거운 열기가 느껴진다. 불에 탄 매캐한 냄새. 오층 건물은 완전히 흉측한 모습을 드러냈다. 유리창은 모두 깨어져나가고, 벽체는 온통 검게 그을려 있다. 창문마다 아직도 검은 연기가 물큰물큰 피어나온다. 수많은 사람들이 건물 앞에 모여서서 구경하고 있다. 녹두서점은 문화방송국 건물과는 불과 오십여 미터 거리였다.

　녹두서점은 선배 김상윤이 경영해오고 있었다. 윤상현보다 두 살 위인 김상윤은 1974년 민청학련 사건 당시 전남대 총책 격을 맡았다가 구속, 15년형을 선고받은 뒤 석방된 이력을 가진 인물이었다. 문학과 철학에도 조예가 깊고 정치적·사회적 현실 인식 능력이 탁월한 청년 운동가인 김상윤선배를 윤상현은 누구보다도 존경하고 따랐다. 재학시 한때 윤상현은 이 서점에서 김선배를 도와 일한 적도 있었다.

사실상 녹두서점은 단순한 책방이 아니었다. 민청학련 사건 이후 정상적인 직장을 얻을 수 없게 된 김상윤은 헌책방을 열었다. 생계 수단 겸 늘 꿈꾸어오던 대로 사회 운동에의 뜻을 계속 펴나갈 수 있는 적절한 사업이라고 여겼던 것이다. 그는 전국 각지의 서점들을 뒤지고 다니면서 수많은 책들을 구입했다. 그 중엔 판매가 금지된 사회과학 서적들이 많았다. 이때부터 녹두서점은 독재 정권하에서 금지된 이른바 '불온 도서' '문제 도서'들의 은밀한 유통처이자, 동시에 광주 지역 청년 운동 그룹의 내밀한 사랑방 역할을 맡게 되었다.

김상윤은 특히 이 지역 학생 운동권과 청년 운동 그룹간의 든든한 고리 역할을 해왔다. 그의 진지한 태도와 날카로운 현실 인식은 서점을 드나드는 후배 학생들 사이에서 상당한 영향력을 발휘하고 있었다. 당국이 17일 밤 예비 검속 때 김상윤을 맨 먼저 낚아채간 것도 바로 그 같은 배경 때문이었을 것이다.

녹두서점은 철제 셔터가 내려져 있었다. 주변을 재빨리 살피고 나서 윤상현은 셔터를 조심스럽게 두드렸다.

"형수님. 접니다."

셔터가 반쯤 올려지더니, 김상윤의 아내가 고개를 내밀어 두 사람을 맞았다.

"어서 들어오세요. 손님이 아까부터 기다리고 계시는데…… 혹시 무슨 일이 생겼나 하고 걱정하던 참예요."

"안녕하세요."
"아, 김기자님도 오셨네요."
 두 사람은 허리를 굽혀 재빨리 서점 안으로 들어섰다. 셔터가 곧 내려졌다.
 가게 뒤편 작은 방으로 들어서자, 기다리고 있던 청년 하나가 그들을 맞았다. 전에 윤상현과 한두 차례 대면한 적이 있는 얼굴. 청년은 서울 쪽의 '국민연합'에 관계하고 있는 인물이었다. 얼마 전부터 서울을 중심으로 태동하기 시작한 '국민연합' 기구와 관련하여, 이 지역에서도 광주 전남지부 결성을 준비해오고 있었다. 그 결성 날짜가 5월 22일로 이미 결정되어 있었는데, 그 문제 때문에 청년은 내려온 모양이었다.
 '국민연합'은 원래 유신 독재하인 1979년 3월, 윤보선·함석헌·김대중 등 재야 인사들이 중심이 되어 '민주주의와 민족 통일을 위한 국민연합'이라는 이름으로 처음 결성된 단체다. 그러다가 10·26 이후 80년 봄의 민주화 운동 열풍 속에서, '국민연합'은 일약 범 재야 운동 세력의 연합 단체로 활성화되면서 정치적으로 대단히 중요한 세력권으로 부상하기 시작하고 있는 참이었다. 특별히 광주 전남 지역의 경우, 많은 사람들이 김대중씨가 중요한 역할을 담당하고 있는 이 '국민연합'에 각별한 관심을 갖고 있음도 사실이었다.
 그 같은 지역 주민들의 관심도에 따라, 이 지역의 재야 운동 세력 및 청년 운동 세력들이 중심이 되어 결국 국민연합 광주 전남지부를 결성키로 의견을 모았고, 여기에 '현대문화연구소'의 윤한봉과 녹두서점의 김상윤이 발벗고 나섰다. 이 과정에서 윤상현에게도 역시 지부의 실무자 역할이 자의 반 타의 반으로 맡겨지게 되었던 것이다.

그러나 그것은 사실상 윤상현으로서는 내심 아직도 꺼림칙한 문제로 남아 있었다. 상현 자신은 이미 오래 전부터 노동 운동에 투신할 결심을 굳히고 있었다. 무엇보다 상현은 '국민연합' 성격 자체가 많은 한계점을 내포하고 있다고 나름대로 판단했다. 정치적 야심을 가진 재야 인사들이 주로 상층부를 점거하고 있고, 이 단체를 실질적인 모태로 하여 김대중씨가 조만간 신당을 창설하게 될 것이라는 소문이 한창 떠돌고 있었기 때문이다. 그럼에도 불구하고 윤상현은 고민 끝에 결국은 어쩔 수 없이 선배들을 도와주기로 결심했었다. '당분간'이라는 단서를 달고서.

"아무래도 결성 계획은 취소될 수밖에 없을 것 같지요?"

청년은 이미 예상한 듯 얘기를 꺼낸다.

"상황이 이렇게 되었으니, 그 일은 불가능하게 되었습니다. 일을 맡은 사람들 대부분이 예비 검속으로 연행되었거나 잠행해버렸으니까요. 이젠 그보다 광주 쪽 상황을 전국에 알리는 일이 당장 시급합니다."

윤상현은 지난 사나흘 간에 벌어졌던 엄청난 참극과 시민들의 투쟁에 대해 청년에게 간략하게 설명했다. 곁에 있던 김상섭 기자도 취재 수첩을 뒤적거리며, 보다 상세한 내용들을 일러주었다.

"서울, 서울이 문제입니다. 광주에서 현재 무슨 일이 일어나고 있는가를, 어떤 수단을 통해서라도 국민들에게 한시 바삐 알려야만 합니다. 그렇게 되면 다른 지역에서도 싸움이 시작되지 않겠습니까? 서울 쪽은 어떻습니까, 지금?"

윤상현은 안타깝게 물었다. 그러나 청년은 고개를 저었다.

"현재까지 서울 시민들은 전혀 깜깜무소식인 상탭니다. 광주에 친인척을 둔 사람들의 경우엔 더러 시외 전화를 받고 어느 정도 알고 있는 모양입니다만, 그런 얘기들조차도 한 다리 건너면 금방 과장된 유언비어쯤으로 치부해버리는 분위깁니다. 하다못해 지식인들조차도 뭔가 심상찮은 일이 벌어졌나보다 추측할 뿐, 이렇게까지 심각한 상황인 줄은 전혀 모르고 있어요. 일반 시민들 경우야 오죽하겠습니까. 더구나 계엄령이 떨어져 있는 삼엄한 시국이잖습니까."

윤상현은 어이가 없었다.

'이럴 수가! 아직까지도 깜깜무소식이라니. 어떻게 이럴 수가 있단 말인가. 까마득한 조선 시대도 아니고, 수만 리 떨어진 이국도 아니고, 예닐곱 명이 당한 무슨 건널목 교통 사고 소식도 아닌, 이 현란한 20세기 문명 사회에서, 불과 400킬로미터도 안 떨어진 이 조그만 땅덩어리 안에서, 무려 팔십만 명의 시민들이 직면해 있는 이 엄청난 참상에 대해서, 이 끔찍하고도 잔악한 폭력과 집단 살육 작전에 대해서, 그것도 오늘까지 자그마치 나흘 간에 걸친 그 긴 시간 동안 일어난 상황에 대해서, 대관절 어떻게, 아직까지도, 타지역에선 그렇듯 철저하게 무지한 상태일 수가 있단 말인가······.'

윤상현은 새삼스레 전율을 느낀다.

그렇다. 생각해보면 너무나 당연한 일이지 않는가. 언론을 틀어막고 나면, 바로 그 순간부터 국민들은 철저하게 귀머거리·벙어리가 되고 마는 것이다. 저들은 그 간단한 해결책을 너무나 잘 알고 있다. 불과 몇 개의 신문사와 방송국 사무실 안에, 그리고 불과 몇백 명, 소위 불온한 인물들의 집 대문 앞에다가, 불과 몇 명의 기관원을 각기 세워놓는 그 간단한 방법 한 가지만으로도, 놀랍게도 몇천만 국민들의 귀와 입을 완벽하게 봉합해버릴 수가 있는 것이다. 그리하여 자동차로 겨우 서너 시간만 달리면 도착할 수 있는 이 남녘 도시에서, 팔십만 시민들이 몇날 며칠 동안 쏟아내고 있는 이 피와 눈물과 절규와 비명과 고통의 신음소리를, 저 가공할 총성을…… 아아, 까맣게, 까맣게 모르고 지낼 수가 있게 되는 것이다. 이제 저자들은 우리를, 이 도시를 완벽하게 포위하고 있다. 고립무원. 이 도시는 완전히 고립되고 만 것이다. 외곽으로 통하는 모든 도로는 완전히 차단되었고, 이제는 전화마저, 바깥으로 이어지는 유일한 통신 수단인 시외 전화선마저 놈들은 끊어버리고 말았다. 이제 이 도시는, 팔십만의 시민들은 다 함께 포위망 안에 갇혀버리고 만 것이다…… 아아.'

윤상현은 불현듯 눈앞으로 둥싯 떠오르는 불덩이를 보고 있었다. 이글이글 타오르는 거대한 불덩이. 그것은 절망보다도 크고, 분노보다도 뜨거운 불덩어리였다. 그러나 그 불덩어리가 무엇을 의미하는지, 윤상현은 아직까지는 모르고 있었다.

"솔직히, 제 경우만 해도 너무나 놀랐습니다. 바로 어제 아침에, 광주에 사는 친구로부터 전화를 받고 꽤 많은 얘기를 들었으면서도, 여기 내려오는 동안 내심으로는, 설마 아무런들 그렇게까지 지독하랴 싶었으니까요. 경상도 병력이 전라도 사람들의 씨를 말리려고 한다는 둥, 경상도 번호판이 붙은 차량은 무조건 불에 태운다는 둥, 부랑배며 불순분자들의 난동이라는 둥 하는 소문부터 먼저 서울에서 들었으니, 어쨌건 저 역시 내심 찜찜한 구석이 전연 없었던 것은 아녔으니까요. 그런데 막상 여기 와서 직접 대하고 보니, 정말 충격적이군요. 설마 이 정도로, 이렇게까지 심각할 줄은…… 정말 몰랐습니다. 부끄럽습니다."
 청년은 문득 목소리가 격앙되더니, 고개를 숙였다. 핼쑥하니 질린 낯빛으로, 청년은 애써 감정을 억누르고 있었다.
 윤상현은 한동안 아무 말도 하지 않았다. 그 역시 끓어오르는 격정을, 분노를 억누르고 있었다. 바깥 거리에서 사람들의 함성이 들려왔다. 으쌰, 으쌰…… 손뼉치는 소리, 구호 소리, 군중의 어지러운 발소리, 질주하는 자동차 소리가 끊임없이 이어지고 있었다.
 "무엇보다 궁금한 것은 지금 저들, 군부의 동향에 관한 정보들입니다. 혹시 알고 계십니까."
 짧은 침묵 끝에 윤상현이 입을 열었다. 어쨌건 청년은 정치권의 핵심부 언저리에 근접해 있을 터이므로, 보다 구체적인 상황 파악이 가능할지도 모른다는 판단에서였다.
 "글쎄요. 윤형께서도 잘 아시겠지만, 이번 계엄령 확대 조치를 계기로 전두환을 중심으로 한 신군부가 마침내 노골적으로 표면에 등장한 셈입니다. 그간 가시권 바깥에 잠복해 있던 군부 내 강경파 세력이 본격적으로 활동을 개시한 거죠."
 "사실, 계엄령이 내려질 경우를 전혀 예상 못 했던 건 아니지요. 지난번 전두환이가 보안사령관 겸직 발표를 했을 때, 떠돌던 소문대로 그자가 실세라는 건 이미 명백해졌으니까요."
 실상 전두환을 중심으로 하는 군부 내 강경파 집단의 존재에 대한 실체가 가시권 안에 잡히기 시작한 것은 최근의 일이었다. 제주도를 제외한 전국이 비상계엄령하에 묶여 있는 상황인 데다가, 12·12를 통해 실질적으로 권력을 독점하게 된 세력이 바로 그들 강경파였던 까닭에 군부 내의 동향을 외부에서 제대로 파악하기가 쉽지 않았기 때문이다.

"12·12 쿠데타로 정승화 육군참모총장 등 이른바 온건파 핵심 세력에 대한 숙청을 성공시킨 신군부는 결국 지난 몇 달 동안 군 내부 인사를 통하여, 치밀하고도 은밀하게 권력의 핵심을 차근 차근 장악해오고 있었던 겁니다. 놈들이 제1차적인 세력 개편의 대상으로 삼았던 건 역시 군부였어요. 육참총장 겸 계엄사령관으로 들어앉혀놓은 이희성이란 자도 실은 쿠데타 당시 자신들 편에 적극 동조한 인물이랍니다. 수경사령관이 된 노태우, 특전사령관 정호용 등은 전두환과 같은 육사 11기이자 쿠데타의 일등 공신들이죠. 그외에도 육사 11, 12, 13기 출신들이 대부분의 요직을 독점함으로써 마침내 군 내의 평정 작업이 완료되었다고 합니다. 전두환이 보안사령관 겸임을 선언한 시기가 그 무렵이고, 그 또한 따지고 보면 스스로 군부 내 정권 장악이 완료되었음을 공표한 셈이지요."

무성한 소문이 사실로 확인된 건 바로 지난번 전두환의 두 핵심 요직 겸임 결정이 발표되었을 때였다. 전두환과 그를 떠받치는 보안사령부가 권력의 최고 핵심부로 부상하고, 그가 겸직하고 있는 합동수사본부 또한 그의 권력 기반이었다. 합동수사본부는 사실상 보안사를 중심으로 중앙정보부·검찰·경찰 등의 모든 사찰 및 치안 기관을 하나의 체계로 총괄한 것인데, 결국 이것으로 전두환은 완전한 신군부의 우두머리이자 권력의 배후에 자리한 막강한 실세로 부상하게 되었던 것이다.

"전두환 중심의 신군부가 지금껏 표면에 등장하지 않고 있었던 이유는 무엇일까요. 계엄령이 내려진 이 시점에서 저들이 진짜로 노리고 있는 게 무엇인지, 그게 알쏭달쏭합니다. 전두환이가 대통령을 꿈꾼다는 소문도 있잖습니까."
김상섭 기자가 물었다.
"그야 아시다시피, 저들이 섣불리 나설 수는 없었겠지요. 무엇보다 대다수 국민들의 정서가 군부의 재등장을 원치 않으니까요. 정치·사회 각 분야에서 민주주의적인 제도와 절차가 확대되어야 한다는 것이 국민의 일치된 요구이고, 저들도 그걸 두려워하고 있었던 거겠지요."
"아니죠. 비단 그 이유 때문만이 아닐 겁니다. 그 말은 뒤집어놓고 보자면, 결국 저자들은 실제로 지금껏 내밀하게 어떤 적절한 명분을 찾고 있었다는 얘기가 됩니다."
윤상현의 말에 두 사람은 얼핏 의아한 표정을 떠올린다.
"내 판단으로는, 저들의 궁극적 목표는 정권의 완전한 장악입니다. 아닌가요?"
"아마 그렇겠지요."
"하지만, 목표에 이르는 과정과 형식은 여러 가지일 수 있지요. 지금까지의 상황에서만 보자면, 저들은 권력의 배후에서 실세를 장악한 채, 자신들의 권력을 공식적이고도 합법적으로 제도화할 수 있는 방법을 암암리에 모색해야 했을 겁니다. 이 시점에서 저들로서는 가능한 선택이 두 가지일 것입니다."
"두 가지라면?"
"하나는, 지금 최규하 대통령과의 관계에서처럼, 자신들은 여전히 권력 배후의 실세로 머물면서, 자신들에게 순응적인 민간 정치인을 국민 앞에 내세워놓고, 그를 통해 권력을 행사해나가는 방법입니다. 가령, 현재 국무총리인 신현확이 행정부 내의 실세 행세를 하고 있는 배경도 바로 거기에 있습니다. 한마디로 신현확은 유신 정권 이래 강경파로서, 그 기본적인 정치 노선은 신군부 세력의 그것과 일치하는 인물이잖습니까."

윤상현은 잠시 말을 끊었다가 다시 계속했다.

"그러나 이 첫번째 방식은 결코 저들이 택하지 않을 것입니다. 왜냐하면 그 같은 방식은 일시적으로는 통할 수 있겠지만, 결국은 무너질 게 자명하니까요. 국민들을 오래도록 속일 수도 없는데다가, 설사 허수아비일지라도 일단 대통령이라는 공식적인 권력의 자리에 앉혀놓으면 언젠가는 힘을 가지게 되는 법이니까요."

"그렇다면, 또 다른 방식이란 어떤 것인가요."

"명분입니다."

"명분이라뇨?"

"자신들이 떳떳하게 표면에 등장하여 명실상부하게 권력을 장악할 수 있게 만들 기회를 제공해줄, 어떤 그럴듯한 조건 말입니다. 왜요. 우리가 익히 너무나 잘 알고 있지 않습니까. 이승만 때도 그랬고, 박정희 정권 때에는 그야말로 자신들에게 위기의 순간이 닥칠 때마다 저들이 전가의 보도처럼 휘둘러왔던 방식 말입니다. 가령, 국가의 존망이 결정되는 '국가적 위기' 같은 걸 조작해내는 것입니다…… 불현듯, 저는 그런 생각이 들었습니다. 지금 이 순간, 놈들은 광주에서 바로 그것을 실행에 옮기고 있는 게 아닌가 하는."

"그렇다면, 상현이 자네 얘기는……"

김상섭이 끼여들었다.

"그래. 저놈들은 처음부터 의도적으로 광주를 선택했음에 틀림없어. 저놈들의 시나리오에 따라 우리가 선택된 거야. 내겐, 처음엔 하나의 의혹이었던 것이, 시간이 갈수록 점점 더 확신으로 굳어져가고 있어. 내 짐작이 틀린 것인가, 상섭이?"

"글쎄…… 사실은 나도 조금은 그런 의심을 하고 있던 참이었으니까. 하지만, 그것이 사실이 아니기를 나는 빌고 싶네. 만에 하나라도 그게 사실이라면, 어떻게, 정말이지 어떻게 저놈들을 우리와 같은 동족이라고 부를 수 있겠나."

그들은 그만 자리에서 일어났다. 청년은 다시 서울로 가기 위해, 장성 쪽으로 나가보겠노라고 말했다. 올 때처럼 시 외곽까지 나가면 웃돈을 주고 택시를 탈 수 있을 것이라고 했다. 김상섭은 지사로 돌아갈 작정이었다.

그들과 헤어진 뒤 윤상현은 금남로 쪽으로 걸음을 옮겼다.

금남로와 주변 도로는 시민들로 넘쳐나고 있었다. 골목마다 사람들이 둑 터진 물줄기처럼 솟구쳐 쏟아져나왔고, 도로 양쪽의 빌딩 유리창마다 사람들이 붙어서서 주시하고 있었다. 온 도시가 들끓고 있었다. 그것은 거대한 물줄기였다. 도도하게 흘러내리는 강이었다. 바다로, 바다로 향해 흘러내려가고 있는 뜨거운 불의 강이었다. 윤상현은 그 거대한 강줄기를 따라 걸었다.

도청 앞 광장에서 계엄군과 시민들은 여전히 대치중이었다. 팽팽한 대치 상태. 그러나 힘의 균형은 벌써 확연하게 깨어지기 시작하고 있음을 상현은 직감할 수 있었다. 십여만이 넘을 듯한 시민들의 숫자. 지금까지 가장 최대 규모의 인파였다. 드넓은 도로를 빽빽히 메운 시민들의 그 끓어오르는 열기와 분노의 물결 앞에서 지금 계엄군들은 완전히 압도당해 있는 기색이 역력했다.

윤상현은 어서 들불야학으로 돌아가야 했다. 도청을 향해 끝없이 밀려들고 있는 시민들의 물살을 홀로 거슬러 걸으며, 윤상현은 가슴이 터질 것 같았다. 뜨거운 감동에 온몸이 후끈 달아올랐다. 불덩어리를 삼킨 것처럼 목구멍과 가슴이 울컥울컥 뛰어올랐다. 박수 소리. 구호 소리. 노랫소리……

지난 며칠 간을 비교할 때, 시위 군중의 양상이 전혀 달라져 있음을 윤상현은 확인했다.

최초의 도화선이 된 18일 전남대 교문 앞의 시위는 대학생들에 의해서였다. 물론 그 최초의 시위 역시 비조직적이고 이름없는 학생들에 의해 이루어졌었다. 무심히 도서관에 공부하러 나왔거나, 혹은 "휴교령이 내릴 경우, 그 다음날 오전 10시에 교문 앞에 모이자"라는 당초의 약속을 기억하고서 혹시나 하는 기대에 나왔던 학생들에 의한 거의 자연 발생적인 시위였던 것이다.

어쨌건 첫날인 18일 오후까지만 해도 시위대의 주력은 대학생들이었다. 이때만 해도 시민들은 학생 시위에 공감하고 있었지만, 군과 경찰의 극단적인 폭력의 위세에 눌려 선뜻 나서지 못하고 있었다. 그러나 이제, 거리에 쏟아져나온 군중의 대다수는 일반 시민들로 완전히 바뀌어져 있었다. 대학생의 숫자는 오히려 소수에 지나지 않는 것 같았다. 청년들, 직장인들, 노동자들, 중고등학교 학생들, 중장년층 남자들, 부녀자들 그리고 노인들과 초등학교 어린아이들까지 거리로 몰려나와 거대한 강줄기를 이루고 있는 것이다.

윤상현은 금남로 1가, 2가, 3가, 4가를 거쳐 유동 수창초등학교 앞에서 걸음을 멈추었다. 그리고 돌아서서, 자신이 거슬러온 금남로 거리를 바라보았다. 맨 반대편의 도청 앞 광장까지, 2킬로미터 가까운 거리의 도로가 인파로 거의 완전히 메워져 있었다.

 어느 사이엔가 윤상현은 눈앞이 아득해져왔다. 그는 지금 이 순간 거대한 바다 한가운데에 자신이 서 있음을 느꼈다. 그것은 불의 바다였다. 끝도 가도 없이 퍼져나간 드넓은 불의 바다. 수만, 수십만 개 불꽃들의 물결. 물결. 이 순간 그 불의 바다를 이루고 있는 것은 바로 저 이름없는 사람들의 가슴에서 타오르고 있는 저마다의 작은 불씨, 그 하나하나였다.

 불현듯 윤상현은 지난 16일 밤, 그 횃불 시위의 감격을 떠올렸다. 광장을 중심으로 어둠 속에서 하나둘 환하게 타오르기 시작하던 그 연시빛 횃불들. 그것은 흡사 현란하게 피어나는 불의 꽃무더기 같았다. 시가지를 천천히 돌아 흐를 때, 행진하는 모두의 머리 위로 부드럽게 흔들리던 불꽃의 그림자. 그 따뜻하고 부드러운 불꽃의 그림자 아래 언뜻언뜻 드러나곤 하던 이름없는 이웃들의 얼굴들. 그들의 얼굴마다에 어느샌가 소리없이 떠오르던 그 평화롭고도 사랑스런 웃음들…… 그런 광경들이 새삼스레 지금 이 순간 윤상현의 가슴속에서 하나하나 되살아나고 있었다.

 '그래. 난 지금껏 잊고 있었어. 그날의 그 작고 따뜻한 저마다의 이름없는 불씨들이, 지금 여기, 다시금 한자리에 모여 흐르고 있는 거야. 부정한 것에 대한 분노, 폭력과 불의한 것들에 대한 분노, 인간에 대한 지순하고도 소박한 사랑—오로지 그것 하나만으로, 저 시민들은 저마다의 가슴에 작고 뜨거운 불씨를 지펴올리며 바로 이 위대한 '인간의 바다'를 만들어낸 거야. 아아, 그래. 인간은 아름답다. 아름답다, 인간은……'

 윤상현은 벅찬 감동으로 두 눈에 핑글 물기가 어려왔다.

 그는 등을 돌려 다시 광천동을 향해 서둘러 걷기 시작했다. 추레한 낡은 양산을 쥔 노인들 몇몇이 수창초등학교 담벼락 아래 쪼그리고 앉아, 멀거니 풀린 시선으로, 오가는 사람들을 구경하고 있었다.

누문동 다리 위엔 계집아이들이 고무줄 놀이를 하고 있다. 아직도 독한 최루탄 분말이 하얗게 쌓여 있는 길바닥 위에서, 아이들은 연신 재채기를 터뜨리면서도 팔짝팔짝 뛰어올랐다. 날렵하고 경쾌하게 움직이는 아이들의 몸짓을 바라보면서 윤상현은 문득 입술을 깨물었다.

'그래, 시작하는 거다. 윤상현! 넌 늘 그렇게 말했지. 참된 인간의 땅을 위해서, 인간다운 사람들이 인간답게 살아가는 참된 세상을 위해서 네가 가진 모든 것을 바치겠노라고. 그리하여 언젠가 최후의 순간이 닥쳐왔을 땐, 네 목숨까지 기꺼이 바치겠노라고…… 기억하지? 윤상현. 자, 어쩌면 지금이 바로 그때인지도 몰라. 그렇다면 지금 이 순간, 넌 무엇을 할 거지? 대답해봐.'

돌연 가슴이 터질 듯 뛰어오르기 시작했다.

윤상현은 뛰다시피 해서 광천동으로 돌아왔다. 아파트 방에 들어서자마자, 상현은 유인물 제작에 분주한 후배들과 야학 학생들을 모이도록 했다. 그리고 말했다.

"여러분들. 잠시 내 말을 잘 들어주기 바란다. 지금 우리는 참으로 중요한 시점에 와 있다. 온 시민들이 맨몸으로 전시가지에서 계엄군과 맞서 싸우고 있는 것이다. 이럴 때 우리가 할 일은 무엇일까…… 이 절박한 순간에, 운동했던 사람들, 지식인들은 아무도 그들 곁에 없다. 나를 포함해서, 그들 대부분은 지금까지 해왔던 말과 행동을 책임지지 못하고 무책임하게 방관하거나 혹은 어디론가 몸을 숨기고 만 것이다. 참으로 부끄러운 일이다…….."

　모두들 침통한 표정으로 말없이 윤상현의 눈빛을 응시하고 있었다.

"그렇다면, 지금 이 순간, 이 자리에서 우리들이 해야 할 일은 무엇일 것인가를 나는 생각해보았다. 자, 시위 군중의 대열 맨 앞에 나서서 저들을 향해 돌멩이를 던지며 돌진해야 할 것인가? 마이크를 쥐고 목이 터져라 선동을 해야 할 것인가……"

　윤상현은 말을 멈추고 주위를 돌아보았다. 모두들 굳은 표정으로 응시하고 있었다.

"그래. 물론 그 역시 소중하고 시급한 일이겠지. 그러나 조금 더 냉철하게 판단해보자. 불행하게도, 지금 우리들로서는 그만한 일을 해낼 만한 조직도 준비도 없다. 또 그런 방식의 개별적인 싸움은 현상황으로서는 실효성도 현실성도 희박하다고 나는 생각한다. 지금 벌어지고 있는 저 뜨거운 시위는 순전히 시민 대중들의 자발적인 용기와 결단에 의해 이루어지고 있는 것이다. 바로 엊그제까지만 해도 하루하루의 생계를 위해 바쁘고 힘겹게 살아가고 있던 평범한 생활인들, 말 그대로 이름없는 시민들이 일제히 일어난 것이다…… 자, 그렇다면, 우리가 당장 할 수 있는 일은 한 가지라고 나는 판단했다. 바로 우리가 저 시민들의 눈이 되고 귀가 되어주는 것, 손이 되고 발이 되어주는 것이다. 바로 지금 우리가 하고 있는 선전 작업이 그것이라고 난 생각한다."

　윤상현은 거기서 다시 말을 멈추고, 눈앞에 서 있는 후배들과 어린 학생들의 시선과 하나하나 눈길을 맞추었다.

"자, 결론을 말하겠다. 이제부터는 보다 조직적이고 체계적인 작업으로 전환시켜야 한다. 내 나름대로 유인물의 제호도 미리 생각해두었다. '투사회보.' 어때? 이제부터 우리는 임시적이고 단발적인 유인물이 아니라, 실질적인 시민의 입과 귀가 되는, 광주 시민의 회보를 제작하는 것이다. 그래서, 시민 투쟁에 관한 상세한 소식도 전하고, 무엇보다 시민들의 투쟁 방향을 그때그때마다 설정해보는 거다. 자, 이제부터 '투사회보'를 간행하는 일에 우리들의 총력을 기울이도록 하자! 어때! 시간이 없다. 당장 시작하는 거야!"
"투사회보라!"
"와아. 좋았어요, 형!"
모두들 환호성을 터뜨렸다. 일제히 서둘러 작업에 착수했다. 그렇게 얼마나 계속했을까. 어느덧 오후 한시가 되었을 때였다.
두두두두두두……
돌연 어디선가 엄청난 총성이 도시의 하늘을 한꺼번에 찢어발기기 시작했다. 수많은 총구에서 일제히 토해내는 실로 어마어마한 총성. 모두들 깜짝 놀라 손을 멈추고 돌아섰다.
전화벨이 다급하게 울렸다. 민호가 수화기를 움켜쥔 채 경악에 찬 고함을 내질렀다.
"큰일났다! 발포를 했어! 도청 앞에서, 시민들을 향해, 무차별 사격을 했어!"
"뭐야!"
"그게 정말이냐! 진짜로, 발포를 했단 말야?"
모두의 낯빛이 하얗게 질렸다.

그곳은 어디인가
바라보면 산모퉁이
눈물처럼 진달래꽃 피어나던 곳은
〔……〕
돌아보면 날 저물어 어둠이 깊어
홀로 누워 슬픔이 되는 그리운 땅에
—— 곽재구, 「그리운 남쪽」에서

5월 21일 10 : 00, 도청 앞 광장

해가 머리 위로 비스듬히 걸려 있다. 등허리로 벌써 땀이 흐르기 시작한다. 몸뚱이 어딘가에 아직 더 솟아나올 땀이 남아 있다는 게 기이할 정도다. 목욕은커녕 얼굴조차 제대로 씻어보지 못한 지가 며칠째인가. 전투복 아래 맨살은 땀과 기름때에 절어, 찝찝하다 못해 칙칙한 가죽을 뒤집어쓰고 있는 듯하다.

하지만 그까짓 거야 쏟아지는 졸음에 비하면 아무것도 아니다. 명치는 다만 드러눕고 싶다. 그 자리에서 풀썩 주저앉기만 하면 당장 밑도끝도없는 잠속으로 혼곤히 굴러떨어져버릴 것만 같다. 두 다리는 마비되어 아예 감각조차 없다. 벌써 몇 시간째 막대기처럼 광장 한가운데 버티고 서 있는 것이다.

군과 시위대는 지금 도청 앞 광장을 중심으로 대치중이다. 광장의 분수대를 중심으로 하여 뻗어나간 주도로는 사차선인 금남로, 그리고 노동청 방향과 광주천 방향, 전남의대 방향, 충장로 1가로 이어지는 도로들이다. 그 밖에도 대여섯 개의 좁은 골목들이 그 도로들 사이에 거미줄처럼 엮어져 있다.

현재 공수부대 병력은 도청 광장으로 이어지는 그 모든 길목을 차단중이다. 명치네 지역대에겐 그 중 가장 중심 도로인 금남로 쪽이 맡겨졌다.

특히 관광호텔과 동구청 사이를 잇는 길목에 2개 지역대가 집중 배치되었다. 두 대의 장갑차를 도로 중앙에 배치해 막고, 그 양쪽으로 병사들은 20열로 횡대 대형을 갖추어 포진했다. 그리고 그 뒤편으로 약 20미터 간격을 두고 경찰 기동대 병력이 역시 횡대 대형으로 서 있는 참이다. 명치는 하필 그 중 맨 앞줄에 끼게 되었다.

시위대가 다시 노래를 부르기 시작한다. 「애국가」. 이미 아침부터 몇 번씩 되풀이되어지고 있는 그 노래.

광장 중앙. 공수부대와 시위대 선두와의 간격은 겨우 십여 미터 남짓. 양쪽은 마주 대치한 채 그 아슬아슬한 간격을 현재까지는 용케 유지하고 있다. 그 좁은 경계선이 어느 순간에 허물어질지는 아무도 모른다.

그러나 겉모습만으로는, 그 둘 사이의 경계선 주변에서는 팽팽한 긴장감보다는 오히려 묘하게 이완된 듯한 여유랄까 한가로움 같은 게 느껴지기도 한다. 마치 운동회에서 기마전을 시작할 때처럼 서로 마주보고 빽빽하게 늘어서 있는 두 개의 진영.

시민들은 노래에 맞춰 손뼉을 치고 주먹을 흔들어대며 합창을 한다. 얼룩무늬 제복에 소총을 등뒤로 비껴메고, 손에는 진압봉을 든 공수부대 병사들. 그들은 대열을 갖춘 채 막대기처럼 굳은 자세를 하고, 바로 눈앞에서 벌어지고 있는 그 거대한 군중의 합창을 말없이 지켜보고 있다.
 그런 두 집단 사이 경계선 주변만을 멀리서 바라본다면, 그것은 분명 꽤나 우스꽝스럽고 기묘한 풍경일 것이다. 그러나 좀더 가까이서 보면, 그 경계에는 무엇인가 놓여 있는 것이다.
 수레에 실린 두 남자의 시체. 태극기가 덮여 있다. 이날 아침 광주역에서 발견된 시체들이다.
 그리고 바로 그 뒤로는 택시며 트럭, 대형 버스 등 십여 대의 차량들이 무질서하게 서 있고, 그것들을 바리케이드 삼아 시민들은 그야말로 인간의 산, 인간의 바다를 이루어 거리를 발 디딜 틈조차 없이 채우고 있다.
 명치는 눈앞에 펼쳐진 그 거대한 인간의 바다를 바라본다.
 눈앞의 모든 도로와 골목, 건물의 창문 하나하나마다 시민들이 새까맣게 붙어 있다. 그렇게 많은 인파를 명치는 지금껏 한번도 본 적이 없다. 십만, 아니 이십만도 더 되리라고 명치는 짐작한다. 어쩌면 광주 시민 거의 전부가 한꺼번에 여기로 몰려나왔는지도 모른다. 대통령 선거 유세장, 혹은 축구 경기가 벌어지는 대형 경기장의 인파도 그 정도는 아니었다.
 시민들의 표정 역시 이미 어제까지와는 판이했다. 그들에겐 이미 두려움의 흔적이 남아 있지 않았다. 공포와 불안 대신 극도의 분노와 증오심 그리고 승리에 대한 확신으로 시민들의 얼굴은 벌겋게 달아올라 있었다.
 무엇보다 상당수 시민들의 손에는 저마다 무기가 하나씩 들려 있었다. 각목이며 쇠파이프가 대부분이었지만 더러는 낫이나 칼 그리고 야구방망이를 쥐고 있는 청년들도 적지 않다. 그 중엔 길다란 각목 끝에다가 낫이나 칼을 동여맨 뒤, 대담하게도 맨 앞줄까지 나와서 그걸로 공수대원들을 향해 찌르는 시늉을 해보이며 킬킬대는 자들도 있다.
또 대형 태극기를 치켜세워 흔들며 응원가를 부르듯「애국가」를 목이 터져라 부르기도 한다. 남자들만이 아니다. 부인네들과 이십대 처녀들, 여고생들도 한데 섞여 있다. 중학생 그리고 심지어 구경 나온 초등학교 꼬마들까지도 보인다.
'니기미, 이게 대관절 어찌 된 일인가……'
명치는 눈앞의 광경이 좀체 믿어지지가 않는다. 실로 상상도 못 했던 일이 벌어지고 있었다. 결국 어제 오후 금남로에서의 차량 시위를 기점으로 해서 간밤과 새벽까지 이어진 그 무서운 공방전을 거치는 동안, 어느새 저울추는 시민들 쪽으로 명백하게 기울어져버린 것이다.
명치는 곁에 서 있는 동료 병사들의 표정을 훔쳐본다. 하나같이 겁먹은 얼굴들. 피곤과 허기에 극도로 지쳐 있는 얼굴들. 말없이 제자리를 지키고 서 있는 자세는 여전히 완강해 보였지만, 그들 저마다의 눈빛은 벌써 위축된 채 불안에 떨고 있었다.
이미 힘의 균형이 깨지고 말았다는 사실을 명치는 깨닫고 있었다. 그것은 지휘관들 역시 마찬가지일 터이다. 겉으로는 잔뜩 긴장한 얼굴에 애써 태연을 가장하고 있지만, 지휘관들이 오히려 병사들보다 더 당황하고 있음이 역력하다.
"이봐, 군인 아저씨들! 지금이라도 안 늦었당께. 그 자리에 총 내려놓고 지금 당장 이쪽으로 튀어나와버려! 역적이 되기 전에 말여!"
"맞소! 당신들은 국가에 충성하고 있다고 착각하고 있지마는,

사실은 전두환이 졸개들한테 이용당하고 있단 말요. 아직도 그걸 몰라?"
 "당신들도 양심이 있으면 알겠지! 이럴 수가 있는 거여? 우리의 세금으로 유지되는 군대가 죄 없는 시민들을 학살하다니!"
 "야, 공수새끼들아! 우리 조카 살려내라아! 네놈들도 인간이냐! 고등학교 2학년짜리가 무신 죄가 있다고, 학교 갔다가 돌아오는 아이를 칼로 찔러죽인단 말이냐아! 아이고오. 이 짐승보다 못헌 놈들아아."
 "헤이, 당신들 진짜로 환각제를 마셨어?"
 "저거 봐. 눈알들이 하나같이 시뻘건 걸 보니, 진짜구마이. 워메, 진짜여."
 "거기 하사! 눈깔 함부로 부릅뜨지 말어. 인제는 너 같은 놈들, 하나도 안 무섭단 말여! 어디 쥑일 테면 쥑여봐. 너 죽고 나 죽을 팅께."
 군중의 맨 앞쪽에서 야유와 욕설이 쉬지 않고 쏟아져나온다. 그때마다 웃음과 박수가 터지곤 한다. 맨 앞줄에서 야유를 던지는 자들과 병사들 사이의 간격은 고작해야 십여 미터 정도.
 "저 씹헐놈들을 그냥!"
 "야, 강상병. 저 새끼 좀 봐라. 용달차 뒤칸에 탄 놈 말야. 저 새낀 카빈총을 들었잖아? 맞지?"
 "어, 저거 진짜 총이잖아? 실탄까지 들었을까?"
 "니기미! 시피에선 뭘 하고 자빠졌는 기고? 폭도 새끼덜이 인자 총까지 손에 넣었는데, 언제까지 이렇게 처다보고만 있으라는 기고?"
 병사들이 대열 속에서 낮은 소리로 씨부렁거린다.

하지만 그들의 목소리엔 벌써 힘이 빠져 있다. 병사들은 두려움에 허둥거리고 있는 것이다. 이십만 명 가까운 시민들의 엄청난 위세에 눌려 병사들의 사기는 갈수록 눈에 띄게 저하되어가고 있었다. 그들은 자신들이 패배했다는 사실을 벌써 깨닫기 시작했다.

패배와 후퇴.

그것은 차마 상상도 못 했던 일이었다. 자랑스런 대한민국 공수특전사의 사전에 그 치욕스러운 낱말은 존재하지 않았다.

일당백의 용맹스런 용사들. 적진에 고공 침투하여 순식간에 적의 심장부를 파괴하고, 철통 같은 사선을 뚫고서 늠름하게 탈출해오는 귀신 같은 특전사 요원. 두려움도 패배도 모르는 전설적인 위대한 전사들. 차라리 자폭할지언정 결코 사로잡혀서 조국과 특전부대의 명예를 더럽히지 않는 영웅적인 전사들. 그 이름도 찬란한 불사조 공수특전단. '불가능은 없다. 안 되면 되게 하라.' 특전부대의 그 당당하고 오만한 구호 그대로, 세상의 어떤 적이라도 단번에 무너뜨리고야 마는 용사 중의 용사들인 공수특전사……

병사들은 자신들의 그 위대한 신화를 지금껏 한 순간도 잊어본 적이 없었다. 끊임없이 되풀이되는 극한적인 훈련 과정을 통하여 지휘관들은 끊임없이 병사들에게 그 찬란한 특전사의 전통과 명예와 자부심의 신화를 효과적으로 주입시켜왔고, 병사들은 예외 없이 그 신화의 철저한 신봉자들로서 완벽하게 조련되어왔던 것이다.

그런데, 이게 어찌 된 일인가! 이 순간 바로 코앞에까지 다가와 야유와 조롱과 욕설을 퍼부어대는 저 오합지졸 같은 민간인들

앞에서, 그들은 형편없이 위축된 채 불안에 떨고 있는 것이다.
　그런 자신들의 모습에 병사들은 저마다 걷잡을 수 없을 만큼 당황하고 있었다. 처음부터 뭔가 잘못되어 있었던 것이라고 병사들은 비로소 깨닫기 시작하고 있었다.
　맨 처음 이 도시를 향해 출발했을 때의 그 턱없는 자신감과 의기양양함을 그들은 기억한다. 그때만 해도 병사들은 그들만의 위대한 신화를 조금도 의심하지 않았었다. 지난 몇 달 동안 수없이 되풀이되었던 폭동 진압 훈련 과정 내내 지휘관들로부터 넌더리가 나도록 들었던 진압 수칙들.
　공격은 과감하고 신속하게 하라.
　타격시에는 두부를 제외한 전신을 무자비하게 가격하라.
　도주하지 못하도록 하체를 집중 공격하라.
　다중에게 최대한 공포심을 유발시켜라.
　공포심이야말로 폭동 집단을 와해시키는 최상의 전술이다……
　지휘관들은 지난 부마 사태 때 투입된 또 다른 공수특전부대의 작전에서 그 같은 전술이야말로 대성공을 거둔 원동력이었음을 누누이 자랑하고 강조했었다. 병사들은 그 명령에 절대 복종했다. 때문에 광주에 투입된 첫 순간부터 병사들은 최대한 무자비하게 군중을 다루기 시작했던 것이다.
　이번 광주에서의 폭동 진압 작전은 애당초부터 단순한 군중 해산이 아닌, 무차별 공격의 성격을 띠고 있었다. 익히 훈련받아 온 그대로, 병사들로서는 공격하고 있는 대상이 시민이 아니라 적이었다. 아니, 적이어야만 했다.
　그런데, 놀랍게도 전혀 의외의 상황이 벌어지기 시작했던 것이다. 당연히 공수부대를 보기만 하면 혼비백산 달아나야 하는

데도, 어찌 된 셈인지 오합지졸인 시민들은 돌과 화염병을 던지고, 야유를 퍼부어대며 겁 없이 달겨들었다. 쫓아가면 도망치고, 도망쳤다가도 어느 틈에 쥐새끼들처럼 다시 되돌아오고…… 게다가 그때마다 숫자는 갈수록 오히려 더 불어났다. 진압 방식이 가혹해지면 가혹해질수록 시민들 역시 그만큼 더 악착스러워졌다. 다수가 지켜보는 앞에서 진압봉으로 머리부터 발끝까지 무차별로 박살을 내고, 쓰러진 자들을 군홧발로 짓이겨 묵사발을 만들었는데도, 시민들은 더 그악스럽게 달겨들었다. 쫓아가면 우수수 흩어졌다가는 이내 게릴라식으로 동시에 사방에서 급습을 해오기도 하고, 결정적인 순간에는 엄청난 군중으로 변해 파도처럼 힘으로 밀어붙이는 것이었다.

그러다가 이젠 급기야 시민이 던진 돌멩이를 공수부대가 집어들고 마주 던져대는 엉뚱한 형국으로 변해 있었다. 그것은 병사들로서는 한심하고 치욕스럽기 그지없는 사태였다. 유사시 적 후방에 침투해 게릴라전을 전문으로 담당해야 하는 국군 최정예 부대인 공수특전사. 막강 전투력을 갖춘 국군 최강의 용사들, 일당백의 용맹스런 전사들인 공수부대 요원들이 이젠 거꾸로 비무장 민간인들로부터 게릴라전 공격을 당해 쩔쩔매고 있는 꼴이었다.

와아아아. 박수 소리. 환호 소리.

명치는 퍼뜩 긴장한다.

시민들 맨 앞쪽 대열에서 잠시 소란이 일고 있다.

청년들이 도로변 콘크리트 화분대를 대열 앞쪽으로 끌고 들어온다. 뒤이어 근처 어느 공사장에서 끌고 왔는지, 건축용 비계며 목재 합판 따위도 등장한다. 시민들은 화분대 위에 합판을 받쳐서 임시 연단을 간단히 만들어 세웠다. 청년 대여섯, 그리고 젊은 여자 둘이 연단 위로 올라섰다. 곁에서 청년 하나가 커다란 확성기 앰프를 어깨에 둘러멘 채 서 있다.

"광주 시민 여러분. 여기를 주목해주십시오. 잠시만 제 말씀에 귀를 기울여주십시오오……"

이내 청바지에 빨간 잠바 차림의 젊은 여자가 마이크를 쥐고 나서더니, 시민들을 향해 외치기 시작한다.

"시민 여러분! 위대한 광주 시민 여러분. 우리가 지금 왜 이렇게 거리로 뛰쳐나와야 했습니까아……"

여자가 소리쳤다. 카랑카랑하면서도 애조를 띤 목소리. 잔뜩 쉰 음성인데도 강렬한 힘이 담긴 목소리.

병사들은 귀에 익은 그 음성을 퍼뜩 기억해내었다. 지난 이틀 동안 시내 어디를 가건, 시위가 벌어지고 있는 현장마다 어김없이 들려오곤 하던 그 애절하고 강렬한 목소리의 주인공. 전옥주. 바로 그 여자였다.

"야, 그 여자잖어? 트럭 타고 다니면서 선동 방송을 하던 그 여자 말야. 맞지?"

"저 씨발년. 저거 완전히 빨갱이 간첩 아냐?"

"맨 먼저 저 독종년부터 제거했어야 하는데, 저격수들은 여태까지 뭐 했나?"

"어찌 된 게야. 저 가스나가 아직도 살아 있었구마. 저 가스나, 저거 좀 어떻게 처치하지 못하나?"

"저 빨갱이 독종년, 현직 아나운서라 카든데, 진짜 목소리 하나 쥑여주는구만."

명치의 뒤편에서 동료 병사들이 수군거렸다. 명치 역시 문제의 그 여자를 이렇게 가까이서 보기는 처음이다.

와아아아…… 머리를 뒤로 길게 늘어뜨린 채 여자가 연단 위에 올라서자 시민들은 일제히 환호했다. 군중의 모든 시선이 그 여자에게로 모아졌고, 여자가 이끄는 대로 군중은 일제히「애국가」를 부르고, 구호를 외치고, 손뼉을 치고, 함성을 질러대기 시작한다. 누구도 그녀의 지휘를 반대하거나 간섭하거나 야유를 보내지 않았다.

"와아아아. 전두환을 찢어죽여라아. 계엄령을 해제하라아……"

여자의 선창에 따라, 어마어마한 함성의 폭풍이 거리를 뒤흔들기 시작했다.

수십만의 입에서 한꺼번에 쏟아져나오는 절규와 함성. 건물들이 움찔움찔 흔들린다. 그 엄청난 함성의 폭포가 시민들의 가슴을 터질 듯 감격시켰고, 병사들을 아연 겁에 질리게 만들고 있었다. 함성. 함성. 그것은 산더미 같은 파도처럼 병사들의 머리 위로 한꺼번에 무너져내리고 있었다.

명치는 저도 모르게 무릎에 힘을 주고 입술을 앙다문다. 비로소 확실한 두려움이 엄습해왔다. 동료 병사들 역시 잔뜩 겁을 집어먹고 있다. 모두들 입을 다문 채 잔뜩 움츠러든 시선으로 전방을 응시하고만 있을 뿐이다.

그런 어느 순간 명치는 가슴이 철렁했다. 시위대 앞쪽에서 낯익은 얼굴 하나가 눈에 확 들어온다. 쑥색 잠바에 장발. 오세운이라고, 고등학교 동창녀석이었다. 일학년 때 책상을 나란히 붙이고 앉았던 짝. 녀석은 이따금 이쪽을 쳐다보곤 했는데, 아직 명치를 알아보지 못한 눈치다. 명치는 재빨리 얼굴을 숙였다. 철모를 한껏 내려쓰고 전투복 칼라를 세웠다.

"니기미. 하필이면 이럴 때 맨 앞줄에다가 세울 게 뭐람."
 명치는 부아가 끓어오른다.
 이번이 처음은 아니다. 어제 오후에도 거리에서 낯익은 얼굴을 서너 놈이나 보았었다. 그쪽에서 알아보았는지 어쨌는지는 확실치 않다. 하지만 지난 사나흘 동안 시내에서 이미 자신의 얼굴을 알아본 친구들이 있었을지도 모른다. 아마 틀림없이 몇 놈은 이쪽을 알아보았으리라. 친구들 사이엔 벌써 소문이 쫙 돌았는지도 모른다.
 "야, 명치 그 자식도 이번에 투입되었더라. 틀림없어. 내 눈으로 직접 봤다니까. 몽둥이 들고 뛰어다니는 꼴을 보니 한심하더라."
 "그 새끼, 아무리 명령에 죽고 사는 공수부대라고 해도 그렇제, 즈그 고향에 내려와가꼬 그것이 제정신 가진 놈 할 짓이여?"
 그런 소리가 들리는 것만 같다. 명치는 이를 악문다. 정말이지 미치고 환장할 일이다. 일이 어쩌다가 이리 재수 없이 풀렸을까. 하필이면 왜 광주에서 이런 일이 터진단 말인가. 아니 애초에 우리 부대가 여길 맡게 된 것부터가 재수 없는 일이었겠지. 명치는 공수부대에 자원 입대한 것을 처음으로 후회했다.
 '명기녀석. 그래. 틀림없이 그건 명기였어……'
 불현듯 동생 명기의 얼굴이 명치의 눈앞에 떠오른다.
 어제 새벽, 광주고등학교 부근에서였다. 골목을 막 빠져나오려는 네 놈을 발견하고 추격했었다. 첫눈에 대학생들이 분명했다. 계림동 쪽으로 튀기 시작하는 놈들을 골목으로 몰았다. 그러다가 놈들이 사정 거리 안에 들어왔을 때 명치는 한 순간 갑자기 추격을 포기해버리고 말았다.

다 잡은 걸 왜 그랬느냐며 강상병은 툴툴거렸지만, 명치는 뒷머리를 둔기로 호되게 얻어맞은 듯한 충격에서 한동안 벗어나지 못했다. 도망치는 놈들 중 하나가 분명 동생 명기였다. 아직 어두운 데다가 빗속이었지만, 명치는 한눈에 명기의 뒷모습을 알아보았던 것이다. 녀석이 흘리고 간 종이 다발을 주워보니, 유인물이었다. 바로 그때부터였으리라. 명치는 한시 바삐 이 도시를 떠나고 싶어졌던 것이다.

대부분의 공수부대 병사들 역시 이젠 이 지긋지긋한 도시로부터 벗어나기를 원하고 있을 터였다. 너나없이 지칠 대로 지쳐 있었다. 도대체 이 지겹고도 꺼림칙한 작전이 언제까지 이어질 것인지 그리고 어떻게 막을 내릴 것인지, 모두들 불안해하고 있었다. 이 도시 사람들 모두에게 자신들은 오로지 적일 뿐이었다. 끔찍한 괴물을 보듯, 원수를 대하듯, 자신들을 대하는 시민들의 눈빛엔 하나같이 분노와 증오, 혐오와 공포가 담겨 있었다. 구멍가게에선 담배도 팔지 않으려 했고, 아이들은 얼룩무늬만 보면 저만치서부터 겁에 질려 달음질을 쳤다.

설상가상으로 정상적인 식사 보급마저 끊긴 지 벌써 이틀째였다. 식사는 본부가 있는 조선대에서 하게 되어 있었지만, 시위대를 쫓아 정신없이 이동하느라 여유가 없는 데다가, 어제 점심부터는 시위대에 막혀 보급로가 원천적으로 차단되는 바람에 식사 보급 차량이 완전히 끊어지고 말았다.

결국 어제 점심부터는 임시로 조달한 빵 한 조각과 음료수 하나씩으로 겨우 두 끼니를 때웠고, 그나마 오늘 아침은 완전히 굶은 상태였다. 수통에 채운 물로 간신히 입만 축이며 견디자니, 이젠 더 이상 몸을 움직일 만한 힘조차 남아 있지 않았다.

그러나 무엇보다 견디기 어려운 것은 수면 부족이었다. 이미 전대원은 절대량의 수면 부족으로 인해 녹초가 되어 있었다. 연 나흘째, 병사들은 단 몇 시간도 정상적인 잠을 자보지 못했다. 게다가 잠시 동안의 휴식이나마 누려볼 여유조차 없이, 눈사태처럼 쏟아지는 최루탄과 페퍼 포그를 들이마시며 정신없이 시위대를 쫓아다녀야 하는 판이었다.

지금껏 힘들기로 악명 높은 갖가지 특수 훈련을 수없이 받아봤지만, 이번과는 비할 바가 아니었다. 병사들은 그야말로 초인적인 인내로 지금까지 용케 버텨왔다. 머릿속은 풍선처럼 텅 비어 있는 듯하고, 전신의 모든 관절과 근육은 허깨비처럼 제멋대로 움직이고 있는 것 같다. 몸도 정신도 따로 움직이는 듯한 착각이 들곤 했다. 과연 이런 상태로 앞으로 몇 시간이나 더 버티어낼 수 있을지 명치는 의심스러웠다.

이러다간 끝내 병사들은 제풀에 허수아비들처럼 하나둘 길바닥으로 나동그라지게 될지도 모른다. 시위대와 대치하고 서 있는 이 순간에도, 대열 속에서 상당수의 병사들은 선 채로 졸고 있다.

명치는 알고 있었다. 지금 자신들이 싸워야 할 가장 두려운 적은 눈앞에 모여 있는 저 수십만의 시민들이 아니었다. 바로 졸음과 허기 그리고 천근 만근의 무게로 어깨를 내리누르고 있는 피로였다.

"와아아아. 옳소오!"

시위 대열 앞쪽이 다시 소란스럽다. 임시 연단 위에서 마이크를 든 청년이 격앙된 목청으로 뭐라고 외쳐댄다. 조금 전부터 이른바 '범시민규탄대회'라는 것이 벌어지고 있는 중이다. 빨간 잠바의 그 여자와 또 다른 청년들 서너 명이 번갈아가며 마이크를 잡고 진행하고 있다.

시민들은 도지사와 직접 면담을 하기로 결정을 내린 뒤, 즉석에서 시민 대표 네 사람을 뽑았다. 전옥주라는 이름의, 그 긴 머리의 처녀와 대학생 한 명, 그리고 나머지 둘은 회사원들이라고 각자 소개를 했다.

지역대장이 다가가 그들과 몇 마디 주고받았다. 잠시 후 지역대장과 장교 둘이 시민 대표들을 데리고 도청 정문으로 사라졌다. 와아아아. 시민들이 일제히 박수와 함성을 보냈다.

광장 뒤쪽에서 다시금 헬기의 프로펠러 소리가 요란하게 울리기 시작한다. 31사단 소속 헬기다. 벌써 몇 번째 헬기가 착륙했다가 사라지곤 하는 참이다. 상무관 쪽에서 들것이 연신 들락거리고, 병사들이 무엇인가 상자 같은 것을 들고 나와 헬기에 싣고 있는 모습이 보인다.

"아까는 시체들을 옮겨가등마는, 이번엔 부상자들을 실어나르는 모양인데예. 근데, 저 상자들은 또 뭐꼬?"

"도청이랑 경찰국에 보관중이던 기밀 서류들을 옮겨간다고 하던데요. 상무대로."

"그러믄 철수하는 게 아닌가?"

"안 그러면 왜 저러겠나?"

"철수가 임박한 모양이래요. 아까 보니까, 후미에서 장비들을 수송 차량에다가 옮기고 있더라구요."

대원들이 수군거린다. 철수할지도 모른다는 소리에 대원들은 노골적으로 반가워하는 표정이다. 그때 소대장이 명치에게로 다가왔다.

"자, 교대다. 여기 맨 앞줄부터 오열까지, 우향 우. 줄줄이 우로 돌아갓."

중위의 뒤를 따라 명치네 분대는 대열을 벗어나 맨 후미로 돌아갔다. 선두의 병력을 삼십 분 간격으로 교대시켜서, 대열 후미에서 번갈아가며 휴식을 취하게 하고 있었던 것이다.

그런데 중위는 이번엔 어째선지 후미를 지나 도청 담장 쪽으로 대원들을 인솔했다. 장교들과 하사관 십여 명이 무엇인가를 펼쳐놓고 그들을 기다리고 있었다.

"몇 중대야?"

"2중댑니다."

"자, 주목하라. 지금부터 실탄을 분배한다. 각자 탄창 한 개씩이다. 탄창 한 개당 실탄은 정확히 열 발씩 들어 있다. 앞으로 차례대로 나와서 수령하도록."

"이제부턴 맘대로 사격해도 되는 겁니까?"

병사 하나가 물었다.

"미친 새끼. 얌마, 발사 명령 떨어지기 전까지는 절대로 안 돼. 어겼다간 남한산성감이야. 알아들어?"

명치는 탄창을 받아들었다. 묵직한 중량감이 손바닥에 느껴진다. 명치는 오하사를 힐끗 쳐다보았다. 둘의 시선이 잠깐 마주쳤다. 오하사의 얼굴이 잔뜩 굳어 있었다.

'실탄! 끝내 여기까지 오고 만 것인가!'

불현듯 명치는 등줄기에 식은땀이 흘렀다. 툭탁툭탁. 가슴이 불안하게 뛰어오르기 시작했다.

"광주 사태는 수천만 명이 희생당한 중국의 문화
혁명에 비하면 아무것도 아니다."
── 전대통령 노태우, 95. 10. 10.

5월 21일 12 : 00, 도청 앞 광장

소형 헬기 한 대가 다시 이륙하고 있다. 투투타타타타. 요란한 프로펠러 소리가 광장을 울리기 시작한다.

31사단 소속인 그 헬기는 약 삼십 분 전부터 도청 광장에 남아 있던 자대 병력 1개 분대와 장비, 그리고 사망자와 중상자들을 실어나르고 있다. 조금 전부터는 도청에 있는 각종 기밀 문서들을 운반하기 시작하는 참이다.

"……현재 상황은 어떤가, 이상. 에에, 현재까지는 소강 상태를 유지중이다, 이상. 알았다. 계속 수고해주기 바란다, 이상. 잘 알겠다, 이상."

중령은 통화를 마치자 무전병에게 수화기를 건네주고 돌아선다. 그리고 광장 분수대 앞으로 두어 걸음 다가가서 잠시 전방을 주시한다. 금남로 거리를 가득 메운 시위대 인파가 시야에 들어온다.

"끔찍하구만. 독종들이야. 지독한 독종들이라구. 도대체 어쩌자는 건가. 결국 피를 보고 나서야 끝장을 내겠다는 거야, 뭐야.

니기미. 이눔의 나라 꼴이 대체 앞으로 어찌 되려고 이 난장판이란 말인가. 대가리에 똥만 들어찬 새끼들. 나라야 망하든 말든 그저 떼거리로 달려나와서 뭘 어쩌겠다는 거야. 그러기에 이 미련한 조선놈들한테는 독재 정치가 약이지. 박대통령만 살아 있었어봐, 나라 꼴이 이 지경이 되나."

중령은 혼자 씨부렁거린다. 폭도들은 흩어질 기미가 조금도 보이지 않는다. 흩어지다니. 오히려 시간이 갈수록 숫자가 눈에 띄게 불어가고 있는 형편이다.

현재 공수부대는 광장 분수대를 중심으로 이어지는 모든 도로와 골목을 차단한 채 시위대와 대치중이다. 주도로인 금남로 방향은 관광호텔과 동구청 사이를 방어선으로 하여 11공수 61대대와 62대대가 맡고, 좌측 노동청 방향 도로는 63대대, 우측의 광주천 방향 도로는 7공수 35대대가 맡고 있다. 그리고 광장 양쪽 두 개의 좁은 소로를 61대대와 62대대 각 1개 지역대가 방어하고 있다.

중령은 고개를 좌우로 돌려 각 부대의 상황을 살펴본다. 어디나 빽빽하게 운집한 시위대와 여전히 대치중이다. 노동청 쪽과 광주천 쪽 방어선엔 폭도들이 대략 일만 명 정도의 규모. 결국 절대 다수는 금남로에 집결해 있는 것이다. 중령 자신의 부대는 바로 그 금남로 방향에서 어마어마한 규모의 시위대와 정면으로 마주서 있는 참이다. 금남로 쪽 인파는 그 끝이 보이지 않는다. 그 엄청난 군중의 규모에 중령은 새삼스레 눈앞이 아찔해온다.

십만 명? 아까 무전기를 통해 들어온 보고에 의하면, 헬기에서 정찰한 폭도들의 규모가 그 정도라고 했다. 그게 한 시간 전쯤 얘기니까, 지금쯤은 훨씬 더 불어났을 것이라고 중령은 생각한다.
 시위대의 동향은 아직까지는 기이하리만치 잠잠하다. 선두 대열과 계엄군 사이의 간격은 처음엔 30미터쯤 되던 것이 점차 좁혀져서 이제는 불과 4, 5미터. 장교들이 나서서 얘기도 나누어보고 귀가하라는 방송을 수차 반복해보았으나 효과가 전혀 없었다. 수적으로 절대 열세인 병사들을 보고 시민들은 부쩍 자신감을 얻은 듯, 자꾸만 앞으로 다가왔다.
 그런데도 시위대는 표면상으로는 특별히 위험해 보이지가 않는다. 알 수 없는 일이다. 오늘 새벽까지만 해도 그렇듯 완강하게 돌멩이와 화염병을 던지며 그악스레 달겨들던 시위대는 별안간 분위기가 확 바뀌어 돌멩이 하나 던지지 않고 있는 것이다. 공수부대측으로서는 더없이 다행스럽게 여기면서도, 어째선지 한편으로는 그 정적이 오히려 조마조마하게 불안감을 배가시키고 있는 참이다.
 그때 대위 하나가 잰걸음으로 다가왔다.
 "이봐, 박대위. 실탄은 다 지급했나?"
 중령이 눈살을 잔뜩 찌푸린 채 물었다.
 "지금 막 완료했습니다."
 "취급 요령은 단단히 숙지시켰겠지."
 "예. 명령이 하달되기 전까지는 조준만 하고 대기할 것을 지시했습니다."
 "대원들 사기 상태는 어때?"
 "현재까지는 잘 버티고 있습니다만, 걱정입니다."
 "뭐가?"
 "오랜 수면 부족에다가 식사 조달조차 원활하지 못하잖습니까.

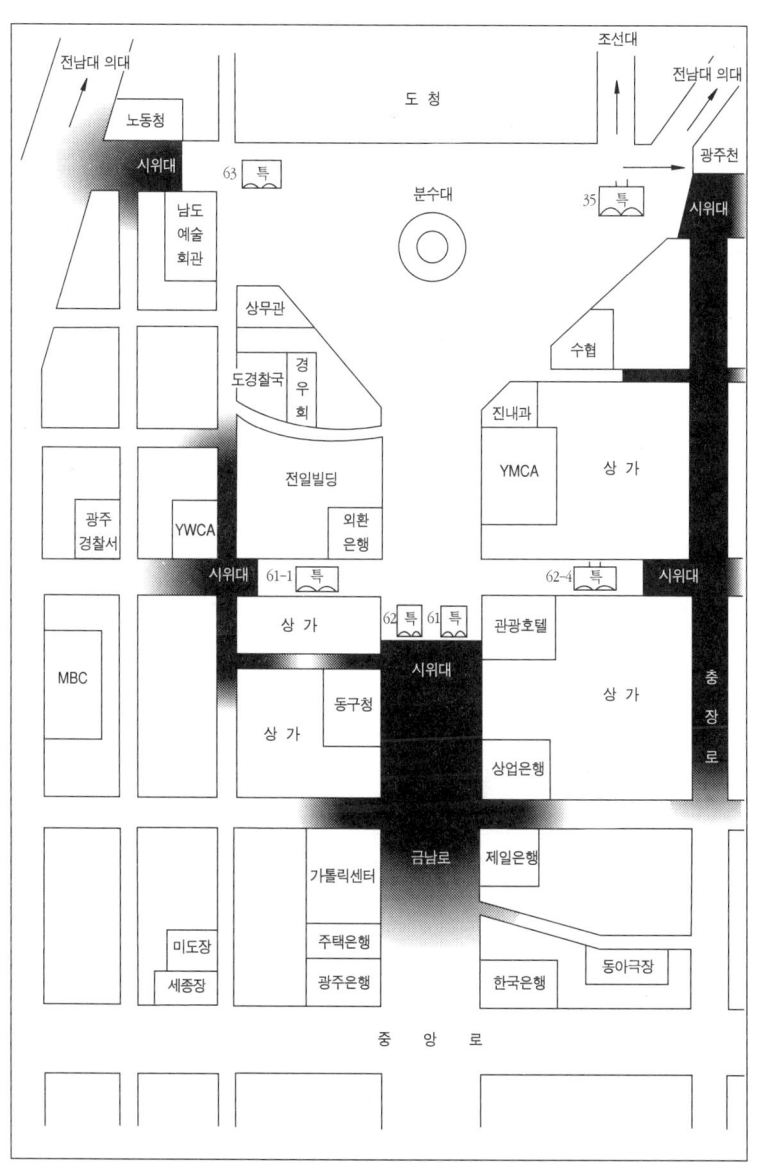

1980. 5. 21. 도청 앞 집단 발포시의 상황

극도로 피곤에 지쳐 있는 상태인 데다가, 무엇보다 문제는 현재 최루탄이 완전히 바닥난 상태입니다. 보급로가 차단된 까닭에 추가 조달도 불가능한 상태고, 대원들의 사기가 많이 떨어져 있습니다, 대대장님."

"바보 같은 소리! 지원 병력까지 투입되었으니 부담은 훨씬 줄었잖은가. 7여단 병력도 와 있는데, 허점을 보여서는 안 된다구. 우리 부대와 비교가 된단 말야. 알아들었나?"

"옛. 잘 알고 있습니다. 그런데 시피에선 아직 무슨 지시가 없습니까?"

"지시는 무슨 놈의 지시? 아무래도 대대장들 좀 불러모아야겠어. 가서, 이쪽으로 모여달라고 지금 즉시 전달해."

"알겠습니다."

대위는 급히 전령들을 불러모으고 있다. 선임대대장의 자격으로 중령은 다른 대대의 지휘관들과 상의해야 할 일이 있다고 느낀 것이다.

아침에 급히 병력 증원 요청을 했더니, 두 시간 전쯤 35대대와 63대대가 도착, 합류했다. 결국 현재 모두 4개 대대의 공수부대 병력이 여기에 집결해 있는 셈이다. 하지만 그것은 그야말로 새발의 피였다. 다 합쳐봐야 고작 천이삼백 명 정도의 병력을 가지고 어떻게 저 어마어마한 숫자의 시위대를 막아낼 수 있단 말인가. 물론 경찰 병력 이천여 명까지 합치면 대규모 병력이긴 하지만, 경찰 따위는 애당초 믿을 수가 없다. 결정적 순간이 닥치면, 경찰 병력은 틀림없이 한 순간에 허물어져버릴 게 분명하다고 중령은 판단하고 있다.

적어도 어제 오전까지의 상황이었다면, 이만한 정도의 병력으로도 시위대를 어렵지 않게 제압할 수 있었을 것이다. 하지만 이제는 상황이 백팔십 도로 달라진 것이다. 시위대의 규모는 상상을 초월할 정도로 늘어났고, 거기다 이제는 각목이며 쇠파이프, 톱, 농기구, 칼에 이르기까지 다양한 종류의 흉기를 소지한 폭도들이 상당수 늘어나 있는 상황이다. 그 엄청난 시위대의 규모 앞에서 병사들은 완전히 압도된 채 눈에 띄게 위축되어 있었다.

분수대 앞, 화단 가장자리로 대대장들이 모두 모여들었다. 하나같이 심각한 표정들. 벌써 두세 차례나 이렇듯 지휘관 임시회의를 가졌으나 아직까지 별다른 대책이 없는 판이다.

"시피에선 뭐라고 합니까, 김중령."

"계속 대기하라는 말뿐이오. 상부로 연락을 취해 지시를 하달받을 때까지 기다리라는 겁니다."

"젠장! 맨날 그 소리뿐이군. 이렇게 무작정 대책 없이 대기하고만 있다가, 만일 폭도들이 일시에 밀고 들어오는 날엔 걷잡을 수 없는 사태가 벌어질 게 뻔한데."

"이거 정말 답답해 미치겠네. 시피에선 이쪽 상황을 제대로 파악조차 못 하고 있는 게 분명해요. 대관절 우리더러 무작정 어쩌라는 거야?"

"그렇다고 이렇게 막연히 기다릴 수만은 없잖소. 뭔가 대책을 세워서 만일의 사태를 준비해야지요. 현재 상황으로는 일촉즉발의 위기입니다. 아직까지 겉으로 봐서는 폭도들이 소강 상태인 듯 하지만, 어느 순간에 돌발적으로 밀고 들어올지 모릅니다."

"솔직히 말해서, 우리 병력으로서는 저 엄청난 규모의 폭도들을 진압봉만으로는 막아낼 수가 없잖소. 일단 방어선이 무너지면 그야말로 육박전이 벌어질 텐데, 아군과 경찰 병력의 피해가

막심할 것은 자명합니다. 그런데도 시피에선 발포 명령을 무조건 미루고만 있으니, 이러다간 정말 엄청난 결과를 초래하고 말 거요. 늦기 전에 대책을 세워야 합니다."
"폭도들이 끌고 나온 장갑차며 대형 차량들이 문젭니다. 어제 오후처럼 한꺼번에 밀고 들어온다면 아군은 엄청난 피해를 입을 게 뻔해요."
"철수 명령을 내려달라고 요청하면 안 될까요?"
"무슨 소리요. 우리 공수특전사의 전통을 잊었습니까. 전멸하면 했지, 철수 따위의 퇴각을 건의한다는 건 말도 안 됩니다. 허락은커녕 징계감이 될 게 뻔하잖소."
"그렇다면 어쩌라는 얘깁니까. 철수도 안 된다, 발포도 안 된다. 결국 고스란히 앉아서 당하라는 얘기 아닙니까. 정말이지, 미치겠구만."
"여단장님과 직접 통화는 다시 해보셨습니까?"
"했습니다만 잠시 대기하라는 지시였소. 아마 상부에서도 이 문제 때문에 대단히 긴박하게 돌아가는 모양이오."
"다시 한번 강력하게 건의를 해야잖겠습니까. 이렇게 시간만 질질 끌다간 정말로 큰일이 터질 겁니다. 당하고 나서 후회해봐야 늦어요. 어차피 그리 되면 책임은 결국 우리들 현지 지휘관들에게로 고스란히 떨어질 건 말할 나위도 없습니다. 이래 죽으나 저래 죽으나 마찬가진데, 방법은 한 가지! 최후 수단을 써야 합니다."
"그건 나도 마찬가지 생각이오. 우리 부하들을 폭도들 손에 죽게 만들 수야 없잖소. 어쨌건 조금만 기다려봅시다. 다시 한번 건의를 해보겠소. 그래도 안 된다면 우리도 뭔가 대책을 세워야겠지요. 최후의 순간이 닥치면 발포할 수밖에 없잖소."
"연락이 와봐야 알겠지만, 결국 발포 명령이 떨어질 거라고 확신합니다. 조금만 더 기다려봅시다. 지금 사령부에서 심각하게 논의중이라는 연락을 받았다잖소. 아직 확실치는 않지만, 지금쯤 전교사 사령부에 전두환 보안사령관께서도 오늘 아침 헬기로 극비리에 도착해 있다는 얘기가 있습니다."
"보안사령관이 여기 내려오셨다고요?"
"나도 그 정보를 아침에 여단본부에서 얼핏 들었습니다."
"그게 사실이라면 뭔가 확실한 대책이 하달되겠구만. 그렇다면 미리 대비를 해야잖소."
"11여단은 실탄을 분배한 모양이던데. 우리 3여단은 어떻게 하지요?"
"우리 여단 역시 1개 대대 분량의 경계용 실탄밖에 없어서, 장교와 하사관들에게만 일단 10발씩 분배했소. 그걸로는 절대량이 부족하기 때문에 좀 전에 시피에 요청을 했고, 또 31사단 헬기를 조선대에 있는 여단 지휘본부로 보냈습니다. 시피로부터 실탄을 보내겠다는 연락을 받았으니, 금방 도착할 겁니다."
  발포 명령 건의에 대한 회답을 기다리는 동안, 만일의 사태에 대비한 작전을 놓고 여러 가지 의견이 제기되었다. 논란 끝에 결국 한 가지 진압 방식에 동의했다.
"일단 화기는 하사관이 휴대하는 M203 화기를 사용, 1차적으로 제압하는 걸로 합시다. 사격 목표는 시위대가 집중된 각 중간 지점에 분산 발포하는 게 가장 효과적일 거요."
"저격병들을 동원, 차량에 탑승해 운전을 하고 있는 폭도들부터 저격해서 제거하고, 동시에 차량의 바퀴를 쏘도록 합시다."

봄 날 57

"이미 저격병들을 인근 고층 건물 옥상 요소마다 배치시켰습니다."

"잠깐만. 만일 끝끝내 상부에서 발포 명령이 하달되지 않을 경우, 그 책임은 누가 질 겁니까?"

"지금 책임이 문제입니까? 당장 방어선이 무너지면 부하들이건 우리들이건 생명을 부지할 수 없게 되는 판국인데."

"까짓 거, 책임을 져야 한다면 우리가 져야잖겠소? 우리가 군법에 회부되어 사형을 당하더라도, 지금 이 자리에선 부하들의 목숨보다 더 소중한 게 어디 있단 말요?"

"잠깐만. 흥분할 때가 아니오. M203을 발사할 경우 엄청난 결과를 초래하게 될 건 자명한 일인데, 좀더 생각해보는 게 좋지 않겠소? M203을 저 밀집한 시위대 중앙에 발사하게 되면, 살상반경이 최소한 5미터 되는 수류탄을 수십 발 터뜨리는 것과 같은 위력을 발휘합니다. 정면에서 사격할 경우 수백 명, 아니 수천 명이 동시에 살상당하게 된단 말요."

꽤 오랫동안 실랑이가 계속되었다. 마침내 결론은 잠시 더 시간을 두고 상부의 지시를 기다려보자는 쪽으로 내려졌다. 대대장들이 자기 위치로 돌아가고 난 몇 분 후, 헬기 한 대가 상무관 앞쪽에 착륙했다. 대위 하나가 중령에게 달려와 보고했다.

"대대장님, 실탄이 도착했습니다. 각 대대별로 수령하라고 전달할까요?"

"좋아. 실탄 분배 작업은 폭도들이 눈치채지 못하도록 신중하게 처리하고, 대원들에겐 발포 수칙을 준수하도록 철저히 숙지시키라구. 알았나? 이건 전시야, 실제 상황이라구!"

"옛, 잘 알겠습니다."

대위가 서둘러 뛰어갔다. 그때 무전병이 급히 다가오더니, 본부에서 연락이 왔다고 말했다. 중령은 수화기를 빼앗아 들고, 통화를 했다.

"……예? 확실합니까? 잘 알겠습니다. 이상!"

중령은 통화를 마치고 나서도 한동안 수화기를 손에 쥔 채로 그 자리에 서 있다. 그는 입술을 앙다물고 정면을 응시한다. 등줄기가 곧추서는 듯한 극도의 긴장감. 중령은 손끝이 가늘게 떨리고 있음을 느낀다.

마침내 올 것이 오고야 만 것이다. 물론 그 자신도 사태가 여기까지 진전되는 것을 내심 결코 원하지 않았었다. 하지만 이젠 대책이 없지 않은가. 될 대로 되라지. 다음 일은 생각하지 말자. 어차피 책임은 상부에서 져야 할 것이 아닌가.

중령은 자신의 부관인 대위를 손짓으로 부른다. 대위가 급히 뛰어왔다.

"이봐, 지휘관들을 전부 오라고 해. 위관급 장교와 선임하사관들까지 전원을 말야!"

"알았습니다."

대위가 등을 돌려 달음질치기 시작했을 때, 중령이 다시 뒤에서 불렀다.

"이봐, 뛰지 마. 서두르지 말란 말야."

대위가 멈칫해서 어리둥절한 표정으로 서 있더니, 이내 대열을 향해 다시 잰걸음을 옮기기 시작했다.

12시 40분

대치 상태를 유지한 채 구호와 노래를 외치고 있던 시민들의 대열이 갑자기 동요하기 시작했다. 시민들이 탄 버스·장갑차·트럭 등 10여 대의 차량들이 군중 사이를 뚫고 나와 대열의 맨 선두까지 진출했다. 거기에 맞서듯, 계엄군 선두 대열 중앙엔 군 장갑차 두 대가 자리를 지키고 정지해 있다.

시위대의 차량들과 병사들 사이의 거리는 이제 불과 5미터밖에 되지 않는다. 양측 사이엔 콘크리트 화분대 따위로 급조된 바리케이드 더미가 엉성하게 놓여져 있을 뿐이다. 시위대 앞쪽 대열은 더 이상 접근하지 않으려고 애를 쓰는 눈치다. 그러나 뒤쪽의 시위대가 은연중 앞으로 밀어내는 힘에 밀려서, 그들은 자연히 조금씩 앞으로 나오고 있는 것이다.

그때 계엄군 쪽의 장갑차 중 한 대가 천천히 후진하기 시작했다. 7공수여단 병력이 막고 있는 충장로 쪽 방어선이 무너질 위기에 처해 있다는 연락이 왔기 때문이다.

장갑차가 충장로 쪽으로 이동하고 나자 이제 금남로 쪽엔 군 장갑차 한 대만 남겨졌다. 병사들은 은근히 불안해지기 시작한다. 육중한 장갑차의 존재는 시민들에게 확실히 위압감을 주고 있었기 때문이다. 그러나 두 대 중 이젠 한 대밖에 남아 있지 않는 것이다. 그래도 그들에겐 실탄이 지급되어 있었다. 주머니 안에 든 묵직한 탄창의 중량감을 새삼 확인해보며, 병사들은 조금은 마음이 든든해진다. 발포 명령이 떨어지는 순간, 모든 상황은 끝나게 될 거라고 그들은 믿고 있기 때문이다.

시위대와 병사들은 서로의 얼굴을 빤히 마주 대하고 서 있다. 시민들 쪽에선 야유와 욕설, 때로는 농담과 회유조의 얘기들이 건너온다. 하지만 병사들은 입을 다문 채 거의 대꾸하지 않는다. 서로의 눈빛까지 빤히 읽어낼 만큼 근접한 거리에서, 행여 시민들의 감정을 건드릴까봐 두렵다. 한 순간의 아주 미미한 충격일지라도, 그 팽팽한 대치 상태를 일시에 무너뜨려버릴지 모른다. 긴장한 병사들의 입 안이 바작바작 타들어간다.
"한시 십오 분 전언!"
대열 앞쪽에서 확성기를 든 누군가가 카운트다운을 시작한다. 그 소리에 맞춰서 앞쪽 시민들이 일제히 입을 모아 외친다.
"한시 십오 분 전언!"
그와 함께, 선두에 나와 있던 시위대의 장갑차와 버스들이 일제히 빠빵―빠빵빵! 경적을 울려대었다. 시민들이 와아아 함성을 터뜨린다. 금방이라도 방어선을 뚫고 한꺼번에 튀어나올 듯, 거대한 군중의 파도가 심상찮게 일렁이기 시작한다.
병사들은 눈앞이 아찔해져온다. 바로 눈앞에까지 접근해 있는 저 차량들이 한 순간 이쪽으로 왈칵 밀고 들어올 것만 같다. 그것은 상상만 해도 소름끼치는 일이다. 병사들은 극도의 공포에 사로잡힌 채 뻣뻣하게 굳어 있다.
"한시 십 분 전언!"
다시금 카운트다운이 시작된다. 시민들은 약속했던 한시를 기다리고 있는 것이다. 아까 시민 대표들이 도청으로 들어가 도지사와 면담을 마치고 나온 뒤, 도지사는 헬기를 타고 금남로 상공을 선회하면서 방송을 했었다.
"시민 여러분. 저는 지금 계엄사령부로 가는 길이올시다. 늦어도 12시까지는, 계엄군을 시내에서 완전 철수시키도록 하겠습니다……"
도지사를 태운 헬기는 그 약속을 남기고 사라졌다.
시민들은 그 약속을 믿고 내내 기다리고 있었다. 그러나 12시가 넘어도 아무 변화가 없었으므로, 시민들은 재차 오후 한시까지 완전 철수할 것을 일방적으로 계엄군측에 요구했다. 그리고 그 약속한 시각이 마침내 몇 분 후로 다가오고 있는 것이다.
"한시 칠 분 저언. 오 분 전……"
카운트다운. 시민들의 함성이 점점 더 높아가고 있었다.
부르릉. 부릉 부르릉.
시위대측 차량들이 하나둘 시동을 걸고 있었다. 출발선에 선 경주용 자동차들처럼. 그와 동시에 계엄군 대열에서는 낮고 묵직한 소리의 명령이 하달되었다.
"부대! 사격 준비잇!"
병사들은 침착하게 소총을 들어 앞을 조준했다.
"조준만 해. 발사 명령이 떨어지기 전엔 절대로 발포해선 안 된다. 알았나!"
재차 명령이 덧붙여졌다.
사 분 전.
삼 분 전.
바로 그 순간, 시위대 선두에서 버스 두 대가 거의 동시에 앞으로 튀어나왔다.
"아아앗! 피해라앗!"
다급한 외침과 함께, 공수부대의 대열이 일시에 와르르 무너졌다. 대열 선두의 병사들이 등을 돌려 일제히 달아나기 시작했다. 순간 몇 발의 다급한 총성이 터졌다.
"타탕. 타타타―앙!"
돌진해오던 두 대의 버스를 향해 사격이 가해졌다. 분수대까지 순식간에 진출한 두 대의 버스 중 한 대가 기우뚱 멎었다. 운전사가 총에 맞아 핸들 위로 푹 고개를 꺾고 엎어졌다. 다른 한 대는 분수대를 한바퀴 빙 돌더니, 쏜살같이 시위대 쪽으로 달아난다. 그와 동시에 이번엔 시위대의 소형 장갑차 한 대가 앞으로 튀어나온다.
"타탕. 타타앙!"
다시 몇 발의 총성이 울렸다. 전속력으로 질주하는 시위대 장갑차. 달아나고 있는 공수부대 병사들을 뒤에서 덮쳤다. 우왕좌왕하며 달아나는 병사들. 앞쪽 병사들은 재빨리 몸을 피했지만, 뒤쪽 병사 두 명이 순식간에 장갑차의 바퀴 밑으로 빨려들어갔다. 으아악! 단말마의 비명 소리가 바퀴 밑에서 터져나왔다. 이내 장갑차는 재빨리 우회전하더니 학동 쪽 도로로 접어들어 쏜살같이 달아났다.
나자빠진 두 명의 병사들을 향해 공수대원 칠팔 명이 우르르 몰려들었다. 사병 하나는 바퀴 밑에 정통으로 깔려 이미 숨이 멎었다. 머리가 완전히 짓이겨진 시체를 부둥켜안고 병사 하나가 와아앗, 비명을 질러댄다. 나머지 한 명은 다리를 다친 듯 엉거주춤 일어나려다가 풀썩 주저앉는다. 동료 병사들이 부상자를 들쳐업고 상무관 쪽으로 내달리기 시작한다.
"박상병! 눈떠! 눈떠보란 말야, 임마! 어허헝!"
죽은 병사를 들쳐메고 내달리는 사병들 속에서 울음이 터져나온다.
"도망치지 맛! 새끼들아! 원위치로! 원위치 하란 말야!"
"원위치! 각자 정위치로! 정위치로!"
정신없이 뿔뿔이 흩어져 도망쳐오는 대원들 사이를 거슬러 뛰어다니며 장교들이 고래고래 악을 쓴다. 도망치던 병사들이 신속히 대오를 갖추고 분수대 앞으로 집합한다.
 그 사이 시위대 쪽에서도 굉장한 동요가 일어나고 있다. 한동안 총소리에 놀란 앞쪽의 시민들이 뿔뿔이 도망을 치느라 아우성이다. 그러다가 이내 대열은 다시금 제자리로 돌아와 운집했다. 시민들은 전방을 주시하고 있다.
 "저건 공포를 쏘는 겁니다! 괜찮아요! 제자리를 지킵시다!"
 "시민 여러분! 물러나지 맙시다! 죽어도 이 자리에서 함께 죽읍시다아!"
 확성기에서 다급한 목소리가 튀어나온다. 시민들은 웅성거리며 제자리로 돌아오기 시작한다.
 공수부대가 대열을 갖추고 분수대 앞 약 20여 미터 지점에 정지했다. 지휘관이 대열 옆에서 뭐라고 지시를 내린다. 팔렬 횡대로 자리를 잡은 병사들. 지휘관의 구령이 짧게 들리고, 이내 앞쪽 두 열이 '무릎 쏴' 자세를 취한다. 뒤쪽 대열 역시 '서서 쏴' 자세를 취한 채 일제히 총구를 시민들을 향해 겨누었다.
 한 순간 시민들은 잔뜩 긴장한다. 불안과 초조. 무엇인가 금방이라도 머리 위에서 와르르 무너져내릴 듯한 아슬아슬한 침묵이 광장과 거리를 무겁게 짓누르고 있다. 설마, 총을 쏘기야 하랴. 십오만. 혹은 이십만에 가까운, 이렇게 많은 사람들을 향해서……
 침묵. 그렇게 일 분쯤 지났을까.
 별안간 어디선가 「애국가」의 선율이 터져나오기 시작했다. 가사 없는 곡조. 그것은 도청 옥상에 네 방향으로 설치된 대형 스피커를 통해 장중하게 울려퍼지고 있다. 느닷없이 흘러나오는 그 소리에 금남로를 메운 시민들은 어리둥절해져서 한동안 멍하니 서 있다. 더러는 뒤늦게「애국가」를 따라 부르기 시작한다.
  무구웅화 사암천리 화려가앙산……
  바로 그 순간. 공수부대 병사들의 총구가 일제히 불을 뿜어댔다.

  타타타타타타 — 타타타 — 타타타타……

  수백 개의 총구가 한꺼번에 토해내는 어마어마한 총성. 총성. 총성. 허공을 갈기갈기 찢어발기며 울리는 총성. 건물들이 우렁우렁 울리고, 가로수의 이파리들이 우두두두 떨어진다. 빌딩 벽을 맞고 핑핑 튕겨나오는 총탄들. 관광호텔과 전일빌딩에서 쨍그랑 쨍그랑, 유리창이 깨어진다. 아직까지는 대부분 공포를 쏘고 있는 듯하다.
  우와아아아아 — 앗!
  시민들이 비명을 지르며 미친 듯 달아나기 시작한다. 발에 걸려 넘어지는 사람들. 넘어진 사람을 밟고 뛰어가는 사람들. 그러나 밀집한 군중은 얼른 도망치지 못한다. 엉거주춤 등을 구부린 채 달리는 사람들. 아예 땅바닥에 엎드린 자세를 하고 무릎으로, 무릎으로, 북북 기어가는 사람들…… 삽시간에 태풍이 몰아친 듯 거리는 아수라장이다.
  타타타타타…… 타타타타타……
  은행나무 가로수 가지와 이파리들이 파파파팍, 총탄에 맞아 떨어져내린다. 수천 발의 총탄들. 아직까지 병사들은 대부분 공포를 쏘고 있는 것이다.
  "야, 새끼들아! 정조준해! 정조준해서 쏘란 말야앗!"

"쏴버렷! 쏴죽여버렷!"
장교들이 뛰어다니며 미친 듯 고함을 질러댄다. 허공을 향해 총구를 들이밀고 있는 병사들의 뒤통수를 마구 후려친다. 옆구리를 발길로 걷어차기도 한다. 엉겁결에 병사들의 총구가 아래로 각도를 숙였다.

타타타타타…… 타타타타타……

마침내 시민들을 향해 집중 사격이 가해지기 시작했다.
우와와와. 숨넘어가는 비명을 지르며 도망치는 시민들. 사방에서 풀썩풀썩 쓰러진다. 파팟. 파파파팟. 아스팔트 위로 튀어오르는 총탄, 총탄, 총탄. 순식간에 수십 명이 땅바닥에 나뒹굴었다. 여기저기 피투성이로 풀썩풀썩 나뒹구는 몸뚱이들, 몸뚱이들…… 거리는 어느 틈에 텅 비어버렸다. 으아아아앗. 엄마야아앗. 아우성을 치며 시민들은 골목과 골목, 건물 벽이나 현관으로 몸을 숨긴다. 한국은행 앞까지의 텅 빈 길바닥엔 총탄에 맞아 쓰러진 삼사십 명의 시민들…… 그 텅 빈 거리 위로 총성은 몇 분간이나 더 이어졌다.
"사격 중지잇!"
이윽고 총성이 뚝 그쳤다.
텅 빈 금남로.
암흑 같은 정적이 그 폐허의 거리를 한동안 휘감았다.
이윽고, 그 정적 속에서, 환청처럼, 아스라하게, 피어오르는, 소리, 사람의 소리.
"아아, 아으으으."

"아이고, 어무니이! 어무니이잇!"
"사, 살려주시요…… 나, 나 좀……"
"아으읏, 나 죽네에! 아아아으으!"
"나 좀, 나 좀 일으켜주시요오!"
"내 다리, 내, 다리가…… 아아."
비명 소리. 단말마의 울음 소리. 신음 소리……
골목이며 인도 가장자리로 몸을 피한 사람들이 맨 먼저 그 소리를 들었다. 건물 벽이며 상가 셔터 아래쪽에 웅크리고 앉아 몸을 벌벌 떨어대던 사람들도 그 소리를 들었다.
그들은 그 소름끼치는 소리를 향해 고개를 돌렸다. 그들이 방금 도망쳐나온 텅 빈 길바닥 여기저기에 피투성이 몸뚱이들이 나뒹굴고 있었다. 관광호텔 앞에서 청년 하나가 총에 맞은 허벅지를 움켜쥔 채 인도 쪽으로 북북 기어나오고 있다. 처녀 하나는 드러누운 채 두 팔을 허공을 향해 자꾸만 내젓는다. 여자의 옆구리는 이미 빨갛게 젖었다. "엄마아. 엄마아. 아아아." 동구청 건물 앞, 가로수 아래서 중학생 하나가 어깨를 움켜쥔 채 데굴데굴 굴러다닌다. 남자 둘이 인도에서 재빨리 뛰어내리더니, 아이를 들쳐업고 무사히 되돌아왔다. "병원으로! 병원으로 옮겨!" 사람들이 그들을 둘러싸고 골목 안으로 달려들어갔다.
정적.
짧은 동안 거리는 물밑처럼 무겁고 혼곤한 정적에 하얗게 짓눌려 있다. 어디선가 울음 소리가 들려오기 시작했다. 시민들이 흐느끼고 있었다. "야, 이 개새끼들아아앗!" 분노와 절망에 찬 고함 소리가 터져나온다.
한국은행 앞 네거리. 충장지하상가가 있는 그 부근은 도청 앞 광장에서 약 오백여 미터 거리다. 이윽고 시위대들이 하나둘 차도로 내려온다. 누군가가 앞에서 흔드는 대형 태극기. 시민들이 구호를 외치기 시작한다.
"계엄령 해제하라! 전두환 물러나라! 군부 독재 타도하자!"
외침은 점점 커져간다. 최규하 물러나라. 김대중 석방하라…… 누군가의 입에서 맨 먼저 흘러나왔을까.「애국가」. 시민들이 일제히 합창하기 시작한다. 느리고도 장중한 곡조의 그 노래는 마침내 온 시가지를 뒤흔들며 폭포처럼 메아리친다.
동해물과 백두산이 마르고 닳도록 하느님이 보우하사 우리나라 만세에……
일절이 끝나고 다시 똑같은 노래가 반복되는 사이, 숨어 있던 시민들이 하나둘 거리로 몰려나와 대열에 합류하고 있었다. 골목과 골목, 건물 입구와 계단마다 시민들이 천천히 걸어나왔다. 대열은 오백 명, 칠백 명, 천오백 명…… 어느새 수천 명으로 불어나기 시작했다. 썰물이 지나고 밀물이 개펄을 소리없이 채워가듯이 그렇게, 텅 비었던 차도와 인도마다 시민들의 물결이 다시금 넘쳐흐르고 있었다. 그것은 마치도 어떤 종교 의식의 신성하고도 엄숙한 절차처럼 보였다. 수천 명의 사람들이 입을 모아 합창하는 노랫소리는 느리면서도 장중하게 이어지고 있었다.
이윽고 노래가 멎었고, 잠시 침묵이 내려앉았다.
"살인마 공수부대 물러가라앗!"
"광주 시민 만세에!"
이내 누군가의 입에서 처절한 구호 소리가 터져나왔다. 바로 그 순간 대열의 훨씬 앞쪽, 텅 빈 차도 안으로 태극기를 든 청년 대여섯 명이 돌연 튀어나갔다. 청년들은 차도 한가운데 멈춰선다. 공수부대 쪽을 향해 대형 태극기를 힘차게 흔들며 구호를 외친다.
"전두환 물러가라. 계엄령 해제하라."
순간 '앉아 쏴' 자세를 취하고 있던 공수부대 저격수들이 방아쇠를 당겼다.
타타타타―앙.
타타타타타―앙.
청년들이 툭툭 나가떨어진다. 태극기가 훌러덩 길바닥으로 굴렀다. 마지막으로 달아나던 청년마저 쓰러졌다. 머리와 가슴패기에서 검붉은 피가 콸콸 쏟아진다. 아스팔트 바닥이 흥건히 젖었다. 아직 숨이 붙어 있는 청년 하나가 기어나오려고 꿈틀거리며, 아으으으, 비명을 질러댄다.
총성이 멎었다. 인도에 피해 있던 사람들 몇이 재빨리 뛰어나와 부상자들을 들쳐업고 나온다. 와아아아. 박수 소리와 함성과 절규가 터져나왔다.
이내 또 다른 청년들 네댓 명이 차도로 뛰어나갔다. 길바닥에 떨어진, 피 묻은 태극기를 집어들고 힘차게 흔들며 구호를 외치기 시작한다. 타타타타탕. 다시금 총성이 터지고, 청년들은 짚단처럼 맥없이 푹푹 고꾸라졌다. 총성은 주변 고층 건물 옥상에서도 터져나왔다. 수협 건물 옥상, 전일빌딩 옥상, YMCA 옥상에도 저격수들이 보인다. 그들의 사격 솜씨는 한 발의 실수도 없다.
그러자, 다시 또 다른 청년들 서넛이 차도로 뛰어들었다.
"이놈들아, 죽여라아! 이 살인마들아앗!"
청년 하나가 웃통을 벗어제치며 악을 썼다.
타타타타타타타……

또다시 어김없이 가해지는 일제 사격. 그들의 몸뚱이가 길바닥에 나뒹굴었다. 쓰러진 사람들을 시민들이 튀어나와 끌고 나가면 또다시 몇 명의 청년들이 뛰어나가고, 그때마다 타타타타타, 어김없이 총성이 터지고…… 그러기를 대여섯 차례. 어느 사이엔가 길바닥엔 수십 개의 몸뚱이들이, 피를 쏟으며, 나뒹굴고 있었다.

"아아앗! 이놈들아앗!"

"이 개새끼들아앗! 우리 광주 사람 모두 다 죽여라아아!"

"아흐흐으-읏!"

사방에서 터져나오는, 목구멍을 찢어내는 듯한 절규와 통곡 소리. 건물 벽에 바싹 붙어선 채, 혹은 담벼락 뒤에 숨어서, 혹은 빌딩 창가에 머리만 내놓은 채, 사람들은 눈앞에서 벌어지고 있는 그 치밀하고도 계속적인 살육 현장을 지켜보면서, 경악과 분노, 절망과 충격에 온몸을 부들부들 떨어대며 미친 듯 통곡하고, 흐느끼고, 절규했다.

1시 30분

시위 대열로부터 돌연 장갑차 한 대가 전속력으로 도청 광장을 향해 질주하기 시작했다. 장갑차 위엔 머리에 흰 띠를 두른 청년 하나. 웃통은 완전히 벗어제친 알몸. 청년은 두 팔을 활짝 펼친 채 대형 태극기를 머리 위로 망토처럼 흔들고 있다.

"광주 시민 만세에!"

청년은 목이 터져라 외친다. 타타타타탕. 계엄군 저격병들이 배치된 양쪽 빌딩 옥상으로부터 일제 사격이 가해졌다. 순간 청년의 고개가 앞으로 딸각 꺾이며, 장갑차 해치 앞으로 상체가 푹 처박혔다. 장갑차는 그대로 광장 중앙을 돌아 학동 방향 도로로 빠져나가버렸다.
　타타타타타탕……
　다시금 어마어마한 총성이 폭풍처럼 거리를 뒤흔들기 시작했다.
　'봉축──부처님 오신 날.'
　일제히 방아쇠를 당기고 있는 병사들의 등뒤로, 그렇게 적힌 대형 아치가 세워져 있었다.

"여보! 당신은 천사였소. 천국에서 다시 만납시다 ── 진홍 아빠가"
── 고 최미애의 묘비명(망월동 묘지 번호 135. 임신 8개월의 최미애(24세)씨는, 집 앞에서 남편을 기다리다가 총격으로 현장에서 사망. 3공수여단 군인들은 골목 어귀의 맨홀 뚜껑 위에 서 있던 그녀를 전신주 옆에 '쪼그려 쏴' 자세로 정조준하여 발포함)

5월 21일 13：30, 용봉동 전남대 정문 앞 최미화의 집

때앵.

최미화. 그녀는 낮잠을 자다가 깜짝 놀라, 퍼뜩 눈을 떴다. 괘종시계 소리였다. 그녀는 울렁이는 가슴을 손으로 쓸어내린다. 잠결에 그것은 영락없이 총성처럼 들렸던 것이다.

조금 전, 시내에선 한바탕 굉장한 소리가 들려왔었다. 도청이 있는 금남로 어디쯤 같았는데, 확실치는 않았다. 수십 수백 개의 총구에서 쏟아져나오는, 콩 볶는 듯한 둔탁한 파열음. 지금껏 그렇게 굉장한 총성이 한꺼번에 터져나온 것은 처음이었다. 함께 방안에 있던 친정어머니는 그 소리에 놀라, 무슨 일인가 알아보려는 듯 아까 집 밖으로 나갔다. 그녀는 혼자 방안에 남아 어머니를 기다리고 있었는데, 어느 틈엔가 깜박 잠이 들었던 것이다.

곁에 눕혀놓은 아이는 곤히 잠들어 있다. 손을 뻗어 살펴보니, 기저귀는 아직 보송보송하다. 아이의 머리맡에 반쯤 담긴 우유병이 굴러다니고 있다. 그녀는 다시 베개를 끌어당기려다 말고 엉거주춤 일어나 앉았다.

"내 정신 좀 봐. 우유 주다 말고 또 깜박 졸았지 뭐야."

그녀는 손바닥으로 입술을 훑어내리다가 피식, 어이없는 웃음을 흘린다.

'어머머, 세상에. 침까지 흘리다니. 아무리 졸려도 그렇지, 이게 무슨 꼴이람.'

그러면서도 어쩔 수 없이 그녀는 또 작게 하품을 터뜨린다.

아까까지만 해도 아이는 꽤나 보챘었다. 그런 적이 거의 없는 아이였다. 이제 돌이 갓 지난 아이는 기특하리만큼 유순했다. 낯은 지 두어 달 지난 뒤부터는 제법 어른처럼 밤잠이 깊어졌었다. 초저녁에 잠이 들면 새벽 한시쯤에 딱 한차례 깨었다가, 우유를 먹이고 나자마자 금방 잠이 들어서는 아침녘에야 깨어나곤 했다.

"이 녀석 봐라. 어린 녀석이 이만저만 효성이 지극한 게 아니구나. 즈이 에미 애비 성가시게 안 하느라고, 이렇게도 잠버릇이 곱구나 원. 효자 났다, 효자 났어."

친정어머니는 아이를 어르면서 그렇게 대견해하곤 했다. 그런 아이가 아까 아침나절부터 별안간 까닭 없이 울음을 터뜨리며 심하게 보채기 시작했던 것이다. 마침내는 이마에 땀방울이 돋아나도록 목청껏 악을 쓰며 발버둥을 쳤다. 안아보다가, 업었다가, 유모차에 태워 마당을 오락가락했다가 하면서 아무리 달래려 해도 그치질 않았다. 아무래도 체했거나 어디가 탈이 난 게 틀림없다 싶어 결국 병원을 찾아갈 작정을 하고 부랴부랴 옷을 갈아입는데, 어느 순간 갑자기 거짓말처럼 아이는 울음을 뚝 그치고 잠잠해지던 거였다.

"별일도 다 있구나. 이 녀석이 꼭 일부러 사람을 놀래킬라고 그러는 것 같지 뭣이냐. 경기 들린 것맨키로 금방 숨이 넘어가등마는, 이것 보게. 이젠 할머니를 보고 아주 빵긋빵긋 웃어대지 뭣이냐. 까꿍. 까꿍."

내친김에 병원에 가보는 게 어떻겠는가고, 여전히 미심쩍어하는 그녀에게 친정어머니는 괜찮을 거라고 만류했다. 그랬더니, 정말 아이는 아직까지 아무 탈 없이 잠들어 있는 거였다.

"거 봐라. 이만할 때는 이유 없이 가끔 그럴 때가 있느니라. 이 녀석이 필시 제 어미 뱃속에 동생이 크고 있다는 걸 빤히 알고

봄 날

그러는 모양이지 뭣이냐. 시샘하느라고 한바탕 심통을 부렸던 게지."

'정말, 그랬던 것인지도 몰라. 다른 애들 같았으면 지금 한참 엄마 사랑을 독차지하고 있을 시기인데, 너무 빨리 들어선 동생 때문에 암만해도 저한테 돌아오는 사랑이 어쩐지 조금은 부족하다 싶기도 할 거야.'

그녀는 잠든 아이의 볼에 가만히 입을 맞춘다. 그리고 아이의 귀에 대고 조그맣게 속삭여주었다.

"하지마안, 준아아. 어떡하냐? 엄만 말이다, 이제는 배가 너무 너무 불러와서 몸을 움직이기가 힘이 들거든. 미안하다아, 준아. 그러니까, 네가 조금만 참아줘, 응? 네 동생이잖아. 이제 조금만 있으면, 우리 준이한테도 귀여운 동생이 생긴다아, 이 말씀야. 알아들었지? 응?"

그녀는 아이의 고사리 같은 손을 잡아올려 앞니로 가만가만 깨물어준다. 아이의 손에서 복숭아꽃 향기가 퐁퐁 피어나왔다. 그녀는 벅차오르는 사랑을 어쩌지 못해하며, 곤히 잠든 아이의 얼굴을 한참이나 들여다보았다. 그러다가 이번엔 잔뜩 부풀어오른 자신의 배를 두 손으로 가만히 어루만져보았다.

'가만있자아. 이 녀석도 잠이 들었나?'

뱃속의 아이 역시 지금은 잠잠하다. 그녀는 혼자 빙그레 웃는다.

올해 나이 스물넷. 그녀는 전문대학을 졸업하자마자 중매로 결혼을 했다. "어머머, 뭐가 그리 급해서 벌써 시집을 가냐? 남편한테 얽매여서 맨날 뒤치다꺼리나 하고, 그러다가 아이 하나 생기고 둘 생기다 보면 그날부터 부엌데기 아줌마로 전락해버릴 텐데, 지겹지도 않어?" 친구들은 야단들이었다. 직장도 있겠다, 월급 받아서 몇 년 만이라도 자유롭게 살다가 그때 시집 가면 될 게 아니냐고 입을 비쭉이던 거였다.

'하지만, 이 기쁨을 너희들은 모를걸? 엄마가 된다는 일. 사랑하는 한 남자를 위해 밥하고, 빨래하고, 또 퇴근 시간이 되길 기다리는 일이 때로는 얼마나 가슴 벅찬 행복감을 주기도 하는지…… 아마 모를걸?'

그녀는 혼자 그런 생각을 하며 또 슬며시 웃는다.

그런 평범한 것들에도 마냥 만족해하는 스스로가, 가끔은 참 대책 없는 여자구나 싶어질 때도 있다. 하지만 어쩌랴. 지금 이대로가 좋은걸 뭐. 그녀는 지금이라도 친구를 만나, 행복하냐고 물어온다면, 조금은 과장된 표정까지 지어보이며 이렇게 당당하게 대답할 수 있을 것 같다.

"어려움이 전혀 없는 건 아니지만, 그래도 난 행복해. 무엇보다도 난 한 아이의 엄마이고, 이젠 곧 두 아이의 엄마가 될 테니까. 여자로 태어나, 엄마가 된다는 것만큼 더 감격스럽고 엄숙한 일이 또 어디 있겠니? 그거 하나만으로도 난 여자로 태어났다는 사실에 감사한단다" 하고 말이다.

사실 그녀는 친구들 말마따나 자신이 '지나치게 평범한 여자' 임에 분명하다고 생각한다. 중매로 만난 사이라 무슨 영화 주인공들처럼 멋진 사랑 같은 건 애당초 기대하지 않았지만, 그래도 듬직하고 미더운 남편이 그녀는 날이 갈수록 마냥 더 소중하게 여겨진다. 그리고 무엇보다 첫아기를 가졌을 때의 그 벅찬 감격을 그녀는 결코 잊지 못한다.

'아아, 내 몸 속에 또 하나의 새 생명이 깃들이고 있다니! 아아,

내가, 내가 엄마가 되다니!'
그런 생각이 들면 그녀는 아무때고 눈물이 핑그르르 돌았다. 그날부터 온 세상이 전혀 새로운 모습으로 보였다. 햇빛 한줌, 길가의 풀 한 포기, 굴러다니는 작은 돌멩이 하나까지도 소중하고 정겨웠다. 첫아기가 태어났고, 그 놀라운 생명을 받아 안는 순간, 그녀는 마치 자신 혼자만 온 세상에서 가장 당당하고 위대한 능력을 가진 사람처럼 느껴졌다.

그리고 이제 그녀의 몸 속에서는 또 다른 생명이 자라고 있는 참이었다. 아직 얼굴도 성별도 모르는 두번째 아기. 앞으로 두 달쯤 기다리면, 이제 그 아기가 찾아올 터였다. 이 햇살 눈부신 세상으로, 마알간 눈망울을 가진 새로운 생명이 태어날 것이었다.

그녀는 바구니를 가져와서 마른 기저귀를 단정하게 접기 시작했다. 이내 또 하품이 나왔다. 그녀는 다시 눕고 싶어졌다. 참 모를 일이다. 어쩌면 이렇게 시도때도없이 졸음이 쏟아지는 것일까. 정말이지 요즘 같으면 온종일 방바닥에 엎어져서 늘어지도록 잠을 자도 부족할 듯싶다. 첫아기를 가졌을 때보다 더한 듯싶다. 봄이라서 그런가. 지금 그녀의 뱃속에 든 아기는 팔개월째였다. 결혼해서 곧 첫아기를 가졌는데, 몸을 풀고 나서 반년 만에 금방 두번째 아기가 들어섰던 것이다.

어제 저녁엔 남편이 집에 들어왔는지조차 까맣게 모르고 잠에 취해 있었다. 시내 상황이 궁금하다고 나가더니, 한밤중이 다 되어서야 들어온 눈치였다. 그릇 딸각이는 소리에 얼핏 눈을 떠보니, 남편은 윗목에 차려놓았던 밥상에 손수 밥을 담아 먹고 나서 막 부엌으로 내가려던 참이었다. 뒤늦게야 부스스 몸을 일으키려는 그녀를 남편은 한사코 다시 눕게 하고는 기어코 밥상을 들고 나갔다.

부엌에서 그릇 딸각이는 소리가 들리는 동안 그녀는 입을 가리고 혼자 웃음을 참느라 애썼다. 남편이 손수 부엌에 나가 설거지통에 손을 담근 적은 결혼 후 지금껏 한번도 없었다. 이윽고 남편이 물에 젖은 손을 바짓자락에 쓱쓱 문지르며 방안으로 들어왔을 때 그녀는 참았던 웃음을 터뜨리고 말았다.

"웬일이우? 사내 대장부가 무슨 부엌 출입을 하느냐고 큰소릴 치던 양반이?"

"착각하지 말어, 이 사람아. 내가 뭐 당신 이뻐서 이러는 줄 알어? 우리집 공주님을 생각해서라고. 행여 요 다음에도 내가 또 이렇게 해줄 거라고는 꿈에도 착각하지 말라고."

"피잇. 낳기도 전에, 아들인지 딸인지 어떻게 알고 그래요?"

"두고 보라고. 틀림없이 이번엔 공주님이 나올 테니까. 내 사주에도 그렇게 나와 있다니까 그래."

남편은 요즘 들어 전에 없이 그렇게 제법 우스갯소리도 할 줄 알았다. 부쩍 배가 불러오자 그녀를 바라보는 눈길도 퍽 따사로워지고 훨씬 조심스러워졌다. 그녀는 그런 남편의 은근한 애정을 느낄 때마다 행복했다.

본시 무뚝뚝하고 말이 없는 남편이었지만, 사실 내심은 더없이 부드럽고 자상한 사람임을 그녀는 누구보다 잘 알고 있었다. 정이 많으면서도 그것을 드러내는 데는 서투른 사람이었다.

첫아기를 임신했다는 사실을 처음 그녀의 친정어머니로부터 전해들었을 때도 남편은 그랬었다. 아마 바로 그 다음날이었던가, 전에 없이 일찍 직장에서 돌아온 남편은 방문을 열자마자 검정 비닐에 싼 무언가를 마치 걸레 뭉치라도 되는 양 방안으로 턱 던져넣더니, 마루에 엉덩이를 걸친 채 구두 끈을 풀고 있었다.
"이거 학부형이 학교로 가져왔지 뭐여. 난 별로 좋아하지도 않는데, 교무실에 있는 다른 선생들 줘버릴까 하다가 그냥 가져온 거여. 먹든지 말든지, 알아서 해."
정말로 내버리기가 아까워서 할 수 없이 들고 왔노라는 투로 남편은 아주 시치미를 떼던 거였다. 뜻밖에도 값비싼 외제 파인애플 통조림이었다. 하지만 그녀는 알고 있었다. 틀림없이 퇴근길에 시내까지 일부러 나가서 그걸 사들고 왔으면서도, 남편이 딴청을 부리고 있다는 것을.
"안 먹는다니까 그러네, 참말로. 나는 그런 거 먹으면 속이 느글느글해서 딱 질색이란 말여. 성가시게 굴지 말고, 어서 당신이나 먹어."
함께 나눠 먹자는 그녀의 손을 한사코 밀어내며, 남편은 유난히도 큰 두 눈을 퉁명스레 굴리던 거였다.
'세상에! 어쩌면 그렇게 멋대가리라곤 마늘 쫑지만큼도 안 가지고 태어났나 몰라. 임신한 마누라 위해서 사왔다고 말하면 뭐 어때서.'
그때 일을 떠올리다가 그녀는 새삼 입을 비쭉대며 혼자 작게 웃는다.
갑자기 밖에서 요란한 폭음이 울려왔다. 펑. 퍼퍼펑. 최루탄이 터지는 듯한 단발의 폭음. 그녀는 깜짝 놀라 반사적으로 배를 두 손으로 감싸 안았다.
"어쩌면 좋아. 또 데모가 벌어졌나봐. 이 일을 어째!"
그녀는 부랴부랴 일어나서, 반쯤 열어두었던 창문을 급히 닫고는 돌아와 앉는다. 최루탄 폭음에 그녀는 이미 익숙해져 있었다. 그녀의 집은 전남대학교 정문과 지척의 거리였다. 골목을 빠져나가면 평화시장으로 이어지는 길이었고, 거기서 전남대 정문까지는 불과 오십여 미터였다.

덕분에 지난 나흘 내내 그녀는 불안과 두려움에 한시도 마음을 놓을 수가 없었다. 계엄령이 내린 직후부터 학교 정문 부근 일대의 주민들은 밤에도 잠을 이루지 못했다. 18일 이후 이날까지 인근은 거의 전쟁터를 방불케 했다. 시도때도없이 최루탄이 마구 터지고, 매운 가스가 온 동네를 뒤덮었다. 문이란 문은 빠짐없이 꼭꼭 닫고, 커튼은 물론이고 홑이불까지 둘러쳤지만, 눈에 뵈지도 않는 그 독한 가스는 방안으로 꾸역꾸역 새어들어왔다. 아이가 고통스러워하는 모습을 볼 때마다 그녀는 가슴이 무너지는 것만 같았다. 콧물을 질꺽이다 못해 아이의 여린 코밑이 헐기까지 했다.

그러나 그것은 그나마 어떻게든 견뎌낼 수 있었다. 문제는 언제 닥칠지 모르는 공수부대 병사들에 대한 공포심이었다. 대학생들이 떼를 지어 골목골목을 도망쳐다니고, 그들을 잡으려는 병사들이 대검을 뽑아들고 눈에 불을 켠 채 쫓아다녔다. 이틀 전에는 공수부대가 골목 끝집 인숙이네 집 대문을 발로 걷어차면서 행패를 부리다가, 종내는 분풀이 삼아 대문에다가 대검을 마구 찍어댄 뒤 사라진 일도 있었다.

그저께 아침, 전남대 정문 앞에서는 한바탕 끔찍한 난리가 일어났다. 집 옥상에 올라가 그 광경을 보고 온 친정어머니는 너무나 놀라 몸을 바들바들 떨어대는 것이었다. 닫힌 교문 앞에 모여 있던 대학생들을 공수부대가 갑자기 덮쳐서, 수많은 학생들이 죽도록 맞아 피투성이가 된 채로 끌려들어갔다고 했다.
 바로 그 일이 있고 난 직후, 그녀는 아이를 데리고 이곳 친정집으로 아예 옮겨왔다. 몸까지 무거운 처지에, 남편이 출근하고 나면 혼자 남아 있기도 위험하니 집에 와 있으라는 친정 부모님들의 성화 때문이었다. 본래 그들 부부는 친정집으로부터 불과 두 집 건너인 양옥집의 방 두 칸을 얻어 신혼 살림을 꾸려오고 있는 참이었다. 남편 역시 마음이 놓이지 않아했던 차였으므로 두말없이 처가로 함께 옮겨왔고, 그때부터 이틀째 이 집에서 출퇴근을 하고 있는 중이었다.
 지난 며칠 동안에 벌어진 일들을 생각하면 그녀는 지금도 심장이 벌렁거린다. 전남대 운동장에 주둔해 있는 공수부대원들이 대학생들을 잡아내기 위해 학교 주변 가정집들을 일일이 수색하고 다닌다는 소문에, 정말이지 얼마나 오들오들 떨었는지 모른다.
 학교 근처라서 이 부근 동네는 당연히 하숙집들 천지였다. 그녀의 친정집 역시 주로 대학생들을 상대로 하숙을 치고 있었다. 이층에까지 일부러 여러 개의 방을 들여놓아, 모두 여덟 명의 하숙생이 살고 있는 참이었다. 가택 수색을 한다는 소문이 집집마다 삽시간에 번지고, 식구들은 너나없이 낯빛이 하얘졌었다.
 친정어머니는 육이오 때 고향에서 그와 비슷한 꼴을 여러 번 당한 경험이 있었다. 맨 먼저 대문을 단단히 닫아건 다음, 창고로 쓰는 뒷방 다락을 급히 치우더니, 어머니는 그 안에 대학생들을 숨게 하고는 장롱을 끌어다가 다락문을 가려놓았다.
 "무슨 일이 있어도 절대로 숨소리조차 내선 안 되네 잉. 이 사람들아, 자네들, 시방 이것이 장난이 아녀. 목숨이 왔다갔다하는 판국이란 말여. 내가 문을 열어줄 때까장은 숨도 쉬지 말고, 죽은 사람인디끼 꼼짝없이 숨어 있으란 말여."

그러고 나서 어머니는 부랴부랴 이불을 꺼내어 방바닥에 폈다. 그리고 그녀를 억지로 이불 속에 떠밀어넣은 뒤, 어린아이를 보듬어 안고 자신도 함께 누우며 말했다.

"미화야. 저놈들이 혹시 방안으로 쳐들어오더라도, 너는 꼼짝도 말고 잠든디끼 누워 있어야 한다이. 뭘 물어보드라도 대답은 내가 할 것잉께. 알았지야!"

그러면서도 어머니는 연신 만삭인 딸 걱정을 했다.

"오메, 어쩔끄나. 미화야. 어쨌거나 너는 놀래지 말고 맘을 단단히 묵어라. 뱃속에 애기가 놀래기라도 하면 큰일인께. 아이고, 이놈의 시상, 아무래도 또 난리가 터지긴 터진 모양이다이."

그러나 다행히 아무 일도 일어나지 않았다. 하지만 이틀 동안 숨 한번 제대로 쉬지 못하고 불안에 떨었던 일은 기억하기조차 끔찍스러웠다. 그러다가 어제 낮 동안은 잠시 잠잠해졌었다. 대신 시내가 온통 난리라고 했다. 여기저기 큰불이 났는지 검은 연기가 하늘로 솟구치고, 폭음과 함성 소리가 이곳까지도 끊임없이 들려왔었다. 그러더니 바로 어젯밤에는 급기야 총소리까지 들려왔던 것이다. 두두두두두…… 총소리. 총소리. 그녀는 멀지 않은 광주역 부근에서 군인들이 발포를 하는 바람에 수많은 사람들이 죽고 다쳤다는 놀라운 얘기를 아침에야 남편에게서 들었다.

하지만 그녀는 막상 아직까지 공수부대 병사를 한번도 직접 제 눈으로 목격하지는 못한 처지였다. 만삭의 임신부인 그녀로서는 지난 사나흘 동안 줄곧 친정집 담 안에만 갇혀 있었기 때문이다. 바깥에서 소란한 기척이 있을 때마다 은근히 호기심이 일긴 했지만, 어머니는 방안에서 한 발짝도 나가서는 안 된다고 펄쩍 뛰었다.

"아이고, 이것아, 언제 철이 들라냐! 시방 바깥에서 무신 일이 일어났는지도 모르고, 나가긴 어딜 나간단 말여. 옛말에도 있느니라. 뱃속에 애기를 가진 여자는 하다못해 죽은 파리새끼 한 마리도 눈으로 봐서는 안 되는 법이여. 당장 안 들어갈 거여!"

그때마다 그녀는 방안으로 쫓겨 들어왔다.

'그래, 엄마 말이 맞아. 우리 아기. 귀여운 우리 아기한테 흉한 꼴, 나쁜 소리 하나라도 보여주거나 듣게 해줘선 안 되구말구. 미안하다, 아가야. 내가 잘못 생각했구나. 넌 말야, 예쁜 것만 보고, 예쁜 소리만 듣고, 예쁜 것만 생각해야 된다아. 알아들었지? 으응......'

그렇게 금방 후회하면서, 그녀는 일부러 전축 음량을 한껏 줄이고는 모차르트라든가 클래식 기타 연주 따위를 들려주기도 했던 것이다.

그녀는 부채를 찾아 손에 쥐고는 아이의 곁에 누운 채 바짝 긴장한다. 코를 킁킁대면서 행여 최루탄 가스가 방안까지 스며들지 않았나 하고 유심히 살펴본다. 매운 기가 방안에서 느껴질 때면 그녀는 언제나 부채를 부지런히 흔들어, 아이의 코로 들어가지 못하도록 애쓰곤 했다. 다행스럽게도 아직까지는 괜찮은 것 같다. 최루탄의 폭음도 더는 들려오지 않았다. 그제서야 퍼뜩 남편한테 생각이 미쳤다.

"어찌 된 걸까. 이이가 돌아올 때가 진즉 지났는데…… 웬일일까."

그녀는 시계를 연신 올려다보며 불안스레 중얼거린다. 고등학교 교사인 남편은 오늘 아침에도 출근했다. 그제부터 임시 휴교령이 내려져서 수업이 없다고 하면서도, 남편은 출근은 해야 한다면서 한사코 집을 나섰던 것이다.

"열두시경까지는 돌아올 거여. 염려 말고 기다리라고. 시내 쪽으로 나가지만 않으면야 무슨 일이 있을라고? 자, 다녀올게."

남편은 아무렇지도 않다는 듯이, 언제나처럼 무덤덤한 얼굴로 그렇게 말하고 나갔다. 시계는 벌써 한시 반을 가리키고 있었다. 불현듯 불길한 예감이 고개를 쳐들기 시작한다. 남편은 시간 약속만은 지나칠 정도로 철저하게 지키는 사람이다. 늦어진다면 반드시 전화라도 해줄 터였다.

그녀는 텔레비전 옆에 놓인 전화기를 끌어당겼다. 뚜뚜뚜…… 통화중이다. 잠시 후 다시 걸었지만 역시 마찬가지였다. 그녀는 부쩍 불안해지기 시작한다. 불현듯 그 꿈 생각이 떠올랐다.

조금 전, 그녀는 설풋한 잠속에서 꿈을 꾸었었다. 참으로 묘한 꿈이었다. 거기가 어디였을까. 들판이었다. 언젠가 남편과 함께 바람도 쐴 겸 거닐다 왔던, 전남대 공과대학 뒤편 언덕 같기도 했다. 그때처럼, 꿈속에서도 꽃이 피어 있었다. 코스모스 같기도 하고 자운영 같기도 했는데, 확실치는 않다. 연분홍과 자줏빛 작은 꽃들이 흐드러지게 피어 있는 그 들판 한가운데를 그녀는 남편과 함께 걷고 있었다. 그런데 어느 순간엔가 남편은 보이지 않고 그녀 혼자 서 있었다. 어떻게 된 건가, 두리번거리고 있을 때였다. 무엇인가 꽃밭 사이로 지나가고 있는 게 보였다. 조그맣고 하얀 토끼? 아니면 배구공 같기도 했다. 그녀는 두 팔을 벌린 채 그것을 잡으려고 다가갔다. 그때 갑자기 머리 위 어디선가 웃음 소리가 들려왔다. 까르르르. 웃음 소리. 아주 작은 어린아이의 귀엽고 맑은 웃음 소리. 토끼 같기도 하고 공 같기도 한 그 하얀 것으로부터 나오는 소리라고 그녀는 생각했다. 손을 뻗어 잡으려고 하자 그것은 놀랍게도 재빠르게 빠져나갔다.

'어디로 가니? 어디로 가는 거야? 이리 와. 내게로 오니까. 가지 마. 가지 마아……'

그녀는 두 팔을 허우적거리며 마구 쫓아다녔다. 하지만 그것은 어느 틈엔가 홀연히 사라지고 말았다. 끝내 그녀는 울음을 터뜨렸다. 가슴이 미어지는 듯한 까닭 모를 서러움. 그녀는 서럽게 서럽게 울다가, 그렇게 잠에서 깨어났던 것이다.

'이상도 해라. 어째서 그렇게도 서럽게 울었나 몰라.'

그녀는 고개를 갸웃거리며 한 순간 멍하니 앉아 있다. 그러다가 돌연 그녀는 움찔, 몸을 웅크린다. 반사적으로 배를 감싸 안으며, 그녀는 아래를 내려다보았다.

"아, 움직인다. 아기가! 우리 아기가 움직이고 있어!"

그녀는 환희에 찬 목소리로 낮게 부르짖었다. 느껴진다. 분명히, 아주 또렷하게. 아기의 작은 발이 그녀의 몸 속 어딘가를 툭, 툭, 치고 있었다.

"아아, 아가야. 그래, 엄마란다. 내가 너의 엄마야. 이제 알겠니? 그래, 걱정하지 않을게. 아빠 아무 일도 없으실 거야. 바보같이. 정말 엄마는 바보 같구나. 아빠는 지금 이리로 오고 계실 거야. 틀림없어. 그렇지? 내 말이 맞았지? 엄마 말이 맞았으면 네가 신호를 해보렴…… 어머, 어머. 신통하기도 해라아. 그래. 알았어. 이젠 알아들었다니까아……"

그녀는 잔뜩 부풀어오른 자신의 배를 부드럽게 어루만지며 중얼거린다. 거짓말처럼, 그녀의 말을 알아들었다는 듯이, 아기는 아주 작고 부드럽게 움직이고 있었다. 그 움직임은 이윽고 잠잠해졌다.

그녀는 심호흡을 하고 나서 수화기를 들었다. 천천히 다이얼을 돌린다. 뚜우우. 뚜우우. 아, 신호음이 들리고, 누군가 전화를 받았다. 남자 목소리였다.

"여보세요. 저, 김창욱 선생님 댁인데요. 지금 계신가요?"
"김창욱 선생님요? 퇴근하셨는데요."
"그래요. 언제 나가셨어요?"
"두 시간쯤 됐나? 다른 선생님들하고 함께 나가셨는데요."

수화기를 놓자마자 그녀는 문을 열고 마루로 나갔다.
"엄마. 엄마. 어디 있수?"

그녀는 맞은편 방문을 열어본다. 밖에 나가 있는 줄로만 알고 있었는데, 뜻밖에 어머니는 혼자 담요를 깐 채 모로 엎드려 잠들어 있었다. 혹시 반찬거리라도 나와 있을지 모르겠다고 근처 평화시장에 나가시더니, 아마 그녀가 잠들어 있는 사이에 들어오신 모양이다.

그녀는 어머니를 깨울까 하다가, 조심스레 몸을 일으켰다. 무척이나 고단하셨나보다. 어머니는 입을 반쯤 벌린 채 콧소리까지 내고 있다. 그러시기도 하리라. 어머니는 며칠째 잠을 설쳤으니까.

어제와 그제, 어머니는 하루종일 김밥을 만다, 반찬을 만든다 하느라 들락날락했었다. 동네 사람들이 찾아와서, 데모하는 대학생들과 시민들에게 뭔가 우리도 해줘야 할 게 아니냐고 말했다. 그러자 어머니는 동네 아줌마들과 함께 쌀을 추렴해서 밥을 지었고, 식초를 치고 김가루를 뿌려 주먹밥도 만들고 김밥도 만들어서 내가곤 했던 것이다.
 삐이잇. 삐잇.
 문득 바깥에서 이상한 소리가 들려왔다. 호루라기 소리 같다. 그와 함께 사람들이 떠들어대는 듯한 소란한 기척. 그녀는 귀를 기울인다. 두두두두두…… 이번엔 또 다른 소리가, 멀지 않은 어디에선가 들렸다. 총소리? 어쩌면 커다란 덤프 트럭이 길바닥에 자갈을 쏟아붓고 있는 것인가? 그 이상한 소리는 시내 쪽에서 계속 들려오더니, 이윽고 더는 아무 기척이 없다.
 그녀는 다시 안방으로 돌아왔다. 아무래도 맘이 놓이질 않는다. 조금 전의 그 소리는 무슨 소리였담. 시내 쪽에서 필시 무슨 일이 벌어지고 있는 게 틀림없어. 그녀는 부랴부랴 일어나 저고리를 찾아 걸쳤다. 남편이 걱정되어 가만히 앉아 있을 수가 없을 것 같다. 두 시간 전에 학교를 나섰다면, 최소한 한 시간 전에는 집에 도착했어야 한다.
 '혹시, 돌아오는 길에 무슨 일이 생긴 건가…… 어머나! 내가 지금 무슨 방정맞은 생각을…… 하여간, 난 철딱서니가 없어. 그래그래. 어쩌면 지금쯤 집을 향해 가까이 오고 있는 중인지도 모르지. 살레시오수도원 옆? 아니면 서점 앞까지 왔는지도 몰라. 삼 분? 아니 아니, 일 분도 채 안 걸릴지도 몰라.'
 그러자 한층 더 조바심이 인다. 아이가 곤히 잠들어 있음을 확인한 그녀는 방을 빠져나와, 뒤뚱이는 걸음을 옮겨 마당으로 내려섰다.
 집 안은 텅 비어 있는 듯한 느낌이다. 하숙생들은 지난 이틀 사이에 대부분 집을 빠져나갔다. 학교 근처에 남아 있는 게 아무래도 안전하지 못하다는 판단 때문이었다. 고향집으로 내려가겠다는 사람, 혹은 시내 친구집이나 친척집에 가 있겠다는 사람도 있었다. 어머니는 학생들에게 일일이 여비를 손에 쥐어줘 보내면서, 공수부대가 시내에서 모두 철수했다는 소식이 있을 때까지는 시골에서 절대 올라와선 안 된다고 다짐을 받았었다.

그녀는 조심스레 대문 빗장을 땄다. 어머니가 아시면 아마 기절하실 일이다. '무슨 일이야 있을라고. 겨우 요 앞, 골목 끝에까지만 나갔다가 금방 돌아올걸 뭐.' 그녀는 내심 그렇게 중얼거리면서, 불안한 마음을 가라앉히려 애써본다.

"이봐요. 우리 공주님. 내 말이 맞지? 안 그래? 엄마는 지금 아빠가 돌아오시는가 보려고 그러는 거란 말씀이야…… 어때, 너도 아빠가 보고 싶지? 좋았어. 그럼, 지금부터, 나라앙, 아빠 마중 나가는 거다아? 어머머, 조심조심…… 그래애, 조심조심 걸어야지이. 우리 공주님, 놀래지 않게. 그렇지이?"

그녀는 골목을 조심스레 걸어나가면서, 혼자 그렇게 뱃속의 아이와 이야기를 주고받는다. 골목 어귀에서 그녀는 걸음을 멈추고, 조심스레 고개만 빼고 거리를 살핀다. 어째선지 거리가 텅 비어 있다.

"웬일일까? 어째서 이리 조용하지?"

평화시장 입구 쪽을 살펴보니, 언제나 사람들로 바글거리던 곳이 조용하다. 여자와 남자들 두엇이 세탁소 문 앞에서 고개를 내밀고 이쪽을 살피며 뭐라 수군대고 있을 뿐, 거리는 마치 모든 상가가 철시해버린 명절날처럼 한적하기만 하다.

삐이잇.

그때 반대편 큰길 쪽에서 호루라기 소리가 들려왔다. 대학 정문으로 곧장 이어지는 그 이차선 도로 역시 어찌 된 셈인지 텅 비어 있다.
　잠시 망설이던 그녀는 무심코 그쪽으로 뒤뚱뒤뚱 걸음을 옮기기 시작했다. 은근히 겁이 나기도 했다. 하지만, 설마 군인들이나 같은 가정주부한테까지 행패를 부리겠는가 싶다. 더더구나 이렇게 배까지 잔뜩 불러 있는 만삭의 임신부한테 말이다.
　마침내 그녀는 길 어귀의 세탁소 앞까지 다가갔다. 커다란 맨홀 뚜껑이 있는 길모퉁이에서 걸음을 멈춘 그녀는 팔짱을 낀 채 도로 양켠을 유심히 살폈다. 사레지오고등학교 옆길로 사람들이 드문드문 오가고 있을 뿐이다. 혹시 남편의 모습이 보일까 싶어 한참을 기웃거리던 그녀는 문득 반대편으로 고개를 돌렸다. 전남대학교 정문으로 이어진 다리께 역시 아무도 보이지 않는다.
　그 순간, 그녀의 시선이 문득 한 지점에서 멎었다.
　다리가 끝나는 지점, 저만치 주택가 길모퉁이의 전신주 뒤에 누군가가 몸을 반쯤 가린 듯하고 서 있는 게 보였다.
　'가만, 저 사람이 저기 서서 뭘 하고 있는 거야?'
　그녀는 팔짱을 낀 채 엉거주춤 서서, 무심히 사내를 바라보았다. 예비군복 비슷한 얼룩덜룩한 제복에 철모를 쓴 사내. 그 사내는 엉거주춤한 자세로, 뭔가 검고 길다란 막대기 같은 것을 얼굴에 대고 들여다보고 있는 것 같다. 저게 뭐지? 그녀는 눈을 크게 떴다.
　타앙!
　순간 날카로운 총성이 거리를 흔들었다. 맨홀 뚜껑 위에 서 있던 그녀의 몸뚱이가 허수아비처럼 퍽 주저앉았다.

방 문짝이 부서질 듯 와당탕 열리는 소리에, 어머니는 잠에서 화들짝 깨어났다.
"미, 미화 어무니! 크, 큰일났소! 미화가 쓰러졌어라우!"
"예에? 누가라우!"
"초, 총을 맞았단 말이요. 집에 딸, 미화가라우."
"미화가! 우리 딸, 미화가요옷!"
이웃 연탄집 남자가 문 앞에 서서 헐떡이며 소리쳤다. 한 순간 어머니는 어벙벙해 있다가, 갑자기, 아이고오, 비명을 내지르며 벌떡 일어났다. 마루를 쿵쿵쿵 내려와, 신발을 찾아 신을 겨를도 없이, 골목으로 내달린다. 대학교 일학년짜리 큰아들이 그녀보다도 먼저 뛰어가고 있었다.
"골목 앞 맨홀 뚜껑 위에 멋모르고 서 있다가 총을 맞았소! 우리가 세탁소 안에서, 얼른 피하라고 막 손짓을 하고 있는 참인디."
연탄집 남자가 미화 어머니를 따라 달리며 말했다.
"참말로, 그것이 진짜 우리 미화란 말요? 방에서 잠자고 있었는디, 설마, 아닐 것이요. 그, 그럴 리가."
"공수부대가 한바탕 대학생들을 잡을라고 우우 몰려나오길래 모두 도망쳐서 길에 개미새끼 하나 없던 참인디, 아이고, 해필이면 그때 임신부가 뭣 할라고 거기 나와가꼬······"
세탁소 여자도 함께 달리며 소리쳤다.

바로 그 시각, 세탁소 앞, 도로 어귀에 한 무리의 사람들이 모여 웅성대고 있었다. 대학생 하나가 미화의 상체를 안고 인공 호흡을 마악 시도하려는 참이다. 또 다른 대학생 하나는 그녀의 어깨를 부축하고 있다.
"어떻게 된 거야. 응. 죽은 거 아니냐?"
"총소리에 놀라서 기, 기절했는지도 몰라."
"아줌마, 아줌마. 정신차려요! 내 말 들려요?"
"안 되겠다. 인공 호흡부터 시켜야겠어. 민태야, 네가 여기 좀 받쳐볼래."
"명기 너, 인공 호흡 할 줄 알아?"
 청년이 한 손으로 그녀의 입과 코를 손으로 잡고 인공 호흡 시킬 자세를 취한다. 그러다가 문득 그녀의 뒷머리를 받치고 있던 제 손바닥을 문득 빼내더니, 이내 하얗게 얼굴이 질린다. 청년의 손바닥에 피가, 그리고 뭔가 희끄무레하고 물컹한 덩어리 같은 것이 묻어나왔다.
"이, 이게 뭐야! 피잖아!"
"초, 총을 맞았나봐! 머리에."
 코에 귀를 가져다 대보더니, 청년은 절망스레 고개를 젓는다.
"트, 틀렸어! 숨소리가 안 들려."
"가만, 맥박은 아직 뛰는데. 이거 봐. 맞지?"
"그, 그런가? 어쩌지?"
"여보세요! 이 아줌마 집이 어디라구요? 이 아줌마가 누군지 아는 사람 없어요?"
 청년은 주변을 에워싼 주민들을 돌아보며 다급하게 소리친다.
"아아, 금방 데리러 갔어라우! 저기, 저기, 골목 이층집 새댁인디."
"어쩌까아! 그 개새끼들이, 아무것도 모르고 서 있는 사람한테, 왜 총을 쏴!"

"워메워메에! 뱃속에 애기는 어쩌면 좋아!"
여자들이 발을 동동 구르며 외쳤다.
그때, 미화의 몸을 부축한 청년이 손을 들어 그녀의 얼굴과 가슴 위로 재빨리 성호를 그었다. 그리고는 눈을 감고 뭐라 웅얼거린다. '하느님, 여기, 이 가엾은 영혼의 지은 죄를 용서하시고, 하느님, 당신의 품으로 이, 인도하여주소서. 성부와 성자와 성령의 이름으로 아아멘.' 청년은 온몸을 바들바들 떨고 있다.
"명기야, 너, 지금 뭐 하고 있는 거야?"
"주, 죽었어. 민태야. 이 아줌마, 벌써, 죽은 거 같아……"
청년은 말을 맺지 못하고 갑자기 컥, 울음을 터뜨리기 시작한다.
그때, 미화의 어머니와 남동생이 사람들을 밀치고 뛰어들었다. 어머니는 청색과 붉은색 무늬가 섞인 임신복을 맨 먼저 알아보았다.
"와이고오, 진짜로 우리 미화구나! 미화야. 이것이 무슨 일이다냐!"
"누나! 어, 어떻게 된 거여! 누나, 누나!"
처음엔 어머니는 딸이 잠시 기절한 것이라고만 생각했다. 그러나 몸뚱이를 부둥켜안는 순간, 어머니는 딸이 이미 숨졌음을 직감했다.
"와이고오! 하느님임!"
어머니는 털썩 주저앉아 비명을 지른다. 너무 놀라 눈물이 나올 겨를도 없다. 이건 꿈일 것이다. 내가 꿈을 꾸고 있는 게여. 어쩔 줄을 모르고 팔다리를 허우적댄다. 청년이 다급하게 소리쳤다.

"아주머니, 이러고 있을 때가 아닙니다. 빨리 이 아줌마를 집으로 옮기란 말요! 공수부대놈들한테 시체까지 빼앗길라고 이러세요? 빨리요!"

그 말에 어머니는 허겁지겁 딸의 몸뚱이를 일으켜 안으려 했다. 순간, 딸의 뒷머리에서 무엇인가가 주르르 흘러 떨어져내렸다. 그제서야 사람들은 흥건한 핏물과 함께 길바닥에 허옇고 누르께한 덩어리들이 여기저기 흩어져 있음을 발견했다.

"으마, 이, 이것이 뭣이다냐!"

어머니가 깜짝 놀라 딸의 머리를 받쳐들려 했을 때, 손이 머릿속으로 쑥 들어갔다. 뒷머리에서 뭔가 피고름 덩어리 같은 것들이 와르르 쏟아져내렸다.

"아이고메, 머리가 텅 비었소야! 내 딸, 머릿속이⋯⋯ 와이고오!"

그제서야, 보리밥 덩어리처럼 보이는 그것들이 딸의 뇌에서 쏟아져나온 뇌수라는 것을 어머니는 깨달았다. 눈앞이 노오래졌다. 이대로 끌고 들어갈 수야 없다. 어머니는 소리를 질렀다.

"인동아, 안 되겄다야! 수건, 수건 좀 가져와라이!"

"미화 엄니! 빨리 옮기시란 말이라우. 저기, 공수부대놈들이 또 쫓아나올라능갑소야! 빨리라우!"

연탄집 주인이 발을 동동 구른다.

"안 된단 말이요! 이렇게 피가 콸콸 쏟아지는디, 어떻게 들고 간단 말이라우!"

그 사이 누군가 수건 두어 장을 집어들고 뛰어왔다. 어머니는 딸의 머리를 동여맸다. 남동생이 누나의 몸뚱이를 업었고, 어머니는 사지를 펄렁거리며 뒤를 따라 달린다. 집 안으로 들어섰다.

동네 사람들 여럿이서 축 늘어진 미화의 팔다리를 잡고 거실 바닥에 눕혔다.
그때 갑자기 누군가 숨넘어가게 비명을 터뜨렸다.
"미, 미화 엄니! 저, 저것 좀 보씨요!"
이웃집 여자가 시체의 배를 가리키며 눈을 커다랗게 떴다. 순간 어머니는 보았다. 부풀어오른 딸의 배가 돌연 꿈틀대기 시작하고 있다.
불뚝.
불뚝.
불뚝.
마치 다급하게 심호흡을 하듯이, 헐떡거리듯이, 임신복에 덮인 커다란 배가 세차게 불뚝불뚝 뛰어오르고 있는 것이다.
"오메엣! 애기여! 애기가, 저러는 거여!"
"아아, 뱃속에서 애기가 뛰네! 애기가!"
"와이고오, 저걸 어쩌면 좋아! 어째야 쓸꼬오!"
"병원! 병원에다가 연락해! 애기라도 살려내야 해라우!"
"빨리빨리!"
"아이고옷! 뭣들 하고 있으까이! 얼른 수술하면 살릴 수 있을 것이요!"
아들이 수화기를 들고 고함을 질러댄다.
"의사 좀 얼른 보내주시요! 애기가, 금방, 나올라고 한단 말이라우! 사, 산모가 지금, 총을 맞고 죽었는디, 여덟 달 된 애기가, 막 뛰어라우! 엄마 뱃속에서, 천길 만길, 펄쩍펄쩍 뛰고 있단 말이라우……"
아들은 여기저기 닥치는 대로 전화를 걸어본다. 어디에서고 신통찮은 대답뿐이다. 뭐라고요? 산모가요? 아이고, 그랬으면 이미 틀렸소이다. 산모가 벌써 사망했다고 하잖았소⋯⋯

"여보세요! 여, 여보세요! 이런 씨팔놈들이⋯⋯"

아들은 전화통을 두드리며 악을 쓴다. 그러는 동안에도 미화의 배는 계속 불뚝, 불뚝, 뛰어오르고 있다.

어머니는 이미 넋이 나가버렸다. 손바닥으로 방바닥을 퍽퍽 두드려대고, 딸의 몸을 그러안고 몸부림을 치고, 그러다가 마당을 펄쩍펄쩍 뛰어다니며 목이 터져라 통곡했다.

"이 개 같은 새끼들이! 으허어엉!"

전화통에 매달려 있던 아들이 끝내 수화기를 내동댕이치며 와악 울음을 터뜨렸다. 어느 병원에서고 달려와주겠다는 대답은 없었다. 이웃 사람들 역시 손바닥을 치고, 발을 동동 구르고, 눈물을 줄줄 흘려댄다.

얼마나 지났을까.

이윽고, 미화의 배가, 조용해졌다.

"누나! 누나아아!"

---

* 5월 21일 전남대 앞 사망자 사례
- 최미애(여, 24세) 임신 8개월의 전남대 앞 주민. 가정주부로, 공수대원의 정조준 충격으로 두부 총상 입고 현장에서 사망[광주지검, 5·18 관련 사망자 검시 내용, No. 93].
- 안두환(남, 46세) 전남대 앞 주민. 자택에 난입한 3공수가 구타 후 전남대로 강제 연행. 이후 교도소로 끌려갔다가, 27일 진압 이후 교도소 담벼락에서 사체로 발굴됨[위의 자료, No. 204].
- 장방환(남, 57세) 전남대 앞 주민. 21일 전남대 앞에서 3공수에게 구타당하고 연행되어, 위 안두환과 동일한 경우로 교도소에서 암매장된 사체로 발굴됨[위의 자료, No. 102].
- 성명 미상(남, 나이 미상) 전남대 앞 시위시 경찰 가스 차량 운전중 두부 총상으로 즉사[1989. 2. 22, 제28차 국회 청문회, 최성환 증언, p. 47].

"으아아아아! 미화야아아! 내 딸아. 내 새끼야아!"
 춤을 추듯, 널뛰기를 하듯, 펄쩍펄쩍 뛰어오르던 미화 어머니. 마당 한복판에서, 허수아비처럼, 풀썩, 고꾸라졌다.

> 내 그대를 만났고, 그대를 원했고, 또 가혹하게도
> 그대를 배신했다
> 너무도 짧은 순간에 너무 많은 일이 일어났고,
> 만나자마자 너무도 많은 시련들이 대기하고 있었다
> 그대의 탓이 아니었다
> — 임동확, 「만남을 위하여」에서

5월 21일 14:00, 양림동 K종합병원

 병원 정문을 통과한 타이탄 트럭 한 대가 가파른 언덕길을 난폭하게 달려들어온다. 빠아앙. 빠빠빵. 경적을 마구 울려대며 질주해 들어오는 트럭을 보고 사람들이 놀라 황급히 인도로 뛰어올랐다. '응급실 입구'라는 간판이 붙어 있는 화단가에서 트럭은 급정거했다. 적재칸 위에서 네댓 명의 청년들이 급히 뛰어내리더니, 칸막이를 덜커덩 걷어내며 소리를 지른다.
 "들것 조까 가져오시요! 빨리빨리!"

"부상자들을 실어왔소! 급하단 말요!"
건물 안으로 먼저 뛰어들어갔던 청년들이 들것을 끌고 허겁지겁 튀어나왔다. 트럭 안엔 피투성이가 된 다섯 명의 부상자들이 맨바닥에 눕혀져 있다. 청년들이 적재함에서 부상자들을 차례로 안아 내려 들것에 실어 옮긴다. 응급실 부근에서 웅성거리고 있던 사람들이 우르르 몰려들었다. 그들은 이미 병원에 옮겨져 있는 부상자들의 가족이거나, 혹시 다친 사람들 중에 가족이 있는가 해서 찾아나선 사람들, 그리고 호기심에 구경 나온 인근 주민들이다. 수위 두 사람이 응급실 문을 가로막고 구경꾼들을 몰아내느라 진땀을 빼고 있다.
"이 사람들이 대체 정신이 있나 없나! 물러나란 말요!"
"아저씨, 우리 남편이 혹시 저 안에 있는지만 보고 나올께라우. 아이고오."
"안 된당께 그래! 빤히 보고도 그요? 못 들어간단 말요."
"당신들 땜에 환자들 치료를 제대로 못 한다니까!"
"오메에, 저를 어째! 저 피 조까 봐아!"
"아이고오, 저 처녀는 벌써 죽었구마이. 어디서 이랬다요?"
"비켜요, 비켜!"
"도청 앞에서 공수놈들 총에 맞았소. 개새끼들이 무차별로……"
복부에 총을 맞은 이십대 처녀를 옮기며 청년이 고함을 지른다. 처녀는 이미 의식을 잃은 듯하다. 잇달아 다른 네 명의 부상자들도 들것에 실려, 혹은 등에 업힌 채 응급실로 옮겨진다.
트럭 적재칸 바닥엔 핏물이 흥건하게 고여 있다. 청년들은 바께쓰에 퍼온 물을 끼얹어서 핏물을 대충 씻어낸 다음, 다시 시내 쪽으로 트럭을 몰고 나갔다.
 응급실 안은 이미 발 디딜 틈도 없다. 원래 예닐곱 개뿐인 응급실 병상은 말할 것도 없고, 바닥에 메트리스만 깔고 눕혀놓은 중상자들만도 십여 명이 넘는다. 응급실 밖 복도에도 수십 명, 평상시엔 외래 환자 대기실로 쓰이는 백 평 가량의 꽤 넓은 회랑에까지도 부상자들로 가득 찼다. 병원 전체가 삼십 분 전부터는 아예 임시 병동으로 변했다.
 "아가씨, 어, 어디다 눕힐까라우."
 방금 트럭에서 들것을 운반해 응급실로 들어온 청년이 수희의 소맷자락을 붙들고 허겁지겁 묻는다. 청년들의 상의가 땀과 피로 엉망이다.
 "큰일났네! 빈자리가 없는데."
 "빈자리가 없으면 어쩌란 말요? 이 사람부터 봐줘야 할 것 아뇨? 가슴에 총을 맞았단 말요!"
 또 다른 청년이 벌컥 화를 내며 고함을 친다. 수희는 거즈통을 움켜쥔 채 환자를 얼른 들여다본다. 삼십대 남자의 흰색 남방셔츠는 이미 피로 흥건히 젖어 있다. 총상을 입은 자리에서 핏물이 벌컥벌컥 솟구쳤다. 출입구 옆 빈자리를 억지로 만들어서 환자를 눕히게 했다.
 "니기미! 다 죽어가는 사람을 맨바닥에다가 눕히란 말요?"
 "병원에 무슨 메트리스라도 없소?"
 "왜 화를 내고 그래요? 잠깐 어깨나 잡고 있어요."
 수희는 주변을 허둥지둥 둘러보다가, 벽에 세워둔 골판지 두 장을 끌고 와 바닥에 깔았다. 그것은 좀 전에 직원들이 지하 약품 창고에서 꺼내온 것들이다. 메트리스는커녕 임시로 사용하던 합판이며 스티로폼도 바닥이 났던 것이다.
 그 위에 남자를 내려놓자마자 청년들은 밖으로 뛰어나가더니, 또 다른 부상자들을 옮겨왔다. 복부 총상을 입은 중년 사내, 그리고 허벅지와 어깨에 각각 총을 맞은 남자 둘이다. 밀고 들어오는 들것에 부딪힌 의사 하나가 마스크를 벗고 화를 벌컥 낸다.
"이봐, 박간호사. 이렇게 무턱대고 끌고 들어오게 하면 어떡하자는 거야!"
"그럼 절더러 어떡하란 말예요. 무작정 들이닥치는데."
"어떻게든 교통 정리를 해얄 거 아냐? 덜 급한 환자는 일단 밖으로 옮겨!"
"모두가 급한 환자들뿐인데…… 아아, 어쩌면 좋아!"
"박간호사! 압박 붕대! 뭘 하는 거야?"
 한꺼번에 밀어닥치는 부상자들 앞에서 어쩔 줄 몰라 박간호사가 발을 동동 구르다가 끝내 울음을 떠뜨린다. 의사의 고함 소리에 수희는 박간호사에게서 빼앗듯 붕대를 받아들고 그쪽으로 달려갔다.
"이쪽 환자, 빨리 수술실로 옮겨요!"
"수술실이 벌써 다 찼어요."
"그걸 날더러 어떡하란 얘기요?"
 닥터 윤은 그렇게 말하다가 그것이 수희라는 걸 그제서야 깨달았는지, 힐긋 돌아본다. 두 사람의 시선이 짧게 부딪쳤다. 수희는 얼른 눈을 피해버렸다. 처치실 남자 직원들이 운반용 병상에 남자를 실었다.
"서, 선생님! 지, 집에 연락을 해야 하는디라우."
 옆구리에 총상을 입은 남자가 실려가며 헐떡거린다. 붕대 사이로 붉은 피가 빠르게 번지고 있다. 직원들이 부랴부랴 운반용 병상을 끌고 나갔다.

"간호사, 간호사! 여기 있던 환자, 어디 갔어!"

"네에? 저도 몰라요. 아, 수술실로 옮겼나봐요."

"아이고오, 의사 선생님. 여기 조까 봐주시요오. 나 죽겠네에!"

"이거 보세요. 걱정하지 말아요. 이 정도로는 안 죽는단 말요! 응급 처치는 했으니까, 우리가 시키는 대로 잠시만 복도에서 기다리쇼! 급한 환자부터 처칠 해얄 것 아뇨!"

"여기부텀 봐주란 말요! 내가 먼저 왔단 말이요."

"물, 물 좀 주시요. 목이 타서 죽겠단 말이라우!"

"우진아! 정신차려. 아이고오, 눈 조까 떠보랑께에! 선생님! 의사 양바안! 우리 자식 죽소오!"

"선덕남! 이 친구 어디 갔나! 뭐라구? 이 판국에 원무과엔 뭣허러 갔어?"

"이봐, 저쪽 3번 베드, 심장 마사지 시도해봤어?"

"늦었어요. 영안실로 옮기라고 지시했는데."

"이 사람들은 또 뭐요? 비켜주쇼. 이렇게 무작정 들이닥치면 어찌라는 거야?"

"이봐요, 나가요 당장! 찾기는 누굴 찾는다고 그래요?"

"수위 아저씨들은 뭘 하고 있는 거야? 불필요한 사람들 못 들어오게 막으라니깐."

"김간호사. 여기! 빨리 지혈부터 하라구. 아니, 그쪽말고, 이쪽 환자!"

"윤원상 선생님. 산부인과에서 찾는데요. 제왕절개 수술, 급하대요."

"제기랄, 그쪽에 레지던트나 누구 없어? 알았어! 알았다니까!"
"여기 수혈부터 빨리 해. 부목도 준비하라구."
 응급실은 아수라장이다. 비좁은 공간에 수십 명의 환자와 의료요원들이 한꺼번에 몰려 북적대느라 정신이 없다. 부상자들의 비명 소리, 신음 소리, 다급하게 외쳐대는 의료요원들의 목소리, 거기에 전화벨까지 끊임없이 찌릉찌릉 울려댄다.
 이날은 '부처님 오신 날'이라 원래 공휴일이었지만, 기독교 재단인 K종합병원은 정상 근무중이다. 그게 아니더라도 벌써 나흘째 밀려들어오는 부상자들 때문에 병원 전체가 비상 근무 체제에 돌입해 있는 참이다. 벌써 사흘째 비번 근무자까지 전원 투입되어 24시간 일에 매달리고 있는 것이다.
"이간호사, 저쪽 3번 베드 수혈해줘요. 수술실로 옮겨야 하니까."
"예, 가, 갑니다. 지금 다됐어요."
 수희는 혈액과 주사기를 챙겨들고 그쪽으로 달려간다. 비좁은 통로까지 부상자들로 들어차서 걸음을 옮기기조차 힘들다.
 5번 병상 역시 총상 환자였다. 하복부에 총을 맞고 십 분 전쯤에 들어왔는데, 지혈을 하고 부목을 대는 일을 수희도 도왔다. 혈액을 꽂고 나서 환자를 들여다보다가 수희는 가슴이 철렁 내려앉았다. 환자의 반쯤 열린 안구 흰자위가 멎어 있다.
"정선생님, 여길 좀 보세요. 환자가……"
"뭐야, 어떻다구?"
 건너편 병상에 있던 의사가 건너왔다. 청년의 두 눈을 까보고 맥박을 짚어보더니, 젊은 의사는 침통한 표정으로 고개를 저었다.

"이 친구, 죽었군."
"네에? 이걸 어쩌면 좋아……"
"영안실로 옮기라고 해요."
 더벅머리의 그 청년은 아까까지만 해도 의식이 있었다. 물을 달라고 손짓을 했었다. 갓 스무 살이나 됐을까. 깡마른 체구에 단정한 얼굴. 이마에 피가 거멓게 말라붙어 있는 그 청년의 앳된 얼굴을 내려다보다가 수희는 큭 울음을 터뜨렸다.
"세상에, 어쩌면 이럴 수가 있을까. 아아, 하느님."
 직원들이 어느 틈에 와서 청년을 이동용 병상에 옮겨 눕힌다. 수희가 청년의 얼굴을 시트로 덮어주었다. 직원들의 표정이 하나같이 참담하게 굳어 있다. 너나없이 이 엄청난 상황 앞에서 반쯤 얼이 빠져버린 것이다.
"세상에, 이 젊은 나이에, 이게…… 원, 이게 무슨 짓이여."
"이 찢어죽일 놈들. 맨주먹인 시민들헌테 총을 쏘다니!"
"두 시간 만에 벌써 몇 명째다냐. 이 친구까지 합하면 열다섯, 아녀, 열여섯 명이네그랴."
"큰일났구만. 영안실에도 둘 자리가 없는디, 어쩌야 쓸꼬."
"할 수 있는가? 뒤뜰에다가 내놓을 수밖에."
 직원들이 사방에 눕혀진 부상자들 틈을 헤집고 어렵사리 시신을 밖으로 내갔다.
 투투투투투투……
 잠시 멎었던 총성이 들려왔다. 수희는 흠칫 몸을 떨었다. 이번에도 역시 도청 방향이 틀림없다. 병원과 도청까지는 직선 거리로 약 3킬로미터. 하지만 총성은 바로 코앞에서처럼 또렷하게 들려온다.

'아아, 또 얼마나 많은 사람들이 죽어가고 있을까.'
 수희는 애가 탄다. 동생 수길이녀석의 얼굴이 얼핏 스쳤다. 혹시 그애가 거기 나가 있지나 않을까. 아침에 전화를 했었다. 몇차례 해봐도 받질 않았다. 주인집 아저씨가 부상을 당했다더니, 집을 비운 것일까. 그래도 수길이나 정민이가 받을 수도 있을 텐데…… 수희는 자꾸만 불안해진다. 다시 한번 전화를 해보고 싶지만, 이 판국에 자리를 비울 수도 없다.
 수희네 병원으로 부상자들이 본격적으로 밀려들기 시작한 건 19일 오후부터였다. 18일에도 부상 환자가 들어왔지만, 그래도 병원 업무가 마비될 정도까지는 아니었다. 비교적 시 외곽에 자리한 이 병원 근처까지는 공수부대가 나타나지 않았다. 그래도 인근 주민들은 야단들이었다. 공수부대가 길에서 젊은 사람만 보면 무조건 잡아가고 집까지 수색해서 끌고 간다는 소문에, 더러는 대학생인 아들을 근처 미국인 선교사들의 집에 피신시키기도 했다.
 19일 오후부터 병원은 극도로 바빠졌다. 심한 타박상 환자와 대검에 찔린 자상 환자들이 많았고, 특히 운전기사들 십여 명은 진압봉에 의한 타박상과 늑골 골절 부상을 입고 금남로에서 한꺼번에 실려 들어왔다. 시간이 지날수록 응급실에 실려 들어오는 부상자들의 부상 정도도 심각해져가는 것 같았다.
 이때까지만 해도 총상 환자는 없었고, 주로 심한 타박상이나 대검에 찔린 자상 환자들이었다. 그 중에서도 특히 안타까운 환자들은 대검에 의해 자상을 당한 경우였다. 대검에 베이거나 찔린 환자들의 경우엔 엄청난 고통과 함께 순식간에 살이 썩어들어가게 마련이었다. 자상 부위는 실로 다양했다. 허벅지나 어깨

부위를 찔린 경우는 그나마 다행이었다. 한번은 목 위쪽 턱에서부터 코 위쪽까지 관통해 찔린 환자를 받아놓고는, 어디서부터 어떻게 손을 써야 할지 몰라, 끝내 의사와 간호사들이 서로 부둥켜안고 엉엉 울음을 터뜨리고 말았었다.

20일 밤에 최초의 총상 환자 하나가 응급실로 들어왔다. 좌측 쇄골 직상부에 조그만 총상 입구가 있었고, 엑스선 촬영 결과 윗가슴 뒤편에 산탄 총알 같은 것들이 여러 개 퍼져서 박혀 있는 것을 수희도 수술실에서 직접 확인했다. 그 환자는 결국 수술을 받지 못한 채 몇 시간 만에 식도 파열 및 종격동염으로 사망하고 말았다.

20일 밤에는 하루 저녁에 무려 23명을 수술했다. 평상시 같으면 상상도 하기 어려운 일이었지만, 의료진들은 수면 시간까지 포기한 채 힘을 합해 이를 감내해냈다. 한 외과의사는 수술을 하다 말고 엉엉 울며 외쳤다.

"아아, 동족에게 어떻게 이렇듯 잔인한 만행을 저지를 수 있단 말요. 그것도 맨주먹뿐인 비무장의 시민들한테다가……"

그 바람에, 수술실에서 잠시도 쉬지 못하고 피투성이로 수술을 하던 의사들과 간호사들은 덩달아 비통한 눈물을 흘려야만 했었다.

오늘, 21일은 오전까지만 해도 모처럼 응급실이 조용했었다. 그러나 점심 시간 끝날 무렵 엄청난 총성이 시내 쪽에서 들려왔다. 이내 십여 분도 채 지나지 않아서 한꺼번에 부상자와 시체들이 밀어닥치기 시작했다.

이미 절명해서 가마니나 천막 따위로 덮어놓은 시체들도 있었고, 부상자들은 대부분 총상을 당해 끔찍한 몰골로 실려왔다. 하나같이 처참하기 그지없는 부상자들 앞에서 의사와 간호사들은 충격을 감추지 못했다.

현재 시각, 벌써 영안실에 옮겨진 시체만도 십칠팔 구를 넘어섰고, 부상자는 백오십 명이 넘었다. 응급실은 말할 것도 없고 복도까지 바닥은 온통 부상자들이 흘리는 피와 오물로 흥건했다. 청소 담당 고용원들이 달겨들어 걸레로 쉬지 않고 닦아내고 있었지만 어림없는 짓이었다. 의사도, 간호사도, 직원들도, 부상자들도 온통 피범벅이 된 채 허둥거리고 있는 참이었다. 부상자는 끊임없이 들어오고, 의료 인력은 태부족이다. 이곳이 이 지경이니, 시내의 다른 병원들까지 합하면 희생자 숫자는 필시 수백 명에 달할 터였다.

수희는 마침 이번 달부터 응급실 근무였다. 벌써 사흘째 잠 한숨 제대로 자보지 못한 처지다. 하지만 엄살을 부릴 여유조차 없다. 눈앞에서 벌어지고 있는 엄청난 사태에 놀라 그녀는 피곤한 줄도 모르고 정신없이 이리 뛰고 저리 뛰어다녔다.

병원에서는 두 시간 전부터 거의 대부분의 의료요원들을 응급실과 외과 쪽에 집중 배치시킨 상태다. 수련의를 포함한 열다섯 명의 의사, 이십여 명의 간호사들이 응급실과 복도 그리고 회랑에 임시 수용시킨 부상자들에게 매달려 정신없이 움직이고 있다. 최소한의 인원을 제외한 일반 사무직원들까지 동원되어 환자 이송, 병실 정리, 시신 운반 등등의 업무에 매달렸다. 그러는 동안에도 새로운 부상자들이 끊임없이 들어오고 있었다.

"뭐가 어쩌고 어째! 복도로 옮기라니! 벌써 한 시간 넘게 기다렸는디, 사람이 죽어가도 내팽개쳐놓고 그런 말이 나와?"

"누가 내팽개친다고 그래요? 응급 처치는 일단 했으니까, 위급한 환자부터 보겠다는 거 아뇨?"
"뭣이여? 그러니께 나는 위급한 환자가 아니란 말여? 아이고 오, 여, 여기가 안 보여? 당신 같은 작자가 의사란 말여?"
"여보세요, 아저씨야말로 눈앞에서 당장 수십 명이 죽어나가는 게 안 보이십니까? 제발 조금만 참고 기다리세요."
 귀에 익은 목소리. 수희는 고개를 돌린다. 닥터 윤이 언성을 높이고 있다. 팔에 총상을 입은 사내 하나가 그를 붙잡고 거칠게 항의를 하고 있다.
 닥터 윤은 어제부터 휴가를 받아놓고 있었다. 이번 토요일 서울에서 결혼식을 올릴 예정이었다. 하지만 그는 아직 병원에 붙잡혀 있었다. 아니, 그 스스로 원해서 남아 있는 것이다. 외과의인 그는 응급실로 내려와 어제부터 눈코 뜰 새 없이 바쁘게 뛰고 있었다.
 끊임없이 밀려들어오는 부상 환자들의 상태를 확인하고, 응급 순위를 매겨 그 순번대로 수술실로 올려보내는 일이 닥터 윤의 임무였다. 위급한 환자들이 한꺼번에 몰리는 바람에 특히 상태가 심한 중상자들부터 우선 순위에 배정할 수밖에 없는 처지였다. 따라서, 병상을 확보하기 위해서는 비교적 덜 심한 타박상의 경우나 팔다리에 총상을 입은 환자들은 일단 응급 처치를 마치면 응급실 밖으로 옮기도록 조치하고 있었다. 때문에 치료받을 순번이 뒤로 밀려나게 된 환자들로부터 얼른 손을 써주지 않는다는 항의가 쏟아지는 것이다.
"이 일을 어쩌죠? 항생제랑 지혈제가 부족하대요, 글쎄."
"그보다도 당장 혈액이 달리는 모양이야. 다른 병원으로 여기 저기 전화를 해보는 모양인데, 그쪽도 마찬가지로 부족하다잖아?"

박간호사와 정간호사가 안타깝게 주고받는다. 그때 양간호사가 나타났다.

"수희언니, 얼른 혈액실로 가서 헌혈해요. 나도 지금 막 거기서 내려오는 길이에요."

"헌혈?"

"혈액이 거진 바닥났대요. 급한 대로 우리 병원 식구들부터 피를 뽑기로 한 모양이에요."

상황이 급하긴 급한 모양이었다. 바쁜 중에도 의사와 간호사들은 번갈아가며 혈액실로 올라가 피를 뽑았다. 수희도 다녀왔다. 혈액실 앞엔 사무직원들은 물론이고 일용직 청소부 아줌마들과 매점, 식당 종업원들까지 뛰어와 팔뚝을 내밀고 있었다.

"이걸로는 부족해! 누가 밖으로 나가서 시민들에게 헌혈을 부탁해야겠어."

"아까 보니까, 적십자 완장을 찬 청년들이 시내를 돌면서 헌혈운동을 벌이고 있는 모양이던데요."

"그걸로도 부족할 거요. 당장 필요한데. 많으면 많을수록 좋다구요."

"가만 있자! 외부 사람들한테 도움을 청해야겠어요. 시간이 급해요. 당장 누구라도 나서서 홍보 활동을 해줄 인원이 있어야겠는데?"

"제가 몇 군데 전활 해보겠어요. 교회 쪽이랑 몇몇 아는 사람들한테 부탁하면 나서줄 겁니다."

"간호대학 기숙사에도 연락해볼게요. 아직 남아 있는 애들이 있을지 몰라요."

간호사들과 직원들이 나서서 전화로 여기저기 도움을 청하고 있었다. 수희는 응급실로 되돌아왔다. 몇 분이 채 지나기도 전에 또 한차례 입구 쪽이 소란해지더니, 부상자들을 들쳐업은 사람들이 들이닥쳤다. 이번엔 부상자가 무려 아홉 명이다.
 "아니, 어쩌자고 자꾸 우리 병원으로만 데려오는 거요? 이젠 더 이상 어떻게 손을 쓸 도리가 없단 말요. 다른 병원으로 데리고 가보시오."
 "다른 병원도 마찬가집니다! 전대병원에서 더 이상 못 받는다고 해서 이쪽으로 온 겁니다."
 "적십자병원도 완전히 찼다고 안 받아줘요. 이쪽으로 가보라고 해서 왔단 말요."
 청년들이 안타깝게 소리쳤다. 그야말로 발 디딜 틈 없는 응급실 안이 일시에 혼란에 빠져버렸다. 서너 명은 급한 대로 아예 응급실 밖 계단 위에 내려놓았다.
 수희는 이제 막 도착한 부상자에게로 다가갔다. 등을 벽에 기댄 채 바닥에 앉혀져 있다. 무릎을 굽히고 무심코 들여다보던 그녀는 헉, 숨을 삼켰다. 열다섯 살쯤의 소년. 중학생 같아 뵌다. 눈썹 위로부터 머리 쪽이 형체조차 없이 부서져 있다. 그런데도 코와 입에서는 아직 피가 콸콸 쏟아진다. 레지던트가 와서 들여다보더니, 얼른 얼굴을 돌리고 만다. 레지던트의 충혈된 두 눈에 어느새 눈물이 솟구치고 있었다.
 "이 환자…… 누가 여기 데려온 거야?"
 "왜, 왜요?"
 "영안실로, 옮기라고, 하쇼."
 수희는 깜짝 놀라 소년의 손을 잡아보았다. 작고 여린 손바닥이 아직 따뜻하다. 수희는 다급하게 소리쳤다.
"아, 아녜요. 아직……"
그러나 수희는 금방 입을 다물고 말았다.
그랬다. 소년은 이미 죽어 있었던 것이다. 목덜미의 팥알만한 사마귀, 그리고 보송보송한 솜털이 보였다. 끝내 그녀는 울음을 터뜨렸다. 발작처럼 쏟아지는 울음이 멈추질 않았다. 어쩌면 이럴 수가 있단 말인가. 이렇게 어린 소년에게까지…… 청년들이 소년의 팔과 다리를 잡고 들어올려 밖으로 내갔다.
"개새끼들이! 개새끼들이! 어흐흐."
청년들 중 하나가 울부짖었다. 그러나 수희는 울음을 참고 다시금 바삐 움직이기 시작했다. 울고 있을 때가 아니었다.
"수희야, 박간호사랑 둘이서 빨리 수술실로 올라가봐. 당장 뛰어올라오래."
"여기 좀 봐줘요. 호흡 곤란 같아."
"알았어. 얼른 올라가보라구."
정간호사가 수희의 등을 두드리며 말했다.
수희는 박간호사와 함께 부랴부랴 응급실을 나섰다. 일층 복도 역시 아수라장이다. 여기저기 아무렇게나 드러누워 있는 부상자들. 발 디디기도 어려운 좁은 공간 속을 간호사들이 정신없이 움직이고 있다. 간호대학 학생들도 동원되었다. 바닥엔 온통 핏물이 흥건히 고여 있다. 어쩔 수 없이 핏물을 밟으며 수희는 복도를 빠져나왔다. 신발 바닥이 자꾸만 미끄러졌다.
외래 환자 대기실인 꽤 넓은 회랑마저도 이미 부상자들로 가득 차 있었다. 전시 야전 병원이 따로 없었다. 수희는 악몽을 꾸고 있는 것만 같다.

'그랬으면. 정말이지 이것이 제발 악몽이었으면. 아아, 하느님.'

수희는 복도를 정신없이 뛰어올라가 이층 수술실로 들어갔다.

다섯 개의 방으로 나누어져 있는 수술실은 어디나 북적거리고 있다. 외과뿐만 아니라 정형외과 의사들과 몇몇 경험 있는 타과 의사들까지 동원되어, 한 순간도 쉴 틈 없이 수술이 이어지고 있는 참이다. 심지어는 작년에 퇴직한 노의사까지도 자원해서 수술에 임했다.

그녀는 박간호사와 함께 서둘러 수술복으로 갈아입고 안으로 들어갔다. 복부를 절개한 이십대 남자. 총상 환자였다.

닥터 윤과 정형외과 레지던트가 환부를 살피고 있다. 닥터 윤의 이마에서 줄곧 땀이 흘러내린다. 수희는 잠시 망설이다가, 거즈를 뭉쳐 가만히 그의 이마를 닦아주었다. 닥터 윤이 고개를 들어 수희를 힐긋 쳐다보았다. 그의 눈빛이 얼핏 가늘게 흔들리는 것을 수희는 보았다.

수술은 삼십 분 만에 끝났다. 눈에 띄게 손놀림이 빨랐다. 그 정도의 대수술이라면 평상시엔 세 시간은 족히 소요될 터였다.

"이번에도 역시 똑같은 총알이로군."

"이게 M16 소총 탄환이죠? 월남전 때 미군들한테서 넘겨받았다는."

마스크를 벗고 잠시 숨을 돌리는 사이에 닥터 윤과 레지던트가 얘길 주고받는다. 방금 환자의 복부에서 찾아낸 작은 파편 조각들을 핀셋으로 가리키며 닥터 윤이 설명한다.

"이걸 보라구. M16 소총의 실탄은 예비군들에게 지급되는 M1 소총이나 카빈총의 실탄하고는 전혀 달라. 그것들은 구리로 된

얇은 총알 껍질 속에 그냥 강철 탄환만 덩어리째 들어 있다구. 그에 비해 이 M16 소총 실탄은 속에 납탄이 들어 있어서, 그 파괴력이나 독성은 실로 엄청나지."

"맞아요. 이 조각들은 분명 납 성분 같은데요?"

"납탄은 몸 속에 들어가 단단한 부위에 닿으면, 종이처럼 얇은 구리 합금 껍질이 찢어지면서, 그 안에 있던 납덩이가 순식간에 산산조각이 나게 되어 있어. 말하자면 산탄처럼 말이지. 어제 엑스선 판독을 해보았더니, 파편 하나가 최소한 10 내지 15센티미터 정도 너비의 신체 조직을 파괴하는 걸로 나왔어."

"그래요? 그렇다면 아까 그 총상 환자의 경우 손상된 부위가 왜 그렇게 엄청나게 컸을까요?"

"조각이 하나가 아니니까 손상 부위도 당연히 엄청날 수밖에. 일단 몸 속에 들어가는 순간부터 여러 개의 납 파편들이 넓은 부위를 닥치는 대로 휘저으면서, 이렇게 나선형으로 둥글게 회전하며 진행하는 거야. 실탄이 들어온 입구는 콩알만한 크기에 불과한 반면, 빠져나온 자리는 엄청나게 넓은 것도 그 때문이야. 복부에 맞을 경우엔, 한마디로 내장이 하나도 남김없이 통째로 날아가버리지. 두부에 맞으면 절반이 훌렁 날아가버려. 무엇보다 이 납탄 파편들이 척추나 기타 주요 신경이 모인 부위에 박히게 되면, 납의 독성과 위력 때문에 치명적이라구. 거의 대부분 수술로도 회복시킬 수가 없을 정도로 치명상을 입게 돼. 납 성분에 접촉된 부위는 급속도로 썩어들어가는 법이거든. 설사 요행히 목숨을 건지더라도, 거의 예외 없이 불구가 되고 만다구."

"정말, 너무나 끔찍하군요. 그런데 선배님은 어떻게 그리 자세히 알고 계십니까?"

"군의관으로 근무할 때, 총기 사고로 죽은 병사들을 여러 차례 검시해본 경험 덕분이지. 전방에서 근무했었으니까……"

"개 같은 새끼들! 이런 무시무시한 살상용 무기로 백주 대낮에 시민들한테 무차별 사격을 하다니! 대관절 이런 법이 세상에 어디 있습니까?"

"나 역시 차마 믿기지가 않네. 이건 완벽하게 의도된 집단 학살이야. 이런 일은 남미 같은 데서나 일어나는 줄로만 알고 있었는데, 설마 우리가 이 지경을 당할 줄은 몰랐어. 짐승 같은 놈들……"

"완전한 학살이고말고요! 이젠 아예 치명적인 부위만을 정조준해서 사격하고 있잖습니까? 이건 아예 사냥입니다. 인간 사냥, 그것도 집단 사냥 말입니다. 도대체, 이, 이럴 수가 있습니까!"

그랬다. 이날 오후부터 실려오기 시작한 총상 환자들의 부상 부위는 시간대별로 뚜렷하게 구분이 되었다. 처음 도착한 환자들은 총상이 대부분 허벅지 아래 하체 부분이었다. 그러나 시간이 지나면서 점차 위쪽으로 옮겨져서 복부와 흉부 등 상체에 집중되기 시작하더니, 이젠 머리 부분까지 완전히 날아가버린 사망자들도 있었다. 결국 처음엔 하체를 조준하여 쏘다가, 점차 상체를 정조준하여 마치 짐승 사냥을 하듯이 무차별 발포를 하고 있다는 증거였다.

그때 누군가 문을 거칠게 열고 들어섰다.

"저 짐승 같은 놈들은 완전히 미쳐버린 거야. 이젠 공중에서 기총 사격까지 해대다니!"

정형외과 닥터 황이다. 그는 들어서자마자 분노에 찬 고함부터 질렀다. 닥터 윤과 레지던트가 고개를 돌렸다.

봄 날

"왜 그래요? 무슨 일이 있습니까?"

"무슨 일 정도가 아닙니다. 공수부대놈들이 이젠 아예 시내 상공을 저공 비행하면서, 헬기에서 시민들을 향해 무차별 총격을 하고 있다구요."

"헬기에서 기총 사격까지 한단 말요?"

"그렇다니까! 시내 쪽 상황이 궁금해서 살펴볼 요량으로 옥상으로 올라갔다가, 거기서 우연히 목격했습니다. 불로동 쪽 다리 있죠, 왜? 사직공원 아래 말입니다. 헬기 한 대가 빙빙 돌아다니더니만, 느닷없이 천변도로 방향을 향해 총을 갈기는 겁니다. 총성과 함께 헬기에서 불꽃이 파파팟 튀어나오는 것을 내 두 눈으로 똑똑히 봤습니다."

"세상에, 이젠 완전히 눈알이 뒤집혀버렸구만. 기총 소사까지 퍼붓다니……"

수희는 말없이 수술실을 나왔다. 마침 수술실 담당 간호사들이 교대하러 들어왔으므로, 그녀는 근무복으로 갈아입고 서둘러 응급실로 향했다.

일층 회랑으로 들어오는 현관 쪽이 유난히 소란스러웠다. 병원 마당에 수많은 사람들이 두 줄로 길다랗게 열을 지어 서 있는 걸 보고 수희는 깜짝 놀랐다. 피가 부족하다는 소문을 듣고 달려온 시민들이었다. 어느 틈에 이렇게 많이 모여들었을까. 남녀노소 가릴 것 없이 모여든 시민들의 행렬은 백여 미터 떨어진 병원 정문과 그 바깥쪽 길까지 길다랗게 이어져 있다.

응급실로 돌아오니, 간호과장은 수희에게 어서 밖으로 나가 채혈을 도와주라고 지시했다. 수희는 필요한 기구들을 챙겨들고 다시 뛰어나갔다. 동료들은 현관 계단 위에 테이블을 내어다놓고 채혈을 하느라 정신이 없다. 테이블 앞에 자리를 잡고서 수희도 일을 시작했다. 수백 번 해본 익숙한 솜씨이기도 했지만, 그 어느 때보다도 손길이 빠르게 움직여졌다.

팔뚝을 내미는 시민들의 표정은 하나같이 엄숙하고 어떤 비장감마저도 풍겼다. 이 엄청난 상황 앞에서 저마다 뭔가 한 가지 몫이라도 맡아야겠다는 생각에 시민들은 너도나도 조바심을 내고 있었다. 바늘을 뽑고 나서도 얼른 돌아서지 않고 좀더 뽑아달라는 사람도 많았다. 그때마다 수희는 목 안으로 무엇인가 뜨거운 덩어리가 울컥울컥 치밀어오르곤 했다.

피를 뽑기 전엔 규칙대로 헌혈자의 건강 상태를 육안으로나마 판단해야 한다. 몸이 허약한 사람, 나이 어린 학생들, 노인들의 경우엔 피를 뽑을 수 없으니 돌아가달라고 권유했다. 그때마다 사람들은 한사코 뽑게 해달라며 고집을 부리거나 하소연을 했다. 더러는 완강하게 따지고 들면서, 오히려 면박을 주는 바람에 간호사들은 당황했다.

투투투투투……

시내 쪽에선 연신 총성이 들려온다. 안에선 몰랐는데, 밖에서 듣는 총성은 훨씬 또렷했다. 허공을 가르는 총소리에 공기층이 찢기듯 바르르 흔들리곤 했다. 총성이 터져나올 때마다 사람들은 일제히 시가지 쪽을 돌아보며 불안과 분노에 몸을 떨곤 한다.

"아이고오, 어쨰사 쓸꼬오! 아까운 목숨들, 저 짐승 같은 놈들 총에 또 얼매나 죽어쌌는고오!"

이제 막 바늘을 뽑고 난 아주머니가 수희 앞에서 발을 동동 구르며 고함을 친다.

"다음 분, 오세요."

봄 날 113

혈액통을 새걸로 바꿔들고 수희는 고개를 들었다. 앞으로 나선 사람은 육십대 후반의 노인이다. 깡마른 체구에 혈색마저 핼쑥한 노인을 보고 수희는 고개를 저었다.
"어머, 곤란한데요, 할아버지. 그냥 댁으로 돌아가시는 게 좋겠어요."
"뭣이여? 나 같은 사람은 안 된다는 말인가?"
"그럼요. 몸도 허약하신데, 피를 뽑으면 건강에 해로우시거든요. 그러니까……"
노인이 갑자기 벌컥 화를 낸다.
"아니, 늙은이 피라고 쓸데가 없다는 건가 뭔가, 응? 내 몸이 늙었제, 피까지 늙었을라등가! 내 말이 틀렸능가, 아가씨?"
"그, 그게 아니구요."
"허참, 시방이 어느 땐디, 한가하게 이것저것 가릴 상황인가? 역적놈들헌테 사람들이 사방에서 죽어가는 판에, 내 몸뚱이 하나 약한 것이 무슨 대수란 말여! 그러지 말고 어서 뽑으라니께!"
노인은 버럭버럭 호통까지 쳐가며 막무가내로 떼를 썼다. 나중에는 제발 부상자들한테 헌혈을 할 수 있도록 도와달라며 통사정을 했다. 그러다가 끝내 거절당하고 나자 노인은 갑자기 땅바닥에 털썩 주저앉더니 아예 통곡을 한다.
"워메에, 이눔의 세상이 아조 망조가 든 모양이여어. 일본놈들헌티 당하고, 육이오 동란 때 원없이 당헌 고생만으로도 몸서리가 쳐지는디, 아이고오, 우리 자식들꺼정 뭣 땀시 또 이런 징헌 난리를 겪어야 한다는 말인고오!"
노인은 손바닥으로 무릎을 픽픽 치면서 고함을 질러댄다. 주위 사람들이 노인을 일으킨 다음 겨우 달래어 돌려보내드렸다.

부지런히 채혈 작업을 계속했지만, 헌혈을 원하는 행렬의 꼬리는 시간이 갈수록 늘어나기만 했다. 슬며시 줄에 끼여들어 두 번씩 헌혈을 하려는 사람도 있고, 중학교 일학년이라는 한 소년은 절반만이라도 뽑아달라고 떼를 쓰기도 했다.
"저어, 간호사언니. 나, 혹시 기억나요?"
교복 차림의 여고생 하나가 하얀 팔뚝을 내밀며 배시시 웃는다. 고개를 들어보니, 낯익은 얼굴이다.
"오, 금희, 박금희 맞지?"
"네에. 용케 이름을 기억하시네요?."
"너도 왔니? 집에서 여기까진 멀 텐데."
"이걸로라도 도와야죠. 지금껏 겁이 나서 싸우진 못하고 집에만 숨어 있었는데요 뭐. 피가 부족하다는 가두 방송을 듣고 몰래 빠져나왔어요."
소녀는 희고 가지런한 치아를 드러내며 수줍게 웃는다. 예쁜 얼굴에 미소가 해맑은 그 소녀는 여고 삼학년이었다. 교회에서 몇 번 마주친 적이 있는데, 늘 명랑하고 티없이 웃는 모습이 인상적인 소녀였다. 혈액을 채취한 다음 수희는 말했다.
"저런, 부모님이 걱정하실 텐데 얼른 집으로 돌아가. 알았지?"
"네에. 그럼 수고해요, 언니."
소녀는 교복 블라우스에 달린 리본을 손가락으로 만지작거리며 웃었다. 깡총거리듯 날렵한 걸음으로 돌아서는 소녀의 흰색 블라우스가 유난히도 환하게 비쳤다.
저녁 시간이 가까워오면서 채혈 작업은 어느 정도 마무리되었다. 처음 한동안은 한꺼번에 부상자들이 밀려들어오는 바람에 상황이 급박해져서 직접 수혈을 시도하기도 했으나, 다행히 채

혈된 용량만으로도 충분하게 되었다.
 그러나 시민들의 행렬은 좀처럼 줄어들지 않고 있었다. 직원들이 돌아다니면서, 혈액이 병원 보관 용량을 이미 초과한 상태이니 그만 돌아가도 된다는 것을 시민들에게 알렸다. 차례를 기다리고 있던 시민들은 실망이 대단했다. 할 수 없이 직원들이 다시 나서서, 상황에 따라서는 내일부터 다시 헌혈이 필요할지도 모른다고 시민들을 달래어 겨우 돌려보냈다.
 끝내 헌혈을 못 한 시민들 중엔, 비록 자신은 헌혈을 못 했지만 대신 직원들과 헌혈한 사람들에게 원기를 보충해줘야 하지 않겠느냐며, 빵이며 우유 따위를 봉지 가득 사와서 놓고 가는 사람들도 있었다.
 수희는 응급실로 돌아와 다시 정신없이 움직이기 시작했다. 총성은 간헐적으로 이어졌고, 끊임없이 들어오는 부상자들로 병원 전체가 아수라장으로 변해가고 있었다. 수희는 끔찍하고 참혹한 몰골로 실려오는 사람들 앞에서 이젠 아예 무감각해질 지경이었다.
 그런 어느 순간. 문득 건물 바깥이 시끌벅적하더니, 통곡 소리가 와악 터져나왔다. 간호사들이 나가보더니, 이내 응급실 안으로 다시 뛰어들어오며 발을 동동 굴러댄다.
 "어머나! 저 여학생, 좀 전에 헌혈하고 갔던 그 여학생 아냐?"
 "맞아, 맞아요. 어쩌면 좋아. 아아, 세상에……"
 동료들의 안타까운 울음 소리에 수희는 밖으로 달려나갔다. 청년들이 거적에 덮인 시체 하나를 이제 막 땅으로 내려놓고 있다. 거적 사이로 비죽이 나온 피 묻은 흰색 블라우스가 시야로 훅 달겨들었다. 수희는 와락 사람들을 제치고 다가가 소녀의 얼굴을 확인했다.
"아아, 그, 금희, 금희야……"
수희는 땅바닥에 털버덕 주저앉았다.
"옆구리에 총을 맞았어라우. 아까 병원 앞에서 만났는디, 집으로 돌아가는 길이라고 하기에 차에 태워줬었지요. 소태동으로 해가꼬 다시 시, 시내로 돌아오는 참인디, 공수새끼들이 느닷없이 집중 사격을 하는 바람에……"
청년은 말을 채 맺지 못하고, 피 묻은 손등으로 눈을 가린 채 울먹인다.
"이, 이럴 수가! 방금 전에, 허, 헌혈하러 왔었는데…… 아아, 금희!"
수희는 와아악, 통곡을 터뜨리고 말았다.
투투투투투……
날카로운 총성이 또다시 시작되고 있었다.

---

* 박금희(1963년 7월 13일생) 사망 일시―1980년 5월 22일. 사인―복부 총상. 당시 전남여상 3학년에 재학중이던 그녀는 기독병원에서 헌혈을 마친 직후, 귀가하던 길에 공수부대의 총에 맞아 현장에서 절명하였다.

> 동산 멀리 붉은 달이 떠오르고
> 여자들은 생명을 껴안으려고 달려갔다 여자들은
> 깃발을 찾으려고
> 깃발을 찾아서 사람의 **뼈**를 세우려고
> 찢어진 치마 석류알 가슴으로 달려갔었다
> ── 김준태, 「여자의 사랑은」에서

5월 21일 13 : 30, 금남로 1가

투타타타타……

엄청난 총성이 다시 터져나왔다. 방금 전 차도로 뛰어나갔던 청년 둘이 차례로 고꾸라졌다. 피 묻은 태극기가 길바닥에 떨어져 뒹굴었다. 건물 옆에 숨어 지켜보던 사람들이 미친 듯 비명을 질렀다. 쓰러졌던 청년 하나가 고개를 쳐들고 인도 쪽을 향해 힘없이 한 손을 젓고 있는 게 보인다. 허벅지를 맞은 모양이다. 청년이 인도 쪽을 향해 꿈틀꿈틀 기어나오려다가 푹 쓰러졌다.

그걸 보고 동구청 옆 좁은 골목길에서 사내 둘이 후닥닥 뛰어나와 차도로 달려내려간다. 쓰러진 청년의 어깨를 양쪽에서 들쳐메고 되돌아 뛰기 시작했다. 그러나 미처 몇 발짝 떼기도 전에 타타타타…… 총성이 터졌다. 파바바―밧. 아스팔트 바닥에서 튕기는 불꽃. 그들 역시 한꺼번에 짚단처럼 고꾸라진다.

"으아아아! 저 개새끼들이!"

"와이고옷! 또 죽었네에! 저 아까운 사람드을!"
"어째야 쓸꼬오! 저 원수들을!"
 경악한 사람들의 비명 소리. 울음 소리.
"으허어어. 야, 이 씨펄놈들아아. 쥑여라! 다 쥑여뿌러어!"
 맞은편 가톨릭센터 길목에서 사내 하나가 튀어나오려고 버둥거리며 악을 썼다. 사람들이 달겨들어 사내를 안쪽으로 끌고 들어갔다.
"여보쇼! 참아요, 참으란 말요! 나가면 죽는당께에!"
 사내는 질질 끌려가면서도 분에 못 이겨 헝헝 울음을 터뜨리고 있었다.
"워메에! 저 새끼덜을 그냥 콱! 허억."
 한기가 담벼락을 주먹으로 퍽퍽 두들기며 울음을 터뜨렸다. 골목으로 쫓겨들어와 있는 사람들도 분노에 치를 떨며 흐느낀다. 차도로 뛰어나간 사람들이 어김없이 총에 맞아 쓰러질 때마다 그들은 발을 동동 구르고 미친 듯 고함을 질러대다가, 끝내는 제풀에 겨워 통곡을 터뜨렸다.
 잠시 총성이 멎었다. 공수부대는 도청 앞 분수대를 중심으로 둥글게 대열을 갖춘 채 '앉아 쏴' 자세를 취하고 있다.
 무석은 제일은행 옆 골목 담벼락에 몸을 바싹 붙인 채 텅 빈 차도 쪽을 바라보았다. 차도 위 여기저기 나뒹구는 사람들의 몸뚱이. 살려달라고 아직도 신음하고 있는 부상자들이 보였다. 그런데도 이렇게 무력하게 숨어 지켜보고 있어야만 하다니…… 또다시 목구멍이 컥 잠겨오면서 울음이 솟구쳤다. 무석은 담벼락에 이마를 기대고 흐느꼈다. 온몸이 부들부들 떨려왔다. 공포와 절망, 두려움과 까닭 모를 수치심에 사로잡혀 무석은 전율하고 있었다.
 봉배가 말없이 다가오더니, 뒤에서 무석의 등을 두 팔로 힘껏 껴안았다. 봉배 역시 낮게 울먹이고 있었다.
 "여러부운! 우리가 왜 이렇게 죄 없이 죽어가야 한단 말입니까아! 도지사는 뭘 하고 자빠졌습니까. 대통령한테 당장 건의하여 사태를 해결해야……"
 갑자기 뒤쪽 시위 군중 속의 스피커에서 소리가 났다. 그러자 이내 마이크를 낚아챈 다른 누군가가 외쳤다.
 "안 됩니다! 우리의 뜻이 관철되지 않는 한 물러설 순 없습니다! 절대로! 우리 모두 이 자리를 한 발짝도 물러나지 맙시다, 여러분!"
 또 다른 목소리가 나섰다. 그는 스스로를 전남대학교 학생회 간부라고 소개했다.
 "여러분! 광주 시민 여러부운! 놈들은 마침내 발포를 시작했습니다! 우리에겐 무기도 없습니다. 하지만 끝까지 싸웁시다! 팔십만 시민이 다 죽을 때까지 우리들의 의사를 관철해나갑시다. 보십시오! 지금 우리들의 눈앞에서 죄 없는 우리 형제가, 우리 동지들이 민주 회복을 외치며 죽어가고 있습니다. 아아, 하늘도 울고 땅도 울고 있습니다. 시민 여러분…… 하느님, 하느님은 어디 계십니까. 아아……"
 갈라진 목청으로 외쳐대던 남학생이 끝내 엉엉 울음을 토해내기 시작했다. 피맺힌 울음 소리가 스피커를 통해 울리고 있었다.
 두타타타타타. 문득 머리 위에서 프로펠러 소리가 들려왔다. 군용 헬기 한 대가 금남로 상공을 높이 선회하며 전단을 뿌리고 있다. 수천 수만 장의 전단이 하얗게 펄럭이면서 눈가루처럼 거리 곳곳으로 떨어져내린다. 한기가 그것을 집어들었다.

 광주 시민 여러분!
 어젯밤에는 일부 시위 군중의 난동으로 인하여 10여 명의 군경이 사상하고 경찰서를 비롯한 일부 관공서와 3개 방송국이 파괴되고 불태워졌습니다. 뿐만 아니라 상당수의 시위 군중도 다친 것으로 추정됩니다.
 시민 여러분!
 이래서야 되겠습니까? 우리 모두 자제하고 즉시 귀가합시다. 더 이상의 혼란은 우리 광주 시민에게 더욱 불행만을 초래합니다.
 더 이상 주저 말고 즉시 귀가합시다. 질서 회복을 위해 모든 시민이 합심, 노력합시다.
1980년 5월 21일
전남북 계엄분소장 육군중장 윤흥정

한기가 벌떡 일어나더니, 앞으로 나서며 외쳤다.
"니미 씨펄! 맨주먹으로 싸우자고? 안 돼! 우리도 무기를 들어야 해! 여러부운! 이대로 앉아서 공수놈들 총에 죽을 수는 없소! 무기가 있어야 합니다!"
그러자 여기저기서 성난 군중들이 나서기 시작했다.
"옳소! 맨손으로는 안 됩니다. 저놈들이 총으로 시민들을 무차별 학살하는 판국에 언제까장 이렇게 당하고만 있을 것이요?"
"경찰서로 쳐들어갑시다! 총이건 수류탄이건 탈취해옵시다!"
"예비군 무기고에 가면 총이랑 실탄은 얼마든지 가져올 수 있소!"

"갑시다! 총을 가져옵시다!"
"자, 나서시오! 뜻이 있는 젊은 사람들은 이쪽으로 나오시오!"
검정색 잠바를 입은 이십대 후반의 사내가 앞으로 뛰어나오더니, 주먹을 불끈 쥐어 흔들며 악을 썼다. 순식간에 수십 명이 앞으로 나섰다. 이삼십대의 청년들. 상당수의 고등학생들도 합세했다. 그들의 손엔 더러 몽둥이며 곡괭이 자루, 쇠파이프 등이 들려 있다.
"당장 갑시다! 화순경찰서 무기고부터 덮쳐버리잔 말요!"
"남평이 더 가깝소. 나주경찰서 쪽은 나도 잘 압니다."
"화순이든 남평이든 당장 찾아가서, 그쪽 주민들한테도 광주 상황을 알려야 합니다. 공수놈들이 발포해서 시민들을 학살하고 있다는 사실을 홍보해야 합니다. 광주 시민뿐만 아니라 온 전라도 사람들이 다 같이 일어나서 공수놈들을 몰아내야 합니다."
"몰아낼 것이 아니라, 싸그리 짝짝 찢어죽여버려야 해!"
"벌써 차량으로 출발한 사람들도 있어라우. 나주와 담양 쪽으로 간다고들 좀 전에 트럭이랑 고속버스 몰고 나가는 걸 보았소."
"자, 갑시다! 희망자는 저 버스에 올라타시오!"
검정 잠바의 사내가 손으로 뒤편 양장점 앞에 세워져 있는 버스 한 대를 가리켰다. 그리고는 앞장서서 그쪽으로 달려갔다. 수십 명이 다투어 그의 뒤를 따랐다.
"봉배야! 우리도 가자."
"무석이형님도 함께 갑시다."
한기와 봉배를 따라 무석도 엉겁결에 뒤를 따랐다. 버스 안엔 이미 삼사십 명의 시민들로 가득 차 있다. 문짝은 떨어져나가고,

차창 유리도 남김없이 깨어져나갔다. 버스가 출발했다. 주위의 시민들이 손뼉을 치며 환호성을 질렀다. 무기를 들어야 해! 총, 총이 필요해! 자리가 비좁아 미처 타지 못한 사람들은 또 다른 차량들을 향해 몰려가고 있었다.

버스는 충장로 파출소 앞을 지나 광주천 쪽을 향해 달리기 시작했다. 차 안에 탄 사람들은 창밖으로 팔을 내밀고 각목으로 차체를 쾅쾅 두들겨대며 노래를 부르고 구호를 외쳐댄다.「진짜 사나이」도 부르고「향토예비군가」「빨간 마후라」「투사의 노래」도 부른다.「애국가」도 목이 터져라 불렀다. 길가에 나온 시민들이 그들을 보고 만세를 부른다. 박수를 치며 환호성을 터뜨린다. 태평극장 옆 천변을 따라 버스는 경적을 요란스레 울리며 달려간다.

금동시장 입구에서 버스는 잠시 정차했다. 시장통 아주머니들이 대야며 종이 상자를 들고 우르르 달려왔다. 대야 안에 담긴 김밥이며 주먹밥을 차 위로 마구 올려준다. 음료수, 빵, 우유, 삶은 계란이 담긴 골판지 상자도 올라온다. 금세 차 안엔 먹을 것으로 가득 찼다. 태극기를 내오는 사람. 어느 틈에 준비했는지, 광목 천에 페인트로 구호를 적어넣은 플래카드까지 차체에 매달아주기도 한다.

"됐어라우. 인제 충분하당께요!"

"우리 동네 사람들이 힘을 합쳐서 준비한 성의여라우. 이것 묵고, 힘을 팔딱팔딱 내가꼬, 공수놈들을 싸그리 몰아내뿌러!"

"워메, 저런 어린 중학생들까장 데리고 댕기면 어쩔라고 그러까이. 아무것도 모르는 어린아그들은 집으로 돌려보내야제이."

"아줌씨, 우리가 억지로 데리고 다니는 게 아뇨. 즈그들도 원수를 갚을란다고 자원해서 나서는 걸 어쩔 것이요."
"이것 묵고들 힘 내쇼! 아, 배가 든든해야 싸움도 하제이."
"젊은 사람들, 어쨌든간에, 절대로 몸을 다치지는 말어야 해! 귀한 목숨, 하나라도 다치면 안 돼! 알었제?"
"고맙소. 고맙소야. 염려들 마시요."

버스는 다시 화순을 향해 출발했다. 시장통 아낙네들과 상인들이 박수를 치며 환호한다. 차 안에 탄 사람들은 얼굴이 벌겋게 달아올라 있다. 흥분과 감동, 그리고 시민들의 뜨거운 격려에 잔뜩 우쭐해지기도 한다. 차에 탄 사람은 대부분 남자들이고, 여고생인 듯싶은 소녀 서넛과 이십대 처녀도 섞여 있다. 특히 남자 고등학생들이 거의 절반쯤이다. 김밥이며 빵, 음료수 따위를 하나씩 들고 씹어대며, 그들은 목청껏 노래를 불렀다. 목이 쉬도록 수없이 구호도 외쳤다. 버스는 지원동을 지나 외곽으로 나오면서부터 부쩍 속력을 올렸다.

"저어기, 내가 보기에는 나보다 손위이신 거 같구만요. 나는 강한기라고 하요."

한기가 사람들 틈을 비집고 앞으로 나가더니, 검정색 잠바 차림의 사내에게 악수를 청한다. 아까 금남로에서, 무기를 가지러 나가자고 사람들에게 외치던 사내였다.

"아, 나는 문상수라는 사람요. 아까 형씨가 맨 먼저 나서자고 했었지라우? 반갑소 동지!"

사내는 대뜸 한기의 손을 덥썩 움켜쥐며 씨익 웃어보인다. 한기의 소개로 봉배와 무석도 사내와 악수를 나누었다.

"화순경찰서로 간다는데, 지리를 잘 아는 사람이 있소?"
"저 앞쪽에 앉아 있는 젊은 친구가 화순에서 현재 방위 근무중이랍디다. 무기고가 어디 있는지 쫙 꿰고 있으니께, 자기만 따라오라고 합디다. 일단 그리로 가보고, 여차하면 능주나 구암 쪽을 덮쳐봅시다, 까짓 거!"

"내 생각엔 이렇게 오합지졸로 몰려갈 게 아니라, 최소한 무슨 지휘 체계 같은 것이 잽혀야 헐 것 같으요. 상수형님이 딱 적임자 같은디, 혹시 군대 경험이 있으신가라우?"

"내가 사실은 학운동 예비군 소대장 직책을 맡고 있는 사람이오."

"어따, 그러면 참말로 잘되어부렀소! 인제부터 여기 모인 사람들 지휘를 상수형님이 맡아주씨요!"

한기가 차 안을 둘러보며 소리를 질렀다.

"조용! 주모옥! 내 말 조까 들어보십시요. 우리가 시방 도시락 싸갖고 어디 놀러 가는 것도 아니고, 어쩌면 경찰들하고 한바탕 전투를 해야 할지도 모르는 판국 아뇨? 그럴라치면 뭣이냐, 조직이 있어야 하고 또 지휘할 사람도 있어야 하는디, 여기 마침 이분이 예비군 소대장이라고 안 허요? 이제부터 임시로나마 우리 모두들 이분 지휘에 따라 복종하십시다. 어쩌요, 내 의견이?"

한기의 말에 여기저기서 박수 소리가 짝짝짝 났다. 옳소. 좋습니다아. 그러자 즉석에서 지휘관으로 뽑힌 문상수라는 사내는 차 안에서 잠시 몇 마디 요령을 일러주면서, 앞으로 자신의 통제에 따라줄 것을 당부했다.

버스는 쉬지 않고 달린다. 뒤편 차창을 통해 내다보니, 또 다른 버스 한 대와 타이탄 트럭 한 대가 빠르게 뒤쫓아오고 있는 참이다. 그쪽 역시 시위대들로 가득 차 있다. 와아. 동지들이다. 차 안에 탄 사람들은 만세를 부르며 환호했다.

봄 날 125

저만치 제2수원지 입구가 보였다. 직업이 트럭 운전사라는 청년이 운전석에 앉았는데, 솜씨가 그다지 신통치 못한 듯, 커브를 돌 때마다 심하게 차체가 기우뚱거렸다. 너릿재 터널을 지나 화순읍에 도착할 때까지도 그들을 막는 사람은 아무도 없었다. 버스는 불과 20분 만에 화순 읍내로 들어섰다.

화순읍 시외버스 정류장엔 천여 명의 주민들이 나와 웅성거리고 있었다. 그들보다도 벌써 한 발 앞서 도착한 시위대가 타이탄 트럭 한 대를 세워놓은 채 주민들에게 광주의 상황을 알려주고 있는 참이다. 뒤따라오던 차량들도 잇달아 들이닥쳤다. 좁은 읍내 차도가 돌연 십여 대가 넘는 시위대의 버스, 트럭들로 북적거렸다. 문상수가 앞에 나서서 다른 시위대들에게 차량들을 분산시키자고 제의했다. 그 말에 따라, 몇 대는 화순광업소를 목표로 출발하고, 나머지는 화순 읍내와 능주 방향으로 각기 흩어졌다.

한기네 일행이 탄 버스는 다른 두 대의 차량들과 함께 화순경찰서로 향했다. 경찰서 내부는 텅 비어 있었다. 대부분의 인원이 광주로 차출된 데다가, 시위대가 몰려온다는 소문에 도망쳐버린 모양이다.

텅 빈 건물을 수색하고 있는데, 마침 경찰 한 명이 뒤늦게 건물 안으로 들어서다가 그들과 마주쳤다. 그는 광주에 동원되었다가 때마침 처리해줘야 할 교통 사고 건 때문에 복귀하는 길이라고 말했다. 문상수와 한기가 나서서 경관에게 말했다.

"무기가 필요하오. 순순히 내놓으시오."

"사정이야 백번 이해하겠소만, 잘못 생각한 거요. 만약 무기가 유출되면, 인명 피해가 더욱 커지게 됩니다. 이래서는 안 돼요."

"안 되기는! 야, 이 자식아, 그러면 공수놈들 총에 가만히 앉아서 죽으란 말이여?"
 "이봐! 당신도 전라도 사람 맞어? 시방 광주에서 얼마나 많은 시민들이 죽어가고 있는지 몰라서 그래? 이거, 전두환이하고 똑같은 놈이구마이!"
 "아, 아니, 왜들 이러쇼."
 경관은 겁을 먹고 주춤 뒤로 물러났다.
 그들은 무기고로 몰려갔다. 자물통을 망치로 두들겨 부순 뒤 카빈소총 백여 정을 차에 실었다. 다음엔 역전파출소로 달려갔다. 그곳 역시 텅 빈 상태였다. 무기고엔 모두 750여 정의 카빈소총과 M1 소총 그리고 실탄 1,600발을 찾아내어, 시위대 차량별로 나누었다. 광주에서 온 시위대 외에도, 소문을 듣고 달려나온 화순 읍내 청년들 이십여 명에게도 총기를 나누어주었다. 읍내 청년들도 그들과 합류했다.
 "자, 형님은 이 카빈총이 좋겠소. 이게 그래도 나아 보이는구만."
 한기가 총 하나를 무석의 어깨에 덥석 안겨주었다. 무석은 엉겁결에 총을 받아들고 엉거주춤 서 있었다. 묵직한 총의 무게와 그것의 느끼한 기름 냄새 때문인가. 무석은 불길하고 섬뜩한 느낌부터 들었다. 방위 복무 시절에도 늘 그랬었다. 그 무겁고 섬뜩한 쇠붙이의 감촉은 언제나 죽음을 떠올리게 만들었다.
 "소대장님. 실탄은 어떻게 할 거요?"
 한기의 물음에 문상수는 우선 총기를 다뤄본 경험이 있는 사람부터 나눠주자고 말했다.
 "형님들, 어째서 우리는 빼놓고 안 준다요? 우리도 교련 시간에 총 쏘는 법은 대충 배웠단 말요."

"안 돼. 일단 시내로 돌아가서 사격 방법을 교육시킨 뒤, 그때 실탄은 나눠줄 테니까 기다려."

총만 주고 왜 실탄은 안 주느냐고 고등학생들이 불평했다. 일단 스무 살 이상의 남자에게만 이십 발 혹은 삼십 발씩 들어 있는 클립을 두 개씩 나눠주었다. 신기한 듯 실탄을 만지작거리며 봉배가 무석에게 다가왔다.

"참, 형님은 군대 갔다왔으니까 총 쏘는 법은 빠삭허니 알겠네요? 이따가 나 좀 가르쳐주쇼."

"봉배, 자네는 방위병으로 근무했었다면서?"

"아녀라우. 그건 한기랑 칠수 얘기고, 나는 고아라서, 군대서도 안 받아줍디다."

"으응. 그런데 나는 사, 사격 솜씨가 엉망이여."

"형님, 염려 마쇼. 한번 요령을 가르쳐만 주면, 이래봬도 총 쏘는 것 하나만은 자신 있응께. 사직공원에 놀러 가서 공기총을 쏴봤는디, 백발백중이었단 말요. 진짜요."

"좋았어. 봉배 너, 이걸로 나랑 같이 공수새끼들을 더도 말고 꼭 백 놈씩만 쏴죽이자. 그래서 칠수, 그 자식을 우리 손으로 기어코 구해내잔 말여. 알았제?"

한기가 말했다.

"염려 말어. 칠수는 반드시 살아 있을 것이여."

잡혀가서 아직 행방조차 모르는 칠수 얘기가 나오자 한기와 봉배는 문득 비장한 표정이 되어, 연신 노리쇠를 당겨본다.

모두들 버스에 다시 올랐다. 문상수가 광주로 곧장 돌아가자고 말했을 때, 여러 사람이 반대했다.

"이걸로는 부족합니다. 실탄도 조금밖에 안 되고, 수류탄 같은 것은 하나도 없잖습니까. 조금 더 구해가지고 돌아갑시다."
"사평이나 구암으로 가보도록 합시다."
"아참, 구암으로 가면 화순광업소가 있어라우. 거기서 다이너마이트 폭약을 탈취해버립시다. 그것만 있으면, 공수놈들, 몰살을 시켜버릴 수가 있을 것 아뇨?"
"참말, 그거 기똥찬 생각이구마이. 광업소에 가기만 하면 발파작업할 때 사용하는 다이너마이트가 무진장 쌓여 있을 것이여. 당장 갑시다!"
 잠시 옥신각신한 끝에 결국 버스는 구암탄광으로 향했다.
 칠팔 분쯤 후, 버스는 광업소와 화순읍의 중간 지점인 어느 마을 앞에 이르러서 급히 정차했다. 마을 앞 차도엔 이십여 대의 차량들이 뒤엉켜 있다. 대부분 시위대를 태운 트럭과 버스들이다. 맨 앞에 8톤 트럭 서너 대가 정차해 있는데, 시위대들이 또 다른 트럭에다가 무엇인가를 부지런히 옮겨 싣고 있는 참이다. 대단히 견고하게 포장된 상자였다. 한기네는 버스를 세우고 뛰어내렸다.
"이게 뭐요?"
"다이너마이트요. 저건 뇌관이 들었고, 떡밥이랑 도화선도 있소."
"다이너마이트라고요? 이걸 어디서 구한 거요?"
"저 사람들이 화순광업소에서 가져오는 모양인데, 나눠서 가져가자고 해서 이렇게 옮겨 싣는 중이오."
"이걸 어디로 가져가는 겁니까?"
"나도 모르겠소. 아마 일단 시내로 옮겨다놓고 볼 모양입디다. 이것만 갖고 있으면, 공수놈들도 무서워서 꼼짝못헐 것이오. 개새끼들!"
 조금 전, 화순광업소에 맨 먼저 도착한 것은 삼십여 명의 시위대를 태운 한 대의 트럭이었다. 광업소에 도착해 보니, 때마침 직원 칠팔 명이 8톤 트럭에 화약을 부지런히 싣고 있었다. 광주에서 사태가 급박해졌다는 연락을 받고 화약을 다른 곳으로 옮기려는 참인 듯싶었다. 시위대들이 한꺼번에 그들을 에워싸고서, 다이너마이트 운반 차량을 인계하라고 요구했다. 험악한 분위기에 놀란 직원들은 슬그머니 다이너마이트를 내주었다.
 "지금 싣고 있는 차에다 싣고 그냥 가져가시오. 그러나 제발 불만 지르지 마시오. 이게 터지면, 수만 명이 한꺼번에 콩가루가 된단 말입니다."
 잔뜩 겁먹은 표정으로 직원들은 몇 번이나 당부를 했다. 뒤이어 또 다른 시위대 차량 몇 대가 도착했다. 시위대는 광업소 지하실에 보관되어 있는 나무 상자들을 트럭에 옮겨 실었다. 폭약과 뇌관, 떡밥, 도화선 등 무려 8톤 트럭 일곱 대 분량이었다.
 거기 모인 시위대는 일제히 환호했다. 이젠 가공할 만한 파괴력의 다이너마이트를, 그것도 실로 엄청난 양을 손에 넣었다는 사실에 자신감이 생겼다. 저걸 무기 삼아 대항해 싸운다면, 제아무리 공수부대라 할지라도 결코 쉽사리 공격해오지 못할 것이다. 아니, 오히려 이쪽에게 더 승산이 있지 않겠는가. 저 다이너마이트를 효과적으로 사용한다면, 저 미친 공수부대를 시내에서 완전히 몰아낼 수 있으리라. 시위대는 사기가 충천했다. 마치 이미 공수부대를 물리치고 승리를 얻어내기라도 한 것처럼 저마다 잔뜩 들떠 있었다.
 한기네 일행은 결국 버스를 되돌려, 광주 시내를 향해 달리기 시작했다. 화순 읍내로 가는 길을 수많은 시위대 차량들이 숱하게 달려오고 또 달려지나가고 있었다. 화순을 거쳐 더 아래쪽인 동면·남면·능주지서까지 급습해서 무기를 탈취해오는 차량들. 그리고 그보다 더 아래쪽인 보성·승주·벌교 등지를 향하고 뒤늦게 달려가는 차량들도 있었다. 그런 차량들마다 모두 시민들이 가득가득 올라탄 채, 각목이며 소총으로 차체를 두들겨대며 노래와 구호를 고래고래 외쳐대고 있었다.

이 무렵 차량 시위대의 진출은 화순·나주·영산포·영암·영광·강진·해남·무안·함평·담양·목포 등 전라남도 거의 전 지역으로 빠르게 확산되고 있었다. 이날 오후 한시에 시작된 도청 앞 집단 발포를 기점으로 해서, 시민들은 더 이상 앉아서 당할 수는 없다는 각오로 본격적인 싸움을 개시한 것이다. 맨손으로는 시민들의 목숨을 지킬 수 없다는 깨달음이 어느덧 무장을 해야 한다는 결심으로 바뀌고, 무기 확보와 함께 광주에서의 참상을 외부에 두루 알려야 한다는 절박감으로 시위대들은 차량을 이용, 시외로 속속 빠져나가기 시작했던 것이다.

이 무렵까지만 해도, 계엄군은 사태의 여파가 서울 지역을 비롯한 타지방으로 확산되지 못하도록 주로 호남고속도로와 호남선 철도만을 철저하게 봉쇄하고 있었다. 반면에 전라남도 일원의 시·군 지역의 경찰력은 대부분 광주에 투입되어 있었으므로, 상대적으로 광주 인근 도시의 경비는 취약한 상태에 있었다. 덕분에 20일 차량 시위 이후 많은 차량들을 손에 넣은 시민들로서는 공수부대의 외곽 봉쇄 작전이 실시되기 이전, 신속하게 외곽으로 빠져나갈 수 있었던 것이다.

버스가 화순 읍내로 들어섰다. 시외버스 정류장과 화순경찰서 주변으로 수많은 사람들이 모여 웅성거리고 있다. 예비군복을 입은 사람들도 눈에 띈다. 경찰서 앞에는 수백 명의 사내들이 길게 줄을 지어 서 있다. 경찰서 무기고 앞에서 청년들이 소총을 꺼내어 예비군들에게 나누어주고 있는 참이다.

"공수부대가 오늘 저녁에 화순 읍내로 공격해 들어온다는 소문에 모두들 나섰소."

"광주에서 사람들을 그렇게 닥치는 대로 쏴죽였다는디, 우리도 대비를 해야지라우. 우리 지역은 우리가 지킬 것이요. 이미 예비군 동원령이 내려져갖꼬, 지금 화순경찰서 앞으로 전예비군은 집결하라는 방송이 나갔소."

카빈총을 들고 경찰서 앞을 경비하고 서 있는 예비군들이 말했다.

"이젠 됐어! 예비군들까지 나섰으니, 인제부터는 진짜로 그 새끼들하고 붙어볼 수 있겠어."

"공수새끼들, 어디 한 놈이라도 살아서 나가능가 보라고 해."

문상수와 한기가 주먹을 흔들며 말했다. 차 안의 시위대들이 와아 환성을 내질렀다.

버스는 광주를 향해 달리기 시작했다. 각목이며 소총으로 차체를 마구 두드려대며 모두들 목이 터져라 노래를 부르고 구호를 외쳤다. 금방이라도 공수부대와 마주치면 한바탕 결전을 치르기라도 할 듯이 저마다 한껏 열에 들떠 있었다.

버스가 너릿재 터널을 통과할 즈음, 모두들 바짝 긴장했다. 혹시 그 사이에 계엄군들이 터널 주변에 매복해 있다가 공격해올지도 모를 일이었다. 터널 입구엔 앞서 출발한 다른 차량들 대여섯 대가 기다리고 있다가, 십여 대로 늘어나자 줄을 지어 천천히 터널 속으로 진입하기 시작했다.
"실탄을 장전하고 대기해! 나머지는 바닥에 최대한 몸을 은폐하고!"

문상수의 지시에 따라, 모두들 바짝 긴장한 채 총대를 잡았다. 한기는 앞쪽 출입문을 지키고 서서 총구를 밖으로 겨냥하고 서 있다. 봉배와 무석도 총을 차창 턱에 올려놓은 채 밖을 주시했다. 무석은 극도로 긴장해서 무릎이 덜덜 떨려왔다. 그러나 터널을 통과해 가파른 언덕길을 다 내려올 때까지 아무런 일도 일어나지 않았다. 이윽고 십여 대의 차량들은 시 외곽인 학운동으로 들어섰다.

오후 세시경, 시내로 접어들자 시위대의 각종 차량들이 제멋대로 마구 이리저리 몰려다니고 있었다. 학동 입구에서 군용 지프 한 대가 느린 속도로 구경꾼들 사이를 돌아다니고 있는 것을 무석은 보았다. 지프의 보닛 위에 얼룩무늬 군복이 얼핏 시야에 들어왔다. 공수부대 병사의 시체. 군화를 신은 채로인 시체의 두 다리가 범퍼 위에서 흔들거리고 있었다.

"야, 저것 좀 봐라. 공수놈야."

"저 공수새끼를 이걸로 그냥 한 방······"

무석의 바로 앞자리에 앉은 고등학생 서넛이 카빈총을 그쪽으로 조준해보면서 소리친다. 학운동 석천다리 위에 수십 대의 차량들이 어수선하게 세워져 있다. 사람들이 몰려서 있고, 트럭 위에서 청년들이 소총을 시민들에게 나눠주고 있다. 한쪽에선 총을 다루는 방법을 가르쳐주는 사람도 있다.

문상수는 다리 위에서 버스를 세웠다. 시내 상황도 알아볼 겸 잠시 휴식을 취하기 위해서였다. 도청 쪽에선 연신 총성이 들려오고 있었다.

　모두들 차에서 내려 김밥과 음료수로 허기를 달래고 있노라니, 남광주역 방향으로부터 고속버스와 타이탄 트럭 십여 대가 차례로 나타나 다리 부근에서 정차했다. 그들은 나주와 남평 쪽에서 무기를 탈취해오는 길이라고 자랑스레 말했다.

　"예비군 무기고에 들이닥쳐 보니까는, 겁을 집어먹고 모조리 도망을 쳤더라고. 몰고 간 군용 트럭으로 무기고 뒤쪽 벽을 냅다 들이받아부렀제. 들어가 보니, 카빈총 이백 정말고도 기관총 서너 정이 더 있더구만. 실탄도 엄청나게 많더라니께. 십오만 발이라든가, 이십만 발이라든가, 하여간 하도 많아서 우리 차로는 다 못 가져오고, 아마 다른 트럭에 실어가꼬 왔을 것이요. 그뿐인 줄 아쇼? 수류탄까장 수백 발 압수해가꼬 신나게 돌아오는 참이요. 여기 보쇼. 이게 뭔지 아쇼? 수류탄이요, 진짜 수류탄! 이거 한 방 까놓으면, 공수놈들 수십 명 정도는 단박에 골로 보내버린단 말요."

　갓 스무 살쯤 되어 보이는 더벅머리의 청년은 한껏 으스대며 말했다. 그는 불룩한 바지 호주머니 안에서 수류탄 두 발을 꺼내어 보여준다. 그리고는 그것을 손바닥으로 톡,톡, 던져올리기도 한다.

　무석은 가슴이 철렁했다. 훈련병 시절에 무석은 수류탄의 위력을 직접 목격한 적이 있다. 그것의 폭음과 위력이 얼마나 무시무시한 것인가를 무석은 잘 안다. 그런데도 청년은 눈앞에서 그것을 마치 장난감처럼 함부로 굴리고 있는 것이다.

　청년의 애기를 들어보니, 나주 쪽에서도 상당량의 무기와 실탄을 가져온 모양이다. 나주읍 금성동 파출소, 영산포 영광동 파출소, 남평면 파출소 등, 그리고 몇 군데의 예비군 무기고를 돌아다니며 무기를 실어왔노라고 했다.
"이봐, 형씨. 그거 함부로 다루지 마쇼. 안전핀 뽑히는 날엔 우리 모두 걸레쪽이 된단 말야."
문상수가 제지하자 청년은 아무렇지도 않다는 듯이 빙글빙글 웃는다.
"아, 이거요? 나도 잘 알어라우. 이 고리를 잡아 빼면 꽝, 터지지라우? 영화에서 많이 봤소."
청년은 빙글거리며 동료들 쪽으로 돌아간다.
이제 막 도착한 트럭 위에서 한 무리의 시위대가 왁자지껄 내리더니, 음료수와 김밥을 집어들고 먹기 시작한다. 대부분 이십대 청년들과 고등학생들이다. 중학생 또래의 소년들도 끼여 있다. 어디서 구했는지, 경찰 진압모며 방석복 조끼 따윌 줄레줄레 걸치고 있는 사람도 있다. 더러는 수건으로 복면을 만들어 코 입을 가렸다. 계엄군 첩자들이 시위대의 사진을 몰래 찍어두었다가 훗날 체포해간다는 소문이 나돌고 있는 탓이리라. 너나없이 저마다 소총을 한 자루씩 들었는데, 총구를 아무렇게나 획획 돌려대기도 하는 모습이 위험하기 짝이 없다. 어린 소년들은 아예 장난감 총을 다루듯, 거꾸로 등에 메거나 한 손으로 쥔 채 서로 장난을 치기도 한다.
"워메, 저 녀석 좀 보게! 죽을라고 환장을 했구마이!"
문상수가 깜짝 놀라며 일어나더니, 앞으로 급히 다가간다. 까까머리에 앳된 고등학생 하나의 손목을 다짜고짜 끌고 나왔다.
"이리 와봐. 너, 중학생이지?"
"아녀라우. 고등학교 일학년인디⋯⋯"

봄 날 135

"너, 이거 누가 이렇게 하고 다니라던? 응?"
 문상수가 소년의 저고리 앞에 달린 수류탄을 가리키며 물었다. 여드름투성이의 소년이 어리벙벙한 표정으로 문상수를 올려다본다. 무석은 깜짝 놀랐다. 소년의 윗도리 양쪽 호주머니에 하나씩 매달려 있는 수류탄. 놀랍게도 안전핀 고리가 단추 끝에 아슬아슬하게 걸려 있다.
"왜라우? 그냥 내가 달었는디요?"
"뭐여? 당장 떼어내, 짜식아. 아니, 잠깐! 그대로 얌전히 있어. 내가 떼어내줄 테니까……"
 문상수는 조심스레 수류탄 두 발을 떼어냈다. 뜻밖에도 그것은 일반 수류탄보다 몇 배나 위력이 강한 세열식 수류탄이 분명했다.
"아이고, 십년감수했네. 얌마, 너 이게 뭔지나 알고 달고 다니는 거냐? 안전핀 고리를 단추에다가 매달고 다니다니, 너 죽을라고 환장했냐?"
"이리 주시요, 그건 내 꺼란 말이라우."
 소년이 울상을 지으며 쳐다본다. 문상수는 기가 막힌 듯 소년을 내려다보다가, 주먹을 치켜들고 고함을 빽 질렀다.
"닥쳐, 임마! 쌔끼가, 너 시방 전쟁놀이 하는 줄 알어? 이건 나한테 맡기고 당장 꺼져!"
 양볼이 불룩해진 소년은 슬그머니 사라져버린다. 문상수는 다리 난간에 엉덩이를 걸치고 앉아 담배를 문다. 소문을 듣고 사람들이 계속 모여들고 있었다. 여기저기 트럭 위에선 연신 총을 끌어내려 사람들에게 나누어준다.
"총을 받은 사람은 도청으로 모이시오. 금남로로 집결하란 말요."
 "도청으로! 도청으로 갑시다아!"
 청년들이 소리를 질러대며 사람들을 독려하고 있었다.
 "미친 새끼들 봐. 수류탄이 뭔지도 모르는 주제에! 허, 환장허 겄구마이."
 문상수가 기가 막히다는 표정으로 투덜거렸다.
 "아무리 다급해도 그렇제, 저런 꼬맹이들한테는 무기를 줘선 안 되겠소. 저놈들이야 그저 물불 안 가리고 뛰어다니기만 하제, 두고 보자니 도대체 어디 안심이 되겄냐 말요."
 "암만해도 이러다가는 골치 아프게 생겼구만. 저렇게 무턱대고 총기를 나눠주다가 무슨 사고라도 생기면 어쩔라고 저러능가 몰르겄네."
 "아무래도 누가 나서서 통제를 해야 할 것 같으요. 이렇게 중구난방으로 총이랑 실탄이 나돌아댕기다가 보면, 사고가 왜 안 생기겄소?"
 "통제할 사람이 누기 있겄소? 경찰이 나서겄어, 도지사가 나서겄어?"
 "예비군을 동원해도 되고, 대학생들더러 나서서 질서 유지에 협조하라고 하면 될 거 아뇨?"
 "니기미, 대학생놈들이 뭘 하는디? 여기만 봐도 모르겄냐? 대학생놈들, 붉은 즈이들이 애당초 붙여놓고는, 정작 필요할 때가 닥치니께 모조리 어디로 숨어버리고 코빼기도 안 보이잖냐? 배웠다는 놈들, 대가리에 쓰잘데기 없는 것만 잔뜩 들었제, 저 손해볼 것 같으면 슬쩍 뒤로 빠져버리는 것들이 바로 그놈들이란 말여."

갑자기 빠빠빵, 요란한 경적 소리와 함께 트럭 두 대가 시내 쪽으로부터 질주해 들어왔다. 머리에 흰 띠를 두르거나 얼굴에 복면을 한 시위대들이 가득가득 탑승해 있다. 그들은 총을 흔들어대며 다급하게 외친다.

"시민군 여러부운! 여기서 이러고 있을 때가 아니오. 무기를 가진 사람은 모두 광주공원으로 모이시오!"

"거기서 부대를 편성해서 도청으로 진격합시다! 광주공원으로 집결하시오!"

시민군. 누가 붙여준 명칭인지, 무석으로서는 처음으로 들어보는 말이었다. 다리 부근에서 정차해 있던 수백 명의 시위대들이 일제히 환호성을 터뜨렸다.

"갑시다아! 광주공원으로 집결합시다아!"

"가자! 도청으로! 도청으로!"

"만세에! 시민군 만세에!"

모두들 소리를 지르며 어수선하게 차량에 뛰어 올라탔다. 부릉부릉. 시동이 걸리자마자 차량들은 앞을 다투어 금남로를 향해 내달리기 시작한다. 길가에 나온 주민들이 와아아, 환호를 올리고, 박수를 치고, 손을 흔들었다. 시위대를 태운 차량들은 경적을 울리며, 목쉰 구호 소리와 함께 달렸다.

투투투투투투.

도청 쪽에서 또다시 총성이 터져나오고 있었다.

형제가 쓰러져가네, 총칼이 가슴을 찢네
고통과 괴로움 속에 우리를 구할 자 없네
평화를 목말라하면서 우리는 당신을 기다립니다
── 이스라엘 민요

5월 21일 15 : 00, 금남로 1가

학운동 석천다리 위.

막 움직이기 시작하는 버스에 수길과 정민은 겨우 올라탔다. 차 안은 아까보다 훨씬 더 붐볐다. 다리 근처에서 잠시 정차해 있는 사이에 또 다른 시민들이 합류한 때문이다.

수길과 정민은 문짝이 떨어져나간 승강구 계단 끝에 간신히 몸을 밀어넣고 아슬아슬하게 몸을 지탱했다. 어깨에 멘 총은 퍽이나 무겁고 거추장스러웠다.

"야, 이쪽으로 한 계단 더 올라와. 그러다가 떨어질라."

수길이 안간힘으로 몸을 비틀어서, 바깥쪽 문틀에 거의 매달리다시피 한 정민에게 빈자리를 만들어준다.

"비켜봐. 이 총 좀 안으로 집어넣게."

"총이 생각보다 꽤 무겁다야. 교련 시간에 쓰는 플라스틱 총은 안 그렇던디."

"내 꺼는 별로 안 무거운디?"

"그건 카빈총이고, 내 꺼는 엠원이라서 그래. 에이, 재수 없어. 나도 카빈총을 달라고 할 건데 그랬다."
"그 나쁜 자식. 지가 뭣이간디 내 꺼를 맘대로 뺏어가?"
아직도 분이 안 풀린 듯, 정민이 입술을 씰룩이며 혼자 씨부렁거린다.
"무슨 소리야?"
"내 수류탄을 빼앗겼지 뭐냐. 나쁜 자식."
"뭐? 누군데?"
"몰라. 어떤 아저씨가 날더러 오라고 그러더니, 수류탄을 빼앗아갔어. 위험하게 아무렇게나 달고 다닌다고 야단을 치더라. 지까짓 게 뭐라고."
"그러게, 아까 어떤 아저씨도 떼어내라고 안 하던? 내 그럴 줄 알았당께."
"야, 영화에서 보니까, 가슴에다가 하나씩 달고 다니더라. 나도 그렇게 하면 되는 줄 알았는디. 네 수류탄은 어디 있냐?"
"여기, 바지 속에 넣고 있는 참이다, 임마. 너맨키로 위험한 걸 함부로 덜렁덜렁 달고 다니는 줄 아냐? 히히."
수길은 고소하다는 듯이 킬킬거린다.
백운동 로터리 부근에서 버스는 잠시 정차했다. 도로 한쪽에서 군용 앰뷸런스 한 대를 사람들이 에워싸고 있다. 시내 쪽에서 나주 방향으로 빠져나가려는 앰뷸런스를 시민들이 막아세운 모양이다. 각목이며 쇠파이프를 쥔 청년들이 차체를 꽝꽝 두드려대며 위협하고 있다.
앰뷸런스 안에는 운전병과 또 한 명의 공수부대 사병이 앉아 있다. 운전병은 하얗게 질린 채 쩔쩔매고 있고, 그 곁에 앉은 사병은 머리에 부상을 당해 얼굴부터 가슴까지가 온통 피투성이다.
"야, 빨리 내려! 쥑여버릴랑께!"
"저 새끼들, 끄집어내려! 안 내려올 거야?"
 운전병이 억지로 끌려나왔고, 피투성이가 된 병사 역시 간신히 땅으로 내려서자마자 풀썩 주저앉고 만다.
"이 새끼, 너 공수부대지?"
 청년 하나가 부상병의 무릎을 발길로 냅다 걷어차며 소릴 질렀다. 운전병이 부상병 앞을 가로막으며 애원하듯 말했다.
"이, 이러지들 말아요! 나는 공수부대도 아니고, 상무대 소속 의무병이어라우. 나도 군인이 되고 싶어서 된 것이 아닙니다. 여, 여러분도 군대 갔다온 분들이 있을 것 아닙니까?"
"너, 진짜 상무대 의무병이야? 사기치고 있어!"
"정말입니다. 나도 고향이 전라북도 익산이요. 죄라면 군대 끌려온 죄밖에는 없소. 어쩔 것이요. 쫄따구라서 그저 위에서 시키는 대로 했을 뿐이요. 지금 이 사람도 마찬가지 아뇨? 보시다시피, 지금 이 사람은 부상이 대단히 심합니다. 피를 많이 흘려서, 이대로 두면 생명이 위독합니다. 그러니 제발, 이 사람을 얼른 보내주시요. 여러분도 집에 동생이 있지 않는가라우?"
 작은 체구의 운전병은 간곡한 표정으로 말했다. 사람들의 분위기가 약간 누그러졌다.
"자네, 군의관증 내놔봐!"
"군의관증은 장교만 가지고 있어라우. 나는 쫄따구 상병입니다."
"거, 그냥 얌전히 보내줍시다. 피를 엄청나게 흘리고 있구마

봄 날 141

는."
 "으마, 불쌍하구마는그랴. 얼릉 도로 차 태워가꼬 보내제, 어째서들 저래쌌까이!"
 "불쌍하기는 뭣이 불쌍해라우! 저 새끼들 손에 시민들이 얼매나 많이 죽었는디."
 "그래도 어쩔 것이요? 짐승들도 다치면 감싸주는 법인디, 사람 치고 그렇게 모질어서야 쓴다요? 얼릉 보내란 말요!"
 아낙네들이 안타깝게 소리를 지르자 남자들도 수그러든다. 결국 그들은 다시 차에 올라탔다. 몸을 제대로 움직이지 못하는 부상병을 남자들이 부축해서 올려주었다. 앰뷸런스는 이내 나주 방향으로 황급히 사라졌다.
 버스는 다시 출발했다. 백운동 로터리를 지나 농성동 방향 우회도로를 신나게 질주하기 시작했다. 외곽 지역인 그곳 도로엔 일반 차량은 전혀 없고, 시위대를 태운 버스와 트럭들만 뻔질나게 달려다니고 있다. 얼핏 온 시내가 시위대의 차량들로 넘쳐나고 있는 듯하다. 대부분 차선을 무시한 채 마구 전속력으로 달려다닌다. 차량들은 서로 엇갈릴 때마다 빠빵빵빵, 경적을 울려대고, 하나같이 빼곡하게 들어찬 차 안에서 시위대들은 일제히 함성을 올리고 손을 흔들었다.
 수길과 정민도 목이 터져라 구호를 외치고 노래를 불러댔다. 버스 안에 탄 사람들은 주로 남자들이었고, 수길과 정민 또래의 고등학생들도 열댓 명 가량이나 되었다. 수길과 같은 학교에 다니는 아이들도 둘이나 끼여 있었다.
 수길과 정민은 그 버스를 타고 나주 읍내를 한바퀴 돌고 오는 길이다. 읍내 파출소 두 군데와 예비군 무기고 한 군데를 급습해서 총기와 실탄, 수류탄까지 잔뜩 버스에 실었다. 그 동안 내내 얼마나 고함을 질러댔는지 목이 잔뜩 쉬어 있었지만, 전혀 지친 기색도 없었다. 다른 사람들 역시 모두들 힘이 넘쳐 어쩔 줄을 모르는 것 같다. 차체를 각목으로 두들겨대며 잠시도 쉬지 않고 노래와 구호를 바락바락 외쳐대고 있었다.

시내로 들어오자 차 안에 탄 젊은이들은 한층 더 열이 올랐다. 어딜 가나 인도마다 시민들이 엄청나게 쏟아져나와 박수와 환호를 보내준다. 수길과 정민은 몇 번이나 가슴이 터질 듯 벅차오르고 목구멍이 뜨거워옴을 느낀다. 차 안에서 만난 낯선 형들이 '동지'라고 불러주었을 때, 둘은 마치 유격대원이라도 된 기분이었다.

환호하는 길가의 시민들을 보고 있노라니, 수길과 정민은 전쟁터에서 승리하고 돌아오는 개선장군이라도 된 듯한 벅찬 감격에 온몸이 찌릿찌릿 저려올 지경이다. 그러면서도 한편으로 수길과 정민은 은근히 겁이 나기도 했다. 금방이라도 공수부대와 마주치면 어떻게 해야 할지 두렵고 불안해졌다.

하지만 지금 곁에는 수많은 형들이 함께 있었다. 더구나 손에는 총과 진짜 실탄까지 있지 않은가. 그런 생각을 하면 이내 마음이 든든해지고 자신감이 솟아오르는 것이다.

"이 사람들아! 운전 조까 살살 하란 말여! 여기서 금방도 사람이 둘씩이나 치였단 말여!"

돌고개를 넘어설 때, 길가에 서 있던 사람들이 그렇게 소리를 질렀다. 아세아극장 앞에서 또 다른 버스 한 대와 만났다. 문짝이 뜯겨져나간 승강구에서 얼굴에 복면을 한 남자가 고개를 내밀고 소리친다.

"여보쇼! 거기, 실탄 가지고 있소? 그러면, 빨리 전남대 정문 쪽으로 가시요. 거기서 시방 공수놈들하고 시민군이 한바탕 붙었단 말요!"
"알았소! 자, 전남대학교 정문으로 출바알!"
금남로로 막 접어들려던 버스는 급히 좌회전, 전남대를 향해 달렸다. 그러나 전남대 입구 굴다리 부근에 도착해 보니, 시위대의 차량들만 바쁘게 오가고 있을 뿐이다.
"도청 앞으로 되돌아갑시다."
"에이, 언제까지 시내만 뺑뺑 돌아댕길라고 그런다요? 한바탕 붙어봐얄 것 아녀!"
여기저기서 불평들이 쏟아진다.
"일단 광주공원부터 가봅시다."
"광주공원엘 뭣 허러 갑니까? 도청으로 가서 당장 붙어부러야 제라우."
"시민군들은 모두 광주공원으로 집결하라고 아까 그러지 않습디까? 거기서 일단 부대를 편성한 뒤에 조직적인 공격을 해야 합니다."
"거, 은근히 겁먹은 거 아뇨? 겁나는 사람은 내리시요들!"
"누가 겁이 나서 그러요, 시방? 까놓고 말해서, 이렇게 오합지 졸로 우르르 몰려가가꼬 공수놈들하고 제대로 싸우기나 할 것 같소?"
"뭐, 말 조심해, 이 친구야! 오합지졸이라니! 자네, 대학생이라고 그렇게 멋대로 나서는 거여 뭐여!"
"어허, 동지들. 다투지들 맙시다. 지금 이러고 있을 땝니까?"
"저 학생 말대로 합시다. 이렇게 개별 행동 하는 것보다는 시민군들이 힘을 모아야, 그 담에 공격을 하든 방어를 하든 할 거 아 닙니까?"

한바탕 입씨름이 오간 끝에 결국 버스는 광주공원으로 향했다.

광주공원 광장엔 이미 수십 대의 차량들이 몰려와 있다. 무질서하게 정차해 있는 차량들과 사람들이 한데 뒤섞여서 장터처럼 와자지껄하다. 시외 지역에서 돌아온 차량들이 속속 도착하고, 그때마다 소총과 수류탄·다이너마이트 폭약·권총 따위들이 차에서 내려졌다. 공원 앞 화단가엔 기관총이 설치되어 있고, 계단 앞에는 수천여 정의 총기가 한데 수북이 쌓여 있다.

"이봐, 학생들. 그 총 여기다가 놓고 기다려."

수길과 정민이 버스에서 내리자마자 한 청년이 다가와 말했다.

"왜요? 이건 우리가 나주에서부터 가지고 온 것인디요?"

"빼앗으려고 그러는 게 아녀. 무기는 일단 한꺼번에 회수한 다음에, 선별을 해가꼬 다시 지급해줄 테니까, 어서 이리 내. 그러고 나서 저쪽으로 가가꼬 차례대로 총을 지급받으란 말여. 알았어?"

"예에."

수길과 정민은 어쩔 수 없이 계단 위에 쌓여 있는 무더기 위에 각자 총과 수류탄을 내려놓았다. 버스에서 내린 다른 청년들 역시 순순히 총을 벗어놓고 대열로 돌아갔다.

꽤 넓은 공터엔 육칠백 명의 시민군들이 빽빽하게 운집해 있다. 공터 주변에도 엄청나게 많은 시민들이 모여들어 지켜보고 있다. 한쪽에선 무기를 분배하고 있고, 그 앞엔 총을 받으려는 시민들이 두 줄로 길게 열을 지어 서 있는 참이다. 수길과 정민도 그 대열 속으로 들어가 차례를 기다렸다.
"자네들, 중학생인가?"
그들의 차례가 되었을 때, 총기 분배를 하고 있던 삼십대 초반의 사내가 위아래를 훑어보더니 물었다.
"고등학생인디요."
"몇 학년?"
"이, 이학년이어라우."
수길은 재빨리 거짓말을 했다. 일학년이라고 말하면 나이가 어리다고 총을 안 줄지도 모른다는 생각이 들어서였다.
"고등학생은 밖으로 나가. 총기는 주민등록증을 가진 성인들한테만 지급하기로 했으니까."
"안 돼요. 우리도 싸울 수 있습니다. 총을 주세요, 아저씨."
"고등학생이라고 왜 안 됩니까? 사일구 때도 우리 고등학생들이 가장 열심히 싸웠다는 걸 모르세요?"
"우리도 학교에서 교련 교육을 받아서 총 쏘는 법을 알아요. 이럴 때 써먹으라고 배운 것인디, 어째서 우리한테는 안 주겠다는 겁니까?"
수길과 정민이 반발하는 걸 보고, 따로 모여 있던 많은 고등학생들이 한꺼번에 다가와 항의를 했다. 앞에서 지휘를 하고 있던 청년들끼리 잠시 뭐라고 숙덕이더니, 결국 고등학생들에게도 총을 지급하기로 결정을 본 모양이다.
"좋아. 고등학교 2학년까지만 총을 지급하기로 하겠소. 하지만 총을 받고 나서, 총기 취급 요령에 대한 간단한 교육을 받아야 합니다. 거기서 시험을 거쳐 합격한 사람들만 총을 휴대할 수 있소. 알았습니까!"
"예엣!"
모두들 좋아서 큰 소리로 대답한다.
수길과 정민은 카빈총과 실탄을 지급받았다. 그리고 다른 고교생들과 함께 공원 내에 있는 시민회관 앞 광장으로 이동했다. 광장엔 벌써 삼사백 명의 시민군들이 모여 총기 취급에 관한 교육을 받고 있는 참이다. 대부분 군대를 제대한 예비군들이 교육과 장내 정돈 임무를 맡고 있었다.
거기서 수길과 정민은 간단한 총기 취급 요령을 배웠다. 정민은 이내 능숙하게 실탄을 장전하고 응급 처치 요령까지 터득했지만, 수길은 서툴렀다.
"허어, 이봐. 노리쇠를 무턱대고 세게만 잡아당기지 말라니까. 그러니까 자꾸 실탄이 끼어가꼬 격발이 안 되잖아. 이래가지고 어떻게 싸운다고 그래? 너는 아무래도 안 되겠다."
청년이 답답하다는 듯이 말했다.
"아녀라우. 하, 할 수 있어요. 첨이라서 자꾸 손이 떨려서 그렇제, 잘할 수 있당께요."
수길은 행여 총을 다시 빼앗길까봐 큰소리를 친다.
조별로 총기 교육을 받고 나서 수류탄 사용법도 배웠다. 안전핀을 뽑은 상태에서 이삼 초 정도 기다렸다가 목표물을 향해 투척하는 요령까지 직접 서너 차례 실습했다.
이번엔 직접 사격 연습을 해보는 차례였다. 역시 조별로 나뉘어 시민회관 측면의 비탈진 언덕 위로 이동했다. 흰 페인트로 칠해진 건물 벽면에 어설프게 표적을 표시해놓고, 거기다가 각자 다섯 발씩 적중시키는 훈련이다.

먼저 정민이 나섰다. 좀 전에 배운 요령대로 가늠쇠와 가늠자를 통해 정조준, 호흡을 멈춘 뒤 방아쇠를 당기면 되었다. 정민은 다섯 발 모두 정확히 명중시켰다.
"잘했어. 넌 일등 사수로구나."
뒤에서 지켜보던 청년이 정민의 발을 툭 차며 말했다. 수길의 차례가 되었다. 하지만 역시 신통치가 않았다. 처음부터 실탄이 노리쇠 뭉치에 끼는 바람에 낑낑대다가 간신히 두 발만 쏘았을 뿐이다.
조별 사격이 끝나자 수길과 정민은 대열로 돌아와 잠시 휴식을 취했다. 광장 안은 대단히 소란스럽다. 그 동안에도 시민들은 끊임없이 모여들고, 무기를 분배하랴 조를 편성하랴, 온통 장바닥처럼 왁자지껄했다.
총기를 지급받은 사람들 중 대부분은 안전 수칙 따윈 전혀 무지한 상태여서, 총을 거꾸로 메고 있기도 하고 총구를 무심코 서로를 향해 마주 들이대기도 한다. 심지어 고등학생들 중엔 수류탄을 쥔 채 키득거리며 장난을 치는 모습도 보인다.
그때 누군가 계단 위로 올라서더니, 타앙, 공포를 한 발 쏘았다. 소란스럽던 장내가 일순 조용해지며 모두의 시선이 그 사내에게로 쏠렸다.
"여러분, 지금 이런 식으로 무질서하게 행동한다면 우리는 결코 계엄군을 몰아낼 수 없습니다. 총만 있고 탄약만 있으면 뭘 합니까. 조직적인 군대가 있어야만 효과적인 작전을 수행할 수 있지 않겠습니까!"
검정색 잠바 차림에 중키의 다부진 체구를 가진 사내. 이십대 후반쯤으로 보이는 그 젊은이는 장내의 시민들을 천천히 휘둘러보며 말했다.

"어? 저 사람이다. 아까 나한테서 수류탄을 뺏어간 사람 말여."

정민이 놀란 표정으로 수길에게 속삭였다. 사내는 다시 외쳤다.

"저는 학운동 예비군 소대장인 문상수라는 사람입니다. 그럴 자격이 있는 것은 아닙니다만, 아무래도 누군가 나서야만 되겠다는 생각에 이렇게 나왔습니다. 아시다시피, 우리는 광주 시민의 생명을 지키고, 우리들의 도시를 지켜야 하는 시민군이 되고자 이 자리에 모였습니다. 우리들의 손에 우리들의 형제와 가족, 시민들의 안전과 생명이 달려 있습니다. 자, 지금부터 저의 통제에 따라 각자 부대를 편성하고, 각 부대별로 행동하겠습니다. 앞에 나와 있는 예비군들의 지시에 따라 협조해주시기 바랍니다."

이때부터 장내는 그런대로 질서가 잡혀가기 시작했다.

사격 연습이 대충 끝나자 전원을 집합시킨 뒤, 부대별 편성 작업에 들어갔다. 아울러 따로 특공대 32명을 선발하겠으니, 지원자들은 모이라는 얘기가 들려왔다.

"수길아, 우리도 가보자. 특공대를 뽑는다잖냐."

"특공대?"

"그래애. 까짓 거, 이왕 싸울려면 화끈하게 해봐얄 것 아녀? 빨리 와."

둘은 백여 명 가량의 지원자 대열 속에 끼여들었다. 하지만 둘은 처음부터 열 바깥으로 밀려났다. 특공대원의 자격으로는 첫째, 사격술이 좋아야 하고 둘째, 처자식이 없는 남자, 그리고 독자나 장남이 아니어야만 한다고 했다. 그러자 백여 명이던 지원자 숫자가 절반으로 줄어들었다.

봄 날 149

다른 몇 명의 고교생과 함께 수길과 정민은 앞으로 나서서, 뽑아달라고 말했다. 처음엔 안 된다고 밀어내더니, 숫자가 부족하게 되자 문상수라는 청년이 그들을 불렀다.

"너희들은 아직 어려. 이건 전쟁놀이가 아니라 목숨이 걸린 문제다. 그런데도 목숨을 바쳐서 싸울 각오가 돼 있나?"

청년은 굳은 표정으로 그들을 하나하나 돌아보며 말했다.

"할 수 있습니다! 우리도 광주 시민입니다."

"우리도 나서야제라우! 불알 찬 사내새끼가 정의를 위해서 죽는 것이 당연한 일이잖습니까!"

누군가의 당돌한 말에 청년은 씩 웃었다. 그리고는 뭔가 잠시 망설이는 기색이더니, "좋아, 그렇다면 여기다가 이름하고 주소, 나이, 전화번호를 기입하고 대기해"라고 말했다.

수길과 정민은 가슴이 벅차올라 마주 쳐다보며 웃었다. 특공대. 마침내 이 많은 사람들 가운데서 자신들이 특공대로 뽑힌 것이다. 그들은 갑자기 어른이 된 듯한 느낌에 스스로가 대견스럽고 자랑스럽게 여겨졌다. 둘은 어깨에 멘 소총의 끈을 새삼스레 단단히 당겨 잡고 대열로 돌아왔다.

특공대원으로 선발된 시민군들을 세워놓고, 예의 그 문상수라는 청년은 상기된 표정으로 짤막하게 훈시를 했다.

"여기 모인 여러분들은 특별히 선발된 특공대요. 여러분들 중에 살아서 돌아갈 생각을 하는 사람이 있다면, 지금이라도 열에서 나오시오. 없소?…… 좋소. 그렇다면 지금부터 개인별 장비를 지급하겠소."

대원들은 각자 카빈소총 한 정, 수류탄 두 발씩을 받았다. 대형 태극기 한 장도 조별로 한 개씩 지급되었다.

특공대는 2개 조로 나누어졌다. 각 조별로 지프 한 대씩과 트럭 두 대, 그리고 무전기 한 대씩이 배당되었다. 그 무전기는 계엄군에게서 빼앗은 것이라고 했다. 수길과 정민이 속한 1조에선 마침 군대 시절 무전병을 했다는 청년이 그걸 받았다. 또 다른 사내가 와서 그 청년에게 본부와의 연락 요령, 신호 작동법, 그리고 계엄군의 상황을 청취할 수 있는 주파수 등을 알려주었다.

선발된 특공대는 일제히 차량에 탑승했다. 정민과 수길은 같은 트럭에 올랐다. 모두들 각자 차에 오르느라 부산하게 움직이고 있었다. 구경 나온 시민들이 환호하며 손을 흔들어주었다.

그들은 「애국가」를 부르며 천천히 공원을 빠져나왔다. 「애국가」를 부르다가 수길과 정민은 저도 모르게 눈물을 글썽거렸다. 갑자기 두려움이 없어지고, 이젠 자신들이 평범한 고교생이 아니라 정의를 위해 나선 시민군이라는 생각을 하며 입술을 힘껏 악물었다. 둘은 저마다 눈앞에 어머니와 아버지, 그리고 식구들의 얼굴을 떠올렸다. 눈물이 왈칵 솟구쳤지만, 죽어도 좋다는 생각이 들었다.

지프를 앞세우고 트럭은 곧장 금남로로 향했다. 3가 쪽으로 나오니, 저만치 공수부대와 시민군들이 대치해 있는 모습이 보였다. 총성이 이따금 울려왔다.

특공대는 도청과 전일빌딩, 관광호텔 사이를 점거하고 있는 계엄군의 저지선을 돌파하기로 결정했다. 그러나 일단 도청으로 바로 진격하지 않고, 대신 금남로를 우회하기로 했다.

그들은 중앙초등학교와 동명여중, 서석초등학교를 거쳐 장동 노동청 앞에 도착했다. 어떻게 할까, 거기서 잠시 망설이고 있을 때였다. 뒤따라오던 2조의 차량들이 갑자기 급회전, 도청을 향해

봄 날 151

쏜살같이 돌진하기 시작했다.
"어떻게 된 거여! 저, 저런!"
"저 친구들! 아직은 저럴 때가 아닌디! 큰일났다!"
뜻밖이었다. 돌격을 할 때는 동시에 하기로 했고, 그 신호도 미리 정해두었었다.
타앙! 앞쪽 지프에 탑승한 소대장이 급히 공포 한 방을 발사했다. 그것은 되돌아오라는, 미리 약속된 신호였다. 그러나 이미 2조는 도청 광장을 향해 질주하고 있었다.
타타타타타······
공수부대로부터 집중 사격이 터져나온다. 운전사가 총에 맞은 듯, 지프와 트럭이 핑그르르 머리를 돌리며 멎었다. 순간 대원 두 명이 차에서 뛰어나와 이쪽으로 도망치다가, 풀썩풀썩 나동그라진다.
"사격 개시잇!"
누군가의 외침과 함께 수길과 정민도 방아쇠를 당기기 시작했다. 수길은 트럭 바닥에 바짝 엎드린 채 고개를 내밀었다가 깜짝 놀랐다.
핑－핑－피잉.
총알이 머리 위로 스쳐지나가는 소리. 둘은 저도 모르게 고개를 바닥에 처박은 채 총구만 밖으로 내어놓고 방아쇠를 정신없이 당겼다.
"철수! 차 빼! 빨리!"
소대장이 소릴 질렀다. 이내 트럭은 기우뚱 좌회전해서 건물 측면으로 나왔다. 도청 광장 쪽에서 연신 총성이 터져나오고 있었다.

"아아, 다리, 내 다리가…… 와이고옷!"

갑자기 비명이 터져나왔다. 돌아보니 바로 수길의 곁에 있던 고교생 하나와 지프에 탄 청년 하나가 총에 맞아 비명을 지르고 있다. 고교생의 어깨는 이미 피로 홍건했다. 수길과 정민은 급히 태극기를 찢어서 그의 어깨를 동여매려고 했다. 어깨 뒤쪽이 이미 걸레쪽처럼 해어져서 너덜거렸다.

소대장의 지시에 따라 차량은 재빨리 청산학원 쪽으로 빠져나왔다. 소대장이 무전기로 본부를 불러, 병원에 후송시킬 차량을 보내라고 악을 썼다. 잠시 후, 시민군 버스 한 대가 도착하자 그들은 부상자들을 실어 병원으로 보냈다.

잠시 대기하는 사이, 대원들은 실탄을 다시 지급받았다. 대부분의 대원들이 아까 교전시에 실탄을 모두 써버렸던 것이다.

문득 머리 위에서 확성기 소리가 들려왔다.

"시민 여러분. 모두 자제하여주시기 바랍니다. 지금 불과 소수의 불순한 폭도들로 인하여 국가 전체가 위기에 처해 있습니다. 시민 여러분. 폭도들에게 현혹되지 말고 어서 집으로 돌아가주시기 바랍니다. 시민 여러분……"

헬기 한 대가 높다랗게 떠서 선회하고 있다.

"저 개새끼들이!"

대원들이 헬기를 향해 총을 쏘기 시작했다. 수길과 정민도 덩달아 허공을 향해 방아쇠를 당겼다. 비로소 자신감이 생겼다. 소총 개머리판으로 둔탁하게 전해져오는 충격에 어깨가 얼얼해왔다.

"임마, 개머리판을 어깨에다가 단단히 붙여야 돼. 그러니까 어깨가 아프지."

봄 날 153

곁에서 한 청년이 어깨를 툭툭 치며 말했다. 도청 방향에서 다시 총소리가 콩 볶듯 터져나왔다. 그때 특공대 다른 조에서 부상자가 생겼다는 무전이 왔다.
"갑시다! 도청 앞으로! 원수를 갚아야 할 거 아뇨!"
"가자! 도청 앞으로!"
모두들 격분해서 고함을 질러댄다. 그들은 차를 몰아 금남로 3가로 나아갔다.
금남로는 총에 맞아 나뒹구는 사람들의 비명 소리, 공포에 질린 외침, 통곡 소리로 아우성이었다. 콩 볶듯 쏟아지던 총격은 잠시 멎었는가 싶으면 이내 다시 시작되곤 한다. 그때마다 밖으로 뛰어나갔던 사람들 몇몇이 쓰러졌고, 시민들은 건물 옆이나 뒤쪽으로 몸을 피해 몰려서 비명과 울음을 연신 토해낸다.
적십자 완장을 찬 시민들이 길바닥에 쓰러진 사람들을 구조해내기 위해 이리 뛰고 저리 뛰었다. 그들은 부상자들을 돕기 위해 자발적으로 구성된 수송대였다. 더러는 적십자 완장을 찬 그들조차 총에 맞아 쓰러지기도 했다. 총소리, 비명 소리, 아우성 소리, 통곡 소리, 고함 소리…… 금남로 일대는 지옥, 바로 그대로였다.
특공대는 중앙교회 앞에서 잠시 대기했다. 무전기로 몇 번이나 본부를 불렀지만 회답이 없다. 그때 또 다른 시민군 차량들이 4가 쪽에서 한꺼번에 질주해왔다. 청년 하나가 트럭에서 뛰어내리더니, 인도에 몸을 피하고 있는 시민들을 향해 소리쳤다.
"갑시다! 도청으로! 목숨을 바칠 용기가 있는 사람들은 나오시오!"
총을 쥔 시민군 오륙십 명이 이쪽저쪽 차량에서 우르르 뛰어나왔다. 서로 트럭 위로 타겠다고 야단들이다. 타앙! 청년이 공포를 쏘며 악을 썼다.
"안 돼요! 스무 명! 스무 명만 타시오!"
이내 한 무리가 우르르 올라타자마자 트럭은 그대로 도청을 향해 돌진하기 시작한다. 예의 청년이 앞에서 태극기를 커다랗게 흔들고 있다. 그러나 이내 엄청난 총성이 터져나왔다.
타타타타타.
버스가 기우뚱 급커브를 돌 듯하더니, 쿵, 가로수를 들이받고 정지했다. 트럭 위에서 사람들이 뛰어내렸다. 허둥지둥 도망치던 몇이 풀썩풀썩 나가떨어진다.
"아으으아앗! 저 씨팔놈들이잇!"
그 광경을 지켜보던 대원들은 일제히 고함을 내질렀다. 부르릉. 누가 명령을 내릴 틈도 없이 지프와 트럭이 한꺼번에 총을 쏘며 돌진하기 시작했다. 수길과 정민 역시 이미 제정신이 아니었다. 앞쪽인지 옆쪽인지조차 분간할 겨를 없이 마구 방아쇠만 당겨댔다. 숨이 막혔다. 아아, 이젠 죽는구나. 이 개새끼들 죽어라아! 누군가 발악하듯 고함을 지르고…… 어느 순간 쿵, 하는 소리와 함께 모두들 트럭 바닥으로 세차게 나가떨어졌다.
지프는 옆으로 벌렁 뒤집혔고, 트럭은 인도로 뛰어들어 담벼락을 들이받은 채 정지했다.
"뛰어내려! 빨리!"
정민은 정신없이 뛰어내렸다. 총알이 비 오듯 쏟아졌다. 바로 눈앞 아스팔트 바닥에서 파파팟, 불똥이 튀어오르고 귀를 스치고 슈웃슈웃, 총알이 지나간다. 정민은 정신없이 땅바닥을 북북 기었다. YMCA와 수협 건물 사이의 좁은 골목 입구를 마악 돌아

봄 날 155

서, 엉겁결에 땅바닥만 들여다보며 충장로 쪽을 향해 기기 시작했다.
 그런 어느 순간, 뒤통수에 무엇인가 퍽, 하고 떨어지는 충격과 함께 눈앞이 아득해왔다. 짧은 순간 의식을 잃었다가 얼핏 정신을 차리고 보니, 눈앞에 무엇인가 보였다. 군화. 끝이 독사 대가리처럼 각이 진 군홧발이었다.
 "이 새끼, 뒈진 척하지 마! 일어섯!"
 공수가 발길로 옆구리를 세차게 걷어찼다. 정민은 벌떡 일어나 앉았다.
 "무릎 꿇고 대가리 박앗, 새꺄!"
 정민은 재빨리 이마를 땅바닥에 박았다. 공수들 몇이 다가오더니 저희들끼리 뭐라 얘길 주고받는다. 어느 틈엔가 총성은 멎어 있었다. 정민은 머리를 처박은 채 얼른 곁눈질로 주위를 살핀다. 광장은 비어 있고, 바로 곁에 두 개의 몸뚱이가 눕혀져 있다. 이미 숨이 끊어진 듯, 둘 다 온통 피투성이다. 하나는 가슴에, 하나는 머리 위쪽이 거의 바스라져버렸다. 같이 탔던 대원들인 듯 싶은데, 누군지 알 수가 없다.
 '수길이, 수길이는 어찌 되었을까.'
 정민은 눈을 질끈 감아버렸다. 아아, 이젠 죽는구나. 눈앞이 캄캄해지면서 온몸이 바들바들 떨려오기 시작한다. 문득 뭔가가 얼굴을 타고 진득하게 흘러내리며 땅바닥으로 고이고 있었다. 피. 피였다. 머리가 깨진 모양이다. 아까 뒷머리를 개머리판으로 맞은 것 같았다. 그러자 온몸에서 힘이 쭈욱 빠져내리며, 눈앞이 가물가물해왔다.
 "강상병, 이 새끼들 빨리 치워!"

"야, 새꺄! 일어낫! 어, 이 새낀 중학생이잖아?"
 정민은 벌떡 일어섰다. 누군가 성큼성큼 걸어왔다.
"이 새낀 뭐꼬!"
"도망치는 걸 잡았습니다. 트럭에 탔던 놈입니다, 추상사님."
"어쭈, 이런 간나새끼 보래이! 마빡에 피도 안 마른 새끼까장 설친단 말이제!"
 정민은 눈앞에 버티고 선 그 상사를 얼핏 보았다. 새까만 얼굴. 그 상사의 얼굴엔 깨알 같은 천연두 자국이 선명했다. 상사의 입술이 기묘하게 일그러지는 듯하더니, 대검을 쑥 뽑아들었다.
"오라, 니가 이래도 또 내빼는가 보자! 이 새꺄!"
 대검 끝이 정민의 허벅지에 쿡, 박혔다.
"악!"
 정민은 풀썩 주저앉았다.
"허쭈, 이 새끼! 엄살치는 거 보래이."
 상사의 대검이 또 한번 정민의 무릎을 힘껏 찔렀다. 정민은 길바닥에 나동그라졌다. 분수대 쪽에서 또다시 총성이 터져나왔다. 공수들이 바쁘게 움직이기 시작했다.
"야, 저 시체들 빨랑 치워! 철수 명령이 떨어졌다!"
"철수요? 철수합니까, 오하사님?"
"빨리빨리 해. 당장 집합하란 말야!"
"야, 강상병, 유이병! 이쪽 좀 도와줘!"
 쓰러져 있는 그들 셋을 공수대원 셋이 각기 다리를 잡고 질질 끌고 가기 시작했다.
 정민은 가물가물한 의식 속에서 자신이 어딘가로 끌려가고 있음을 느낀다. 아스팔트 바닥에 뒷머리가 부딪힐 때마다 엄청난 고통이 전해져왔다. 정민은 이를 악물고 신음 소리를 참아낸다.

'이자들은 내가 죽은 줄 알고 있는 모양이다. 소리를 내면 안 돼……'

이윽고 그들은 YMCA 건물 일층 복도로 들어서자마자 걸음을 멈추었다.

"이것들을 어떻게 한다?"

"여기 놔뒀다가 트럭에 실으랬잖습니꺼."

"이런 쪼다 같은 시키. 얌마, 지금 그럴 시간이 어딨냐. 놔두고, 빨랑 나와!"

그들의 군홧발 소리가 황급히 멀어졌다.

정민은 한동안 죽은 듯이 그렇게 누워 있다가 간신히 눈을 떠본다. 아무도 없다. 정민은 도망쳐야 한다고 생각했다. 온몸을 필사적으로 버둥거리며 정민은 출입문 쪽을 향해 기어가기 시작했다. 그런 어느 순간, 정민은 깜박 의식을 놓아버리고 말았다.

들에 나가지 않으려거든 그만두려무나. 한길로
나가기 싫거든 그만두려무나. 원수가 칼을 빼어들
면, 어디 간들 무섭지 않은 곳이 있겠느냐? 내 딸
내 백성아, 상복을 입고 재를 뒤집어써보려무나. 외
아들을 잃은 어미같이 곡을 하고, "침략자들이 이렇
게 들이닥치다니!" 하며, 창자가 끊어지도록 목놓아
울어보려무나.
—「예레미야」, 6:25

5월 21일 16:00, 도청 앞 광장

타타타타타……

또 한차례 격렬한 총격이 몇 분 동안 계속되었다. 콩 볶듯이 터져나오는 총소리에 광장 주위의 건물들이 우렁우렁 흔들린다.

"사격 중지!"

망원경으로 전방을 살피던 중령이 외쳤다. 일직선으로 곧게 뻗어나간 금남로. 사정 거리 사오백 미터 내 차도가 일순간 고요해진다. 3가 부근에 모여 있던 수백 명의 무장한 시민군들은 더 이상 접근하지 못하고 있다. 하지만 언제 또다시 튀어나와 공격해올지 모른다.

조금 전 전속력으로 돌진해오던 트럭은 담벼락을 들이받았고, 지프는 길바닥에 나동그라져 있다. 지프에 탄 사람들은 대부분 그 자리에서 즉사했다. 트럭에 탔던 시민군들 중 몇은 도주하고, 나머지는 총상을 입고 체포되었다.

"현위치에서 잠시 대기! 경계를 늦추지 말도록!"

중령은 부하들을 돌아보며 재차 경고를 내린다. 분수대를 엄폐물 삼아 대오를 형성한 채 '앉아 쏴' 자세를 취하고 있던 후미의 병사들이 총을 쥔 채 길바닥에 일제히 주저앉았다.

비로소 병사들은 전방 차도 위에 널브러진 자동차와 몇 개의 몸뚱이를 잔뜩 움츠러든 시선으로 바라본다. 공수대원들 몇이 지프와 트럭 안에서 시체를 끌어내고 있다. 시체 하나가 방금 전까지 엎드려 있던 지프 앞자리엔 피가 흥건하게 엉겨붙어, 햇빛을 받아 기이한 광채로 번들거린다.

광장 주변은 말 그대로 전쟁터로 변했다. 일그러지고 불에 그을린 수십 대의 차량들. 더러는 벌렁 뒤집힌 채 아직도 검은 연기를 피워올리고 있다. 군데군데 남겨진 시체들. 병사들은 눈앞에 널린 그 흉측한 살덩이들의 모습에 한층 더 기가 질린다. 무심코 병사들은 코를 벌름거린다. 화약 냄새, 파괴된 차량들로부터 나오는 연기 냄새, 기름 냄새, 매캐한 최루탄 분말 냄새 따위가 한데 뒤섞인 기묘하고도 역한 냄새. 병사들은 얼핏 그 냄새가 눈앞에 나뒹굴고 있는 시체들이 부패해가면서 풍겨내는 냄새일 것이라고 생각한다.

그러자 병사들은 별안간 울컥 구역질이 치밀어오른다. 그 불쾌한 느낌의 정체는 어쩌면 지긋지긋한 죄책감과 공포 같은 것인지도 모른다. 아무리 지우려고 해도 자신의 몸 어느 부분엔가 여전히 남아 있는 타인의 핏자국처럼, 그것은 진저리나도록 두렵고 불길하다.

병사들은 눈앞에 널려 있는 그 추악한 살덩이들을 죽인 것이 바로 자신들이라는 사실을 한사코 잊어버리고 싶다.

'아니, 내 총에 맞아죽은 사람은 없을 거야. 난 그냥 어쩔 수 없이 명령대로 대충 조준만 하고 쏘았을 뿐이니까, 내 총엔 아무도 맞지 않았을 거라구…… 아니 뭐, 설사 허벅지나 어깨 같은 데를 맞았을 수도 있지만, 그게 어째서 내 책임이란 말인가. 어쨌건 이젠 저 폭도들 쪽에서도 총을 쏘기 시작했으니, 이젠 피장파장, 정당방위가 된 셈이잖은가……'

병사들은 저마다 그렇게 한사코 자위하려고 애쓰고 있는 표정들이다.

중령은 긴장한 표정을 약간 누그러뜨리며 이마에 밴 땀을 씻는다. 그리고 광장 주변의 높은 건물 옥상 곳곳에 배치시켜놓은 부하들의 동태를 살펴본다. 옥상 난간 위에 머리만 내놓은 채 부하들은 거리 쪽을 주시하고 있다. 광장 왼쪽 '수협 전남지부' 옥상과 '도심빌딩,' 오른쪽으로는 전일빌딩과 기동대 건물, 그리고 뒤편 도청 별관 옥상에도 각각 십여 명씩의 병사들을 몰래 올려보냈었다. 그들은 모두 특별히 선발된 저격수들이다.

저격병들을 주변 고층 건물에 분산 배치한 작전은 대단히 성공적이었다. 고층 옥상이라 시야 확보가 용이해서 여러 갈래로 나누어진 각 도로의 길목을 훤히 감시할 수 있었고, 시민들에 대한 동태 파악이 손바닥 들여다보듯 쉬웠다. 아울러 그것은 광장 분수대에 포진중인 공수부대원들을 안전하게 엄호해주는 효과를 가져왔다. 발포가 시작되자마자 주변 건물의 옥상 위에서 저격병들은 백발백중의 사격 실력을 유감없이 발휘했다. 시민들이 광장 주변을 얼씬거리기만 하면 가차없이 방아쇠를 당겼다. 단

봄 날 161

한 발로 표적을 제거해버리는 그들의 사격 솜씨는 전군을 통틀어 단연 최고 수준이었다.

시민군은 수차례 차량을 이용한 돌진을 시도했으나 그때마다 목표 지점까지 채 다다르기도 전에 저격병들의 사격에 의해 궤멸되었다. 그러나 시간이 갈수록 무장한 시민군의 숫자는 증가하고 있었고, 군은 점차 심각한 위험에 빠져들고 있었다.

아까 오후 한시경, 본격적인 발포가 시작되자 운집해 있던 십오륙만 명의 시민들은 눈 깜짝할 새에 흩어져버렸다. 거의 한 시간 동안 간헐적인 집중 발포가 계속되자, 겁을 집어먹은 시민들은 세시경까지는 비교적 잠잠해졌다.

그 사이 조선대학교에 위치한 지휘 본부로부터 수차례 숨가쁜 무전 연락이 날아왔다. 화순·나주·담양 등 인근 지역 경찰서와 예비군 무기고·탄광 등이 폭도들에 의해 습격당해 다량의 무기와 실탄이 탈취당했으며, 수백 대의 차량에 탑승한 폭도들이 속속 광주 시내로 들어오고 있다는 급전이었다.

마침내 시위대로부터 최초의 응사를 확인한 것은 세시 십분경. 폭도들이 대량의 무기를 탈취, 광주로 잠입중이라는 무전을 받았다. 지휘관들은 바짝 긴장했다.

"시민군? 새끼들, 웃기고 있네. 이게 무슨 전쟁놀인 줄 아는 모양이구만."

"무기를 탈취해 돌아다니고 있는 폭도들은 거개가 직업도 없는 구두닦이나 양아치, 건달놈들이라고 합니다. 게다가 나머지 절반은 십대 고교생이나 이십대 젊은 놈들이랍니다."

"미친 새끼들. 그런 쓰레기 같은 놈들은 싸그리 쓸어버려야 해! 총도 제대로 쏠 줄 모르는 놈들이 겁대가리 없이 날뛰고 다닌다,

이 말이지?"

장교들은 코웃음을 쳤다.

어차피 그들이 무장을 했다고 해도 고작해야 폐기품이나 다름없는 구식 카빈소총과 M1 소총일 터였다. 군이 육이오 때부터 사용해오다가 예비군 장비로 넘겨버린 그 따위 케케묵은 소총 정도로야 최신 무기인 M16 소총으로 무장한 공수부대의 상대가 될 수는 없다. 더구나 총 한번 만져보지 못한 십대 조무라기들이나 양아치들로 구성된 오합지졸들이라면 빤한 꼬라지가 아니겠느냐고 그들은 생각했다.

그런데, 돌연 상황이 심각해지기 시작했다. 정보요원들이 시민들 사이에 숨어들어 입수한 정보에 의하면, 구식 소총뿐만 아니라 다량의 수류탄과 폭약이 폭도들의 수중에 들어갔으며, 무엇보다 상당수의 예비군들이 폭도들에 합류, 조직적인 공격을 준비하고 있다는 급보가 날아들자 지휘관들은 아연 긴장하기 시작했던 것이다.

예비군들까지 조직적으로 가담하기 시작했다면 심각한 문제였다. 쌍방에 상당한 피해가 우려되었고, 당장 병사들의 안전 대책을 강구해야만 했다. 과연 처음엔 얼마 되지 않던 무장 시위대의 숫자가 어느새 수백 명으로 불어나고 있었다. 사방에서 무장 시민군의 총성이 들려오기 시작하자 병사들은 완연히 겁에 질렸다. 지휘관들 역시 초조와 불안의 기색을 감추지 못하고 허둥거리고 있었다.

그런데, 이번엔 또 다른 급전이 날아들었다. 폭도들이 탱크에 휘발유를 가득 실은 소방차를 몰고 도청 정문 돌파를 위해 이곳으로 오고 있다는 정보였다. 장교들은 눈앞이 노래지는 것 같았다. 최악의 상황이 코앞에 다가오고 있는 거였다.
"타앙. 타앙."
다시 총성이 들렸다. 카빈소총이다. 시민군들이 주변의 수많은 골목 어디선가 숨어 단발 사격을 하고 있는 것이다.
이내 기다렸다는 듯이 타타타타…… 터져나오는 M16 소총의 요란한 총성. 옥상에 배치된 공수부대 저격수들이 즉각 응사하기 시작한다. 단발로 딱딱거리는 시민군의 구식 소총과 자동식으로 연발 사격이 가능한 계엄군의 위력적인 M16 소총은 그 소리만 들어도 금방 구별할 수 있었다.
"사격 준비."
분수대 주변에 포진한 병사들이 재빨리 사격 자세를 취했다. 땅, 땅, 따앙…… 시민군의 총성이 돌연 사방에서 터져나오기 시작했다. 이제는 정면 금남로 쪽보다도 오히려 좌우쪽인, 노동청과 충장로 방향에서도 총성이 들린다. 땅, 따앙, 따앙…… 점점 늘어나는 단발의 총성. 옥상에서 응사하는 계엄군의 요란한 사격에도 불구하고, 시민군의 총성은 확실히 더 많은 숫자로 불어나 점점 거리를 압축해오고 있다.
이제 도청 광장은 사면의 시민군들에게 포위되어 있는 셈이다. 분수대 주변 병사들은 더욱 초조해졌다. 어디에서 느닷없이 불쑥 튀어나올지 몰라 잔뜩 긴장한 채, 병사들과 장교들은 눈동자를 빠르게 좌우로 굴리기 시작한다.
병사들은 비로소 죽음에 대한 확실한 공포에 사로잡히기 시작했다. 이제 시민들은 더 이상 맨손이 아니었다. 비록 케케묵은 구식 무기이긴 해도, 저들에겐 총과 수류탄이 쥐어져 있는 것이다. 병사들은 입술이 바작바작 마르고 식은땀이 돈다.

오후 4시 40분

무전 교신을 하고 있던 대위가 급히 중령에게 달려왔다.
"대장님, 큰일났습니다. 전남대 부속병원 12층 옥상에 폭도들이 기관총 2정을 설치했다는 보고가 들어왔습니다. 정찰중인 헬기로부터 들어온 정보랍니다."
"뭐야? 전남대 부속병원이라면, 바로 등 뒤쪽 아닌가!"
중령은 깜짝 놀라며 도청 건물을 돌아다본다. 전남대 병원은 바로 도청 후면, 불과 오백 미터 거리에 있다. 지척인 데다가 12층 옥상이라면 절대적으로 유리한 위치이다. 사층 건물인 도청을 향해 얼마든지 조준 사격이 가능하다. 놈들이 사격을 가해온다면, 현재 주변 건물 옥상에 배치되어 있는 저격병들은 물론이고 계엄군 전체가 일순간에 엄청난 혼란에 빠지게 될 것이다. 중령은 숨이 턱까지 차오른다.
"어떻게 하면 좋겠습니까, 대장님."
"당장 특공조를 조직해! 적의 기관총 진지를 파괴시켜버리는 방법밖에 없어! 당장 착수하라구!"
"알겠습니다."
즉각 지시 사항이 하달되고, 각 부대별로 오십여 명의 지원자들이 모였다. 그러나 결과를 보고하기 위해 대위가 달려갔을 때, 중령의 입에서는 뜻밖의 말이 흘러나왔다.
"특공조는 필요없게 되었다. 방금 지휘본부로부터 철수 명령이 하달되었다. 지금 즉시 지휘관 회의를 소집해야겠어."
"철수 명령이라구요? 정말입니까?"
"도피 및 탈출 작전이야. 각 팀 단위로 철수한다. 사병들은 건물 옥상에 배치시킨 요원들과 최소한의 경계요원을 제외하고는 전원 집합시켜. 빨리, 서둘러!"
"알겠습니다."

오후 4시 50분

도청 광장의 계엄군은 저격수 및 최소한의 경계요원을 제외한 나머지 병력을 모두 도청 내 앞마당에 집합시켰다. 지휘관은 철수 명령 하달 사실을 알리고 나서, 철수 요령을 간단히 설명했다.

"제군들, 잘 들어라. 지금 시각부터 부대는 '도피 및 탈출 작전'에 돌입한다. 철수 요령은, 각 팀 단위로 개별적으로 철수한다. 부대는 차량제대와 도보제대로 나눈다. 7여단과 11여단의 도보제대는 일단 지휘본부가 위치한 조선대학교로 이동하고, 7공수여단 차량 부대는 전남공고-전남대 병원-학동을 거쳐 목표 지점인 소태동 주남부락으로 이동한다……"

급히 장비들을 꾸리기 시작했다. 병사들에겐 남아 있던 소량의 실탄이 재분배되었다.

"주목! 팀 단위로 철수하게 되면 실탄이 부족해선 안 된다. 시내를 빠져나가는 동안 절대로 실탄을 다 소비하지 말도록. 만에 하나 철수 도중 시내에서 폭도들에게 붙잡히는 경우, 비참하게 살상당하게 될 수도 있다. 그런 불상사를 당하지 않으려면, 각자 소지하고 있는 실탄을 최소한 아꼈다가 비상시에 사용하란 말이다. 현재 실탄이 여유 있는 대원은 부족한 다른 대원들에게 나눠주도록! 알았나!"

지휘관의 지시에 따라 병사들은 서로 실탄을 나누어주며 투덜거린다.
"이거 세 발은 따로 넣어둬야겠어."
"니기미, 적한테 잡힐 바에는 차라리 내 손으로 자결을 하고 말지."
"씨벌, 제대 말년에 이게 무슨 꼴인지 모르겠네. 까짓 목숨이야 좆도 아까울 거 없다만, 그래도 이렇게 길바닥에서 쪽팔리게 뒈지고 싶지는 않단 말씀야."
태연한 척 주고받으면서도, 병사들은 이미 잔뜩 겁에 질린 낯빛이었다.

오후 5시 정각

마침내 계엄군의 총퇴각이 개시되었다.
병력 이동이 시작되기 전, 먼저 A. P. C. 장갑차 한 대가 도청 광장을 출발했다. 출발과 동시, 장갑차 위에 적재된 M60 기관총이 돌연 미친 듯 총탄을 난사하기 시작한다.
타타타타타타타……
장갑차는 무차별 난사를 계속하면서 전속력으로 학동 방면으로 질주한다. 계엄군의 퇴로를 확보해두기 위한 위협 사격이다. 느닷없이 쏟아지는 총탄에 맞아 골목이나 교차로 입구에 나와 있던 사람들이 풀썩풀썩 쓰러졌다. 도로변의 작은 빌딩들의 유리창이 깨어지고, 가로수 가지들이 우두두 떨어졌다. 주택가로 날아든 유탄에 사람들이 놀라 목이 째져라 비명을 내질렀다.
타타타타타……
지원동 입구까지 진출한 장갑차는 다시 방향을 되돌려 도청까지 무차별 난사를 하며 질주한다. 장갑차는 이 같은 난사를 계속

하며 두 차례나 도청과 지원동 입구까지를 왕복했다. 장갑차가 퇴로를 확보하자, 이어 병력을 실은 군용 트럭 12대가 무서운 속도로 퇴각하기 시작했다. 군용 트럭 역시 달리면서 도로 양쪽으로 무차별 난사를 퍼부었다.

이와 동시에, 도보제대의 철수도 시작되었다. 도보제대 역시 선두의 장갑차가 기관총으로 위협 사격을 가하며 몇 차례나 도청에서 조선대 입구까지를 왕복했다. 전병력은 선두의 장갑차를 따라 도로 양쪽으로 열을 지어 신속히 이동했다. 도중에 주택가 골목이나 건물 옥상에서 무장 시위대가 이따금 총격을 가해왔다. 그때마다 병사들은 시위대를 향해 응사를 하면서 무사히 조선대학교 교정에 도착했다. 그곳까지 오는 도중 피해를 당한 병사는 아무도 없었다.

조선대 운동장에 도착하니, 이미 지휘본부는 철수 준비를 마무리해가는 참이다. 병력이 도착했을 때, 마침 저녁 식사가 준비되어 있었다. 며칠 만에 대하는 식사였으므로 병사들은 아귀떼처럼 달려들어 정신없이 먹어대기 시작했다. 그러나 밥을 채 다 먹기도 전, 느닷없이 운동장 바깥쪽에서 시민군들의 총성이 들려오기 시작했다.

땅, 따땅, 땅, 땅……

식사고 뭐고 엉망이 되었다. 전병력이 수분 만에 각자 장비를 꾸려 메고 집결했다. 다시 실탄이 지급되었다. 개인당 60발. 그것만으로도 병사들은 조금은 안도했다. 최소한의 장비만 각자 휴대하고, 그외 모든 장비는 일단 대학교 체육관에 집결시킨 뒤, 각 소속팀별로 병사들은 일제히 조선대 뒷산을 타고 퇴각하기 시작했다.

나머지 전차량은 행정병과 부상병 등을 태우고 운동장을 빠져 나갔다. 그들은 시내를 통과, 시 반대편에 위치한 31사단으로 향했다. 그러나 무장한 시위대는 이미 조선대 앞 주요 건물에까지 진출해 있었다. 차량들이 교문을 빠져나가자마자 한바탕 요란한 총격전이 벌어지기 시작했다.

오후 5시 정각
한편 도청 내의 경찰 병력은 계엄군의 집단 발포가 시작되면서 극도로 당황하기 시작했다. 군의 발포는 필연적으로 시민들의 무장을 유도할 수밖에 없었고, 실제로 무장 시위대의 출현은 현실로 나타났다.
그러나 경찰 병력은 최소한의 자기 방어용 무기조차 갖추지 못한 실정이었다. 경찰은 이미 이날 오전, 전라남도 관내 전경찰 무기를 군부대로 즉각 이관하라는 경찰국장의 지시에 따라, 소총과 실탄 등을 모두 향토사단인 31사단에 옮겨다놓았기 때문이다.
이 같은 무장 해제의 배경에 대해 경찰들 사이에서도 의견들이 분분했다. 즉 무기가 시민들의 손에 들어가지 못하도록 하기 위한 의도라는 것은 다만 명분이고, 정작 실제 이유는 이즈음의 경찰 병력이 시민들로부터 호응을 받고 있는 분위기에서, 만약 경찰이 무장을 할 경우 경찰 일부가 자칫 시민 편에 동조할 수도 있다는 우려 때문이라는 추측이 지배적이었다.
공수부대의 철수와 함께, 그때까지 도청에 남아 있던 경찰 병력 사천여 명은 극도의 혼란 상태에 빠져 갈팡질팡하고 있었다.
"경찰국장은 대체 어디 간 거여? 공수부대는 벌써 철수하기 시작하는 판인디, 우린 어쩌라는 거냐고! 뭘 어떻게 하라든지 말든지, 명령을 내려줘야 할 것 아니냔 말여?"
 "국장님은 벌써 몸을 피하고 여기 없는 모양입니다. 아까 혼자서 경찰 헬기를 타고 이륙하는 걸 본 대원들이 있어요."
 "뭐야? 니기미, 이 판국에 저 혼자만 살겠다고 도망을 쳤단 말여? 이런 비겁한 인간!"
 경찰 기동대 소대장은 기가 막힌 듯 욕을 퍼부어댄다.
 기룡은 속이 바작바작 타들어간다. 대원들은 지시를 기다리며 아까부터 열을 지어 대기하고 있는 참이다. 기룡은 나이가 마흔다섯인 소대장에게 물었다.
 "우리는 어떻게 합니까, 소대장님."
 "어떻게 하기는! 나한테 물어보면 뭘 하냐? 나도 똑같은 신센디."
 나이 먹은 간부이건 졸병 대원들이건 어쩔 줄 모르고 하나같이 허둥거리고만 있었다. 기동대장과 몇몇 간부들이 경찰국 건물 현관에 모여서 뭐라고 주고받고 있는 모습을 모두들 초조하게 바라보았다. 약삭빠른 간부들은 벌써 도망칠 준비를 하느라고, 숙직실로 들어가 트레이닝복이나 사복으로 갈아입고 있었다. 이윽고 비대한 몸집을 한 오십대 후반의 기동대장이 땀을 뻘뻘 흘리며 대원들 앞으로 뒤뚱뒤뚱 달려왔다.
 "대장님, 어떻게 할 겁니까. 명령을 내려주십시오."
 "허, 나라고 무슨 대책이 있어야제. 국장님이 계셔야 하는디. 허참, 미치고 환장허겄네이. 어쩔 것이여. 시민군들이 들이닥치기 전에 어서들 피해야제!"
 "피하다니요! 어떻게, 어떤 식으로 철수를 할 것인가, 이 말입니다!"
 "아, 각자 알아서들 해산하라고! 뭉쳐다니면 위험하니까, 각자 어떤 수를 써서라도 안전한 방책을 세우란 말여!"
 "니기미, 다 들었지? 각자 알아서들 해산해! 나도 모르겠다!"
 그 말이 떨어지자마자 기동대원들과 일반 경찰 병력은 일제히 뿔뿔이 흩어진다. 저마다 살길을 찾아 와르르 도망치기 시작했다. 일부는 도청 정문을 통해 달아나려고 했다. 그러나 그들은 이내 총소리에 놀라, 어마 뜨거라, 도로 쫓겨 들어왔다. 돌연 광장 쪽에서 요란한 총성이 터져나오기 시작했다. 금방이라도 머리 뒤꼭지에 총알이 날아와 박힐 것만 같다.
 "앞쪽으로 나가면 안 돼!"
 "뒷담을 통해 나가자!"
 누군가 소리쳤다. 그러자 누가 먼저랄 것도 없이 수천 명의 병력은 일제히 도청 안마당을 질러 뒤편 담장을 향해 우르르 달리기 시작했다. 일부는 측면 담을 뛰어넘고, 대부분은 후면 담장에 매달렸다.
 벽돌로 쌓아올린 낡은 담장은 높이가 2미터에 가깝다. 젊은 기동대원들은 잽싸게 벽을 타고 인근 가정집 마당으로 넘어갔다. 대부분 삼사십대로 몸이 둔한 일반 경찰관들은 어느 틈에 책상이며 발 디딜 것들을 옮겨다놓고, 그걸 타고 넘어가기도 한다.
 진압 장비 따윈 이제 오히려 거추장스러운 물건들이었다. 헬멧이며 방석복, 진압봉을 아무렇게나 내팽개쳐두고 도망치기 바빴다. 기룡은 소대원들과 함께 무전기며 기타 귀중한 장비 몇 가지를 대충 건물 복도 한켠에 쌓아놓은 뒤 대원들과 함께 맨몸으로 뛰었다.

재빠른 대원들은 그 높은 담장을 기어올라 잘도 넘어가고 있었다. 기룡은 다른 대원들과 함께 엉덩이를 밑에서 받쳐주거나 담장 위에서 손을 잡아 올려주어 담을 뛰어넘었다. 담 너머는 가정집인 낡은 한옥 뒷마당이다. 집엔 아무도 없는 모양이다. 도청 인근 주민들은 며칠 전부터 대부분 피난을 간 상태였던 것이다. 와장창. 우지끈 뚝딱. 여기저기서 허둥지둥 담을 타고 넘다가 장독대며 슬레이트 지붕을 밟아 부수느라 야단법석이다.

"아이고오, 나, 나 좀 어떻게 해주라! 이 새끼들아아!"

누군가 비명을 질렀다. 담을 넘어 뒷마당을 막 돌아나오려던 기룡은 앞마당으로 달려갔다. 와장창. 뭔가 엄청난 것이 깨어지는 소리가 난 듯도 싶었다.

"워메, 저게 누구라냐? 기동대장 아니냐?"

"맞다. 저 뚱땡이 영감탱이가 사고 쳤능갑네이. 히히."

그 와중에도 대원 하나는 킬킬댄다.

얼핏 고개를 돌려보니, 뜻밖에도 기동대장이 커다란 간장독 위에 나자빠진 채 두 팔을 마구 헤젓고 있다. 항아리는 박살이 나 있고, 시커먼 간장이 장독대를 온통 적시며 콸콸 흘러내린다.

"이놈들아, 뭘 보고만 있냐! 아이고, 내 다리! 발목이 삐, 삐어 부렀능갑네에!"

오십대 후반인 거구의 기동대장은 어린아이처럼 악을 쓰며 우는 시늉을 한다. 기룡은 대원들과 함께 달려가 간장에 흠뻑 젖은 기동대장을 일으켜세웠다.

"이놈들아, 그, 그냥 가면 어쩔 거여어! 거기 서란 말여!"

고약한 냄새를 풀풀 풍기는 기동대장을 놔두고, 기룡은 '에라, 모르겠다' 대문을 빠져나왔다. 도망치다가 돌아보니, 기동대장이 절뚝거리며 반대쪽 골목으로 뒤뚱뒤뚱 혼자 도망치는 게 보였다.
"가만! 이대로 가면 안 돼. 옷을 바꿔입고 가자."
"이 판국에, 옷이 어딨습니까?"
"얌마, 따라와!"
기룡은 동료 대원 셋과 함께 바로 옆집으로 뛰어들어갔다. 그 집 역시 비어 있다. 문이 잠겨 있어서, 다급한 김에 유리창을 부수고 집 안으로 들어갔다. 마루 밑을 뒤져, 군화 대신 운동화를 찾아 신었다. 안방으로 들어갔다. 작업복을 벗고는 장롱을 뒤져서 손에 잡히는 대로 와이셔츠와 바지로 갈아입었다. 바지가 턱없이 짧았지만 부랴부랴 꿰어입고 밖으로 나왔다.
때마침, 맞은편 집에서 그들과 같은 소대원 두 녀석이 튀어나왔다.
"야, 너, 그 꼴이 뭐냐?"
"아이고, 이 미친년 봐라."
"어쩌란 말여? 이 집에는 여자옷밖에 없는디!"
그들은 잠시 배를 잡고 웃었다. 맞은편 집에서 나온 두 녀석 중 하나는 빨간 바지에 여자용 운동복을, 그리고 또 한 녀석은 엉뚱하게도 여자용 노란 스웨터에다가 구두, 핸드백, 머리엔 스카프까지 그럴싸하게 뒤집어쓰고 있었다.
탕. 타앙.
그때, 바로 담 너머 어디선가 요란한 단발의 총성이 들려왔다. 기룡 일행은 킬킬대다 말고, 낯빛이 하얘져서 골목으로 허둥지둥 달아나기 시작했다.

광주는 인권의 문제가 아니라 동북아시아에서 미
국의 국익을 지키는 동북아시아 안보의 문제라는
것이 미국 관리들의 인식이다.
—— 워싱턴 포스트, 80. 6. 1.

5월 21일 16 : 40, 전남대학교 · 광주교도소

복도 맞은편 어디에선가 또 비명 소리가 들려온다. 아악, 으아악. 여러 명이 한꺼번에 내지르는 숨넘어가는 듯한 단말마의 비명. 그 비명에 장단이라도 맞추듯 어김없이 터져나오는 욕설과 둔탁한 타격음……

조금 전 또 한 무리의 시민들이 끌려오는 발소리가 들렸었다. 칠수가 있는 강의실 문 앞을 지나, 안쪽의 여러 강의실 중 어느 하나로 데려가는 것 같았다. 지금 저 소리는 필시 거기에서 터져나오고 있을 것이다.

가물가물한 의식 속에서 칠수는 그 소리를 듣고 있었다. 그러나 그 끔찍한 비명 소리조차 무감각해져버린 게 이미 오래 전이다. 공포도 면역이 되는 것인가. 마치 흐릿한 꿈속에서처럼 전혀 현실감이 없다.

어젯밤 칠수가 이곳에 들어온 이후에도 시민들은 끊임없이 끌려들어왔다. 새벽 무렵, 이 강의실엔 더 이상 수용할 공간이 남아 있지 않았다.
"모두 몇 놈야?"
"108명입니다."
　이 강의실에 수용된 인원을 중사 하나가 대위에게 그렇게 보고하는 소리를 칠수도 들었다. 한참 뒤에 알게 된 것인데, 일층 복도의 또 다른 강의실에는 칠수보다도 먼저 이미 꽤 많은 시민들이 끌려들어와 있었다. 그들은 하루 전인 20일 낮부터 끌려들어온 사람들이라고 했다. 오늘 아침 이후로도 얼마나 많은 숫자가 잡혀왔는지는 모르겠다. 최소한 강의실 두세 칸은 가득 차 있는 듯싶다. 비명 소리가 들리는 방향으로 미루어, 칠수는 그렇게 막연히 짐작만 할 뿐이다.
　의식이 자꾸만 가물가물해진다. 마치 모래밭에 파묻힌 것처럼 전신의 모든 신경과 관절과 세포들이 한꺼번에 해체되며 까무룩하게 가라앉는 듯한 느낌. 진압봉으로 맞은 뒷머리에선 이젠 더 이상 피는 흘러내리지 않는 것 같다. 뭔가 커다란 돌덩이를 눌러놓은 듯 무겁고 멍멍할 뿐.
　그러다가도 엄청난 통증이 이따금씩 되살아나곤 했다. 그때마다 눈앞이 핑그르르 돌며 머리가 통째로 부서질 듯 욱씬거렸다. 앵 애앵. 또 쉬파리들이 머리 위에서 맴돌기 시작한다. 손톱만큼이나 큰 쉬파리떼가 어디선가 피냄새를 맡고 몰려와 사람들의 상처 부위에 끈덕지게 들러붙곤 하는 것이다. 하지만 이제 칠수는 고개를 흔들어 쫓아버릴 기력조차 없다.
　석류. 칠수는 제 뒷머리가 바로 그 석류 꼴이 되어 있을 것만 같다. 거죽이 빠개져나간 틈으로 흉측하게 피멍울진 속살이 드러나 있는…… 하지만 손이 허리 뒤로 묶인 탓에 상처 부위를

봄 날　175

만져볼 수도 없다. 피가 멎은 것만도 다행이라고 칠수는 자위한다.

바로 앞줄에 앉은 청년의 뒷머리에 핏물이 갱엿처럼 두텁게 응고되어 있는 것이 눈에 들어온다. 토마토 빛깔로 부어오른 상처 주변엔 피딱지가 엉겨붙어 있고, 그 피딱지 위에 검은 쉬파리 서너 마리가 붙어 구물거리고 있다. 그런데도 청년은 탈진 상태에 빠진 채 졸고 있는 참이다.

흐릿하니 풀린 시선으로 칠수는 강의실 안을 둘러보았다. 꿇어앉은 백여 명의 시민들. 대부분 웃통을 벗었거나 러닝 셔츠 차림이다. 둘 혹은 서너 명씩 한데 손목을 결박당한 사람들이 절반. 그리고 나머지 절반은 머리 뒤에 두 손을 깍지껴 붙인 채 콘크리트 바닥에 맨발로 꿇어앉아 있다. 한바탕 통닭구이 기합이 실시된 뒤 지금은 잠시 공수들도 잠잠해 있는 참이다.

현재 강의실 안에 남아 있는 공수는 예닐곱 명. 그들 역시 지쳤는지, 지금은 저마다 의자에 앉아 담배를 피우거나 끄덕끄덕 졸고 있다. 꿇어앉아 있는 사람들의 몰골은 하나같이 처참하고 끔찍스럽다. 온몸에 칠갑을 한 듯 흥건히 피를 흘린 사람, 머리털이 한줌씩 뽑혀나간 사람, 팔다리가 부러진 사람, 대검에 찔린 채로도 용케 쓰러지지 않고 있는 사람…… 콘크리트 바닥 여기저기엔 핏물이 흥건하게 고여 있고, 구타당할 때 한줌씩 뭉텅뭉텅 뽑혀져나온 머리털이 사방에 흩어져 있다.

뒤쪽 구석엔 사람들이 벗어낸 옷가지·허리띠·신발 들이 쓰레기 더미처럼 수북하게 쌓여 있다. 피와 땀, 오줌과 똥냄새가 한데 섞인 지독한 악취가 실내에 가득하다. 도살장. 칠수는 눈앞에 보이는 것들이 모두 도살장의 풍경만 같다. 죽음은 바로 코앞에 있었다. 아니 그들 모두는 죽음, 그 한가운데에 갇혀 있는 것이다.

여기에 끌려온 뒤로 몇 시간이 흘렀는지 칠수는 가늠할 수가 없다. 새벽이 오는가 싶더니 아침, 그리고 지금은 오후인 듯싶다. 간밤 내내 그리고 지금까지 잠시도 그치지 않고 끔찍한 구타와 기합이 계속되었다. 작전이 끝났거나 혹은 경계 근무 교대를 하고 돌아올 때마다, 공수들은 강의실 안으로 들어와 저마다 한 바탕 분풀이를 실컷 하고 나서야 돌아가곤 했다. 장교들이건 하사관이건 병사들이건 마찬가지였다. 콘크리트 바닥에 머리를 박아 돌리는 '원산폭격,' 여러 명이 팔목을 줄줄이 묶인 채로 앞으로, 뒤로, 옆으로 정신없이 굴려대는 '통닭구이' '눈동자 고정하기' 등등 별의별 기합들.

그것이 끝나면, 이번엔 느닷없이 들이닥친 또 다른 공수들의 무자비한 구타가 자행되었다. 머리 뒤로 손을 올리지 않는다고, 팔이 부러진 사람까지 소총 개머리판으로 무자비하게 후려패기도 했다. 진압봉이나 소총 개머리판으로 닥치는 대로 두들겨패고, 의자를 집어던지고, 군홧발로 걷어차거나 짓밟아 뭉갰다. 철모를 벗어 머리통을 내리찍고, 참다못해 반항하는 사람들을 끌고 나가 벽 앞에 세운 뒤 서너 걸음 달려가 몸을 날려 이단옆차기로 가슴이며 복부를 가격하기도 했다.

그것은 이미 구타가 아니었다. 완전한 살인 행위였다. 그때마다 사람들이 짚단처럼 풀썩풀썩 허물어졌다. 의식을 잃었거나, 이미 반송장이 된 몸뚱이들을 공수들은 팔이나 다리를 잡아 강의실 바깥으로 개처럼 질질 끌고 나가곤 했다.

그 같은 가혹한 구타와 체벌은 오후 들면서 더욱 심해지는 것 같았다. 시가지 쪽에서 총성이 끊임없이 들려왔고, 바로 이곳 전남대 부근에서도 굉장한 총성이 났다. 공수들이 갑자기 허둥대는 모습으로 보아, 뭔가 상황이 급박하게 돌아가고 있는 모양이라고 칠수는 짐작했다.

한번은 바로 정문 방향에서 요란한 총격 소리가 있었다. 잠시 후 부상당한 공수대원 두 명이 업혀 들어왔다. 그들이 의무병에게 응급 치료를 받는 동안 또 다른 한 무리의 병사들이 들이닥치더니, 사람들을 두들겨패기 시작했다.

"이 쌍놈의 새끼들. 네놈들이 총을 들고 우리한테 덤벼보겠다 이거지? 오냐, 어디 한번 해봐라. 너희 같은 양아치새끼들은 씨를 말려버려야 해!"

"야, 빨갱이새끼들아. 우리도 죽을 만큼 죽었어! 이젠 네놈들도 우리 손에 죽어봐야 해!"

공수들은 무엇 때문인지 극도로 악에 받쳐서, 제풀에 지쳐 멈출 때까지 길길이 날뛰었다. 광란. 그들은 이미 제정신이 아니었다. 망가진 몸뚱이들이 바닥을 굴러다녔다. 완전한 무방비 상태로 몸을 맡겨놓은 채 사람들은 그 지옥 같은 시간을 견뎌내야만 했다.

광란의 시간이 잠시 멈춘 후 비로소 의식이 돌아오면, 아직 숨이 붙어 있다는 사실이 기이하기만 했다. 강의실 안에 갇힌 사람들 중 거의 절반은 부상과 극심한 구타 등으로 이미 중환자로 변해 있었다.

이제 사람들은 비명조차 제대로 지르지 못했다. 작은 신음 소리만 내도 엄청난 보복이 뒤따랐다. 아예 비명을 지를 힘조차 남아 있지 않은 상태이기도 했다. 모두들 거의 넋이 빠져버린 채,

공수들이 명령하는 대로 허깨비처럼 움직이고 있을 뿐.

　잠은커녕 벌써 이틀째 아무것도 먹어보지 못한 사람들도 있었다. 칠수 역시 간밤에 끌려온 이후 물 한 모금 제대로 마셔보지 못했다. 무엇보다 갈증 때문에 미칠 것만 같았다. 피를 많이 흘린 데다가 끊임없이 반복되는 기합으로 땀은 쉬지 않고 흘러나왔지만, 그들은 지금껏 꼭 두 차례, 그것도 입에 대자마자 '하나, 둘, 셋'을 세는 둥 마는 둥 하고는 주전자 주둥이를 치워버렸다. 부상이 심해 피를 많이 흘린 경우 갈증 때문에 실신하는 사람이 속출했다. 기절한 사람은 밖으로 질질 끌려나갔다가, 의식이 돌아오면 다시 끌려들어왔다.

　갈증 때문에 소변기에 머리를 처박은 사내도 있었다. 한 시간 전쯤이었다. 처음엔 아예 화장실에 다녀오게 해주지도 않았다. 더러는 앉은 채 강의실 바닥에다가 똥오줌을 싸야 했다. 옷을 입은 채로 똥을 눈 사람은 그 때문에 또 한바탕 초주검이 되도록 구타를 당했다.

　그제서야 공수들은 한 시간 간격으로 열 명씩 끌고 화장실에 다녀왔다. 칠수 차례가 되었을 때였다. 복도를 나서서 화장실까지의 짧은 거리를 제대로 걸을 수 있는 사람이 드물었다. 칠수가 속한 조는 십여 명이 가느다란 밧줄로 손목을 한데 묶인 채 절뚝이며 걸어가 용변을 보았다. 칠수의 조는 '폭도'들 중에서도 '차량 운전'을 하다 붙잡힌 극렬분자로 분류되어 따로 '특별 관리'를 받아야 했기 때문이었다.

　오줌 줄기에 새빨갛게 피가 섞여 나오는 걸 보고도, 칠수는 놀랍다는 생각조차 할 여유가 없었다. 어디가 잘못되었는지, 아예 오줌을 누지 못하는 사람도 있었다. 두 사람이 대변을 보는 동안

봄 날　179

그들은 화장실 바닥에 꿇어앉아 기다렸다. 바로 그때 갑자기 한 사람이 소변기에 머리를 처박았다.
관이 막혀 소변기 안에 고여 있는 오줌을 벌컥벌컥 들이켜던 그 사십대 사내는 공수대원의 몽둥이에 초주검이 되도록 얻어맞았다. 그래도 사내는 용케 강의실로 돌아왔다.

"어쭈, 이 쌔끼덜 봐라! 조는 놈덜이 있어?"
의자에 앉아 대검으로 손톱을 긁고 있던 하사가 고개를 비틀어 꼬며 말했다. 일순 모두가 바짝 긴장한다. 예외 없이 거의 탈진 상태가 되어 앉아 있던 백여 명의 사람들은 금세 퍼뜩 몸을 사리며 목을 세웠다.
"이 쌍놈의 빨갱이새끼들. 여기가 호텔방인 줄 알어? 또 한번 정신차리게 해주까! 눈깔 고정시켯!"
하사가 빽 고함을 쳤다. 강의실 내, 백여 개의 몸뚱이가 동시에 나무토막처럼 빳빳해진다. 칠수는 필사적으로 허리를 곧추세우고, 고개를 쳐들었다. 잠시 잠잠하다 싶더니 또 시작이구나. 떠지지도 않는 눈꺼풀을 간신히 치켜뜬 채 칠수는 시선을 허공의 한 지점에 고정시키려고 애쓴다. 눈알이 금방 앞으로 쏟아질 것만 같다. 뒷목이 뻣뻣하게 경직되어온다.
"이제부터 눈깔이 옆으로 일 밀리라도 돌아가는 새끼는, 이 대검으로 머리 가죽을 벗겨버릴 거야!"
하사가 의자에 앉은 채로 허리를 비틀어 이쪽을 천천히 휘둘러본다.
하사의 손에 들려 있는 대검. 날렵한 모양에 하얗게 잘 손질된 칼날. 하사는 좀 전에도 칼날을 창틀 아래의 각진 콘크리트 면에

꼼꼼히 갈아대곤 했었다. 하사는 손잡이를 거꾸로 쥔 채 그것을 좌우로 천천히 흔들며, 눈앞 반벌거숭이들의 얼굴을 주시한다. 무료해진 그는 사냥감을 찾고 있다. 이번에 재수 없이 걸리는 자는 어쩌면 죽어서 끌려나가게 될지도 모른다. 모두들 그것을 잘 알고 있다. 벌써 몇 시간 사이에 네댓 명이나 그렇게 반송장이 되어 문밖으로 질질 끌려나가는 광경을 그들은 지켜봐야 했다.
"자, 지금부터 눈동자 고정시킨다! 실시!"
어금니를 악문 채, 하사가 명령했다.

눈동자 고정시키기. 이미 수없이 반복되어온, 온갖 고통스런 기합 가운데 하나. 콘크리트 바닥에 무릎을 꿇은 자세로 양쪽 엄지발가락은 붙인 채 허리와 목을 바로 세울 것. 두 눈동자를 절대로 움직여선 안 된다. 몸을 꿈틀거려도 안 되고 고개를 숙이거나 신음 소리를 내어도 안 된다. 그렇게 통나무처럼 굳어 있노라면 이내 전신이 거의 자동적으로 경련을 일으키게 마련이었다.

칠수는 필사적으로 눈을 부릅뜬다. 목이 마르다. 미치도록 목이 마르다. 벌써 몇 시간째 물 한 모금 마시지 못했다. 입 안이 완전히 말라붙어서 나무토막으로 변한 혓바닥은 아예 움직일 수조차 없다. 앞니가 부러져나간 자리는 통증마저 느껴지지 않는다. 잇몸이며 입술이 퉁퉁 부어올라 마치 두툼한 헝겊 뭉치를 입에 물고 있는 것만 같다. 자꾸만 눈꺼풀이 내려앉는다.

'안 된다. 끌려나가면 안 된다. 살아야 해, 어떻게든. 여기서, 이렇게, 저놈들 손에 개죽음당할 수는 없어.'

칠수는 혼신의 힘을 다해 버틴다. 그 순간 하사의 손끝에서 대검이 뚝, 정지했다.

"너! 눈깔 돌렸어!"

봄 날

"아, 아니요! 아니란께요오!"

칠수의 바로 앞 사내가 공포에 질려 외쳤다. 허리 뒤로 묶여진 두 팔을 마구 와들와들 떨어대는 삼십대 사내. 국민학생인 아들을 찾으려고 길에 나왔다가 영문도 모르고 끌려왔노라고 애원을 하던 사내다. 러닝 셔츠 등에 붉은 매직펜으로 '운전'이라는 글자가 휘갈겨져 있다.

"이 새꺄! 아니기는!"

하사가 발딱 일어나 성큼성큼 다가오더니, 눈 깜짝할 새에 사내의 허벅지에 대검을 푹, 한번 쑤셔박았다. 흡사 아궁이 속의 군고구마를 젓가락으로 쑤셔보듯이 그렇게 태연하고도 무심한 동작. 으악, 악. 사내의 몸뚱이가 모로 벌렁 나동그라졌다.

"어쭈? 이게! 죽을라고, 쌕 쓰고 있어!"

"아, 아닙니다!"

하사가 또 한번 대검을 홱 쳐들자마자 사내는 거짓말처럼, 벌떡 상체를 세운다. 하사가 천천히 돌아서더니 의자에 가서 다시 앉았다. 사내의 등이 와들와들 떨리고 있음을 칠수는 보았다. 사내는 아까보다 더욱 목을 빳빳하게 세운 채 끄윽—끅, 통증과 울음을 참느라 애를 쓰고 있다. 사내의 바지 허벅지께가 벌겋게 물들어가고 있다. 한 순간 강의실 안엔 숨소리 하나 들리지 않는다.

맞은편에 앉아 있던 중사가 하사에게 다가가더니, 하사를 밀어내고 의자에 털썩 주저앉는다. 중사가 뭔가를 달라는 눈치를 하자, 하사가 제 허리에 찬 수통을 중사에게 건넨다. 중사가 수통을 들고 한 모금 마셨다. 그것이 술이라는 걸 칠수는 이미 알고 있다. 간밤부터 그들은 이따금 번갈아가며 그것을 홀짝였고,

그 중 몇은 얼굴과 눈에 역력히 취기가 올라 있다.
"쌔끼들아! 여기 주목! 이게 보이지?"
중사가 하사의 손에서 대검을 빼앗더니, 눈앞에 치켜들고 말했다.
중사의 충혈된 두 눈에 야릇한 장난기가 떠오르는 걸 칠수는 얼핏 보았다. 중사는 칠수의 바로 두어 걸음 앞에 마주앉아 있다. 새까맣게 그을린 얼굴에 눈썹이 거의 없어 뵈는 사내. 칠수는 그를 기억한다. 간밤 시위대의 차에 깔려죽은 중사가 자기와 동기 사이라면서, 모조리 죽여버리겠다고 악을 쓰면서 유난히도 미친개처럼 포악하게 날뛰던 바로 그자다.
"이게 그냥 보통 대검으로 보이냐? 웃기지 마. 이게 이래뵈도 월남에서 베트콩 수십 명의 내장을 긁어낸 대검이란 말이다. 콩까이 유방도 최소한 사십 개는 도려냈단 말씀야. 알간? 날마다 숫돌에 갈고 또 갈았기 땜에, 면도날보다 더 잘 든다 이 말씀야. 흐흐."
중사는 대검을 눈앞에서 장난스레 흔들며 문득 히죽이 웃었다. 그러다가 갑자기 험악한 표정을 하더니, 맨 앞줄의 청년 하나를 푹 찌를 듯, 칼끝으로 얼굴을 가리킨다.
"새꺄! 웃어? 너, 웃긴다 이거지?"
"아, 아닙니다. 주, 중사님. 저는……"
청년의 온몸이 부들부들 떨린다. 중사는 다시 히죽이 웃으며, 천천히 말했다.
"아하, 괜찮아 짜샤. 얼마나 잘 드는지, 한번 시험해볼까?"
중사의 대검이 청년의 머리 위를 홱 스쳐지나갔다. 순간 머리털이 붙은 채로 윗부분 살가죽이 벗겨졌다. 눈 깜짝할 새 벌어진 일이었다.

 악, 짧은 비명을 내질렀을 뿐 청년은 놀랍게도 재빨리 상체를 수습해 앉는다. 칠수는 청년의 머리, 그 허연 속살이 이내 피로 흥건히 젖어 흐르기 시작하는 것을 보자마자 눈을 질끈 감아버렸다. 온몸이 부들부들 떨려오기 시작했다.

 '아아, 하느님. 저것도, 저놈들도 우리와 똑같은 인간입니까.'

 칠수는 속으로 부르짖었다. 아무리 참으려고 해도 경련은 멈추지 않았다. 바로 앞자리의 사내들 역시 고개를 처박은 채 부들부들 떨고 있었다.

 "야, 김상병. 이 새끼 데리고 나가서 말야. 의무병한테 재봉틀로 박아달라고 해."

 중사는 또 히죽 웃더니, 하사에게 수통을 받아 몇 모금 들이켠다. 그리고는 비칠거리며 복도로 나가버렸다.

 두두두두두.

 시 중심가 방향에서 다시금 총성이 울리기 시작한다. 이내 건물 바깥쪽이 갑자기 소란스러워졌다. 여러 대의 차량이 움직이는 소리, 병사들이 외치는 소리, 바쁘게 뛰어다니는 군화 소리…… 잠시 후, 앞쪽 출입문이 덜커덩 열리며 서너 명이 한꺼번에 들이닥쳤다.

 "야, 여기 있는 인원 전부 차에 실어! 이 앞쪽 놈들은 따로 분류시키고, 나머지도 전원 빠짐없이 포박해!"

 대위가 지시했다.

 "이동합니까, 중대장님?"

 "새꺄, 철수 명령이 떨어졌단 말야. 지금부터 십 분 내에 완료해!"

대위가 급히 밖으로 나갔다. 병사들이 사람들의 손목을 밧줄로 포박하기 시작한다. 두 명 혹은 세 명씩 한데 묶였다. 공수들이 좌우에서 에워싸고 진압봉을 마구 휘두르며 사람들을 복도로 몰아내기 시작한다.

"일어낫! 새꺄!"

"앞 사람 등에 머리 박앗!"

굴비 두름을 엮듯 한데 묶인 사람들. 앞사람의 등에 이마를 붙인 채 허둥지둥 끌려나간다. 건물을 벗어나 화단 사이로 난 비탈길을 내려갔다. 아스팔트 차도에 차량들이 대기하고 있다. 사방이 밀폐된 트럭 두 대와 덮개를 씌운 군용 수송 트럭 대여섯 대. 그리고 천여 명이 넘는 공수부대 병력이 집결하느라 법석이다.

"이 새끼들부터 탑차에 태워! 특별 관리 대상자로 분류된 독종들이라구."

칠수 일행을 손가락질하며, 인솔해온 중사가 병사들에게 지시했다.

칠수는 다른 칠팔 명과 함께 맨 앞쪽 차량까지 끌려갔다. 사방이 철판으로 완전 밀폐된 트럭. 얼핏 보기엔 냉동 트럭과 흡사하다. 그것의 외부는 짙은 카키색으로 칠해져 있다. 칠수는 그것이 군부대에서 병기 수송용 아니면 부식 수송용으로 쓰이는 차량일 거라고 짐작한다. 병사 하나가 탑차의 뒷문을 덜커덩, 열었다.

"올라타, 빨랑! 쌔끼들앗!"

"꾸물대다간 골통 빠개질 줄 알아! 앞으로 나왓!"

병사들이 진압봉으로 등이며 어깨를 닥치는 대로 후려패며 고함을 질러댄다. 사람들은 겁에 질려 허둥지둥 기어오르려 애쓴다. 그러나 트럭 바닥이 가슴 높이에 닿을 정도로 지나치게 높았다. 더구나 허리 뒤로 양손이 묶인 데다가 여러 명씩 줄줄이 묶여 있는 상태다. 사람들은 배와 가슴을 바닥에 붙인 채 기어오르려고 몸부림을 친다. 풍뎅이처럼 바둥거리다가 연신 땅바닥으로 굴러떨어진다. 앞사람이 자빠지면 함께 묶인 뒷사람들까지 덩달아 나자빠졌다.

"이 새끼들, 빨리빨리 올라타!"
"기어올라! 이것도 못 올라가! 썅누무시키!"

병사들이 사방에서 진압봉으로 퍽퍽 등짝을 내갈기며 정신없이 몰아대기 시작한다. 굴러떨어진 사람의 목덜미를 걷어차고, 다리를 군홧발로 지근지근 짓밟는다. 겁에 질려 목부터 집어넣고 버둥거리다가, 더러는 용케 기어오른다. 뒷사람이 머리로 엉덩이를 받쳐 밀어주어 간신히 오르기도 한다. 칠수도 뒷사람이 어깨를 받쳐주어서 겨우 올라탈 수 있었다.

이내 차 안이 가득 찼다. 발 디딜 틈도 없는데, 공수들은 계속 밀어넣는다.

"야, 안 들어가? 안쪽으로 더 들어가란 말야."
"이 폭도새끼들아! 이래도 버티고 섰을래!"

병사 하나가 대검이 꽂힌 총을 움켜잡고는 차 안을 향해 마구 푹푹 찔러대기 시작했다. 맨 앞쪽에 서 있던 몇이 무릎과 종아리를 찔렸다. 으아. 아이고메. 그들은 서로 찔리지 않으려고 아우성을 치며, 필사적으로 몸을 안으로 밀어붙인다. 그 바람에 약간의 틈이 생겼다. 공수들은 다시 십여 명이나 더 올려보냈다.

이윽고 좁은 트럭 안엔 무려 오륙십 명이 빽빽히 들어찼다. 발 디딜 틈은커녕 발바닥 한쪽만이라도 바닥에 붙이기가 어렵다. 목을 바로 세울 수도 없다.

"아이고오, 배 터지겠네!"
"내 목, 모, 목 좀 누르지 말어. 아으으."
 여기저기서 숨넘어가는 듯한 비명과 신음 소리. 숨쉬기도 힘들 만큼 비좁은 데다가, 대부분 부상을 당해 사지 어느 한 군데 성한 사람이 없다. 그래도 눈치 빠른 사람들은 어느 틈엔가 손목에 묶인 줄을 용케 풀어냈다. "나도 좀 풀어주쇼." "내, 내 것도 풀어주시요." 서로 번갈아가며 도와주어서, 상당수의 사람들이 결박된 줄을 풀어냈다.
 마침내 쾅, 하고 철문이 닫혔다. 순간 차 안은 캄캄한 암흑으로 변해버렸다. 양쪽 벽면 위쪽에 뚫린 손바닥만한 유리창에서 한줌 빛이 흘러들 뿐이다. 갑자기 덮쳐든 암흑 속에서 사람들은 일순 조용해졌다.
 무덤 속에 갇혀버린 것만 같은 느낌. 서로의 얼굴과 얼굴, 등과 가슴, 엉덩이와 사타구니를 아무렇게나 맞붙인 채, 그들은 옴짝달싹 못 하고 한데 짓눌려 처박혀 있다. 서로의 맥박과 심장 뛰는 소리까지 또렷하게 들린다. 불현듯 감당키 어려운 공포와 불안 그리고 불길한 예감이 그들을 사로잡기 시작했다. 신음 소리, 숨소리, 고약한 악취, 피비린내⋯⋯
 점점, 숨이, 막혀오기, 시작한다.
 밀폐된 좁은 공간. 실오라기 같은, 바람 한점, 들어올, 틈조차, 없다. 푹푹 찌는, 열기에, 온몸에선, 땀이, 줄줄, 비 오듯, 흐른다.
 금방이라도 질식해버릴 것만 같은 열기 속에서, 누군가 겁먹은 소리로 헐떡거렸다.
"처, 철수한다고 하든디, 어째서, 이렇게, 가만히 서 있다냐?"

봄 날

"저놈들이 시방, 어디로, 우리를 끌고 간다요?"
"아이고오, 우리는 이제 마지막인갑소. 저놈들이 우리를, 끌고 가서, 죽일 모양이여!"
"예에? 누, 누가 그럽디까? 우리를 죽인다고 그래라우?"
"서, 설마. 이렇게 많은 사람들을, 어떻게 멋대로 죽일 수가 있을랍디여?"
"시끄럽소! 니기미, 재숫대가리 없이 누가 그런 소리를 씨부렁대는 거여? 가뜩이나 조마조마해 죽겄는디!"

누군가 빽 소리를 질렀다. 그 사내의 목소리 역시 잔뜩 겁에 질려 있다. 그러자 어둠 속으로 순식간에 먹물 같은 죽음의 공포가 한꺼번에 왈칵 빨려들어온다.

'그래. 그렇구나. 저놈들이 지금 우리들을 어디론가 끌고 가서 한꺼번에 총살을 시키려는 게 틀림없어.' 그들은 눈앞이 캄캄해 온다. '설마, 그렇게까지야 할까. 우리가 대체 무슨 큰 죄를 지었다고, 아무려면……' 그렇게 자위하다가도, 그들은 아무래도 처참하게 죽임을 당하는 쪽으로 자꾸만 생각이 돌아간다. 그놈들이 어디 인간이던가. 사람의 목숨을 파리 목숨만치도 여기지 않는 놈들. 아무도 보지 않는 으슥한 산골짜기로 끌고 가서, 눈 하나 깜짝하지 않고 해치워버리지 않겠는가 말이다. '아아, 이젠 정말 끝장이로구나. 이제야말로 죽게 되었구나……' 그러자 사람들은 더더욱 숨이 가빠오기 시작한다. 참을 수가 없다. 숨을 쉴 수가 없다. 금방이라도 질식할 것만 같다. 돌연, 저마다 전신을 비틀며 몸부림을 치기 시작한다.

"으아아. 아이고, 사람 죽네!"
"사람 살려! 문, 문 좀 열어! 어무니이, 나 죽소오!"

"야, 이 개새끼들아아! 사람 숨맥혀 죽는다아!"
"문 열어! 문 좀 열어주란 말여어!"
 순식간에 그들은 공포에 사로잡혀 이성을 완전히 잃고 말았다. 너도나도 필사적으로 몸부림을 치고, 그럴수록 공포는 폭포처럼 모두를 덮쳐누르기 시작한다. 칠수는 요행히도 차체 벽에 달린 손바닥만한 유리창에 얼굴을 들이댄 채 처박혀 있었다. 양쪽 곁에 서 있는 사람들도 한사코 얼굴을 창에 붙이려 애를 쓴다. 그들은 그나마 운이 좋은 사람들이다.
"아이고오, 문 열어! 문 좀 열어주랑께에! 나 죽네에……"
 미친 듯 터져나오는 비명 소리를 듣지 않으려고 칠수는 이를 악문다. 그러나 칠수 역시 벌써 죽음의 공포에 사로잡혀 있었다.
 칠흑같이 어두운 산골짜기. 커다랗게 입을 벌린 흙구덩이. 그 안에 한꺼번에 쫓겨들어가 오들오들 떨고 있는 사람들. 그 속에 칠수 자신도 섞여 있다. 공수들이 일제히 총을 조준한다. 수십 개의 총구가 불을 뿜는다. 시체들 위로 우두두두 쏟아지는 흙더미…… 그런 광경들이 영화처럼 뇌리를 빠르게 스친다.
 칠수는 유리창에서 밀려나지 않으려고 필사적으로 몸을 버틴다. 유리 저편으로 연못이 다시 보인다. 물. 아아, 목이 말라 미칠 것만 같다. 죽을 때 죽더라도 물이라도 실컷 마시게 해준다면…… 문득 눈앞에 넓은 강줄기가 떠오른다. 섬진강. 구례군 토지면 고향 마을 앞을 흘러내리는 그 푸르른 물빛. 하얀 모래밭. 한밤중, 그 강가에서 아버지가 혼자 엎드려 빨래를 주무르고 있다. "아부지, 나도 빨래는 할 수 있당께라우. 이리 주시란 말이요." 칠수가 참다못해 화가 나서 소릴 질러도 아버지는 한사코 궁상맞게 한밤중에 강으로 나가 빨래를 하시곤 했다. "들어가란 말이다 이놈아. 사내새끼가 이런 것이나 주물르고 있을라냐? 나는 늙었응께 암시랑도 안 허다." 어머니가 돌아가신 다음부터 아버지는 빨래를 했다. 한밤중에, 남의 눈을 피해, 마을 앞 강가로 나가서…… '아아, 아부지. 불쌍한 우리 아부지.' 칠수는 컥 목울음을 터뜨린다. '취직해서 돈 벌어가꼬, 구례 읍내에 작은 식당이라도 열어가꼬, 내 손으로 호강 한번 시켜드릴라고 했는디…… 아부지. 나 인자는 죽을랑갑소. 참말로, 이렇게 말도 안 되게, 저 짐승 같은 놈들 손에 쥐도 새도 모르게 죽게 되었소. 어흐흐흑.' 칠수는 기어코 흐느껴 운다. 눈물이 펑펑 쏟아져 흘러내린다.

삼십 분이 지나도록 차량은 교정에서 출발하지 않고 있었다. 이따금 총성이 들리는 걸로 보아, 교문 주변에서 시위대와 충돌이 벌어진 모양이다.

얼마나 더 지났을까. 이윽고 차체가 천천히 움직이기 시작했다. 칠수는 밀려나지 않으려고, 창유리에 얼굴을 악착같이 갖다 붙인 채 필사적으로 버틴다. 트럭은 대학 후문을 지나 왼쪽으로 돌아나간다. 차량 양옆으로는 공수부대 병력이 한 줄로 길게 열을 지어 행군하고 있다. 도보로 진행하는 병력의 속도와 맞추기 위해서인 듯, 차량은 거의 기어가듯 느리게 움직인다.

트럭이 움직이자, 차 안에 갇힌 사람들은 그나마 비로소 조금씩 안정을 되찾아가는 기색이다. 한동안 그들은 차체의 움직임 하나하나에 신경을 곤두세우고 있다.

차가 출발한 지 십여 분쯤 되었을까.

적재칸의 앞쪽, 운전석 바로 뒷면과 마주 붙어 있는 벽, 거기에 작은 문 같은 게 달려 있다. 문이라기보다는 손수건 크기의, 아주 작은 쪽문. 아마 운전석에서 적재칸 내부를 들여다볼 때 사용하는 것이리라.

어느 순간엔가 그 작은 철판 문짝이 슬그머니 열렸다.

"새끼들. 어디 맛 좀 봐라. 고소할 끼다. 히히히."

운전석 쪽에서 병사들의 목소리와 킬킬대는 웃음 소리가 들렸다. 그와 동시에 길쭉한 깡통 같은 것이 안으로 쑥 들어오더니, 깡통 안에 든 무엇인가를 탕탕 털어놓자마자 문짝이 재빨리 닫혔다.

"컥, 이, 이게 뭐여!"

"와이고오, 나, 나 죽네엣!"

순간, 처절한 비명이 일제히 터져나왔다. 무심코 숨을 들이쉬다가 칠수는 컥컥거렸다. 목구멍이 찢어질 듯, 눈알이 튀어나올 듯, 눈앞이 캄캄해진다. 눈물 콧물이 줄줄 흘러나온다. 칠수는 퍼뜩 깨닫는다.

'아, 이건 최루탄이다. 페퍼 포그, 아니 생물학전에나 사용하는 화학가스탄인지도 모른다. 놈들이 그걸 쏟아넣었구나. 이, 이럴 수가. 이 밀폐된 공간에다가…… 아악, 숨을, 숨을 쉴 수가 없다. 폐가, 심장이, 눈알이 터질 것만 같다.'

차 안은 순식간에 아비규환의 지옥으로 변해버렸다. 캑캑, 끄윽, 꺼어억, 큭. 으으. 어무니이. 비명조차 지르지 못하고 사람들은 미친 듯 사지를 버둥거린다. 개구리들. 사지를 뒤틀며 죽어가는 개구락지들. 쾅쾅쾅. 철판벽을 두들겨패고, 머리를 짓찧고, 펄쩍펄쩍 튀어오른다. 눈을 허옇게 뒤집어쓰고 몸부림을 치다가 기절하기도 한다. 왝왝, 구토를 하는 사람. 선 채로 똥오줌을 죽

죽 내갈기는 사람. 악귀처럼 몸부림을 치다가 옆사람의 얼굴이며 머리털을 손톱으로 마구 할퀴고 쥐어뜯는다. 코피가 터진다. 벌거지떼처럼 한데 뒤엉킨 채 너도나도 달아나려고 필사적으로 버둥거린다. 그러나 출구는 어디에도 없다. 캄캄한 어둠뿐. 사방은 철판으로 완벽하게 가로막힌 밀폐된 감옥일 뿐. 아무것도 보이지 않는다. 철판을 열 손톱으로 마구 긁어대며 비트적거린다. 버둥거리던 칠수의 발에 무엇인가 물크덩한 살덩이가 밟혔다. 누군가 쓰러져 바닥에 깔려 있는 것이다. 아, 사람이 죽어가고 있구나. 그런 생각이 퍼뜩 스친다. 그러나 칠수는 발을 뺄 수가 없다. 오히려 아차하면 자신까지 쓰러질 판이다. 이 아비규환 속에서 한번 쓰러지면 그것으로 끝장이다. 발에 짓밟히면 그 자리에서 죽는다.

'넘어져선 안 된다. 정신차리고 중심을, 중심을 잡아야 해.'

칠수는 필사적으로 몸을 지탱하려 애쓴다. 물컹한 살덩이가 또 밟혔다. 칠수는 벽 쪽으로 몸을 붙였다. 쪽창 유리에 붙어 있는 누군가를 밀어내자마자 칠수는 창유리에 이마를 세차게 짓찧었다. 한 번, 두 번. 쨍, 유리가 깨어져나가며 이마에 유리 조각이 박혔다. 칠수는 깨진 구멍에 허겁지겁 얼굴을 처박고 미친 듯 숨을 들이쉬었다.

이내 덜커덩 하고 트럭이 멎었다. 그 바람에 기우뚱 흔들리며 칠수가 얼굴을 떼어내었다. 그 틈에 곁의 사내가 재빨리 얼굴을 구멍에 처박더니, 으억, 비명을 지르며 푹 주저앉는다. 그와 동시에 또 한번 무엇인가 창틀 안으로 쑥 들어온다. 대검이었다! 바깥에서 착검한 소총으로 마구 찍어대고 있는 것이다. 칼끝은 아슬아슬하게 칠수의 뺨을 비켜가더니, 연신 푹푹 찌르며 들어온다. 칠수는 이젠 오히려 창틀 쪽으로 밀려나지 않으려고 안간힘을 다해 버틴다.

그때 갑자기 눈앞에서 창틀이 순식간에 사라져버렸다. 한참 후에야 칠수는 밖에서 차량 덮개를 통째로 뒤집어씌웠다는 사실을 깨달았다. 대검에 얼굴이 찍힌 사내는 벽 쪽에 기댄 채 주저앉아 있는 것 같다. 그 사내를 짓밟지 않으려고 칠수는 두 팔로 벽을 받치고 안간힘을 쓴다. 그 쪽창마저 닫혀버리자, 이제 차 안은 완전한 암흑으로 변해버리고 말았다. 암흑 속에서 이젠 신음조차 내지 못한 채 사람들은 버둥거리고만 있을 뿐……

철판 벽을 짚고 전신의 무게를 아슬아슬 버티고 있는 칠수. 두 팔에서 점점 힘이 빠져나간다. 사람들이 등뒤에서 한꺼번에 밀어붙이는 무게를 더 이상 감당할 수가 없다. 칠수는 끝내 두 팔을 꺾은 채 몸을 뒤틀고 말았다. 물크덩한 물체가, 또, 발에 밟혔다. 대검에 얼굴을 찔린 사내가 바닥에 완전히 드러누워버리고 말았다는 사실을 칠수는 알았다. 끝내 칠수는 더 이상 버티기를 포기해버렸다. 살기 위해서는 어쩔 수 없었다. 칠수는 누군가의 몸뚱이 어딘가를 밟은 채 간신히 몸을 지탱했다. 또 다른 사람들이 그를 짓밟고 있을 터였다.

칠수는 커억, 울음을 터뜨린다. 가스탄인지 최루탄인지 모를 그 정체 불명의 유독 가스 때문만은 아니다. 죽고 싶다는 생각이 처음으로 절실하게 고개를 쳐들었다. 칠수는 이 더럽고 추악한 세상을, 인간을 저주하고 또 저주했다. 인간으로 태어난 자신을 저주했다.

'아아, 그래! 이놈들아! 이 더러운 세상에서 더는 살고 싶지 않다! 차라리 죽여다오. 어서 죽여다오.'

봄 날   193

칠수는 철판 벽에 마구 이마를 짓찧어대며 속으로 울부짖었다.
그렇게 얼마나 시간이 지났을까.
트럭은 한없이 느린 속도로 움직이고 있었다. 한 시간? 세 시간? 네 시간? 아니, 그것은 차 안에 갇힌 사람들에겐 영원처럼 아득하게 멀고 오랜 시간처럼 여겨졌다. 그렇듯 영원히 계속될 것만 같던 차체의 흔들림이 마침내 멎었다.
이윽고 문이 콰당탕 열리고, 지옥의 암흑 속으로 찬란한 빛이, 기적처럼, 한꺼번에 쏟아져들어왔다. 차 안에 두 겹 세 겹 덩어리로 뒤엉킨 사람들. 그 찬란한 빛의 세상 앞에서, 그들은 한 순간 미라처럼 일제히 눈이 멀어버렸다. 아, 지금까지 내가 악몽을 꾸었던 것은 아닌가. 더러는 얼핏 그런 생각을 하는 사람도 있었다. 그러나 이내 그 찬란한 빛의 세계 저편으로부터 누군가의 목소리가 들려왔다.
"내려! 쌔끼들앗!"
"이 쌍놈의 새끼들. 포박을 다 풀었잖아? 머리에 두 손 올렷!"
병사들이 착검한 소총을 마구 휘두르며 고함을 질러댄다.
대검에 찔리지 않으려고 우왕좌왕하다가 사람들은 허둥지둥 차에서 뛰어내린다. 대부분 몸을 제대로 가누지 못한다. 팔이 묶인 채 엉겁결에 뛰어내리다가 땅바닥에 나동그라지는 사람. 바닥을 기다시피 해서 간신히 기어나오는 사람. 그런 경황중에도, 몸을 전혀 가누지 못하는 사람들을 부축해서 내려오는 사람······ 그들의 몰골은 하나같이 무덤 속에서 기어나오는 유령들 같다. 가스탄 때문에 대부분 코피가 터지고, 얼굴이며 목의 살갗이 화상을 입은 것처럼 벌겋게 허물이 벗겨져나갔다.

칠수는 맨 마지막으로 절뚝이며 내려왔다. 그러나 차 안엔 아직 누군가 더 남아 있다. 바닥에 쓰러져 있는 세 개의 몸뚱이. 그들은 이미 숨이 끊어진 듯하다. 밀폐된 차 안에서 질식했거나 아우성치는 사람들의 발에 밟혀 죽었으리라. 아까 칠수 곁에서 대검에 얼굴을 찔린 바로 그 사내도 끼여 있다. 병사들이 시체를 질질 끌어내렸다. 뒤이어 도착한 또 다른 차량에서도 두어 구의 시체들이 끌려나오고 있다.

차에서 내리자마자 병사들은 그들을 한데 몰아넣고, 또 한바탕 숨돌릴 겨를도 없이 땅바닥에 굴려대기 시작한다. 다른 차량에서 내린 사람들까지 합해 이백여 명.

머리를 땅바닥에 박은 채 물구나무를 선 자세를 하고, 칠수는 재빨리 주변을 살펴보았다. 회색으로 칠해진 높다란 담벽이 엄청난 높이로 솟아 있다. 그 담 너머로 키 큰 미루나무들이 보인다. 여기가 어딜까. 그 담장이 어딘가 눈에 익은 듯한데, 알 수가 없다. 머릿속에서 무엇인가 한꺼번에 왈칵 쏟아져나올 것만 같은 극심한 통증. 이내 의식이 가물가물해져온다. 여기가 어디라요? 모, 모르겄소. 군부대 같은디…… 아니라요. 여기는 교도소요. 저기, 교도관들이 보이잖는가라우. 곁에서 사람들이 속삭였다.

"고개 들어!"

"새꺄! 빨랑빨랑 일어나란 말야!"

모두들 무릎을 꿇은 채 허둥거리며 간신히 몸을 곧추세웠다. 순간 그들은 경악했다. 바로 눈앞에 장갑차 한 대가 서 있고, 주위엔 수십 명의 병사들이 일제히 총구를 들이댄 채 에워싸고 있다. 장갑차 위에도 병사 하나가 기관총을 정면으로 겨누고 있다.

봄 날 195

철컥철컥. 소총에 실탄을 장전하며 병사들이 사방에서 고함을 친다.
"이 새끼덜, 한 놈도 살려두지 말고 죽여뻐렷!"
"야, 이 빨갱이새끼들아. 우리 대원들의 원수를 갚아야겠다. 여기서 총으로 갈기면, 뒈질 놈들은 뒈지고, 살아남는 놈만 살려주겠어."
모두의 낯빛이 순식간에 하얗게 질린다. 아아, 이제야말로 죽는구나. 갑자기 여기저기서 통곡 소리가 터져나오기 시작한다. 아이고오. 어흐흐흐. 공포에 질린 채 사람들은 어쩔 줄을 모른다. 벌써부터 머리를 땅바닥에 처박고 몸을 번데기처럼 웅크린 사람. 온몸을 부들부들 떨며 엉엉 울음을 터뜨리는 사람.
"여보시요. 혹시 살아남거든 우리집에다가 연락 조까 해주시요. 양동교회 옆 골목 두번째 슬래브집이 우리집이요."
"아저씨. 나는 ○○고등학교 일학년 김용구여라우. 내 이름 잊어불지 말고 우리 엄니한테 꼭 연락해주시요이."
그렇게 옆사람끼리 서로 마지막 인사를 부탁하는 사람……
"여보시게, 젊은이. 나는 산수 2동 사는 오일춘이라는 사람이오. 호, 혹시 내가 어찌 되거든, 기억해뒀다가……"
칠수 앞에 있던, 이마가 반쯤 벗겨진 사십대 사내가 칠수를 돌아보며 그렇게 말했다. 말을 맺지 못하고 쳐다보는 사내의 두 눈엔 눈물이 그렁그렁하다. 코피가 엉겨붙어 있는 사내의 시체 같은 얼굴을 향해 칠수는 말없이 고개만 끄덕여주었다.
그런데 이상한 일이다. 칠수는 어째선지 오히려 담담해지는 기분이다. 내 인생이 결국 여기서 이렇게 끝이 나고 마는 건가. 칠수는 그저 어처구니없다는 느낌만 든다. 바로 그 순간 엄청난 총성이 터져나왔다.
　타타타타타타……
　고막을 발기발기 찢어내는 듯한, 어마어마한 총성. 으아아아! 사람들은 비명을 터뜨리며 두더쥐처럼 일제히 땅바닥에 바짝 엎드린다. 그들은 저마다의 몸뚱이 어딘가에, 수십 수백 발의 총알이 날아와 푹, 푹, 푹, 박히고 있다고 느꼈다.
　그러나 그것은 공포였다.
　요란한 총성이 멎었다. 그리고 나자, 소리가 들려왔다. 키득키득 웃어대는 병사들의 웃음 소리.
　"앞에총!"
　장교의 구령이 들렸을 때에야 사람들은 비로소 자신들의 목숨이 아직 붙어 있다는 사실을 확인했다. 꿈. 반쯤 얼이 나가버린 사람들의 눈빛은 한동안 그렇게 꿈과 현실 사이를 오락가락하고 있었다.
　병사들이 그들을 일으켜세웠다. 그리고 네 줄로 세운 다음 다시 무릎을 꿇리고 원산 폭격 자세를 요구했다. 머리를 거꾸로 땅에 박은 채, 두 팔을 허리 뒤에서 깍지를 끼는 자세. 이내 군홧발로 걷어차거나 소총 개머리판으로 짓이겨대기 시작하는 병사들. 그 바람에 양쪽 가장자리 줄의 사람들은 안쪽으로 들어오려고 버둥거린다. 칠수는 머리를 거꾸로 박은 채 재빨리 주변을 훔쳐본다.
　저만치 땅바닥에 무엇인가 거적때기에 덮인 채 길다랗게 눕혀져 있는 게 보인다. 병사 하나가 거적을 들치자 시체들이 드러났다. 칠팔 명쯤? 조금 전 차량에서 끌어내린 숫자보다 더 많다. 어쩌면 그 시체들 일부는 칠수네가 도착하기 이전부터 그 자리에 있었던 것 같기도 하다. 아니면, 전남대 강의실에 있을 때 이미 죽은 사람들을 여기까지 함께 싣고 왔는지도 모른다.

한 병사가 세숫대야 같은 것에 물을 담아들고 서 있고, 다른 병사가 걸레에 물을 적셔 시체의 얼굴에서 피를 닦아낸다. 또 다른 병사가 일련 번호가 적힌 작은 판자 같은 것을 시체의 가슴에 올려놓자, 사진병인 듯한 병사가 시체의 사진을 하나씩 찍어나가기 시작한다. 셔터를 눌러댈 때마다 플래시 불빛이 팟, 팟, 터져나온다. 그 작업이 끝나자, 양복 차림의 사내 하나가 시체들 앞으로 엉거주춤 다가간다. 뚱뚱한 몸집의 그 사내는 성경책을 가슴에 안고 서서 기도를 하기 시작한다.

"주여. 여기 주님의 어린 양들이 이제 주님의 품으로 되돌아가나이다. 이 불쌍한 영혼들을 어여삐 여기시어, 이 세상에서 저들이 지닌 모든 죄를 사해주시옵고……"

교도소에서 근무하는 목사인 듯싶다. 그 사내의 목소리가 칠수의 귀에까지 또렷하게 들려온다. 칠수는 기가 막힌다. 개돼지처럼 생사람을 때려죽여놓고 나서, 기도는 무슨 염병할 기도란 말인가.

"아아멘."

기도가 끝나자 거적때기가 다시 차례로 씌워졌다. 그때 병사 하나가 들고 있던 세숫대야를 칠수 옆에 내려놓더니, 동료와 함께 뭐라고 수근거린다. 대야 안엔 시체의 얼굴을 닦아낸 걸레와 함께 벌건 핏물이 반쯤 담겨 있다. 순간 칠수의 바로 앞자리 사내가 그쪽으로 몸을 돌리더니, 대야에 머리를 처박고 핏물을 꿀꺽꿀꺽 마시기 시작한다.

"이것 봐라!"

공수가 어느 틈에 달려와 소총 개머리판으로 사내의 등짝을 퍽퍽 내리갈겼다. 사내가 으아악, 비명을 지르며 후닥닥 기어들어왔다.
"물, 물 좀 주씨요! 군인 아저씨. 제발!"
이번엔 다른 사람들이 애원을 한다. 우당탕. 병사가 대야를 걷어차더니 씨근덕거린다.
"야, 이 쌔끼들아! 조금 있으면 뒈질 놈들이 물은 마셔서 뭣해!"
대야가 뒤집히고, 물은 땅바닥에 쏟아졌다. 그때였다. 칠수 바로 앞에 있던 사내가 벌떡 일어나더니, 발작적으로 악을 쓰기 시작했다. 조금 전 칠수에게 자기 이름을 가르쳐주던, 반쯤 이마가 벗겨진 사십대 후반의 바로 그 사내다.
"이놈들아아! 네놈들도 대한민국 군인이여어? 나도 너희들 같은 자식이 있고, 해병대 대위로 제대한 사람이여! 네놈들도 인간이냐아아!"
사내는 이미 제정신이 아니다. 펄쩍펄쩍 뛰어오르며 고래고래 악을 쓴다. 공수들이 우르르 달려들어 사내를 질질 끌어낸다. 사내는 끌려나가면서도 몸부림을 친다.
"이 새끼! 죽을라고 환장했구만!"
"그래! 죽을란다! 죽을라고 환장을 했다아! 이 짐승 같은 놈들아아! 쥑여라아! 차라리 죽어불란다아아!"
"오냐! 죽여주마! 이 개새꺄!"
병사 둘이 사내의 양팔을 잡아 벌려주자, 또 다른 병사가 개머리판으로 사내의 머리를 세차게 퍽퍽퍽 내리갈겼다. 사내가 머리와 입에서 피를 쏟으며 축 늘어졌다.

"이 새끼! 간다! 금방 간다!"
"이 씨팔놈들! 참는 것도 한계가 있어! 공수부대가 뭔지 똑똑히 봐둬라!"
양쪽 팔을 붙잡고 있는 병사들이 소리를 질러댄다. 미친 듯 퍼붓던 발길질과 개머리판이 멎었다. 사내는 땅바닥에 늘어진 채 움직이지 않는다. 사내의 두 다리만 무섭게 푸들푸들 떨고 있다. 그 기이한 경련은 이윽고 잦아들더니, 이따금씩 꿈틀꿈틀 움직일 뿐이다.
잠시 후 사내의 몸뚱이는 병사들의 손에 질질 끌려나가, 한 줄로 눕혀놓은 시체들 곁에 버려졌다. 사내의 가슴패기에 번호판이 놓여지고, 사진병이 플래시를 한번 터뜨리고 나자마자 거적때기가 사내의 모습을 간단히 지워버렸다. 칠수는 그 광경을 처음부터 끝까지 똑똑히 지켜보았다.
다시금 혹독한 기합이 시작되었다. 수백 개의 살덩어리들이 땅바닥을 데굴데굴 굴러다니는 동안, 어느덧 사위엔 어둠이 내리기 시작했다. 밤이 오고 있었다.
돌연 교도소 담장 밖에서 요란한 총성이 들려왔다. 공수들이 허둥대기 시작했다.
"폭도들이 교도소를 공격하고 있다!"
공수들이 소리친다. 그러나 총성은 곧 그쳐버렸다. 병사들이 사람들을 일으켜세웠다. 두 줄로 서서 사람들은 어디론가 끌려갔다. 그들이 들어선 곳은 커다란 창고 건물이다. 시골 어디에나 있는 농협 창고 같은, 지붕이 높고 엉성하게 지어진 건물. 꽤 넓은 창고 바닥엔 가마니가 깔려 있다. 밖은 이미 어둠이 짙었고, 창고 안 천장엔 흐릿한 백열 전구 몇 개가 매달려 있다.

사람들은 열을 지어 무릎꿇려 앉혀졌다. 창고 안엔 퀴퀴한 냄새가 가득 배어 있다. 사람들 몇이 용변이 급하다고 호소하자 병사 둘이 밖으로 나갔다. 잠시 후 그들은 통을 하나씩 끌고 나타났다. 석유 드럼통을 절반으로 잘라낸 양철통. "이건 오줌통이고, 이쪽 것은 똥통이다"라고 병사가 말했다. 용변을 보겠다는 사람들 이삼십 명이 나가, 한 줄로 서서 차례를 기다린다. 대변을 보려던 사람들은 쩔쩔맨다. 통 위엔 올라설 만한 받침대 같은 것이 전혀 없다. 맨 첫번째 차례인 삼십대 사내가 바지를 반쯤 내린 채 엉거주춤, 머뭇거린다.
"어, 어떻게 해야 할란지 모르겠는디라우, 군인 아저씨?"
"새꺄, 여기가 화장실인 줄 알아? 그냥 후장 까내리고 싸란 말야."
"여, 여기다가라우?"
"씨펄놈이 말이 많아! 싸기 싫으면 왜 나왔어!"
 병사의 군홧발에 두어 차례 호되게 차인 뒤에야, 사내는 후다닥 바지를 까내리고 엉덩이를 통 쪽으로 밀어낸다. 모두들 빤히 바라보고 있는 앞에서 일을 치르는 사내. 처참한 표정으로 아예 눈을 질끈 감고 있다. 그 동안 다른 사람들은 병사가 가져다놓은 신문지 한쪽씩을 뜯어 손에 쥔 채, 땅바닥에 주저앉아 차례를 기다리고 있다.
 잠시 후 십여 명의 병사들이 창고 안으로 들어왔다. 저녁 식사를 하고 온 눈치다. 병사 몇이 종이 상자에 건빵을 담아들고 오더니, 그것들을 나눠주기 시작한다.
"자, 이제부터 배식이다! 네놈들한테 줄 밥 같은 건 없다! 이 건빵도 감지덕지해라, 짜식들아!"

병사가 건빵 봉지를 휙휙 던져주기 시작한다. 두 사람당 한 봉지씩. 칠수도 봉지를 받아 옆의 사내와 나누었다. 벌써 하루를 꼬박 굶은 터라 허겁지겁 움켜쥐었지만, 칠수는 단 한 개도 제대로 먹지 못했다. 개머리판으로 맞아 부러진 앞니 때문에 입 안이 잔뜩 부어올라 아예 입을 벌리기조차 어렵다. 무엇보다 갈증 때문에 이미 입 안은 새까맣게 타들어가버린 상태다. 칠수는 끝내 먹기를 포기하고 말았다. 다른 사람들 역시 대부분 마찬가지다.
"이봐, 학생. 여, 여그다가 말여. 자네 오줌 조까 싸서 주, 줄 틴가?"
"오줌을 마실라고라우?"
"이래 죽든 저래 죽든 마, 마찬가지여. 얼릉 부탁하네이. 응."
앞쪽에 앉은 중년 사내 하나가 옆의 고등학생에게 우는 시늉을 한다. 사내는 몸도 제대로 가누지 못하는 상태다. 머리를 얻어맞아 출혈이 심한 눈치다. 사내는 신고 있던 제 구두 한 짝을 벗어 들고 있다.
고등학생은 잠시 공수들의 동태를 살피더니, 슬그머니 주저앉아 구두를 제 사타구니 쪽에 가져다대고 오줌을 눈다. 중년 사내는 그것을 받아들자마자 눈을 질끈 감고 재빨리 입 안에 털어넣는다. 그 모습에 칠수는 저도 모르게 부르르 진저리를 쳤다. 목 안이 컥 잠기며 눈물이 쏟아졌다.
다시 얼마쯤 지났을까. 병사들이 시체들을 창고 안으로 끌고 들어왔다. 아까 바깥에 있던 시체들이다. 병사들은 창고 한쪽에 그것들을 차례로 늘어놓은 다음 가마니로 덮어놓았다. 어느 틈에 파리떼가 따라 들어와, 시체들의 콧구멍과 입, 상처 부위에 맹렬하게 들러붙고 있었다.

잠시 잠잠하다 싶더니, 병사들이 또다시 체벌을 시작했다.

"고개 들어! 지금부터, 눈동자를 고정시킨다! 눈깔이 일 밀리라도 돌아가면, 그 즉시 여기 있는 놈들처럼 시체를 만들어뻐릴 거야! 실시!"

눈동자 고정시키기. 일순간 창고 안 수백 개의 몸뚱이가 통나무처럼 경직된다. 칠수는 눈앞이 자꾸만 흐려왔다. 몽롱해지려는 의식을 한사코 붙잡으려 애쓴다. 엄지발가락을 붙인 채 몸을 꼿꼿이 지탱하려고 필사적인 노력을 기울여보지만, 금방이라도 앞으로 쓰러질 것만 같다. 애앵. 어느새 쉬파리떼가 몰려와 아무 데나 들러붙기 시작한다. 머리의 상처 부위에 떼거리로 들러붙은 듯하다. 칠수는 무심코 머리를 흔들어 파리를 쫓았다.

"야! 너 이 새꺄! 눈깔 돌아갔어!"

병사 하나가 눈앞으로 저벅저벅 다가오더니, 쥐고 있던 대검 끝을 턱 밑으로 쑥 들이밀며 소리쳤다.

"아, 아니어라우!"

칠수는 다급하게 외쳤다. 병사의 검게 그을린 얼굴에 기묘한 웃음기가 떠올랐다. 병사는 칠수의 등뒤로 돌아가더니, 손에 쥔 대검으로 칠수의 발가락을 세차게 내리쳤다. 아악. 칠수는 외마디 비명을 질렀다. 발가락이 한꺼번에 끊어져나가는 듯한 고통.

"새꺄, 어때. 이래도 사기칠래!"

병사가 또 한번 칼로 발가락을 탁, 내리친다. 칠수는 몸을 뒤틀면서도 입을 악물고 소리를 참는다.

"호, 이놈 봐라. 독종이구만."

병사는 다시, 이번엔 칼날을 세워 발바닥을 탁,탁,탁, 내리쳤다. 칠수의 발은 순식간에 피투성이로 변했다.

"얌마, 이게 뭔 줄 아니? 이걸 보고 닭발 요리라고 하는 거다. 알간? 흐흐."

사내가 웃음을 흘리며, 칠수의 표정을 살핀다. 그 순간, 칠수는 심장이 펑, 하고 터지는 것만 같았다. 눈앞에서 무엇인가 번쩍 파열하면서, 아무것도 보이지 않았다.

"야아아! 이 개 같은 놈들아아! 차라리, 죽여! 죽여뿌러!"

칠수는 벌떡 일어나 미친 듯 고함을 질러대기 시작했다. 눈앞에 아무것도 보이지 않았다. 아무 소리도 들리지 않았다. 아무 생각도 나지 않았다. 다만 눈앞엔 캄캄한 어둠뿐. 칠수는 죽고 싶었다. 오직 한 가지, 죽고 싶을 뿐이었다.

"어! 이 쌍누무시키가!"

퍽!

둔탁한 소리와 함께 무엇인가 이마에 거대한 바윗덩어리 같은 것이 날아와 박히는 것 같았다. 칠수의 몸뚱이가 털썩 허물어졌다. 두 다리를 푸들푸들 떨어대고 있는 그 살덩이를 병사들이 질질 끌고 나갔다. 그들은 창고 한쪽에 눕혀놓은 시체들의 대열 맨 끝에, 그것을 아무렇게나 던져놓았다. 병사 하나가 거적때기를 훌렁 뒤집어씌웠다. 칠수의 모습이 간단히 지워졌다.

61

오늘은 네 상복을 입어주마
검은 옷으로 갈아입고 잘 가라는 전송도 없이
맨발로 질질 끌려 무참히 떠난
네 상복을 입어주마.
— 작자 미상

5월 22일 07:00, 금남로 1가

귀청을 때리는 요란한 스피커 소리. 김상섭 기자는 소스라치게 놀라 잠자리에서 일어났다.

"시민 여러분. 공수부대가 어제 저녁 완전 철수했습니다. 우리 시민들의 단결된 힘으로 마침내 전두환의 사냥개들을 몰아내고 우리의 고장 광주를 되찾은 것입니다. 시민 여러분. 우리 모두 이 나라의 민주화를 위하여 너도나도 힘을 합하여 싸웁시다아……"

소리는 집에서 그리 멀지 않은 서석초등학교 근처에서 들려오고 있었다. 반쯤 목이 잠긴 젊은 여자의 음성. 그러나 요 며칠 동안 시내 곳곳을 누비고 다니던 그 전옥주라는 여자의 카랑카랑한 목소리는 아니었다. 앳된 음성으로 보아 나이 어린 여학생 같았다.

김상섭은 한숨을 내쉬었다. 잠결에 느닷없이 들려오는 스피커

소리에 뭔가 돌발 사태가 터진 줄로만 알았던 것이다. 아내는 보이지 않고, 곁에 딸아이 혼자 곤히 잠들어 있었다. 김상섭은 아이의 얼굴을 잠시 들여다보았다. 이제 갓 돌을 넘긴 첫아이였다. 제법 아장아장 걸음마를 옮기고, 엄마 아빠 소리도 곧잘 옹알거리며 따라다니는 모습이 여간 귀엽지 않았다. 재롱 떠는 모습이 눈에 밟혀 퇴근하기가 바쁘게 집으로 돌아오곤 했던 그였지만, 벌써 여러 날째 아이의 얼굴 한번 제대로 들여다보지 못했다. 잠든 아이의 조그맣고 여린 얼굴을 내려다보다가 김상섭은 새삼스레 가슴이 찌르르 아려왔다.

'이 아이들이 살아가게 될 시대엔 어떤 세상이 기다리고 있는 것일까. 제발 그때는 이 불행한 시대의 그림자 따윈 흔적도 없는 평화로운 세상이 되어야 할 텐데……'

김상섭은 팔을 뻗어 머리맡의 라디오를 켰다. 마침 뉴스가 흘러나오고 있었다.

……광주 체신청의 케이블이 끊어져 이 시간 현재 광주 시민들은 외부와의 통신 연락이 완전히 끊겨 있으며, 오늘 새벽 0시부터 새마을 열차 등 호남선 십여 개의 각종 열차가 이리까지만 운행되고 있습니다. 또한 목포에서 부산 사이의 경전선 열차도 중단되고 목포와 순천간의 모든 열차가 다니지 않고 있습니다. 또 서울에서 광주와 목포로 떠나는 모든 고속버스도 어제 오전 아홉시부터 다니지 않고 정읍까지만 운행하고 있어, 전라남도로 들어가는 모든 육로가 사실상 모두 두절 상태에 있습니다……

김상섭은 서둘러 욕실로 나가 대충 세수를 했다. 면도를 하기 위해 거울을 들여다보니, 얼굴 꼴이 그야말로 엉망이다. 며칠 사이에 거멓게 그을린 데다가 부숭부숭한 것이 얼핏 남의 얼굴 같다. 18일 이후 단 하루도 잠을 제대로 자보지 못하고 정신없이 뛰어다녔으니 그럴 만도 했다. 본디 남달리 약질인 편인데도 아직까지 쓰러지지 않고 용케 버티고 있는 것만도 다행스러울 지경이었다. 하기야 시종 목숨이 오락가락할 정도로 긴박한 상황 속이라 피곤하다는 생각조차 해볼 여유가 없기도 했다.

급히 면도를 하고 지사에 전화를 걸었다. 신호음만 울릴 뿐 아무도 받지 않는다. 지사장은 아직 출근 전인 모양이었다.

"아니 여보. 식사도 안 하고 그냥 나가시게요?"

부랴부랴 옷을 걸쳐입고 현관에서 구두를 찾아 신는 남편을 보고 아내가 부엌에서 뛰어나왔다.

"약속 시간이 벌써 지났어. 일찍 좀 깨워주지 않고서."

"아침은 들고 나가실 줄 알았죠."

"아냐. 서울에서 온 기자들하고 함께 식사 하기로 했거든."

"어쩌나. 차라리 우리집으로 오시라고 하지 그랬어요? 이런 판국에 아침밥 파는 식당도 없을 텐데."

"염려 마. 여관 근처 식당에다가 미리 부탁을 해놨으니까."

아내는 대문 밖까지 따라나왔다. 걱정이 가득한 눈빛으로 그녀는 남편을 쳐다본다.

"여보. 그나저나 세상이 앞으로 어떻게 되는 거죠? 계엄군들이 언제 다시 쳐들어올지 모른다고 사람들이 불안해서 야단들이에요. 이번에 쳐들어오면, 그땐 아마 광주 사람들 수천 명이 떼거리로 죽어나갈 거래요. 안집 식구들도 새벽에 벌써 피난을 떠났

봄 날 207

다구요."

"피난이라니. 어디로?"

"아줌마네 친정이 여수래요. 일찍 시내를 빠져나가는 편이 더 쉬울 거라면서, 할머니 혼자만 남겨놓고 여섯시쯤에 다섯 식구가 나갔어요. 우리만 이렇게 남아 있어도 정말 괜찮겠어요? 당신도 없는데, 애기랑 둘이서 방안에서 오들오들 떨고만 있으려니 무서워 죽겠어요."

김상섭은 아내의 걱정스런 얼굴을 보자 가슴이 무거워진다. 유난히 겁 많고 소심한 여자였다. 이럴 줄 알았으면 차라리 사나흘 전에라도 아내와 아이를 목포 처가로 잠시 내려보내는 걸 그랬다 싶었다. 하지만 이젠 소용없는 일이었다.

"그게 정말이에요, 여보? 어제는 임신부까지 총으로 쏘아죽였다는 소문이 쫘악 퍼졌어요. 반장집 여자가 그러는데, 그 임신부 남편이 고등학교 선생이라면서요? 세상에, 어쩌면 그럴 수가……"

아내의 눈에 금방 눈물이 훅 솟구치고 있었다. 김상섭은 말없이 아내의 어깨를 팔로 감싸안아주었다. 새삼스레 아내와 딸아이가 걱정스럽다. 아프다는 핑계라도 대고 차라리 오늘만이라도 집에 주저앉아버리고 말까 싶은 생각마저 들었다.

"너무 걱정 말라구. 어떻게든 수습이 되어갈 거야. 절대로 집 바깥으로는 한 발짝도 나와선 안 돼. 알았지? 총소리가 나면 무조건 방바닥에 엎드려 꼼짝달싹도 하지 마. 창문 방향을 피해서 말야. 그리고 바깥이 시끄러울 땐 누구건간에 대문을 절대로 열어 줘선 안 돼. 무슨 일 있으면 즉시 전화로 지사에 연락하라구. 지사장이 항상 자리를 지키고 있을 테니까. 알았지?"

"알았어요. 나보다도, 당신…… 제발 몸조심하세요."

　김상섭은 등을 돌려 대문을 나섰다. 골목을 빠져나올 때까지도 아내는 초조한 얼굴을 하고 서서 지켜보고 있었다.

　동네는 전에 없이 조용했다. 주택가라서 이맘때쯤이면 출근하는 사람들이며 등교하는 학생들로 한참 분주할 터인데, 오가는 사람 몇이 드문드문 눈에 띌 뿐이다. 근처엔 서너 개의 중고등학교와 초등학교가 하나 있었지만, 휴교령이 내려진 탓으로 방학기간처럼 조용하다. 큰길 어귀의 상가들도 구멍가게 몇 군데를 제외하곤 거의 대부분 문을 닫아걸었다. 흡사 전쟁통에 피난을 떠나고 난 동네를 연상케 했다.

　길가에 나와 있던 세탁소 주인남자가 김상섭을 보고는 다가왔다. 동네 통장 일을 맡고 있는 오십대 사내였다.

"아이구, 기자양반. 안 그래도 한번 뵐라고 했든 참인디. 어디 나가시게?"

"예. 별고 없으시지요?"

"별고가 없기는. 온 시내가 난리통인디, 속이 티고 울화기 뻗쳐서 어째얄지 모르겠소. 그나저나 공수부대가 물러났다고는 하는디, 대체 이제부터는 어찌 돌아갈 참이라요? 대학생들은 그놈들을 몰아냈다고 큰소리를 치고 다닙디다마는, 저놈들이 설마 이런 오합지졸들 무서워서 도망을 친 건 아닐 테고, 뭔가 꿍꿍이 속이 있을 거 아뇨?"

"글쎄요. 워낙 저항이 거세지자 일단 철수를 한 거겠지요. 우리 기자들도 계엄군 쪽에 대해서는 아직 정확한 정보가 거의 없는 상탭니다."

"공수놈들이 다시 쳐들어올 거라는 소문이 좍 깔렸는디, 이러

봄 날　209

다간 이번에야말로 진짜로 우리 광주 사람들 죄다 몰살을 당하는 건 아닌지 모르겠네. 대관절 대통령은 뭘 하고 자빠졌다요?"
"그러게 말입니다. 총을 쥔 군인들이 세상을 잡고 있는 판이라, 대통령이라고 해봐야 실상은 아무 실권도 없는 거겠지요."
"실권이 없드라도, 명색이 대통령이라는 위인이 이럴 때 발 벗고 나서서 무신 대책을 세워야제, 그까짓 국무총리 따위나 내려보내가꼬 뭘 어쩌자는 건지 모르겠소."
"국무총리가 온답니까?"
"조금 전 뉴스에서 그럽디다. 오늘 국무총린지 무신 개떡 같은 서린지 하는 작자가 광주로 내려올 거라고."
그때 어디선가 뻥, 뻥, 폭음이 들려왔다. 큰길 쪽 같다. 김상섭은 주변을 두리번거렸다.
"저게 무슨 소립니까?"
"총소리 아뇨? 대학생들인지 뭔지는 몰라도, 차를 타고 돌아댕김서 저렇게 아무때나 뻥뻥 공포를 쏘아대는 거요, 글쎄."
"그래요?"
"공수놈들도 문제지마는 이제는 시내로 총이 엄청나게 쏟아져 나왔으니 그게 또 큰일이구만. 좀 전에도 한떼가 트럭을 몰고 지나갔는디, 얼핏 보니까는 열대여섯 살도 안 되는 중학생들까장 총을 메고 좋아라 제멋대로 흔들어대고 다닙디다. 허, 이러다가 참말로 더 큰 난리가 터지능 거 아닌가 몰라. 누가 나서서 통제를 하던지 해야지 원, 불안해서 어디 보고 있겠소? 나 참."
통장의 말에 대충 대꾸를 해주고 나서 김상섭은 동네를 빠져나왔다. 서석초등학교 앞에서 픽업 트럭 한 대가 느릿느릿 다가오고 있었다. 아까 집에서 들었던 바로 그 방송 차량 같다.

"시민 여러분. 오늘부터 다시 정상적인 생업을 시작하시고, 주변 정돈에 앞장서주십시오. 내 집 앞 쓸기와 동네 쓰레기 및 각종 오물 청소에 다 같이 나섭시다. 빠짐없이 질서 유지에 협조 바랍니다아……"

앞 차체에 '방송 차량'이라는 조잡한 페인트 글씨가 씌어진 흰 천을 둘러치고, 운전석 지붕에 확성기를 단 그 차량에선 연신 여자의 목소리가 울려나온다.

뜻밖이었다. 집 앞을 쓸고 쓰레기 청소를 하자는 소리에 김상섭은 문득 가슴이 뭉클해왔다. 누가 시킨 것도 아닐 텐데, 그들 스스로 시민들에게 안정을 되찾게 하려고 나름대로 노력하고 있는 것 같았다. 트럭은 광주여고 방향으로 천천히 이동하기 시작했다.

"시민 여러분. 오늘 아침부터 도청 앞 광장에서 광주 시민 총궐기대회가 개최됩니다아. 한 분도 빠짐없이 도청 앞 광장으로 모여주시기 바랍니다아. 다시 한번 말씀드립니다. 오늘 아침부터는……"

방송 차량에서 이번에는 그렇게 또 다른 내용의 육성이 흘러나오고 있었다.

김상섭은 광주공고를 지나 큰길로 나섰다. 중심가로 이어지는 삼거리 일대는 대단히 소란스럽다. 어느 틈에 쏟아져나왔는지 시민들이 길가에 삼삼오오 모여 얘길 나누고 있고, 차량들이 연신 빠른 속도로 씽씽 달려다니고 있다. 지난 사나흘 사이에 시민들이 탈취해온 장갑차며 버스, 군용 지프 들이다. 차체 앞쪽에 '계엄 철폐' '전두환 찢어죽여라' '김대중 석방' 등등의 플래카드를 어수선하게 매단 차량들. 복면을 한 시민군들이 총구를 창

밖으로 내놓은 채 고래고래 구호를 외치고, 유리가 깨어져나간 차창을 각목이며 소총, 철모 따위로 제멋대로 꽝꽝 두들겨대며 목청껏 노래를 불러댄다.
 김상섭은 잠시 걸음을 멈추고 인도에 서서 그 광경을 지켜보았다. 만세, 만세. 잘한다아. 광주 시민 만세에. 차량들이 난폭하게 질주하며 지나칠 때마다, 길가에 나와 있던 시민들은 아이들처럼 덩달아 만세를 부르고 손을 흔들며 환호를 보낸다.
 "스토옵! 이것 조까 먹고들 가시요오!"
 공업고등학교 입구에 나와 있는 한떼의 시민들. 인근 주민들인 듯싶은 수십 명의 부인네들과 남자들이 웅성거리고 있다. 그중 한 남자가 길 쪽으로 나가더니 두 손을 들어 차를 세우려고 소리를 질렀다. 마침 달려오던 군용 트럭 한 대가 급정거했다. 부인네들이 대야며 바께쓰, 종이 박스 따위를 들고 다가가 그것들을 트럭 위의 청년들에게 올려주느라 야단들이다. 김밥과 음료수, 드링크류, 삶은 계란 따위가 들어 있다. 근처 가게에서는 한 늙수그레한 사내가 담배를 한 아름 안고 나와, 한 갑씩 공 던지듯 띄워올려준다.
 "고생들 하시요! 이거 우리 동네 사람들이 모금해서 마련한 것들잉께, 많이들 묵고 힘내시요!"
 "우리 청년들, 아침이나 제대로 묵고 다니는가 모르겠네이?"
 "아따, 아침이 다 뭣이다요? 밤새 계엄군 못 들어오게 지키느라고 잠도 못 자고, 배는 윈 없이 고파 죽겄소야!"
 "워메! 김밥 한번 푸지게 묵겄구마이. 고맙소, 아줌니들!"
 트럭 위엔 대부분 이십대 청년들과 까까머리 고등학생들이다. 어디서 구했는지 태극기를 들고 흔들어댄다. 경찰 작업복을 걸친 사람도 있고, 방석모를 투구처럼 뒤집어쓴 사람, 예비군복, 고등학교 교련복 차림도 있다. 그 중엔 여고생인 듯한 소녀들도 서넛 끼여 있다. 총을 든 청년들은 더러 타월이나 손수건 따위로 복면을 했다. 시내에 민간인 복장을 한 기관원들이 퍼져 있고, 그들이 주동자들의 얼굴을 점찍어놓았다가 훗날 잡아갈 거라는 소문 때문이리라.

먹을 것을 올려주는 쪽도 받는 쪽도 똑같이 흥분된 목소리로 왁자지껄하다. 그것은 흡사 마을 운동회나 잔칫집의 풍경처럼 퍽이나 활기차고 들떠 있는 풍경이다. 트럭이 출발하자 주민들은 환호를 보내며 손을 흔든다. 트럭에 탄 시민군들은 부쩍 의기양양해서 태극기를 흔들고, 차체를 더 힘껏 꽝꽝 두드려대며「진짜 사나이」를 다시금 신나게 불러제낀다.

김상섭은 인도를 따라 충장로 쪽을 향해 걷기 시작했다. 거리 어디에나 사람들이 몰려나와 구경하고 있다. 사람들을 가득가득 실은 시민군의 차량들이 경적을 마구 울려대며 씽씽 질주해다니고, 인도의 사람들은 어린아이들처럼 너도나도 손을 흔들고 환호를 보낸다. 시민군. 시민군 만세. 사람들의 입에서 흘러나오는 그 생소한 낱말을 되뇌어보다가 김상섭은 저도 모르게 한 순간 울컥 목이 잠겨오고 말았다. 어째선지 모른다. 눈앞이 금세 부옇게 흐려졌다.

'가만, 지금 이것은 유치한 감상인가……'

김상섭은 그렇게 자문해보다가 고개를 저었다. 아니, 그것은 진정한 감격이었다. 마침내 그 악몽 같은 시간들로부터 풀려났다는 감격. 그토록 끔찍한 공포와 증오의 대상이었던 짐승 같은 공수부대놈들을, 정말이지 믿어지지 않게도, 다름아닌 우리 힘

봄 날 213

으로 몰아냈다는 사실이 안겨주는 그 벅찬 환희와 감격. 그러면서도 또한 그렇게 수많은 사람들이 참혹하게 죽어나가고 쓰러져 갔다는 사실을 문득 떠올리는 순간에 새삼스레 복받쳐오르는 처절한 서러움과 한. 바로 그 가슴 벅찬 감격과 환희, 서러움과 한, 고통과 회한 때문에 지금 저렇듯 수많은 시민들은 한꺼번에 거리로 몰려나와 턱없이 들뜬 표정과 눈빛, 몸짓으로 뛰어다니고 있는 것일 터였다.

김상섭은 눈앞에서 벌어지고 있는 사실이 도무지 믿어지지가 않았다. 다만 맨주먹뿐인 시민들이, 어쨌건 공수부대를 몰아낸 것이다. 어느 누가 상상이라도 했던 일인가. 지난 닷새 동안 벌어졌던 그 놀라운 싸움들. 그 모든 극적인 항쟁들은 전적으로 시민들의 즉흥적인 대응과 우발적인 계기로 이루어졌던 셈이다. 어떤 이데올로기나 정치적 신념이나 목적도 개입되지 않았다. 어떤 최소한의 조직도, 전략조차도 없이 오직 자신들의 생명과 안전을 지키기 위하여 일어선, 그야말로 비조직적이고 즉흥적이며 자발적인 항쟁이었던 것이다.

그리고 그 항쟁의 주역들은 바로 이름없는 시민들이었다. 초기엔 소수 대학생들의 거리 시위로부터 불씨가 당겨졌으나, 그 불씨에 기름을 붓고 거대한 불길로 피워낸 것은 정작 그들 평범하고 이름없는 시민들이었던 것이다.

무엇이 그들을 어느 한 순간 그토록 놀랍게 바꾸어놓았던 것일까. 하루하루의 생계에 매달린 채 앞뒤 살필 여유조차도 없이 허덕이며 살아가고 있는 것처럼 보이던 그들의 가슴속 어디에, 그토록 무모하리만치 대담한 용기와 불덩이 같은 정의감이 감추어져 있었던 것일까. 무엇이 그들로 하여금 죽음도 두려워하지 않고 총탄과 대검 앞으로 미친 듯 달려들도록 만든 것일까. 무엇이 저 수많은 시민들을 일순간에 한덩어리로 만들어 거대한 인간의 파도로 일렁이게 한 것일까……

김상섭은 아직도 그것을 명확히 이해할 수가 없었다. 어떤 그럴싸한 수식어로도 그것은 설명하기 어려웠다. 김상섭은 다만 그것을 이 순간 자신의 가슴속에서도 똑같이 끓어오르고 있는 어떤 불덩이―그 뜨거운 감격의 불덩어리로서만 확인할 수 있을 뿐이었다.

거리는 얼핏 해방을 맞이한 점령지의 감격적인 풍경처럼 보였다. 그러나 한편으로 김상섭은 사람들의 눈빛에서 또 다른 것들을 읽어냈다. 승리했다는 기쁨과 감격으로 상기된 사람들의 표정 뒤엔 걷잡을 수 없는 허탈감, 그리고 또 다른 두려움과 불안이 짙은 음영으로 떠올라 있었다.

도대체 어째서 이런 기막힌 참상이 벌어져야 했단 말인가 하는 충격과 함께, 사람들은 비로소 그 엄청난 상황 한가운데 서 있는 자신들을 확인하면서 망연자실해 있었다. 또한 이건 결코 완전한 승리도 해방도 아니라는 사실, 오히려 더 견고하고 강력한 포위망 안에 자신들이 갇혀버리고 말았다는 사실, 그리하여 자신들의 앞에 어쩌면 지금까지보다도 더 무서운 학살이 예비되어 있을지도 모른다는 사실 때문에, 오히려 한층 더 증폭된 불안감과 공포에 시민들은 사로잡혀 있었다.

그리고 역설적이게도, 이 도시를 통째로 덮쳐누르고 있는 바로 그 불안과 두려움의 그림자야말로, 지금 이 순간 시민들 모두를 또다시 한덩어리로 뭉치게 만들고 있는 것인지도 모를 일이었다.

그랬다. 사실상 아무것도 변한 건 없었다. 그건 해방도 승리도 아니었다. 이 도시는 완전히 포위되어 있었고, 시민들은 그 철벽 같은 포위망 안에 모두 산 채로 감금당해 있을 뿐이었다. 미처 예측하지 못했던 광주 시민의 열화 같은 저항과 투쟁에 밀려 계엄군은 잠시 외곽으로 물러났을 뿐, 그들은 이 순간에도 또 다른 본격적인 진압 작전을 준비하고 있을 게 분명했다.

이 상황에서 신군부가 취할 조치는 과연 무엇일 것인가. 폐허처럼 변해버린 거리를 홀로 걸어가며 김상섭은 부지런히 생각해본다.

어제 오후 도청에서 철수한 공수부대는 조선대학교 뒷산을 거쳐 화순 쪽으로 물러난 것으로 추정되었다. 전남대학교에 주둔했던 또 다른 공수부대 역시 외곽의 광주교도소로 철수했다는 소문이다. 추가로 증파된 20사단 병력까지 합하면, 무려 2만여 명의 병력이 이 도시를 포위하고 있는 것이다.

현재 광주시로 통하는 동서남북 모든 주요 도로는 완전히 봉쇄된 상태다. 그 같은 봉쇄 작전으로 광주시는 이제 서울 등 타 지역과의 통로는 물론, 전라남도 각 지역과의 통로마저 완전히 차단된 셈이다. 광주 시민의 항쟁이 여타 전남 지역 일원으로 더 이상 확산되는 것을 막기 위한 속셈이다.

그렇다면, 지금 포위망 바깥에서 저들은 무슨 계획을 세우고 있는 것일까. 한 발 물러나 잠시 시간적 여유를 가진 다음, 평화적이고 정치적인 사태 수습을 위한 모종의 대책들을 강구하려는 것일까? 물론 광주 시민들은 그래주기를 목이 타도록 기대하고 있을 것이다. 그러나……

'아냐, 그럴 리가 없어.'

김상섭은 고개를 세차게 저었다.
'평화적이고 정치적인 사태 수습책 따위를 저들 신군부 집단에게 기대한다는 건 애당초 불가능한 일이다. 말할 필요도 없이, 그것은 저들로서는 완전한 파국을 의미하는 것일 터이므로. 명백한 파국을 등뒤에 두고서 저들은 절대로 한 발짝도 뒤로 물러서지 않을 것이다. 당장 저들로서는 무엇보다 이 엄청난 사태에 대한 소문이 바깥으로 새어나가지 못하게 철저히 차단하는 것이야말로 가장 시급한 문제일 것이고, 그런 의미에서 광주 고립 작전은 사실상 공간적 차단임과 아울러 정보의 차단을 위한 작전인 셈이다. 그렇다면 남은 수순은?'

순간 김상섭은 등골이 서늘해져왔다. 옥쇄 작전. 그랬다. 저들 신군부 집단은 일단 타지역으로 항쟁이 확산되는 것을 막아놓고, 적절한 시기에 최후의 무력 소탕 작전을 벌이려는 속셈이다. 광주 시민들을 독 안에 몰아넣고, 이번에야말로 시민의 저항을 철저하고도 완벽하게 말살해버릴 작정인 것이다. 또 다른 대대적인 학살극. 시민들을 기다리고 있는 것은 바로 그것이었다.

김상섭은 눈앞이 어찔어찔해왔다. 고립된 외로운 섬. 망망대해로 둘러싸인 절해의 고도. 그것이 광주였다. 이 순간 눈앞에서 난폭하게 차도를 질주해다니는 성난 시민군들의 모습도, 또 그들을 향해 흥분과 감격에 들떠 소리 높여 환호를 보내고 손을 흔들어대는 인도의 수많은 시민들의 모습까지도, 김상섭의 눈에는 얼핏 절해고도에 갇혀 있는, 난파선으로부터 버림받은 난민들처럼 보였다.

'저 절박하고 애처로운 외침과 몸짓을 발견해줄 배는 과연 어디쯤 와 있는 것인가. 구원의 계시는 어디에 있는 것인가······'

물론 절망은 아직 이른 것인지 모른다. 실낱 같은 가능성은 아직 남아 있었다. 제발 이 외로운 남녘 도시에서 벌어지고 있는 이 엄청난 비극, 참혹한 실상이 저 포위망 바깥으로 흘러나가 수많은 국민들의 귀에 가 닿아주기만 한다면, 그리하여 온 나라 여기저기에서 분노한 국민들이 일제히 일어나 거리로 뛰어나오게만 된다면…… 그때야말로 이 고립된 도시는 마침내 구출될 수 있으리라. 그럴 수만 있다면. 그렇게만 되어준다면……

"아아, 서울! 서울 사람들은 지금 무엇을 하고 있단 말인가!"

김상섭은 절박하게 부르짖었다.

하지만 그 간절한 소망이 이루어지리라는 믿음은 아직까지는 어설프기만 했다. 적어도 김상섭이 여러 가지 정보를 통해 파악하고 있는 한, 아직까지 서울은 물론이고 부산·대구·대전 등 다른 지역 어디에서고 극히 미미한 저항의 불씨 하나 나타났다는 소식은 없었다. 저항의 조짐은 고사하고, 광주에서 무슨 일이 벌어지고 있는지조차 거의 대부분 국민들은 완전히 깜깜한 상태임에 분명했다. 서울 일원에선 그래도 뭔가 남쪽에서 심상찮은 일이 벌어지고 있다는 소문이 조금씩 나돌고 있는 모양이긴 하나, 그나마도 극히 일부 계층에 한정된 일일 뿐, 아직까지는 다만 신빙성 없는 '유언비어' 정도로 여겨지고 있는 듯했다.

당연히 정권을 장악하고 있는 신군부는 광주의 사태에 대한 정치적·이데올로기적 공세를 본격화하고 있는 기색이 역력하다. 그들은 자신들이 목을 단단히 틀어쥐고 있는 각종 언론 매체를 통해, 광주의 상황을 불순분자 및 김대중을 추종하는 정치꾼들이 계획적이고 조직적으로 지역 감정을 자극·선동하는 유언비어를 퍼뜨렸고, 여기에 선량한 시민들이 휩쓸려들어감으로써 발생한 단순한 폭력 난동이다, 라고 매도하고 있는 상황이다. 김상섭이 판단할 때, 그것은 말하자면 조만간 불어닥칠 본격적인 무력 진압의 정당성을 미리 보장받기 위한 선제 공작임에 분명했다.

어제 오후 7시 30분에 이희성 계엄사령관이 라디오를 통해 발표한 담화문도 바로 그 같은 불길한 추측을 불러일으키기에 충분했다. 그 특별 담화의 핵심 내용은 자위권 발동을 시사하는 것이었다. "계엄군은 치안을 어지럽히는 행위에 대하여는 부득이 자위를 위해 필요한 조치를 취할 수 있는 권한을 보유하고 있음을 경고"한다. 그 선언은 결국 어제 21일 낮 도청 앞 집단 발포라는 충격적 사실을 은폐하는 동시에, 앞으로 실시될 것이 틀림없는 무력 진압 작전시의 발포 행위를 정당화하려는 의도가 분명하다는 게 김상섭의 판단이었다.

김상섭은 서석동을 지나 일부러 도청 뒷길을 택해 걸었다. 시민들이 점거하고 있는 도청의 상황이 궁금했기 때문이었다.

도청 건물 바로 뒤쪽의 주택가는 텅텅 비어 있었다. 연닷새 동안 도청을 중심으로 밀고 밀리는 공방전에 시달릴 대로 시달린 주민들 대부분이 집을 비워놓고 피신을 한 탓이다. 골목길에 연한 낡은 한옥의 유리창이 군데군데 깨져 있었다. 계엄군이 철수했다는 소식에 잠시 집을 돌아보기 위해 들렀는지, 대문 밖에 세워놓은 손수레 위에 커다란 여행 가방을 내다 싣고 있는 사람들도 있었다.

후면에서 본 도청 건물 쪽은 얼핏 조용하게 느껴진다. 옥상 위에 총을 든 시민군 몇 명이 서성거리고 있는 모습이 보인다. 경찰이 버리고 간 검은색 철모를 뒤집어쓴 품이 영 어설프게만 느

꺼진다.

그러는 동안에도 이따금 어디선가 뺑, 뺑, 총소리가 들려오곤 했다. 필시 총 조작법이 서투른 시민군들이 오발을 하거나 장난삼아 쏘아보는 것이리라. 총소리가 들려올 때마다 길거리의 행인들은 깜짝깜짝 놀라며 불안한 표정으로 주위를 두리번거리곤 했다.

서울에서 온 박기자 일행이 묵고 있는 여관은 전남매일신문사 부근이었다. 김상섭이 반쯤 내려진 셔터 밑으로 허리를 굽히고 들어서자, 대머리 주인남자는 움찔 놀라는 시늉을 했다.

"아, K일보 기자양반이시구만요. 그분들은 조금 전에 나가셨는디."

"그래요? 어디로 간다던가요?"

"참, 쪽지를 전해주랍디다. 어디다 뒀드라? 오, 여기 있구만."

메모지를 보니 박기자의 필체다. 기다리다가 먼저 식당으로 가겠노라는 내용이다.

김상섭은 여관을 나와 황금동 입구에 있는 해장국집으로 향했다. 상가는 대부분 철시를 했지만, 어제 저녁 그 집을 찾아가 아침 식사를 준비해달라고 미리 부탁해놓았던 것이다. 술을 곁들여 팔고 있는 그 식당에는 전부터 단골로 드나드는 편이어서, 주인여자는 선선히 그러마고 했었다.

식당으로 들어서니, 뜻밖에 여러 사람이 앉아 있다. 십여 명의 기자들 중 대부분은 모르는 얼굴들이다. 한 사람, 경쟁지인 C일보 광주 주재 기자인 양기자가 끼여 있었다. 뚝배기를 앞에 놓고 숟가락질을 하고 있던 박기자와 오기자가 인사를 했다.

"김선배님. 어서 오십시오. 배가 고파서 더 기다릴 수가 있어야죠."

"이거, 미안합니다. 깜박 늦잠을 잤지 뭡니까."

"그러실 테죠. 저희들도 눕자마자 정신없이 곯아떨어졌습니다. 참, 이쪽 분들하고는 초면이시죠? 우리 본사에서 파견된 동료 기자들입니다."

박기자가 동석한 다른 두 명을 소개했다. 사회부와 정치부에서 각기 파견되어온 그들은 장기자와 이기자였다. 이어서 C일보 양기자가 자기네 신문사 특파원들을 소개했다. 또 다른 몇은 연합통신 기자들이었다. 그들과 악수를 나누고 나서 김상섭은 박기자 일행과 동석했다. 김상섭 역시 식전이었으므로, 해장국을 시켰다.

"저는 본사에서 두 분이 내려오신다는 사실조차 미처 모르고 있었습니다. 언제 도착하셨습니까?"

김상섭은 새로 온 두 사람에게 물었다. 사실 전혀 뜻밖이었다. 시외 전화가 완전히 두절된 건 어제 자정부터였지만, 종일 내내 정신없이 뛰어다니느라 연락을 못 한 탓으로, 인원이 증파된다는 사실에 대해 본사로부터 아무런 연락도 받지 못했던 것이다. 어젯밤 박기자·오기자와 헤어질 때까지만 해도 그랬었다. 모르고 있기는 먼저 내려와 있던 그들 두 기자 역시 마찬가지였던 모양이다.

"서울을 출발한 건 아침이었습니다만, 전주에서 내려 정읍을 거쳐 장성에 도착해 보니 저녁이 되어버렸지 뭡니까. 도리 없이 장성에서 하룻밤을 묵고, 새벽 네시에 출발해서 광주에 도착했죠. 지사장 집에 전활 했더니, 이쪽 여관을 알려주더군요."

"고생이 패나 심하셨구만요. 시내 들어오기가 여간 어렵지가 않았을 텐데, 위험하지는 않던가요."

"아이구, 말도 마십시오. 정읍에까지 벌써 광주에서 빠져나온 피난민들이 들어왔더군요. 정읍에서 장성을 거쳐 들어왔는데, 그 동안 택시를 서너 번이나 갈아타고 마지막엔 오토바이·경운기 신세까지 졌지 뭡니까."

"그 통에도 돈을 벌겠다고 나선 약삭빠른 사람들 덕분에, 어딜 가나 다음 목적지까지 어렵지 않게 이동할 수는 있었죠. 오토바이 한번 타는 값이 택시비의 몇 배가 될 정도로 비싸긴 했지만요."

식사를 마치고 나서 그들 십여 명의 기자들은 간밤에 일어난 상황들에 대해 서로 나름대로 취재한 내용들을 주고받았다.

"어때요? 시내 좀 돌아다녀보셨습니까? 나도 아침에 일어나서 몇 군데 둘러보긴 했는데, 의외로 중심가는 겉으로 평온해 보이더군요. 흡사 육이오 때 점령군이 빠져나간 거리가 이랬겠구나 싶게, 묘하게도 잠잠해요."

"중심가는 그러할지 몰라도, 외곽 쪽은 굉장히 살벌해요. 화순 길목인 지원동 쪽하고 목포 길목인 송암동 쪽은 계엄군과 대치 상태라 잔뜩 긴장감이 돌더군요. 이따금 쌍방에서 사격을 하는지, 총성이 밤새 간헐적으로 터져나오곤 했습니다."

"고속도로 길목인 장성 방향하고 순천 방향으로 나가는 교도소 부근도 마찬가지던데요. 어제 저녁 일곱시 삼십분쯤엔 교도소 일대에서 한바탕 굉장한 교전이 벌어졌지요. 마침 나는 두암동 부근에 나가 있던 참이라, 먼발치서 그걸 봤어요. 어두워서 잘 보이진 않았지만, 예광탄이 비 오듯 쏟아지는 게, 정말이지 월남전 영화에서나 보던 전투 장면 같더라니까요."

C일보 양기자의 말에 김상섭이 말했다.
"아하, 양기자님은 그걸 직접 보셨구만요. 교도소 부근에서 부상당한 사람들이 전대병원으로 실려 들어오는 걸 나도 봤어요. 그 사람들에게 물어보니까, 여러 명이 죽었고 부상자만 해도 수십 명은 될 거라고 하더군요. 그게 한두 번이 아닌지, 그뒤로도 잇따라 부상자들이 실려왔어요. 총상을 입은 모습이 그야말로 참혹하기 그지없어요."
"그러니까, 시민군들이 정면으로 교도소를 공격한 겁니까? 그쪽엔 3공수여단이 지키고 있지 않습니까?"
"공격이 아니라, 순전히 얼떨결에 당한 모양이던데요. 시민군을 태운 트럭 여러 대가 멋모르고 고속도로 쪽으로 나가려는데, 느닷없이 교도소 방향에서 집중 사격을 해왔답니다. 트럭에 탄 사람들 중 대부분은 담양에서 광주로 출퇴근하거나 무슨 일을 보러 나왔던 사람들인데, 버스 운행이 중단되자 시민군들이 그 사람들을 담양까지 태워주겠다고 나선 모양이지요. 결국 애꿎은 사람들만 희생당한 셈이지 뭡니까."
"개자식들! 이젠 그야말로 무차별 사격을 해대는 판이구만."
"그건 광주시에서 담양 방향으로 나가다가 당한 경우고, 그보다는 오히려 담양 쪽에서 시내로 들어오다가 당한 경우가 더 많아요. 어제 오전부터 엄청나게 많은 차량들을 몰고 시위대들이 시 외곽을 통해 전라남도 각 지역으로 빠져나갔잖습니까. 담양이나 순천 등지로 나간 차량들도 꽤 많았습니다. 그렇게 밖으로 빠져나갔던 시민들이 멋모르고 오후부터 시내로 되돌아오려다가 연달아 집중 사격을 받은 거죠. 밤새 총소리가 콩 볶듯이 터져나오는 바람에, 외곽 쪽 사람들은 밤새 공포에 떨었다고 하더군요. 얼마나 많은 사람들이 죽었는지 모를 일입니다."

광주교도소는 시의 동북쪽, 광주—담양간 국도와 순천행 호남 고속도로 사이에 위치하고 있다. 그리고 광주시에 인접한 담양은 사실상 광주시의 경제 생활권에 속한 지역이다. 때문에 평소에도 광주에 직장을 가진 담양 주민, 특히 광주에서 물건을 사고 파는 서민들이 많았고, 그들은 매일 교도소 앞길을 통과해야만 했다.

때마침 광주 상황이 극도로 악화된 21일 오전부터는 수많은 차량 시위대가 이 부근을 통과하여 담양·순천 등지를 오르내리면서 광주의 상황을 전하고, 각 지역의 주민들에게 궐기를 호소하는 참이었다. 이런 상황에서 오후 일곱시경부터 3공수여단이 외곽 도로 봉쇄 작전에 나서 모든 통행을 차단했고, 이때부터 공수부대는 이 일대를 지나가는 차량들은 물론 귀가하는 인근 마을의 행인들에게까지 무차별 총격을 퍼부어댄 것이다.*

---

* 현재까지 확인된 광주교도소 부근의 사망자 및 부상자 사례는 다음과 같다.
- 사망자 사례
  1. 임은택(남, 35세) 담양 창평 거주민으로 5. 21. 20:00경 귀가중 3공수의 총격을 받고 좌대퇴부 우측 견갑부, 우하퇴부 관통 총상으로 사망〔광주지검, 5·18 관련 사망자 검시 내용, No. 96〕.
  2. 고규석(남, 37세) 담양 창평 거주민으로 임은택과 동일 사건으로 흉부 관통상 입고 사망〔위의 자료, No. 98〕.
  3. 최열락(남, 24세) 5. 21. 22:00, 우측 흉부 좌전 흉부, 우둔부 관통상 사망. 80. 6. 2. 주민 신고로 교도소 앞 야산에서 암매장된 채로 시신 발굴〔위의 자료, No. 165〕.
  4. 김병연(남, 18세) 담양 금성면 외추리 거주 학생. 5. 22. 14:20, 광주에서 위 소재지로 귀가중 북구 두암동 소재 보리밭에서 3공수 총격받고 좌전 흉부맹관 관통상으로 사망〔위의 자료, No. 19〕.
  5. 이명진(남, 36세) 5. 22. 교도소 앞 노상에서 좌후두부맹관 총상으로 사망〔위의 자료, No. 101〕.

"교도소 쪽만 아니라 나주와 목포로 가는 길목인 송암동 부근도 아주 난리가 났어요. 그쪽 역시 교도소 쪽하고 양상이 똑같습니다. 인근 시, 군으로 빠져나갔다가 시내로 되돌아오던 차량 시위대가 송암동 고갯길에서 대부분 집중 사격을 받아 사살당했고, 반대로 시내 쪽에서 남평이나 나주로 빠져나가려는 출퇴근

6. 이용충(남, 35세) 5. 22. 교도소 앞 노상에서 안부맹관 총상 사망〔위의 자료, No. 103〕.
7. 서종덕(남, 17세) 5. 22. 교도소 앞 노상, 좌흉상부맹관 총상 사망〔위의 자료, No. 99〕.
8. 민병렬(남, 31세) 후두부 자상 및 두부 손상으로 사망. 사체를 교도소 앞 노상에서 발굴〔위의 자료, No. 100〕.
9. 안병섭(남, 22세) 5. 23. 08:25, 교도소 부근, 좌대퇴부 관통상 사망〔위의 자료, No. 26〕.
10. 서만오(남, 24세) 교도소 부근, 흉부 관통상 사망〔위의 자료, No. 38〕.

• 대표적인 부상자 사례
1. 박만천(남, 나이 미상) 5. 21. 20:00경 사망자 고규석·임은택과 귀가중 대퇴부 총상.
2. 이승을(남, 나이 미상) 5. 21. 20:00경 위의 박만천과 동일 경위로 구타당해 부상.
3. 김내향(여, 5세) 5. 22. 10:00경 교도소 옆 고속도로 진입로 입구에서 총싱, 하빈신 마비.
4. 김춘아(여, 43세) 김내향의 어머니. 위의 총격으로 총상 입고 이후 사망.
5. 김성수(남, 51세) 김내향의 아버지. 위의 총격으로 총상.
6. 성명 미상(남, 21세) 담양 금성면 외추리 주민으로 5. 22. 15:00경 좌측 전박부 총상.
7. 김귀성(남, 36세) 담양 대전면 주민으로 5. 22. 저녁 두부 타박상.
8. 이동진(남, 23세) 5. 22. 18:55경 교도소 부근 학산중학교에서 관통 총상.
9. 조귀백(남, 나이 미상) 교도소 부근 우산동 주민. 다발성 총상.
10. 김희삼(남, 나이 미상) 우산동 주민으로 5. 22. 좌측 경부 및 좌측 상지 총상.
11. 김종수(남, 42세) 교도소 부근 문화동 주민으로 5. 24. 오전 9시경 뇌좌상주관절 타박상.
12. 신서운(남, 38세) 5. 23. 14:00, 연탄 배달중 우산동에서 후두부 관통상, 집으로 이동중 사망.

자라든가 그곳 주민들을 태운 차량들도 모두 변을 당했습니다. 용케 살아나온 사람들 얘길 들으니까, 인명 피해가 엄청난 모양입니다. 이거야말로 완전한 전투로구나 싶더라니까요."

"광주시의 시위 여파가 이젠 인근 지역까지 번지기 시작했습니다. 특히 목포시는 상황이 아주 심각한가 봐요. 어제 오후부터 광주에서 차량 시위대가 고속버스 등을 몰고 속속 들이닥쳤는데, 오후 네시경엔 이만여 명의 목포 시민들이 거리로 쏟아져나와 가두 행진을 벌였답니다. Y일보 주재 기자가 마침 무슨 일로 목포에 있다가 직접 목격했다는데, 병력은 일찌감치 철수해버렸고, 경찰들은 아예 손을 쓸 엄두도 내지 못한 채 건물 밖으로 나오지도 못하더랍니다."

"저도 그 얘길 Y일보 기자에게서 들었습니다. 광주에서 발포를 했다는 소식이 들어가자 온 시내가 들끓기 시작했다더군요. 밤이 되었는데도 시위대가 줄어들지를 않더래요. 목포시청 유리창이 박살나고, 텅 빈 목포경찰서에 난입해서 트럭이며 호송차에 불을 질렀어요. 진실 보도를 하지 않는다고, KBS · MBC 두 방송국으로 난입하는 바람에, 밤 아홉시 삼십분부터는 라디오 방송마저 중단되었습니다."

"사실상 목포 시민들의 경우 정서적으로도 충분한 이유가 있지요. 김대중씨의 정치적 고향이니, 반발감이 더더욱 강하잖겠습니까?"

"목포엔 공수부대가 내려가지 않았죠? 거기엔 군부대가 없습니까?"

"아마 향토사단인 31사단의 예하 부대가 주둔해 있을 겁니다. 목포 외곽 지역인 무안에 부대가 있어요."

"목포뿐만 아니라, 가까운 함평읍과 무안군에서도 소요가 있었답니다."

"이미 소요 사태는 전라남도 거의 대부분 지역으로까지 확산된 상태라고 봐야 할 거요. 나주·영산포·영암·강진·해남·화순 지역은 말할 것도 없고, 심지어는 가장 먼 지역인 완도읍과 진도읍까지도 차량 시위대가 진출했을 정도랍니다. 곳곳에서 경찰서와 예비군 무기고, 관청들이 습격을 당하고 무기를 탈취당하는데도 아무런 손을 쓰지 못하고 있는 걸 보면, 경찰은 이미 완전히 붕괴된 상태나 마찬가지인 모양이에요."

"내가 보기엔, 경찰들 역시 내심으로는 주민들의 지역적 정서에 오히려 은연중 합세해서 손을 놓고 있는 게 아닌가 싶기까지 해요. 어제 오후에 도청에서 경찰 병력이 철수하는 모습만 해도 그랬잖습니까. 총기를 소지하지 않고 있다고는 하지만, 지휘관이 각자 알아서들 해산하라고 명령을 내렸다고 하던데, 솔직히 나로서는 어이가 없더군요. 기강이 무너져서라기보다는, 현재의 상황에 대한 경찰의 입장이 그만큼 미묘하고 애매하기 때문인 듯합니다."

"그럴지도 모르죠. 어쨌건 이번 사태는 무엇보다 공수부대의 만행 때문에 불이 붙은 것이니까, 시민들로서는 지역 경찰에 대해서는 적대감이 별로 없다고 봐야죠. 어제 오후, 각개 해산 명령이 떨어진 직후 이천여 명이나 되는 경찰들이 뿔뿔이 도망을 쳤지만, 시민들에게 보복을 당했다는 경찰관이 전혀 없었다는 사실만으로도 그것이 증명되지 않겠어요?"

"맞습니다. 저도 그때 우연히 꽤 인상적인 장면들을 직접 목격했어요. 도청에서 도망쳐나온 경찰관들이 인근 민가로 허겁지겁 뛰어들었던 모양이에요. 그런데 주민들이 자기들 옷을 꺼내어 입혀주고 뭐, 그러더라구요."

"아이구, 내가 그걸 한 장 찍으려고 했더니만, 시민들이 우르르 쫓아와서 누구냐고 무섭게 다그치는 통에 아주 시껍했지 뭡니까."

"그나저나 현재 시내엔 엄청난 양의 총기와 폭발물이 유입된 상황 아닙니까? 아무래도 이렇게 가다간 사태가 걷잡을 수 없이 확대되지 않을까, 겁이 납니다. 어제 학동 부근에서 보니까, 소총이며 실탄을 달라고만 하면 아무한테나 마구 나눠주더라구요."

박기자가 담배를 피워물고 말했다.

"심지어는 이제 겨우 중학교 일이학년짜리 조무래기들까지 카빈총을 하나씩 들고 다니면서, 장난감 다루듯 아무데서나 뻥뻥 공포를 쏘아대는 판입니다. 수류탄을 마치 무슨 빵조각 넣고 다니듯이 바지 주머니에 두어 개씩 담고 다니는 걸 보고 있으려니, 정말이지 간이 콩알만해지지 뭡니까. 그러다가 그게 터지기라도 하면⋯⋯ 아이구, 소름이 쭉쭉 끼치더라니까요."

"소총은 죄다 엠원 아니면 카빈이잖아요? 그게 어디 총입니까. 보나마나 제대로 격발이라도 되는 건 삼분지 일도 채 안 될 겁니다. 그런 썩은 총을 가지고 계엄군한테 대적한다는 건 자살 행위 밖에 안 돼요. 시민군이라는 이름은 그럴듯하지만, 제대로 총 조작법을 알고 있는 사람이 몇이나 되겠어요? 내가 보기엔, 시민군이라고 설치고 돌아다니는 사람들 십중팔구는 군대 구경도 못 해본 치들 같던데."

"맞아요. 어제 저녁 도청에 잠깐 들어가보았더니, 총기를 들고 돌아다니는 패거리 중엔 묘하게 대학생 같아 뵈는 청년들은 거의 보이지 않고, 대부분 고등학생이나 재수생 같아 뵈더군요. 사람들 얘길 들으니, 개중엔 시내 목욕탕이나 길가에서 일하는 구두닦이며 건달들까지 상당수 끼여 있다고도 합니다. 그런 사람들 손에 총과 실탄이 쥐어져 있는 판이니, 무슨 일이 벌어질지 조마조마할 수밖에요."

"대다수 시민들도 바로 그 점 때문에 꽤나 불안해하는 눈칩니다."

"그렇긴 하지만, 어젯밤부터는 예비군들이 상당수 합류하기 시작했어요. 소문엔 각 동마다 예비군들에게 자원해서 나오라는 방송을 하기도 하고, 더러는 꽤 조직적인 움직임까지 보이기 시작한 모양입니다. 예비군들까지 본격적으로 합세해서 무기를 소지하게 된다면, 계엄군측에서도 섣불리 진압 작전을 펼치기는 어려울 거 아닙니까. 그렇게 되면 그야말로 상상도 할 수 없을 만큼 엄청난 인명 피해를 초래할 것은 자명한 일이니까 말입니다."

"도대체 그 많은 무기며 폭약들이 다 어디서 나온 거랍니까?"

"소총이며 실탄 등은 대부분 인근 지역인 화순군과 나주군 등지에서 유출된 것들입니다. 경찰관들이 겁을 집어먹고서 아예 무기고를 비워놓은 채 도망을 치는 판이라, 별다른 충돌 같은 것도 없이 그야말로 길바닥에서 줍듯이 총과 실탄을 가져왔다고 해요."

"총기류도 문제지만, 정작 걱정은 수류탄이며 다이너마이트 같은 폭약이 엄청나게 유입되었다는 사실 아닙니까? 어제 오후에 광주공원에서 보니까, 다행히 일부 청년들이 앞장서서 일단 수류탄은 회수하는 것 같았습니다. 그래도 여전히 많은 양이 시중에 나돌고 있어요. 언제 어디서 터질지 몰라 불안하기 짝이 없습니다."
 "그게 정말입니까. 현재 어마어마한 양의 다이너마이트가 도청 안에 쌓여 있다면서요? 도대체 그것들이 어디서 나온 겁니까?"
 광주에 도착한 지 몇 시간밖에 안 된 기자 하나가 눈이 동그래져서 물었다.
 "대부분 화순탄광에서 발파용으로 비축해둔 것들을 탈취해온 모양입니다. 일부는 석청공장에서 가져오기도 하고. 그게 모두 합하면 어마어마한 양이라고 하는데, 아마 8톤 트럭으로 두어 대 분량은 될 거라고 하더군요."
 "세상에! 만약 그게 폭발이라도 하는 날엔 끝장 아닙니까?"
 "끝장이다마다요. 아마 광주시 절반은 흔적도 없이 날아가버릴지도 모르죠."
 "소문엔 화순광업소에 근무하는 화약 전문 기술자들이 가세해서, 화순 모처에서 다이너마이트 폭약의 뇌관을 연결하는 작업을 했다더군요."
 "지금 그 폭약들은 어디에 있습니까?"
 "정확히는 모릅니다만, 탈취해온 상당량은 오늘 새벽에 도청으로 옮겨다놓았다는 얘기가 있습니다. 도청 구내 식당이 반지하인데, 거기다가 일단 한데 모아놓았다고 해요."
 "참, 저는 어젯밤 도청에 들어가려고 했는데, 시민군들이 절대 못 들어가게 하는 바람에 그냥 돌아왔습니다만, 김기자님은 용케 안으로 들어가셨다면서요? 도청으로 시민군들이 맨 처음 들어간 시각이 언제였습니까, 정확하게?"

양기자가 김상섭에게 물었다.
"저도 뒤늦게야 달려갔기 때문에 정확한 시각은 모르겠고요, 아마 여덟시 반 내지 아홉시 사이가 아닐까 추측됩니다. 공수부대가 마지막으로 철수한 게 일곱시 사십분경이니까요. 도청에 진입한 시민군의 숫자는 뜻밖에 소규모였습니다. 광주공원의 시민회관을 중심으로 모여 있던 시민군들이 차량으로 맨 먼저 들어간 모양인데, 무슨 지휘 체계나 조직 따위조차 없이 그야말로 어수선하기 짝이 없더군요. 오합지졸이 따로 없어요. 몇 분 만에 쫓겨나오고 말아서, 그 다음은 잘 모르겠습니다만."
"그때 우리 김선배님께서 하마터면 총에 맞을 뻔했다지 뭡니까."
박기자가 좌중을 돌아보며 웃었다.
"저런, 하마터면 최초의 종군 기자 순직 사건이 터질 뻔했군요. 허허."
"말도 마세요. 정말이지 죽는 줄 알았지 뭡니까. 어수선한 틈에 도청 안으로 들어가서 잠시 기웃거리고 있는데, 느닷없이 한 녀석이 총을 가슴에 불쑥 들이밀지 뭐요. 기자라고 신분을 밝혔는데도, 다짜고짜 '너 이 새끼, 기관원이지?' 하면서 대번에 빵, 하고 하늘에다가 공포를 쏘더군요. 그리고는 먹살을 잡고서 건물 안으로 끌고 들어가는 거예요. 얼굴을 보아하니, 고작 열여덟 아니면 아홉? 대학생은 아니고 뒷골목이나 어슬렁거리는 건달 같아 뵈는 그 녀석한테 몇 대 얻어맞고 있으려니, 다행히 청년 하나가 내 신분증을 보고는 나가라고 하더군요. 덕분에 취재 수첩만 빼앗겼어요."
그러자 너도나도 그와 비슷한 체험을 당했노라고 얘기를 한

봄 날 231

다.

"그나저나 앞으로 사태가 어떻게 진전되어갈 것 같습니까? 계엄군이 완전 철수할 리는 없고, 조만간 대대적인 진압 작전이 재개될 게 뻔한데 말입니다. 이미 시민군들은 자체적으로 무장을 시작한 상태고, 진압 작전이 벌어지면 그야말로 엄청난 피해가 뒤따를 건 불 보듯 빤한 일이잖습니까. 뭔가 정치적인 변수가 생기기 전엔 사태가 해결되기 어렵잖겠어요?"

"제가 보기엔 계엄군측에서 무슨 회유책이니 선무 공작 따위로 시민들의 분노를 수습하기엔 이미 늦어버렸습니다. 또 그간의 인명 피해만도 엄청난 상태이니, 신군부 집단으로서도 어물쩍 덮어버리고 넘어가기도 불가능할 테구요."

"사실상 광주 지역 자체 내에서의 해결책이란 물 건너간 셈이지요. 시민들이 용납할 리도 없고요. 결국은 정치권의 판도 변화랄까 어떤 대격변이 일어나지 않는 한, 신군부측에서는 끝장을 보고야 말겠다는 식으로 더 강경하게 밀어붙이지 않겠어요? 그들에겐 생사가 걸린 절대절명의 순간이니까요."

기자들의 표정은 어두웠다.

─이렇게 된 이상 어차피 미국의 개입에 기대를 걸 수밖에 없지 않느냐.

─아니다. 미국이란 나라의 대 제3세계 정책의 속성을 몰라서 그러느냐.

─글쎄, 그거야 알지만, 지금의 카터 대통령은 좀 다르지 않을까. 인권 정책을 줄곧 표방해온 인물이니, 적어도 일방적으로 신군부의 손을 들어주지는 않을 것 아닌가.

─아니다. 설사 미국의 개입이 없더라도 국민들의 저항이 일

어나주기만 한다면, 신군부도 더 이상 버티지 못하고 백기를 들 것이다.
　―그렇다. 그리 되면, 잠시 정세를 관망하고 있는 미국 역시, 국민들의 열화와 같은 저항을 보고는 결국 이쪽 편을 들어줄 게 아니냐……

한동안 그런저런 의견들이 오고갔다. 김상섭이 입을 열었다.

"물론 그런 의견들에 저도 충분히 공감이 갑니다. 하지만, 지금 당장 눈앞에 닥친 문제는, 외곽에서 포위망을 압축해오고 있는 계엄군들이 지금 당장이라도 진압 작전을 개시할 수도 있다는 사실입니다."

"설마 그렇게 쉽사리 밀고 들어올까요? 저들로서도 그런 무리수는 함부로 두지 않을 텐데요."

C일보의 양기자가 반문했다. 김상섭은 잠시 침묵했다가 입을 열었다.

"천만에요. 이미 저들은 상상도 할 수 없는 무리수를 두었습니다. 가령 우리가 기대하는 바대로, 미국의 적극적인 개입 혹은 국민의 열화 같은 저항이 폭발하는 날엔 자신들이 파멸한다는 사실을 저들도 잘 알고 있어요. 문제는 시간이죠. 시간이 흘러갈수록 자신들에게 치명적으로 불리하다는 사실을 알고 있고, 때문에 저들은 더 이상 광주에 관한 소문이 전국적으로 확산되기 전에 이 사태를 속히 종결지으려고 덤빌 게 뻔합니다. 불길이 번지기 전에 이번에야말로 완벽하게 박살을 내버리겠다는 거죠. 제 추측은 그렇습니다. 문제는 저들이 언제 행동을 개시할 것이냐는 점이죠. 물론…… 저 역시 제발 그런 일이 벌어지지 않기를 바랍니다만."

그 말에 박기자가 자신의 생각을 덧붙였다.
"하지만 반드시 그런 파국적인 결과만을 단정할 수도 없을 것 같은데요. 실낱 같은 기대이긴 하지만, 적어도 아직까지는 해결의 여지가 남아 있다고 봐요. 계엄군이 작전상 철수한 것이라고 본다면, 그건 시민측과의 어떤 협상이랄까 정치적인 타결책 따윌 고려해보기 위한 시간 벌기 작전 같은 것인지도 모르잖습니까."
"그럴 수도 있겠죠. 그러하기를 정말이지 바랍니다. 이미 벌어진 이 엄청난 학살극에 대한 책임 규명을 앞으로 어떻게 해나갈 것이냐는 문제는 일단 뒤로 접어두고서라도, 당장 눈앞에 닥쳐와 있는 엄청난 파국만은 무슨 수를 써서라도 막아야 할 테니까 말입니다."
모두들 한동안 침통한 표정으로 담배만 피워대고 있었다. 하나같이 지치고 꺼칠해진 얼굴들. 그들의 지친 눈빛은 참담함과 충격, 그리고 불안과 긴장으로 어둡게 가라앉아 있었다.
이윽고 기자들은 자리를 털고 일어났다. 저마다 취재를 위해 거리에서 흩어졌다. 아침에 도착한 두 기자는 지사에 들르겠다고 먼저 떠났다.
"우린 어디로 가볼까요? 지사에 들르지 않아도 됩니까, 김선배님?"
"일단 도청 쪽부터 살피는 게 좋겠는데요."
박기자와 오기자가 김상섭을 따라 걸으며 묻는다.
"그보다, 내 생각엔 광주공원 쪽을 먼저 들러보는 게 어떨까 싶소."
"광주공원요?"
"어제 오후부터 그곳에 시민군 본부가 설치된 모양입니다. 도청 쪽에선 어차피 앞으로 많은 시간을 보내게 될 테니까, 우선 시민군의 동태부터 살펴보는 게 좋겠소."

"좋습니다. 김선배님 의견에 따르기로 하죠."

세 사람은 충장로 2가로 접어들어 바삐 걸음을 옮기기 시작했다. 태평극장 쪽으로 돌아서자 의외에도 상가엔 문을 연 가게들이 드문드문 눈에 띄었다. 구멍가게나 작은 술집들, 식당들이 대부분이었으나, 우려했던 것과는 달리 아직까지 매점매석 현상 같은 것은 보이지 않는 것 같았다. 마침 담배가 떨어졌으므로 김상섭은 극장 옆 작은 구멍가게 안으로 들어섰다.

"세 갑이라우? 한 갑밖에는 줄 수 없소."

어째선지 중년 남자는 대뜸 고개를 저었다.

"왜요? 저건 담배 아닙니까?"

김상섭은 의아해서, 안쪽 선반 위에 쌓여 있는 것들을 가리키며 물었다.

"아따, 있어도 안 팔아라우. 길이 막혀서 전매청에서 담배 공급이 끊긴 지가 오래요. 다른 사람들도 피워야 할 거 아뇨? 한 사람당 한 갑 이상은 안 팔기로 우리들끼리 약정을 했응께, 싫으면 냅두시요."

김상섭은 그제서야 사정을 이해했다. 다른 사람들을 위해 한 갑씩만 팔기로 했다는 그 주인남자의 생각이 고맙고 대견스러웠다.

"담배만 그러는 게 아니라, 라면도 다섯 개 이상은 안 팔아요. 시내 쌀집들도 두 되 이상은 안 팔기로 전부 다들 약정을 했다고 합디다."

주인남자는 자기도 뭔가 뜻있는 일을 하고 있다는 투의 자부심과 자랑스러움을 기꺼이 드러내며 말했다. 김상섭이 밖에 서 있는 두 사람을 손으로 가리키자, 주인은 그제서야 두 갑을 더 건네주었다.

광주공원 부근은 사람들로 북적이고 있었다. 수많은 차량들이 광장으로 끊임없이 들락거리고, 구경꾼들인 듯한 수백 명의 시민들이 모여들어 웅성대고 있는 참이다. 천변도로를 따라 김상섭 일행은 공원을 향해 서둘러 걸었다.

공원 입구로 이어지는 광주천 다리 위엔 한 무리의 시민군들이 다리 양쪽에 각 네 줄씩 열을 지어 앉아 있다. 모두 소총을 한 정씩 들고 있다. 아마 부대를 편성하고 있는 참인 듯싶다. 대부분 십대 고등학생부터 이십대·삼십대의 남자들이다. 복장도 각양각색. 절반은 민간인 차림, 그리고 나머지는 경찰 전투복이나 진압복도 간간이 섞여 있고, 교련복·예비군복 차림도 적지 않다.

"여러분! 잘 들으시오. 이쪽 줄은 지원동 소댑니다. 두번째 줄은 화정동 소대, 그 다음은 두암동 소대, 그리고 맨 갓줄이 동운동 소대요. 각자 자기가 속한 소대를 잊어불지 말고 외워뒀다가, 각 소속 차량에 탑승해야 합니다이!"

예비군 복장에 모자까지 쓴 이십대 사내가 대열 사이로 돌아다니며 지시를 내리고 있다. 지휘관인 모양이다.

"명령 없이는 절대로 사격을 해서는 안 된다는 걸 명심하쇼! 시민들한테 피해를 주는 자는 공수부대하고 똑같은 놈들이란 말요! 알겠습니까!"

"예엣!"

어수선한 차림새의 시민군들이 일제히 대답했다. 각 열 앞에는 역시 예비군복 차림의 청년들이 소대장으로 뽑혀나와 서 있다. 일개 소대마다 대개 삼사십 명 정도가 배정되었다. 이윽고 그들 무장한 시민들은 일제히 일어나 광장 쪽으로 행진해가기 시작했다. 하낫 둘, 하낫 둘. 제법 구령까지 붙여가며 그들은 군대식으로 이동한다.

광장에서 군용 트럭과 버스 몇 대가 대기하고 있다가, 그들을 태우고 어디론가 속속 출발하기 시작했다. 아마 시 외곽지역의 방어를 위해 각기 정해진 장소를 향해 떠나는 것 같다. 그들이 자리를 비우고 나자, 이번엔 또 다른 청년들이 다리 위로 걸어들어온다. 그들 역시 부대 편성을 받을 참인 모양이다.

"신통하군요. 자기들끼리 자발적으로 통제를 하고 있다니, 놀라운 일이잖습니까. 밤사이 어떤 조직이 짜여진 게 아닐까요?"

박기자가 어리둥절한 표정으로 말했다.

"글쎄요. 내 보기엔 아직 구체적으로 무슨 조직 같은 게 짜여진 건 아닌 것 같고, 아마 자체 내에서 자연 발생적으로 나선 것 같은데요. 어쨌건 의외로 조직적인 대응이 빠른 시간 안에 이루어지기 시작하는 기미가 보인다는 점에서, 솔직히 나도 좀 놀라운데요."

"이젠 예비군들도 본격적으로 참여하기 시작한 게 분명하군요, 김선배님. 자기네들끼리 소대장·중대장까지 정한 모양인데, 대부분 예비군들이잖아요?"

광장 안쪽에선 시민군을 새로 편성하는 작업으로 꽤나 소란하다. 총을 멘 청년들이 바쁘게 왔다갔다하면서 대열을 정돈하고 있고, 맨 앞에선 소형 확성기를 손에 쥔 청년이 연신 뭐라고 소리를 질러대고 있다. 그 곁에선 무전기를 땅바닥에 내려놓고 뭐라고 교신을 하는 모습도 보인다.

"아아, 조용히들 하쇼! 시방 지원동 길이 차단되어가꼬, 공수놈들하고 교전이 붙었답니다! 지원동 쪽으로 출동할 사람들은 빨리 총을 받아가꼬 이쪽으로 나오시요!"

확성기를 쥔 사내가 다급하게 외친다. 이내 우르르 사람들이 몰려나왔다. 소총과 실탄을 나눠준다, 부대를 정해준다, 어쩐다 하느라고 어수선하기 그지없다. 거기에 구경하러 나온 시민들까지 한데 뒤엉켜 야단법석들이다.

"저거 보세요. 무전기까지 있네요? 저거, 군용 같은데, 어디서 난 거죠?"

"경찰 기동대 장비일 겁니다. 어제 도청에 가보니, 경찰부대가 정신없이 철수하느라 온갖 장비를 건물 안에 잔뜩 남겨놓았더군요."

그 동안에도 광장으로는 쉴새없이 차량들이 들락거리고 있다. 군용 트럭, 시외버스, 화물 트럭, 지프, 시위 진압용 페퍼 포그 차량, 장갑차…… 그야말로 각양각색의 차량들이다. 그들은 제멋대로 시내를 돌아다니다가, 시민군 본부가 있다는 얘길 듣고 공원으로 찾아드는 모양이었다.

광장 한쪽에선 흰 페인트 통을 든 청년 몇이 기다리고 있다가, 차량들이 속속 도착하면 재빨리 달려가 차체 앞뒤에 일련 번호를 획획 휘갈겨준다. 그리고 각각 '의료' '연락' '보급' '수송' '지휘' '통제' '순찰' '전투' 등의 글씨를 차체 앞쪽에 써주기도 한다.

김상섭은 내심 무척 놀랐다. 뜻밖에도 그들은 시내에 무질서하게 쏟아져나와 돌아다니는 차량들을 대상으로, 엉성하게나마 나름대로 체계적인 통제 작업을 전개하고 있는 것이다. 차량별로 일련 번호를 부여하고, 각 차량별로 담당 임무까지 정해주고 있었다. 번호와 임무를 부여받고 나면 차량들은 이내 어딘가를 향해 속속 빠져나갔다.

광장 일대는 장터처럼 북적거렸다. 김상섭과 박기자는 사람들 사이를 헤치고 돌아다녔다. 하지만 오기자는 사진을 찍지 못했다. 잠바 호주머니에 소형 카메라를 지니고 있긴 했지만, 무슨 봉변을 당할지 몰라 섣불리 꺼낼 엄두를 내지 못하고 있었다. 공원 계단을 올라가서야, 사람들이 뜸한 지점에서 나무 등걸에 몸을 가리고 간신히 몇 장을 찍는 데 성공했다.

"굉장하군요. 이제야말로 시민군이라는 말이 조금은 실감이 나기 시작하는데요. 안 그렇습니까, 김선배님. 조금 어설프긴 하지만, 마치 야전군 사령부 풍경 같은데요."

차량과 사람들로 북적거리는 광장을 내려다보며 박기자가 말했다. 김상섭은 말없이 광장을 내려다보고 서 있었다. 그는 내심 또 한번 시민들의 그 뜨거운 열기와 적극성에 놀라고 있었다.

"자, 이젠 도청으로 가봅시다."

김상섭은 서둘러 계단을 내려오기 시작했다.

정부는 21일 오후 국무총리 서리에 전 부총리 박
충훈씨를 임명하는 등 대폭 개각 단행.
—— 동아일보, 80. 5. 22.

5월 22일 10 : 00, 광천동 들불야학

유인물을 살포하기 위해 시내로 나갔던 강학들과 학생들이 하나둘 돌아오기 시작했다. 밤새 한숨도 붙이지 못한 채 작업을 한 데다가, 동이 트기도 전에 밖으로 나가 서너 시간 동안이나 거리를 돌고 오는 참이라 하나같이 피곤에 지쳐 있는 모습이다. 후배들이 나타날 때마다 윤상현은 격려를 잊지 않았다.

"어서들 와. 배고프지?"

"말도 마시오, 형님. 배고픈 건 둘째 치고, 아무데나 드러누워 눈이나 한번 붙여봤으면 원이 없겠어요."

민호와 명기, 민태가 차례로 들어오자마자 의자에 풀썩풀썩 주저앉는다.

"너희들은 어딜 맡았었지?"

"계림동하고 중흥동을 돌았어요. 오다가 유동 삼거리 부근에도 마저 뿌렸죠. 어, 선태형이랑 영호형은 어떻게 벌써 들어왔어요? 아까 지원동으로 간다고 안 그랬었나? 혹시 땡땡이친 거 아뇨?"

"얌마, 땡땡이라니. 너희들같이 맹하게 발로 뛰어다닐 줄 알았냐? 우리 조는 지프 한 대 차출해가꼬, 두 시간 만에 천오백 장을 해치우고 왔다 이 말씀야."
"지프요? 그걸 어디서 차출해요?"
"차출이라니까 뭐 별건 줄 아냐? 마침 돌고개 부근에서 시민군들이 지나가기에 세워가꼬 협조 좀 해달라고 부탁했지. 그때부터는 모든 일이 그냥 무사 통과더라."
"에이, 우리도 진즉 그랬어야 하는 건데. 상현이형, 아무래도 우리한테도 차량이 있어야겠어요. 지금 밖에 나가면 천지에 나돌아다니는 게 차량인데, 이렇게 일일이 발로 뛰어다닐 수는 없잖아요?"
 민호의 말에 윤상현은 고개를 끄덕인다. 불과 십여 명의 인원으로 시내 전체를 일일이 뛰어다니며 유인물을 살포한다는 건 아무래도 무리였다. 사실 선전 활동에서 무엇보다 중요한 것이 기동성 아닌가. 오늘중엔 무슨 수를 써서라도 전용 차량을 확보해야겠다고 윤상현은 마음먹었다.
 들불야학의 강학과 학생들은 간밤에도 잠 한숨 자보지 못한 채 투사회보 제작 작업을 계속했었다. 윤상현의 방이 너무 비좁았으므로, 어제 오후엔 모든 장비를 챙겨 야학 교실로 쓰고 있는 천주교회 정문 앞 창고 교실로 옮긴 다음 본격적인 제작에 돌입했다. 만일의 경우 노출되지 않도록 전등을 모조리 끄고 촛불을 켰다. 창엔 담요까지 쳤다. 계엄군이 철수했다고는 해도, 시내엔 아직 보안대나 정보 기관의 요원들이 민간인 차림으로 은밀히 활동하고 있을 것이 틀림없기 때문이었다. 때마침 광천공단의 공원들인 학생 둘이 소총 두 정과 실탄을 입수해왔으므로, 밤에는 한 사람씩 교대로 총을 들고 창고 앞에서 보초를 섰다. 오후부터는 야학 학생인 여성 근로자들 서넛이 찾아와 취사를 맡아 주어서 한결 도움이 되었다.

저녁엔 뜻밖에 인근 광천동 시민아파트 주민들이 찾아왔다. 대부분 시장통 상인들 아니면 일용 근로자들인 그들은 이웃들로부터 거두어온 것이라며 적잖은 액수의 돈과 쌀, 과자 따위를 상현 앞에 내놓고 돌아갔다. 윤상현은 가슴이 뭉클했다.

민주 투사들이여 더욱더 힘을 내자!
승리의 날은 오고야 만다.
광주 시민 민주 봉기의 함성은 전국으로 메아리쳐 각지에서 성전에 참여하고 있다. 장성에서 화순에서 나주에서 다수의 차량과 무기가 반입되었다.
이제 승리의 날은 머지않았다. 승리의 그날까지 전시민이 단결하여 싸우자.
이기자! 민주주의의 만세를 부르자!……
21일 소식
오후 6시, 공수부대 조선대 이동.
오후 7시, 공원 주위 시민들 무장 완료.
오후 8시, 무등경기장에서 무기 지역별 공급과 조편성 실시.
밤 11시, 공수부대 180여 명 매곡동 부근 투입. 외곽 도로 차단됨.
차량의 분담 임무를 표시하자. 지휘부 · 연락부 · 보급 · 구급 · 기타.
인근 지역의 투사를 규합하자.
전시민은 지역 방어와 보급품을 제공하자.

그것은 밤새 들불야학 식구들이 만들어낸 '투사회보' 두번째 호였다. 질이 좋지 않은 16절 갱지에다 등사를 해내는 그 작업은 대단히 원시적인 방식이라, 능률도 떨어지고 무척 힘이 들었다. 게다가 시내의 모든 상가가 철시해버린 탓에 등사용 잉크며 등사 원지, 종이 등 제작에 필요한 용품을 조달하기에 어려움이 많았다. 몇몇이 상가를 돌아다니며 문을 두드려 간신히 얻어와야 하는 형편이었다. 물품 구입에 들어가는 비용은 모두 윤상현이 자신의 주머니를 털어 마련했다. 무엇보다 등사기가 단 한 대뿐이어서, 어쩌다 고장이라도 나면 모두가 쩔쩔맸다. 등사용 원지는 많은 양을 찍어낼 수 없는 까닭에, 필경 작업을 맡은 조는 잠시도 쉴 틈 없이 철판을 긁어댔다.

필경조와 등사조로 나뉘어서, 십오륙 명 야학 식구들은 정신없이 일에 매달렸다. 손가락이 부르트고 손목과 어깨가 마비될 지경이었지만 누구 하나 불평하지 않았다. 온몸이 새까만 잉크로 범벅이 된 채 정신없이 움직이다 보니, 어느덧 날이 부옇게 밝아오기 시작했다. 그렇게 전날 오후부터 밤새 찍어낸 유인물은 대략 칠천여 장. 실로 대단한 분량이었다.

날이 완전히 새기도 전에 그들은 유인물을 한 아름씩 안고 흩어져 시가지 곳곳에 살포했다. 윤상현 역시 학생 두 명과 한 조가 되어 배포하러 나갔다. 마침 아시아자동차 공장 앞에서 시민군의 군용 지프를 만나 도움을 얻었다. 전혀 낯 모르는 무장 시민군들과 함께 광천동을 출발, 화정동·월산동·백운동 등 밀집한 주택가를 돌며 회보를 나누어주었다. 도중에 시민군의 다른 차량을 불러세워서, 다른 동네에도 대신 살포해달라고 부탁하기도 했다. 덕분에 두 시간 만에 배포를 끝내고, 조금 전에야 윤상현은 야학 교실로 돌아왔던 것이다.

"자, 배고플 텐데, 일단 먹고 보자. 이쪽으로들 와서 앉어."

"야아, 김치찌개 향기가 끝내주는구마이. 이거, 누구 솜씨다냐?"

"순임이언니 솜씨여라우. 여대생 언니라고 해서 이런 건 한번도 못 해본 줄 알았등마는, 다시 봐야 쓰겄당께요. 흐흐."

"가만, 아이고, 짠거! 아까 그 말 취소다 취소. 그러면 그렇지, 순임씨가 끓인 것이 오죽할라디야."

민태가 오만상을 찌푸리며 엄살을 떤다. 순임의 얼굴이 발개진다. 순임은 명기의 전화 연락을 받고, 어제 저녁부터 일행에 합류했었다. 한바탕 웃음이 터졌다. 어려운 일을 일단 해냈다는 안도감에 모처럼 분위기가 밝아졌다.

"시내 분위기가 어떻게 돌아가고 있는지, 각자 본 대로 얘기 좀 해보자. 도청 쪽하고 광주공원 쪽에 가본 사람 없나?"

밥을 먹다가 윤상현은 묻는다. 민태가 대답했다.

"공원 쪽은 아까 우리가 대충 둘러보고 왔어요. 새벽부터 사람들이 굉장히 많이 모여 있던데요. 어제 오후에 시민군들을 무장시켜 부대를 편성했던 사람들이 아마 밤새 거기 그대로 남아 있었던 모양이에요. 화정동·지원동·두암동·송암동 등 시 외곽 지역에 배치시켰던 시민군들이 아침이 되자 공원으로 대부분 다시 돌아오는 것 같은데, 새로 모인 사람들까지 합해서 오늘 아침엔 부대를 재편성하고 있었어요. 대충 오륙백 명쯤 될까."

"인원 편성말고도, 이제부터는 차량들까지 통제를 하기로 한 모양입니다. 대학생 같아 뵈지는 않던데, 청년들 대여섯이 흰 페인트 통을 들고, 모여드는 차량들마다 모두 번호를 매겨주고 있는 걸 봤어요. 말하자면 일종의 차량 등록 같은 걸 해주는 것 같아요."
"맞아. 소형 차량한테는 주로 '의료'나 '연락'이라는 글씨를 써주고, 트럭이나 버스 같은 대형 차량엔 '수송'이니 '보급' '청소' 등등으로 분류해주고 있던데요. 돌아오면서 보니까, 지프 한 대가 시내를 돌아다니면서 '등록을 안 한 차량들은 즉시 공원으로 와서 등록과 동시에 임무를 부여받으시오' 하고 홍보를 하더라구요."
명기와 민태의 말에, 이번엔 야학 학생들이 입을 연다.
"도청 쪽도 시민군들이 모여 있는데, 그리 많은 숫자는 아닌 모양이어라우. 아까 내가 거기 갔을 때가 일곱시쯤 되었을 것인디, 조금 있으니까 트럭이랑 버스 서너 대가 도청 안으로 들어가든디요. 어디서 오느냐고 물어봤더니, 광주공원에서 시민군들을 그리로 보냈다고 합니다."
"정문에서 보촌지 뭔지 두 명이 서가지고, 우리보고 누구냐고 물어보길래, 이거 배포하러 왔다고 했더니 그냥 들어가라고 하더랑께. 근디 도청 직원들도 오늘부터는 더러 출근을 하는 눈치여. 그 사람들은 공무원증을 일일이 확인해가꼬 들여보내주는 모양인디, 젠장, 지들이 무슨 경찰관이나 된디끼 꽤나 뻣뻣하게 굴드라고."
그 정도는 윤상현도 이미 파악하고 있는 내용이다. 그래도 윤상현은 밥을 뜨다 말고 노트를 집어 꼼꼼하게 상황 메모를 해둔다. 어제 오후 도청에 있던 공수부대와 경찰이 철수한 후, 삼십 분쯤 지나 무장 시위대가 차량을 몰고 도청 안으로 들어갔다. 이백여 명 정도, 그리 많지 않은 숫자였다. 그들은 모두 광주공원

봄 날 245

에 집결해 있던 무장 시위대였다.

　어젯밤 열시쯤에 윤상현은 일부러 도청으로 들어가보았다. 어떻게 돌아가고 있는지 궁금했던 것이다.

　무장 시위대는 도청 본관 건물을 점거하고 있었다. 의외로 도청에 진입한 무장 시위대 중에 대학생들은 거의 없는 것 같았다. 대부분 이십대의 젊은 청년들과 고등학생들이었다. 도청 안은 첫눈에도 우왕좌왕 어수선하기 짝이 없었다. 끊임없이 차량과 사람들이 정문으로 들락거리고, 너나없이 흥분을 가라앉히지 못한 채 잔뜩 들떠 갈피를 제대로 잡지 못하고 우왕좌왕 술렁이고 있는 참이었다.

　청사 안 공터엔 각종 총기가 무더기로 쌓여 있었다. 무기를 관리 통제하는 사람도 없이 거의 방치 상태였다. 워낙 다급한 상황 속에서 스스로 자원하고 나선 사람들로만 구성된 탓으로, 무슨 제대로 된 조직 같은 게 만들어질 여유가 없는 상태이긴 했다. 그래도 그나마 갓 스무 살이 넘었을까 싶은 청년 하나가 나서서 지휘관 역할을 맡고 있어서, 엉성한 대로 통제를 하고 있기는 했다. 그들은 우선 일층 서무과에 일종의 상황실을 설치하고, 계엄군이 버리고 간 무전기를 조작, 군의 동태를 파악하는 등 조금씩 그런대로 가닥을 잡아나가려 애쓰는 것 같았다.

　그 어수선한 풍경을 지켜보면서 윤상현은 적잖게 당혹감을 느꼈었다. 그야말로 오합지졸로 구성된 그들을 어떻게든 통솔해낼 수 있는 지도부가 한시 바삐 만들어져야만 할 것 같았다. 그러나 지금 당장으로서는 어떻게 어디서부터 시작해야 할지 윤상현으로서도 난감하게만 여겨졌다. 그렇다고 뚜렷한 대책도 없이 혼자 그 자리에서 섣불리 나설 수도 없는 노릇이어서, 윤상현은 일단 '투사회보' 제작을 위해 광천동으로 서둘러 돌아왔던 것이다.

그런데 오늘 아침 이런저런 경로를 통해 도청과 광주공원 일대의 분위기를 파악해본 결과, 밤사이에 시민군 내부에서도 어느 정도 질서가 잡혀가고 있는 듯했다. 아침 여덟시경 시민군의 주력 부대 격인 200여 명이 도청에 추가로 진입했다. 군대 경험이 있는 예비군들이 하나둘 합세하면서 규모도 늘어나고, 더불어 병력 운용에 있어서도 보다 조직적이고 체계적으로 움직이기 시작한 듯했다. 날이 밝아오자 시민군 지휘부에서는 우선 시내의 치안 질서를 유지하기 위해 이유 없는 파괴 행위를 금지시키고, 경찰서와 은행·관공서 등 주요 시설물에 경비조를 배치시키고 있었다.

그와 함께 무장 시민군의 도청 진입 바로 전인 아침 일곱시경, 광주공원 광장에서는 차량과 시민군 병력에 대한 자발적인 통제가 시작되었다. 임시로 구성된 지휘부는 시내에서 무질서하게 돌아다니는 각종 수많은 시민군 차량을 광주공원에 집결시킨 다음, 일련 번호를 붙이고 여러 가지 임무를 분담시키고 있는 참이었다.

차량 통제 방식도 의외로 치밀하고 구체적인 데가 있었다. 예를 들면 시내버스·택시 등 일체의 대중 교통이 완전 중단되어버린 상황에서 최소한이나마 시민의 불편을 덜어주기 위해, 도청을 기점으로 하여 백운동·지원동·서방·동운동 등 시 변두리 지역을 잇는 임시 노선을 정하고, 각 노선마다 버스나 트럭 등의 차량을 십여 대씩 배차시켜 운행하고 있었다.

또 이들 임시 시민군 지휘부는 이미 전날 밤부터, 시 외곽으로 물러나 대치중인 공수부대의 재진입을 저지하기 위해 나름대로 외곽 방어 작전을 펴고 있었다. 대략 80여 대의 차량과 오륙백 명의 무장 시민군들을 몇 개 단위로 편성, 화순으로 나가는 길목인 학동과 지원동, 담양과 순천 길목인 서방 삼거리와 교도소 부근, 그리고 광주역 부근 등 외곽 지역으로 나가는 모든 주요 길목마다 시민군들을 차량으로 이동, 배치시켜두고 있었다. 놀랍게도 순전히 그들 내부의 자발적인 노력에 의해 시민들은 빠른 속도로 스스로의 질서 체계를 만들어나가고 있는 것이다.

'그 어수선하기 그지없는, 오합지졸만 같아 보이던 무장 시위대들 어디에 그렇듯 놀라운 자생력이 자리하고 있었던 것일까.'

밥알을 씹으면서 윤상현은 다시금 그런 의문에 사로잡혔다.

민중의 힘이니, 잡초 같은 강인한 생명력이니 하는 따위의 표현을 윤상현 역시 사람들과의 대화에서나 야학 수업 시간 같은 때에 상투어처럼 곧잘 입에 올리곤 했었다. 그러나 정작 자신이 그 진정한 말뜻을 지금껏 전혀 이해하지 못하고 있었다는 사실을 윤상현은 새삼스레 깨닫고 있었다.

지난 닷새 간의 그 처절한 싸움. 생명을 내맡긴 채 파도처럼 끝없이 밀려갔다 밀려오곤 하던 그 이름없는 사람들의 성난 물결. 손뼉을 치고 만세를 부르며 눈물과 통곡과 감격에 찬 환호를 보내던 시민들. 헌혈을 하기 위해 병원 앞에서 끝없이 줄을 이어 가던 사람들. 먹을 것, 마실 것을 대야에 담아 시위대를 위해 앞다투어 내어놓던 아낙네들…… 그 수많은 이름없는 사람들의 모습이 영화 필름처럼 윤상현의 눈앞으로 차례차례 떠올랐다. 윤상현은 다시금 가슴이 뜨겁게 달아오름을 느꼈다.

억압자들의 폭력에 맞선 피압박자들의 항쟁 속에는 사랑의 징표가 분명코 드러난다. 피압박자들의 민중 항쟁은 사랑을 창출해낸다. 〔……〕 폭력에 맞선 피압박자들의 항쟁은 인간다울 수 있는 권리를 추구하려는 염원으로부터 비롯되며 〔……〕 인간답게 되고자 투쟁하는 피압박자들은 그들을 지배하고 짓누르는 억압자들과의 싸움으로부터, 그들이 상실했던 인간성을 회복하게 된다.

불현듯 윤상현은 언젠가 읽었던, 파울로 프레이리의 『페다고지』 가운데 한 구절을 기억해냈다.
'그래. 그건 사랑일 것이다. 인간이 지닌, 인간을 향한 그 고귀하고도 지순한 그리움의 불꽃——바로 그것이리라.'
형용하기 어려운 감동으로 가슴이 뻑뻑하게 차오름을 느끼며, 윤상현은 그렇게 혼자 중얼거렸다.
아침을 먹고 나서 윤상현은 저고리를 걸쳐입었다. 시내 정황을 좀더 살필 겸 무엇보다 녹두서점 일이 궁금했다. 이대로 있어서만은 안 된다는 조바심이 자꾸만 그를 재촉했다. 수화기를 들고 몇 군데 전화를 걸었다. 전부터 안면이 있는 학생 운동 그룹의 후배들과 재야 운동 단체의 청년 대여섯 명에게 오전중 서점에서 만나자고 약속을 했다. 자신이 직접 작성한 '투사회보' 3호 필사 원고를 마저 훑어보고 나서 후배에게 넘겨준 뒤, 윤상현은 일어섰다.
"나 좀 나갔다올게. 무슨 일 있으면 서점으로 연락해라."
"형, 나도 같이 갈게요."
기섭이 따라 일어서려는 걸 윤상현은 막았다.

"그럴 필요 없어. 지금 단 한 사람의 도움이라도 절실한 순간인데, 자리 비우지 말고 열심히들 해. 밖에선 시민들이 우리가 만든 회보를 기다리고 있다는 사실을 잊지 말고. 자, 식사 마치자마자 3호 회보 제작에 착수하라고들. 부탁한다."

잠 한숨 제대로 못 자고 일에 매달려온 후배들과 학생들에게 윤상현은 새삼 안쓰러움과 고마움을 느꼈다. 하지만 잠시도 쉴 수가 없는 일이었다. 자신들의 손에 의해 만들어지고 있는 이 '투사회보'야말로, 일체의 언론 매체가 중단된 이 절박한 상황 속에서, 대다수 시민들에겐 단 하나뿐인 눈과 귀의 역할을 대신하고 있다는 사실을 그들은 잘 알고 있었다.

회보 한 다발을 끌어안고 윤상현은 혼자 골목을 빠져나왔다. 시장통은 전날에 비해 사람들의 왕래가 부쩍 늘어난 것 같다. 많은 점포들이 문을 닫았으나 생필품을 파는 가게들은 드문드문 문을 열었다. 오늘은 시장을 보러 나온 여자들도 제법 보이기는 하지만, 사러 나온 사람이나 파는 사람이나 가게 앞에 모여서 불안한 표정으로 웅성웅성 얘기를 주고받고 있다.

윤상현은 골목을 돌아 공단 입구 쪽으로 발길을 돌렸다. 모퉁이의 슈퍼마켓 부근이 소란스러웠다. 주변엔 시장통 사람들이 모여 구경하고 있다. 다가가 보니, 총을 든 시위대 네 명이 반쯤 내려진 가게의 셔터를 발로 걷어차며 소리를 지르고 있다.

"이보쇼, 아저씨. 추접스럽게, 이것도 빵이라고 내놓소, 시방? 우리가 무신 거지들인가!"

"니기미, 누구는 목숨 걸고 공수놈들이랑 싸우고 있는디, 이까짓 빵 몇 개 줘서 아니꼽다 이거여? 돈을 내라고? 우리가 시방 돈 없어서 이런 거 얻으러 다니는 줄 알아요, 아저씨?"

네 명 모두 고등학교 일이학년쯤으로나 보이는 소년들. 꽤나 의기양양한 표정으로 카빈소총을 하나씩 들고 있다. 세수를 안 한 얼굴은 피곤기와 구정물로 시커멓고, 한 손으로 총목이나 벨트를 아무렇게나 움켜잡고 있는 모습이 어설프기만 하다. 경찰용 방석모를 거꾸로 돌려 쓴 두 소년이 화가 잔뜩 나서 소리를 질러댄다. 가게 주인남자가 셔터 너머 안쪽에서 당혹한 얼굴로 더듬거렸다.

"아, 왜들 그러는 거여. 나, 나는 사람 수가 네 명인께 그것만 준 것이제이. 아까와서 그러는 것도 아니고……"

중년의 주인남자는 부랴부랴 셔터를 올리더니, 빵 상자를 통째로 들고 나와 소년의 가슴에 안겨주었다. 그러자 소년이 상자를 땅바닥에 휙 내던지며 눈을 치떠보인다. 빵 봉지가 길바닥에 와르르 쏟아졌다.

"이까짓 거, 그렇게 아까우면 냅두씨요! 진짜로 우리가 거지나 깡팬 줄 아는갑구마이. 씨벌, 좆같네이!"

"아, 아니랑께는 그러네이. 이봐, 학생들. 돈 안 받을 텐께, 이거 가져가소야. 어이."

주인사내가 어색하게 웃음을 흘리며 달랜다. 아마 지프를 몰고 지나가다 무턱대고 들어가 빵을 달라고 했다가, 돈을 내라는 주인의 말에 화가 난 모양이었다. 윤상현은 보다못해 다가가서 부드럽게 소년들을 만류했다.

"이거 봐, 학생들. 어른한테 이렇게 하면 되나? 학생들 위해서 주시는 것이니, 저 빵은 들고 가도록 하지 그래."

그러자 하나가 눈을 치뜨고 홱 돌아본다.

"형씨는 뭐요? 뭘 안다고 우리보고 이래라저래라 하는 거난께!

봄 날 251

당신들은 집에서 편히 잠을 잤는가 몰라도, 우리는 공수부대놈들하고 싸우니라고 이 고생을 하고 있단 말여! 니기미."
"얌마, 그만 하고 가자. 빨리 타란 말여."
다른 소년들이 녀석을 밀어내다시피 해서 지프에 태웠다. 군용 지프의 앞유리창은 다 깨어져나가고, 뒷바퀴는 바람이 거의 다 빠져서 푹 꺼져 있다. 구경하던 사람들 속에서 누군가 낮게 투덜거렸다.
"아이구, 저런 녀석들 때문에 전체 시민군 이미지까장 흐려진당께. 주먹만한 것들이 저러면 안 되지. 무신 즈그들 세상이나 만난데끼……"
타앙.
순간 총성이 터졌다. 지프에 탄 녀석 하나가 허공에 대고 공포를 쏜 것이다. 순식간에 사람들이 비명을 지르며 우르르 흩어졌고, 지프는 요란한 엔진 소리와 함께 사라져버렸다.
심하게 털털대는 바퀴를 끌고 멀어지는 지프의 뒷모습을 윤상현은 잠시 말없이 바라보았다. 부분적이고 작은 소동이긴 했지만, 걱정이 앞섰다. 이미 다량의 총기류가 시내에 흘러다니고 있었고, 시민군이라고 나선 사람들은 대부분 총기 조작에 서툴렀다. 그렇듯 함부로 부주의하게 총기를 다루다가는 오발 사고나 의외의 사건들이 발생할 가능성도 충분했다. 역시 그들을 지휘·통제할 수 있는 뭔가 체계적인 조직이 한시 바삐 필요했다. 윤상현은 서둘러 걷기 시작했다.
공단 입구에서 윤상현은 마침 맞은편 골목을 빠져나오는 군용 지프 한 대를 보고 손을 들었다. 보닛 위엔 흰 페인트로 '보급'이라고 휘갈겨져 있다. 지프가 멎자마자 안에서 누군가 소리를 질렀다.

"강학님! 어서 타세요."

일어나서 총을 번쩍 들고 흔드는 장발의 청년. 뜻밖에 작년에 야학을 몇 달 다니다 그만둔 학생이었다. 광천공단 내 주물공장에 다닌다던 공원이었다. 윤상현은 뒷자리에 올라탔다.

"너, 재팔이구나. 어떻게 된 거냐? 야학에도 안 나오고."

"에이, 쪽팔려서 그만뒀어요. 나는 머리가 호박이라서, 글자만 보면 잠이 와라우. 그런디, 강학님은 어딜 가실라고요?"

"도청 앞까지 좀 태워다주면 고맙겠다. 도중에 이것도 배포하고……"

"이거 투사회보 아니요? 워메, 나도 읽어봤어라우. 알고 보니 강학님이 이걸 만드셨구만이요."

"내가 아니라, 우리 야학 식구들이 총동원되어서 만든 거야."

"그래라우? 이런 일이라면 우리한테 완전히 맡겨보씨요. 야, 병구야, 도청 쪽으로 차 돌려라이!"

"좋았어!"

차가 급회전을 하더니, 빠르게 달리기 시작했다. 그들은 한 공장에 다니는 친구 사이인 듯했다. 핸들을 잡은 청년의 솜씨가 형편없었다. 커브를 돌 때마다 거칠게 마구 기우뚱거리고, 아무데서나 급제동을 꺽꺽 거는 통에 영 불안하기만 하다. 그들은 사람들이 비교적 많이 모여 있는 장소마다 차를 세우고 회보를 뿌렸다. 시민들은 너도나도 다가와 유인물을 받아갔다. 광천교를 지나 임동·양동을 거쳐 금남로에 이르렀을 때, 회보는 동이 나버렸다.

시가지의 분위기는 아침보다 한층 더 들떠 있었다. 일반 차량의 통행이 끊어져 휑하니 넓어 보이는 차도를 시민군 차량들만 빠른 속도로 돌아다니고 있을 뿐이다. 집 밖으로 나온 시민들의 숫자는 평소보다 적었지만, 거리는 사람들의 함성과 상기된 표정들로 오히려 더 생생하게 되살아나고 있는 느낌이었다. 인도 곳곳에 사람들이 모여서서 얘기를 주고받고, 이따금씩 빠르게 지나가는 시민군의 차량에서는 군가와 구호 소리가 터져나오곤 했다.

중심가로 들어서자 차량은 더 자주 눈에 띄기 시작하고, 시민들의 숫자도 부쩍 불어났다. 변두리 지역의 주민들까지 약속이나 한 듯 금남로와 도청을 향해 발길을 옮기고 있었다. 계엄군이 물러가고 시 전역이 시민군에 의해 장악되었다는 소문에 호기심과 흥분을 누르지 못해 서둘러 쏟아져나오는 사람들.

지프를 보고 달려와 너도나도 손을 벌리는 시민들에게 회보를 나누어주며 윤상현은 몇 번이나 벅찬 감격에 휩싸였다. 그것은 흡사 적군으로부터 해방된 도시의 풍경 같았다. 그러나 기쁨에 찬 시민들의 표정 한편으로, 알 수 없는 미래에 대한 짙은 불안감과 조바심의 그림자를 윤상현은 또한 역력하게 읽어낼 수 있었다.

덮개 없는 지프 안에 앉아 시가지를 돌아다녀보면서 윤상현은 줄곧 갖가지 상념을 떠올리고 있었다. 해방. 그랬다. 그는 지금 해방의 감격에 젖어 있는 도시를 보고 있었다. 그토록 처절한 싸움 끝에 마침내 쟁취한 해방, 그리고 자유. 적어도 지금 이 순간만은 저 막강한 군부의 권력, 야만적인 폭력으로부터 이 도시는 해방된 것이다. 민중의 놀라운 힘과 투쟁 의지와 단결력이 이 도시를 구해낸 것이다…… 그러나, 실상 이것은 결코 완전한 해방도 자유도 아니다. 단지 지극히 짧은 시간 동안 유보되어진, 이를테면 한 편의 연극의 막과 막 사이에 끼여 있는 예정된 휴식 시간 같은 것이다. 놈들은 분명코 되돌아올 것이다. 그리고 그 싸움이야말로 최후의 싸움이 될 것이다. 그 최후의 순간이 언제 들이닥칠지는 누구도 모른다. 어쩌면 당장 한 시간 후일 수도, 오늘밤 혹은 내일 밤이 될 수도 있다. 아마도 그 최후의 순간이 닥쳐온다면, 마침내 시민들도 더 이상은 버티어내지 못하게 되리라…… 하지만, 그렇다고 하더라도, 설사 그 최후의 순간에 우리가 처참하게 무너지게 된다고 하더라도, 결코 미리 포기할 수는 없는 일이 아닌가. 아니, 절대로, 절대로 그럴 수는 없다. 가만히 앉아서 놈들이 되돌아올 때까지 기다릴 수는 없다. 그래선 안 된다. 윤상현은 입술을 깨물었다.

'그렇다면, 지금 이 순간 우리에게 남겨진 문제는 단 한 가지. 이 예정된 짧은 해방의 시간을 어떻게 이용할 것인가. 이 짧은 승리를 어떻게 지켜나가며, 그리하여 이 승리를 어떻게 민중의 완진한 승리가 되도록 할 것인가…… 참으로 많은 사람들이 피를 흘리며 죽어갔다. 이 불안한 해방은 바로 그 처절한 투쟁과 피의 대가로 얻어낸 것이다. 이 싸움을, 시민들의 저 뜨거운 분노와 희생으로 얻어낸 이 처절한 항쟁을, 그 누가 앞장서서 지속적으로 이끌어나갈 것인가. 비등점까지 끓어오른 저 시민들의 분노도 머잖아 어쩔 수 없이 조금씩 가라앉기 시작하리라. 그때가 오기 전에 무엇인가를 해야만 한다. 시민들의 현재의 투쟁 역량을 지켜나가면서 추진할 수 있는 다음 단계의 일이란 무엇일 것인가. 그리고…… 나는, 바로 이 시점에서 무엇을 할 수 있는가. 이 절박한 시점에서, 내가 해야 할 역할은 무엇인가……'

윤상현의 마음은 더없이 무겁고 착잡하기만 했다.
장동 로터리로 접어들자 윤상현은 차를 세우고 혼자 내렸다. 그는 재팔에게, 지금 곧장 차를 몰고 야학으로 돌아가서 투사회보 배포 작업을 도와달라고 다시 한번 부탁했다. 재팔과 그의 친구들은 선선히 응낙했다.
"아따, 강학님. 염려 놓으시란께요. 지금부터 이 차는 '투사회보' 전용인께로, 누구든 함부로 타치할라고 하면 당장에 손을 봐줄라요."
"고맙다, 재팔이. 그럼 이따가 야학에서 보자."
"예. 그러믄 우리 먼저 가께라우."
재팔이네는 차를 몰고 쏜살같이 사라졌다.
녹두서점은 반쯤 셔터가 내려져 있었다. 윤상현이 셔터를 두드리자 김상윤선배의 아내 정현애가 문을 열고 맞았다. 가게 안에 붙어 있는 좁은 부엌에서 대여섯 명의 젊은 여자들이 둘러앉아 무엇인가를 만드느라 부지런히 손을 놀리고 있다. 대부분 '송백회'의 회원들이다.
"선배님, 어서 오세요."
한 손에 가위를 들고 일에 열중해 있던 여자 중 하나가 인사를 했다. 중학교에서 역사를 가르치고 있는 그녀와는 전부터 안면이 있었다. 대부분 이십대인 그녀들은 바닥에 검은색 천을 펼쳐놓고 부지런히 가위질을 하고 있다.
"무얼 하고 있는 겁니까? 이게 뭐죠?"
"희생자들을 추모하자는 의미로 검은 리본을 만들기로 했어요. 이미 만들어진 리본을 일부 회원들이 들고 나가서, 지금 금남로에서 시민들에게 나눠주고 있거든요. 그리고, 남은 천으로는 도청 국기 게양대에 조기를 만들어 달았지요. 우리 회원들도 뭔가 하긴 해야겠는데, 우선 생각난 것이 이것뿐이었어요."

정현애가 말했다.

광주 전남 지역엔 70년대 이후 몇 개의 여성 사회 운동 단체들이 나름대로 활동해오고 있었다. 각각의 배경과 성향은 조금씩 다르지만, 지역 여성들의 권익을 대변하고 여성들이 처한 문제 상황을 찾아내 시정해가고자 하는 점, 도시 빈민 지역과 농촌의 소외 계층을 위한 활동에 역점을 두고 있다는 점에서는 대부분 일치했다. 그 중 가장 대표적인 단체가 YWCA였고, 그외에 '송백회,' 가톨릭노동청년회 내의 '여성노동자모임' 등이 있었다. 학생 운동 제1세대를 중심으로 12년 전에 설립된 '현대문화연구소'엔 양서조합, 민주청년협의회, 노동야학, 문화패 '광대' 등 몇 개 그룹의 하부 조직들이 있는데, '송백회'는 그 중 하나로서 주로 이십대의 여성들로 이루어진 그룹이었다.

윤상현은 가게 뒤편에 붙어 있는 방으로 들어갔다. 후배인 박효선, 그리고 동료 김영철과 윤깅옥 등이 그를 기다리고 있었다. 전남대학교 연극반 출신의 중학교 교사인 박효선은 문화 운동 그룹인 극단 '광대'를 이끌고 있었고, 김영철은 노동 운동가이자 현재는 광천동 시민협동조합을 꾸려가고 있는 인물이었다.

그들은 서로 반갑게 악수를 나누었다. 비록 적은 숫자이기는 했으나, 그들은 이 지역 운동 그룹의 인원들 중 그나마 아직 시내에 남아 있는 사람들이었다.

윤상현이 자리에 앉자마자, 그들은 각자 자신들이 보고 들은 지금까지의 상황들을 얘기했다. 무엇보다 그들 모두는 사태가 이렇듯 무장 투쟁 단계로 급진전하게 된 사실 앞에서 충격과 놀라움을 금치 못하고 있었다. 대화는 자연스레 현상황에 어떻게 대처해야 할 것인가에 모아졌다.
"현재 계엄군이 일단 철수하기는 했지만, 이건 결코 완전한 승리도 해방도 아닙니다. 계엄군으로서는 전략적 차원에서 일종의 퇴각 전술을 쓰고 있을 뿐입니다."
윤상현의 말에 박효선이 물었다.
"저놈들이 앞으로 어떻게 나올까요?"
"십중팔구 재차 진압 작전으로 급습해들어올 게 틀림없어. 만약 그렇게 된다면 이번에야말로 엄청난 살상 행위가 뒤따를 것이고, 시민들의 피해는 상상을 초월할 정도가 되겠지."
"그게 언제가 될까요? 진압 작전이 재개된다면요."
"그야 모르지. 지금 당장이라도 밀고 들어올지도 몰라. 아니면 놈들로서는 가장 적당한 시기를 포착할 때까지 일시 관망중이거나."
"놈들의 계획이야 빤하지 않겠는가? 광주시 전체를 완전히 봉쇄해놓고서, 시민들 내부에서 균열이 생기거나 김이 빠질 때를 기다렸다가 불시에 확 밀고 들어올 속셈일 것이여."
김영철의 말에 윤상현도 동의했다.
계엄군이 그 같은 단계적인 작전에 따라 움직일 것이라는 예상은 당연했다. 이미 어젯밤부터 광주시로 이어지는 모든 외곽 도로를 군은 철저히 봉쇄해버린 상태였다. 저들로서는 무엇보다 이곳 상황에 대한 소문이 다른 지역으로 흘러나가는 것을 철저하게 차단하고, 동시에 시민들에 대한 갖가지 선무 공작과 회유 술책을 펼쳐, 소위 그들 표현대로 불순분자 세력과 일반 시민들 사이의 유대감을 희석·와해시키려고 할 것임에 틀림없다. 물론 시민들 속에 프락치들을 대거 투입시킬 가능성도 충분하다.

"그렇다면, 빤히 알면서도 놈들이 다시 쳐들어올 때까지 이렇게 대책 없이 기다리고 있을 수만은 없잖습니까? 뭔가 대책을 세워야죠."

"누가 그걸 몰라? 그래서 이렇게 모이자고 한 거 아닌가."

"내 생각엔, 놈들이 절대로 시간을 오래 끌지는 않을 것이요. 시간이 길어질수록 소문이 타지역으로 확산될 게 뻔한데, 놈들이 질질 끌겠소?"

"다른 지역에서는 지금 어떻게 돌아가고 있답니까? 서울은 아직도 잠잠한가요? 부산은, 대구랑 인천은요? 허참, 답답해서 미치겠어요."

"놈들이 시외 전화망을 끊어버린 뒤로는 아예 아무런 소식조차 알 수가 없게 되었단께. 설마 서울 사람들이 전혀 모르고 있지는 않을 터인디, 어째서 이렇게 잠잠한가 모르겠어! 니기미, 광주 사람들 다 죽어나자빠질 때까장 그냥 강 건너 불구경하디끼 쳐다보고만 있을라능가! 아이고, 못난 조선 엽전들이라니!"

김영철이 분에 겨워 주먹으로 방바닥을 쿵쿵 내리쳤다.

"내가 알기로는, 아직까지는 다른 지역 어디서도 시위가 일어났다거나 하는 소식은 없습니다. 신문 방송은 철저하게 입을 틀어막혀버렸고, 지금 시내에 내려와 있는 각종 언론 기자들이 송고해 보낸 취재 기사들은 일체 한 줄도 실리지를 않고 있답니다. 설사 극히 일부층 사이에서 쉬쉬하는 식의 소문이 나돌고 있다고 하더라도, 다수 시민들에게까지 전달되기는 어려운 모양이고요. 결국 우리 광주 시민들만 놈들의 포위망 안에 갇힌 채 외롭게 싸우고 있는 셈입니다."

"염병헐! 참말로 미치고 환장하겄구마이!"
그때 문이 열리더니, 윤상현의 대학 후배 두 명이 들어왔다. 복학생들인 그들은 잔뜩 긴장한 얼굴로 뒷자리에 주저앉았다.
"계엄군의 전략적 후퇴가 분명한 거라면, 놈들은 우리 쪽에서 절로 김이 빠지기 시작했다 싶으면 당장이라도 밀고 들어올 게 뻔하네요. 어떤 식으로든 대책을 강구해얄 거 아닙니까."
"지금 시민군들이 있다고는 하지만, 제가 보기엔 아직 대단히 무질서하고, 체계적인 조직이 없는 상태입니다. 현재처럼 조직적인 역량 자체가 미성숙한 상태에서는 어떤 적극적이고 체계적인 투쟁 같은 걸 기대하기는 어렵잖겠어요? 다수 시민들 역시 아직까지는 괜찮지만, 아무래도 시간이 지날수록 그 열기가 식어갈 테고."
"그러니까, 자네는 어쩌자는 얘긴가? 그냥 이대로 손 놓고 눈 뻔히 뜬 채로 놈들이 다시 쳐들어올 때까장 보고만 있자는 거여, 뭐여? 설사 내일은 혓바닥 깨물고 죽는 한이 있드래도, 당장은 무슨 수를 써서라도 저놈들하고 죽기살기로 싸워봐야 할 거 아닌가!"
김영철의 말에 윤상현이 동의했다.
"그래요. 지금 당장으로서는 비등점까지 끓어오른 시민들의 투쟁 열기를 최대한 끌고 나가는 것이야말로 가장 시급한 과제입니다. 그러자면 무장 시민군의 규모를 배가시키고, 조직적이고 체계적으로 병력을 통제·운용해야 할 필요가 있습니다. 그와 함께 전시민을 대상으로 치밀하고도 꾸준한 선동 작업을 펼쳐서, 전체 시민들의 힘을 한데 모아 효율적이고 일사불란한 투쟁을 벌여나가야 합니다."

"그러자면 일정한 지휘 조직이 만들어져야 하고 또 그 조직을 구성할 인자들이 필요하잖소? 그런 일을 맡을 만한 인자들이라면 아무래도 그간의 운동 경험이나 능력, 그리고 시민들에게 영향력이 있는 사람들인데, 모두 아다시피 현재 그들 대부분은 우리 곁에 없소. 이미 놈들의 예비 검속에 체포되어갔거나, 아니면 몸을 피해서 바깥으로 빠져나가버린 상태요. 아직 남아 있는 소수의 인원으로서는 역부족이 아니겠습니까."

"에이, 이럴 때 상윤이형이 있었으면. 아니, 관현이, 그 친구만이라도 남아 있었으면!"

박효선이 안타깝게 부르짖었다.

그랬다. 윤상현 역시 다시금 안타까움에 주먹을 불끈 쥐었다.

'이럴 때 김상윤선배, 윤한봉선배라도 있었으면, 아니 박관현이만 있어주었더라면 이렇게 난감해하지는 않을 텐데.'

어디 그들 뿐인가. 윤상현 자신보다도 훨씬 더 운동 경험이 풍부하고 역량있는 선배들, 사회적인 명망을 얻고 있고 또 시민들에 대한 영향력을 충분히 지닌 몇몇 대학 교수들 역시 지금의 이 절박한 순간 곁에 없는 것이다. 한 순간 윤상현은 절망감마저 느꼈다. 몸을 피해버린 박관현과 전남대 총학생회 간부들, 그리고 일찍감치 체포되어 감옥 속에서 모진 고문을 당하고 있을 김상윤선배조차도 원망스러웠다.

'왜 이렇게 절박한 순간에 그들은 이 자리에 있어주지 않는단 말인가. 남아 있는 우리들에게 모든 짐을 떠맡겨놓고서…… 대체 어디서 무엇들을 하고 있단 말인가.'

윤상현은 입술을 깨물었다.

'지난 며칠 동안 전시민들은 목숨을 내걸고 싸워왔다. 지금껏 얼마나 많은 사람들이 고귀한 생명을 잃었고, 또 짐승처럼 끌려 갔는가. 오늘의 이 승리는 오로지 그 수많은 이름없는 시민들, 특히나 도시 빈민층과 근로자, 고등학생 들의 고귀한 피와 희생의 대가로 이루어졌다. 오늘의 승리는 오로지 그들의 몫인 것이다. 그러나, 이 순간이 오기까지 정작 지역 내 운동 세력은 무엇을 했던가. 우리들 지식인, 이른바 청년 운동가라는 사람들은 아무런 보탬도 역할도 못 했다. 18일 이전까지 시위를 주도했던 그 많은 대학생들조차, 막상 가장 치열한 싸움이 벌어지고 있을 동안엔 대부분 시외로 도피했거나 집 안에 숨어 있었을 뿐이다······'

윤상현은 참담한 부끄러움과 후회를 누를 수가 없다. 그 자신 역시 지금껏 노동 운동입네 야학입네 입으로 떠들어대면서, 나름대로 열심히 뛰고 있노라고 여겨왔었다. 그러나 자신을 포함한 운동권 지식인들이 사실은 얼마나 현실 인식에 서툴렀는지, 얼마나 상황 판단이 미숙했었는가를 윤상현은 뒤늦게야 깨닫고 있었다.

그랬다. 그 동안 대다수 운동 세력들과 지식인들은 얼마나 막연한 낙관주의에 머물러 있었던가. 저들 신군부 세력은 이미 오래 전부터 음모를 준비하고 있었고, 예상되는 학생들의 저항에 대비한 무력 진압의 구상과 계획을 벌써부터 준비하고 있었던 것이다. 그러나 학생들은 물론이고 재야의 운동 세력 진영에서조차 그에 대한 대비책을 전혀 가지고 있지 못했다. 결국 학생들의 일방적인 패퇴는 이미 예정되어 있었던 셈이다.

어찌 학생들뿐이랴. 그것은 광주 전남 지역의 학생 운동 및 사회 운동 진영의 경우 역시 마찬가지였다. 학생 운동과 사회 운동 진영에서 주도적인 역할을 맡고 있던 활동가들 역시 5·17 계엄령과 함께 군부가 전면에 등장하리라는 명확한 예상을 하지 못했고, 따라서 그에 대한 구체적인 대응 전략 따위는 전혀 세우지 못하고 있었다.

더구나 5월 18일 당일에 그러했듯이, 학생·시민들이 자발적으로 가두 진출을 할 수 있으리라고는 미처 예상조차 못 했었다. 오히려 예비 검속을 한다는 소식에 놀라, 미리 대부분 시외로 도피하거나 몸을 숨기고 말았던 것이다. 이 때문에 사태 발발 초기, 공수부대의 참혹한 무차별 살육 작전에 수많은 학생들과 시민들이 완전 무방비 상태로 희생당할 수밖에 없었고, 공수부대에 맞서 여하한 조직적인 반격도 강구해보지 못하고 말았던 것이다.

그뿐만 아니었다. 바로 어제만 해도, 이 지역 운동 세력의 인사들 중 그나마 남아 있던 몇몇 사람들마저 또 한번의 결정적인 실수를 범한 셈이었다.

어제 오후 한시, 도청 앞 집단 발포가 개시되기 직전인 바로 그 시각, 녹두서점엔 정상용·이양현·정해직·김상집·정현애 등 청년 운동가들이 모여 있었다. 그 중 정상용과 이양현은 며칠간 시외로 피신해 있다가 이날 막 광주로 되돌아온 참이었다. 바로 그때 느닷없이 도청 쪽에서 터져나온 엄청난 총성.

도청 앞 현장을 목격하고 사색이 되어 달려온 후배들로부터 정확한 발포 상황을 전해들은 그들은 충격에 휩싸였다. 잇따라 전화로 불길한 소문이 속속 들이닥쳤다. 시 외곽의 군부대로부터 군인들이 대규모 이동중이라고 했다.

집단 발포와 함께 이젠 삽시간에 시가 전체를 무력 진압하리라는 판단에 그들은 눈앞에 닥쳐온 죽음의 그림자를 보았고, 공포에 질려 허둥지둥 흩어졌다. 일단 녹두서점이 위험하다고 판단한 그들은 서점 문을 급히 내리고, 오후 3시경 태평극장 근처에 있는 정상용의 직장 사무실에서 다시 모였다. 그 자리에서 그들은 현상황을 완전히 절망적이라고 결론을 내린 뒤, 각자의 안위를 위해 몸을 피하기로 하고 서둘러 흩어지고 말았던 것이다.

그 시각, 윤상현은 때마침 그 자리에 없었다. 아수라장이 된 시가지에서 뒤늦게야 그 중 한 사람과의 전화 통화로 그 사정을 알게 되었지만, 이미 엎질러진 물이었다. 그것은 윤상현을 한없이 절망하게 만들었다. 무수한 시민들이 생명을 걸고 계엄군과 맞서고 있는 순간에, 그 동안 민중과 민주주의를 위해 일해왔노라고 자부해왔던 자신과 동료들은 정작 더없이 성급하고 나약한 꼴로 허둥거리고 있다는 사실에 윤상현은 분노와 자책감을 견디기 어려웠다.

그런데 바로 이 순간, 그들의 판단과는 정반대로 기적 같은 일이 일어난 것이다. 오로지 이름없는 무수한 시민들의 무수한 생명과 피와 희생으로 마침내 계엄군을 시 바깥으로 몰아내고, 이 도시는 잠시나마 평화를 되찾은 것이다.

윤상현은 말없이 주위를 돌아본다. 모두들 한없이 침통한 표정으로 고개를 숙인 채 앉아 있다. 상현은 이윽고 무겁게 입을 열었다.

"아닙니다. 절망해선 절대로 안 됩니다. 지금이라도 늦지 않아요. 우리에겐 아직, 아니 이제야말로 할 일이 남아 있지 않습니까."

모두들 고개를 들고 윤상현을 바라본다. 윤상현은 다시 입을 열었다. 목소리가 조금 떨려나왔다.

"이제 우리들의 도시를 우리 시민들의 힘으로 되찾았습니다. 그리고 시민들의 투쟁의 중심은, 직접 총을 들고 뛰어든 시민군으로 바뀌었습니다. 그러나 아다시피, 현재의 시민군은 전반적으로 무조직적인 상태고, 때문에 앞으로 전개될 무장 투쟁을 이끌어갈 만한 능력이 있다고 보기에는 다분히 회의적입니다. 내 생각엔, 이것이 가장 큰 문제입니다. 지금이야말로 저 무섭게 달아오른 시민의 투쟁 열기와 역량을 지켜나갈 수 있는 조직이 절실히 필요한 순간인데도 말입니다……"

윤상현은 말을 멈추고 심호흡을 했다. 그리고 비장한 눈빛으로 또박또박 발음했다.

"지금 이 순간 우리는 참으로 엄숙한 역사의 현장에 서 있습니다. 이 절대절명의 순간에 우리들부터 그 누구보다도 적극적으로 대처해야 합니다. 설사 진압 작전이 재개되어 끝내 패배하고 말지라도, 이 엄숙한 광주 시민의 싸움에, 그 싸움의 한복판으로, 우리 모두 이제부터라도 몸을 던져야 하지 않겠습니까…… 표현이 주제넘은 것이었다면, 미안합니다."

윤상현은 말을 마치고 사람들을 하나하나 돌아다보았다.

모두들 한동안 침묵했다. 그들은 모두 윤상현의 말에 공감하고 있었다. 그러나, 이 절박한 상황에서 어떻게, 어떤 방식으로 뛰어들어야 할 것인가. 그 문제를 놓고 그들 모두는 고민하기 시작했다.

그렇지만 당장 어떤 확실한 대안을 찾기란 쉽지가 않았다. 이미 이 지역 운동 세력의 중심권이 와해되어버린 현상황에서는 구체적인 행동 지침을 정하고 또 실행해나갈 조직도 여력도 거

봄 날

의 없는 상태였다. 그렇다고 마냥 이렇듯 시간을 허비하며 관망만 하고 있을 수는 더더욱 없는 일이었다.

한동안 설왕설래 끝에, 결국 아직 시내에 남아 있는 소수 인원들의 힘만이라도 결집시키는 수밖에 없다는 데 의견이 모아졌다. 이에 따라, 우선 당장 연락이 두절된 이 지역 청년 운동가들, 의식 있는 재야 인사들 그리고 교육계와 종교계의 진보적 인사들의 소재를 전화로 확인해보기로 했다. 흩어져 있는 사람들을 한 자리에 모아 전체적인 의견을 결집한 뒤, 거기서 어떤 확실하고 통일된 행동 지침을 정하는 일이 당장 시급하다는 판단 때문이었다.

그때 문이 열리고 누군가 방안으로 들어섰다. 윤상현의 대학 후배인 정태민이었다.

"형님. 방금 전 도청에서 시민수습대책위원회가 조직되었대요."

정태민의 말에 모두들 놀란 표정으로 돌아보았다.

"시민수습대책위원회라니?"

"정시채 부지사를 중심으로 수습대책위원회를 만들었는데, 거기서 지역 인사 15명을 수습위원으로 결정했답니다. 지금 회의를 열고 있는데, 협상안이 정해지는 대로 계엄사측과 협상을 하기 위해 상무대로 출발할 모양이에요."

정태민은 소식을 듣자마자 서점으로 달려온 모양이다.

"수습위원이란 사람들이 누구누구지?"

"잘은 모르겠어요. 변호사도 있고, 신부와 목사들도 끼여 있다는데."

"상현이. 이러고 있을 때가 아닌 것 같네. 상황이 어떻게 돌아가는지 파악해봐얄 것 아녀?"

김영철이 윤상현을 돌아보았다. 윤상현은 굳은 표정으로 잠시 뭔가를 생각하더니, 서둘러 자리에서 일어났다.

"저는 일단 도청 쪽 상황을 알아보고 오겠습니다. 두 시간 후에 이 자리에서 다시 만나기로 합시다. 그 사이에 주위의 도움이 될 만한 사람들에게 모두 연락해서, 그때 함께 만나 구체적인 의논들을 하기로 하죠."

윤상현은 손이 닿을 만한 사람들에게 급히 연락을 취하도록 후배들에게 부탁해놓고, 동료 세 사람과 함께 서둘러 서점을 나섰다.

〔존 위컴〕 주한 유엔군및 한미연합군 사령관은 그의 작전 지휘권 아래 있는 일부 한국군을 군중 진압에 사용할 수 있게 해달라는 한국 정부의 요청을 받고 이에 동의했다고, 22일 미국방성 대변인이 밝혔다.
— 동아일보, 80. 5. 22.

5월 22일 10：00, 전남대 병원 · 전남도청

아침 식사를 마치고 대충 급한 일을 마무리한 뒤, 정베드로 신부는 서둘러 외출 준비를 했다. 보좌 신부를 불러 몇 가지 일을 부탁하고, 되도록 자리를 비우지 말고 사제관에서 대기하라고 일렀다.

여느 때 같으면 평일 미사가 있는 날이었으나 신자들의 안전을 위해 당분간 중단하기로 했던 터여서, 이날 특별하게 일이 있는 것은 아니었다. 하지만 교구청에서 급히 찾는 전화가 올 수도 있었고, 무엇보다 신자들로부터 다급한 연락이나 도움 요청이 올지도 모르는 일이었다.

정신부는 옷장에서 갈색 티셔츠를 꺼내려다가 결국 사제복을 다시 입기로 했다. 만약 무슨 일이 생길 경우, 사제 신분임을 나타내주는 로만칼라 차림이 더 안전할 것이라는 생각이 들었기 때문이다. 사제복 위에 얇은 잠바를 걸치고 현관을 나섰다. 마침 사무장인 요한 씨가 자전거를 몰고 마당으로 들어섰다.

"신부님, 어딜 나가실라고요?"

"예. 남동성당에서 신부님들과 만나보기로 약속을 했습니다. 좀 이르기는 하지만, 그전에 시내 정황도 좀 살펴볼까 해서요."

"마침 잘되었구만요. 안 그래도 신부님께 알려드릴 말씀이 있어서 급히 오던 참인데, 하마터면 엇갈릴 뻔했구만이라우."

전직 공무원인 오십대 후반의 사무장은 손수건으로 이마의 땀을 훔치며 가쁜 숨을 내쉬었다. 그의 집은 성당에서 지척의 거리였다. 그런데도 전에 없이 자전거를 몰고 온 것을 보니, 뭔가 다급한 일이 생긴 모양이다.

"무슨 일이 있습니까?"

"저기, 11반에 강마리아 씨 있잖습니까. 그 집 딸이 위독한 모양입니다. 조금 전에 다른 교우가 급히 우리집으로 연락을 해왔어요. 성당 전화번호를 몰라 저한테 한 모양인데, 신부님께서 얼른 오셔서 종부성사를 해주셨으면 한다고요."

"저런! 오현주 도미니카 말이군요. 전남대 병원에 있다는 얘긴 들었지만, 상태가 좋아지고 있다고 하지 않았던가요?"

"그, 글쎄요. 제가 어제 오전에 가봤을 때만 해도 의식이 조금씩 돌아오는 것 같다고 해서, 괜찮을라는가 보다 하고 안심을 했었는데, 저 역시 어찌 된 영문인지 모르겠구만요."

"허어, 이 일을 어쩐다!"

정 신부는 가슴이 무겁게 내려앉았다. 그는 강마리아 씨의 딸 현주를 기억하고 있었다. 18일 오후였던가, 광주고등학교 앞에서 친구와 함께 안젤라 수녀에게 생일 선물을 하겠다고 꽃을 사 들고 오다가, 길거리에서 공수부대에게 머리를 맞고 쓰러졌던 그 여고 일학년짜리 소녀. 현주의 친구인 명옥이라는 소녀가 반쯤 넋이 달아난 채로 성당으로 달려와 그 소식을 전해주었었다.

뒤늦게 소식을 듣고 달려온 어머니 강마리아 씨를 데리고 사무장 요한 씨가 함께 시내 병원을 온통 뒤지고 다녔지만 찾을 수가 없었다. 현주를 찾아낸 것은 다음날 오후였다. 어찌 된 셈인지 전날부터 서너 차례나 들렀던 전남대 병원에 현주는 의식을 잃은 채 누워 있었다. 아마 시내 다른 곳에 있다가 뒤늦게 그곳으로 옮겨진 모양이었다. 강마리아 씨가 달려가 보니, 뒷머리를 진압봉으로 가격당한 것으로 보이는 현주는 이미 뇌수술을 마치고 난 뒤였다고 했다.

그 소식을 듣고 정신부는 병원으로 찾아가볼 생각을 했지만, 워낙 경황이 없는 참이어서 잠시 깜박 잊고 있었던 것이다. 다행히 어제부터는 조금씩 의식이 돌아오고 환부의 부기도 빠지는 것 같다는 사무장의 말에 안심을 했는데, 이건 뜻밖이었다.
"어떻게 하실랍니까, 신부님."
"어떻게 하기는요. 당장 가봅시다."
정신부는 다급해져서 마당을 성큼성큼 질러나가며 말했다. 요한 씨가 자전거를 밀고 쫓아왔다.
"신부님. 택시도 안 다니는데, 이걸 타고 가십쇼."
"요한 씨는 어떻게 하고요?"
"사제관 창고에 헌 자전거가 있을 겁니다. 그걸 타고 나올 테니까 잠시만 기다리십시요."
이내 사무장 요한 씨가 헌 자전거를 끌고 나왔다. 그 사이 보좌 신부가 사제관에서 성수가 담긴 작은 병과 성경책을 챙겨와 요한 씨에게 건네주었다. 두 사람은 성당 비탈길을 급히 내려왔다. 정신부는 자전거 타는 법이 서툴렀으므로, 요한 씨의 뒤를 조심스럽게 따라갔다.
위태롭게 자전거를 몰면서, 정신부는 좀더 일찍 병원을 찾아가지 못한 것을 내내 후회했다. 어머니 강마리아 씨의 고통이 오죽하랴 싶어 가슴이 아팠다. 사제의 임무가 무엇이던가. 신자들이 고통과 슬픔에 괴로워하고 있을 때 누구보다도 먼저 곁에 있어주어야 할 일이다. 그런데 사제인 나는 무엇을 하고 있었던가……
비록 정신부 자신 역시 정신을 차릴 겨를도 없이 허둥거리다 보니 어쩔 수 없는 일이었으나, 자책감을 견디기 어려웠다. 사실 자신이 사목을 맡고 있는 신자들 중에 요 며칠 사이 불상사를 당한 집이 적지 않았다. 신자 자신이나 그의 가족 중에 부상을 당한 경우가 다섯, 공수부대에게 끌려가 행방을 모르는 경우가 둘이나 되었다. 부상자 중 둘은 병원에 입원해 있었고, 나머지는 부상 정도가 심하지 않아 집에서 치료중이라서 그나마 다행이었다. 그 중 가까운 거리에 있는 두 집은 그제와 어제 한 번씩 방문을 했는데, 막상 중상자들이 입원해 있는 병원엔 아직 가보지 못하고 있었던 것이다.

성당에서 병원까지 가는 동안에 대충 훑어본 시가지의 풍경은 어디에나 지난 며칠 간 벌어졌던 격렬한 시가전의 흔적이 남아 있었다. 곳곳에 불에 탄 차량들이 뼈대만 앙상한 채 아무렇게나 뒹굴고 있었고, 금남로·동명로·노동청 일대의 도로는 유리 조각이며 깨어진 보도 블록·벽돌·화분대 따위들이 어지럽게 널려 있었다. 불에 그을리거나 나자빠진 가로수, 파괴된 전화 부스 등이 마치 격렬한 전쟁이 할퀴고 지나간 현장 같았다. 금남로 곳곳에는 인도와 차도에 핏물이 여기저기 남아 있고, 아직도 덜 마른 채로인 핏자국 주변엔 파리떼가 윙윙거리기도 했다. 차도 주변의 건물 유리창 곳곳엔 총탄의 흔적, 그리고 아스팔트 바닥엔 주인 잃은 신발짝이며 옷가지, 가방 따위가 굴러다녔다.

두 사람이 도착했을 때, 시내에서 가장 규모가 크다는 전남대 부속병원은 안팎이 그야말로 온통 북새통이었다. 병원 안마당과 현관 앞 계단엔 수백 명의 시민들이 한꺼번에 몰려들고 나느라 장터처럼 난리법석이다. 행방을 모르는 가족을 찾아 여기저기 헤매어다니다가 혹시나 하고 달려온 사람들이 대부분인 성싶다. 어쩌다가 부상당해 누워 있는 가족을 발견한 사람들은 바닥에

봄 날 271

털썩 주저앉아 대성통곡을 하고, 여기에서도 끝내 찾지 못한 사람들은 또 다른 걱정에 발을 동동 구르며 애를 태우는 모습들이다. 그도 저도 아니면, 그저 호기심 때문에 병원 입구에서 기웃거리는 구경꾼들도 적지 않았다.

병원 건물 내부는 한층 더 혼란스러웠다. 병동 구분조차도 없이 온통 어디에나 부상자들로 초만원이었다. 평소 외래 환자 대기실로 쓰이던 본관의 꽤 넓은 회랑은 아예 임시 병동으로 바뀌었고, 복도며 계단, 심지어는 화장실 앞까지 어디에나 부상당한 사람들이 아무렇게나 드러누워 있는 판이다.

병상은 고사하고 보호자용 간이 침대, 테이블, 소파, 긴 나무 의자 등등 병원에 있는 거의 모든 집기가 총동원된 듯했다. 심지어는 스티로폼이나 합판 조각 위에 시트 자락조차도 없이 드러누워 있는 환자들도 보였다. 피투성이가 된 부상자들. 그들이 끊임없이 질러대는 비명과 신음 소리. 의사를 찾는 외침. 욕설과 고함 소리. 소독약 냄새, 피냄새, 땀과 오물로 범벅된 온갖 악취. 발 디딜 틈도 없이 들어찬 부상자들 사이로 정신없이 뛰어다니는 의사와 간호사들. 그리고 가족을 찾아 돌아다니는 사람들……

그것은 전쟁터의 풍경처럼 처참하고 어수선하기 그지없었다. 현관 앞에 자전거를 세워두고 부랴부랴 안으로 뛰어들었던 정신부는 그 엄청난 광경 앞에서 한동안 넋을 잃고 말았다.

"오오, 하느님!"

정신부는 절로 탄식을 떠뜨리며 성호를 그었다. '이게 무슨 비극이란 말인가. 이건 전쟁이로구나. 전쟁터야. 세상에, 이럴 수가.' 정신부는 북받치는 슬픔과 분노로 가슴이 터질 것만 같았다. 사무장 요한 씨가 그의 옷소매를 잡아끌었다.
"이쪽으로 오십시오, 신부님. 아마 이층 중환자실에 있을 것입니다."

정신부는 요한 씨의 뒤를 따라, 처참한 몰골의 부상자들과 가족들 사이를 간신히 헤집고 들어갔다. 복도 바닥 여기저기에 아직도 핏물이 흘러 고여 있어서, 그것을 밟지 않으려면 무척 조심을 해야 했다.

계단을 통해 이층 중환자실에 도착해 보니, 강마리아 씨도 현주도 보이지 않았다. 마침 자루걸레로 복도 바닥의 핏물을 닦아내고 있는 간호사 하나를 붙잡고 물었으나, 간호사는 모른다고 고개를 저었다.

"허, 그럴 리가 있소! 어제 오전까지만 해도 분명히 여기 중환자실에 누워 있었는디라우?"
"그게 한두 명이래야 말이죠. 참, 여고생이라고 그러셨죠? 복부에 총상을 입은 그 여학생 말인가요?"
"아아니, 총을 맞은 게 아니라 몽둥이에 맞아 머리에 부싱을 입었소. 뇌수술을 했으니까."
"머리에요? 어머. 그럼 아까 그 여학생 말이군요. 어쩌나! 한 시간 전에 영안실로 옮겨갔어요."
"예에? 영안실이라고 그랬소?"

정신부와 요한 씨는 거의 동시에 소리를 질렀다. '늦었구나. 결국 그렇게 가고 말았구나.' 정신부는 가슴이 납덩이처럼 내려앉았다.

요한 씨와 함께 이층을 내려와, 급히 본관 건물 뒤편의 영안실로 갔다. 그러나 지하에 있는 영안실 안으로 들어갈 필요가 없었

봄 날   273

다. 영안실 안은 이미 가득 차서, 뒷마당 입구에까지 시신들이 즐비하게 놓여 있었던 것이다. 영안실 입구 뒷마당은 어설프게나마 천막 하나가 설치되어 있고, 주변은 통곡 소리, 울부짖는 비명 소리로 가득 찼다.

신원이 확인된 시신은 관에 담겨 영안실 안에, 그리고 나머지는 영안실 바깥마당에 놓여 있는 참이다. 텐트 안에 옮겨진 10여 구의 시체들 중 몇은 관도 없이 광목 천 혹은 시트 자락으로 얼굴만 겨우 덮어놓았거나 아예 땅바닥에 가마니만 씌워진 시신들도 있다. 어느새 시체들에게서는 역한 악취가 스멀스멀 풍겨나오고 있었다.

"신부님, 여깁니다. 이쪽으로 오세요."

어떻게 알았는지 한 발 앞서 와 있던 다른 신자들이 정신부를 발견하고 뛰어왔다. 두 줄로 길게 놓인 시신들의 맨 끝 화단가에 퍼질러 앉아 있는 강마리아 씨의 모습이 보였다. 현주의 시신은 관도 없이 맨땅에 놓여 있고, 시트에 덮여 있는 딸의 시신 위에 엎드린 채 강마리아 씨는 울다가 지쳐 실성한 여자처럼 온몸을 부들부들 떨고 있었다.

"아이고오, 신부니임! 인제사 오셨구만이요오! 우리 딸, 불쌍한 우리 혀언주우, 성사도 못 받고오, 아아으으…… 벌써 죽었어라우. 죽어부렀어라우! 신부니임. 어흐흐으으."

정신부를 보자마자 그녀는 별안간 두 팔을 활짝 벌리더니, 딸아이의 시신을 와락 부둥켜안고 노랫가락 같은 넋두리를 읊조리며 와악 통곡을 터뜨리기 시작했다. 머리는 다 풀어헤친 채, 퉁퉁 부어 잘 떠지지도 않는 두 눈에 눈물을 줄줄 흘리며, 그녀는 목이 터져라 통곡하고 또 통곡했다. 자식을 잃은 어미의 통곡은 미친 짐승의 울음처럼 소름이 끼치도록 처절했다.
 정신부는 그녀의 손을 잡은 채 두 눈을 감고 한동안 말없이 주저앉아 있었다. 무슨 말을 해야 할지, 무슨 기도를 해야 할지조차 얼른 생각나지 않았다. 그렇게 미친 듯 몸부림을 치며 통곡하던 그녀가 갑자기 정신부의 어깨를 두 손으로 쥐어뜯듯 하며 고함을 내질렀다.
 "아아, 신부님! 나 한마디 물어볼라요! 하느님! 하느님은 대관절 어디 있다요? 불쌍한 내 따알! 세상에 태어나가꼬 어미 속 한번 끓인 적 없는, 내 생살점 같은 우리 따알, 우리 현주를 어째서, 이렇게, 내게서 데려가신단 말이냐고라우! 예에, 신부니임. 말씀 조까 해보시란께요. 우리 현주가…… 무슨 죄가 있다고…… 그 개만도 못한 놈들이…… 이 어린 것을…… 와이고오오! 차라리 날 쥑여불제, 나를 대신 때려쥑여불 것이제, 어째서…… 으아아. 현주야아! 내 딸아아아!"
 "이러지 말어라우. 마리아 씨. 이래서는 안 되라우. 아무리 원통하고 절통하더라도, 하느님을 욕되게 해서는 안 된단 말이라우."
 곁에서 신자들이 그녀를 붙잡고 달래다가, 끝내 함께 울음을 터뜨린다.
 정신부는 눈을 감은 채 오, 주여, 주여, 만을 되풀이했다. 그는 그녀의 분노에 찬 항변을, 신을 향해 퍼붓는 악에 받친 그녀의 절규를 백번 천번 이해할 수 있었다. 졸지에 사랑하는 자식을 미친개떼들의 먹이로 잃어버린 어미의 그 처절한 고통보다 더한 고통이 세상에 또 어디 있을 것인가. 더구나 그녀는 오래 전에 남편을 여의고 홀몸으로 두 남매를 키워온 가엾은 여자였다.

봄 날 275

'아아, 하느님. 당신은 대체 지금 어디에 계시나이까. 이 가엾은 여인을 살펴주소서. 이 가련한 여인의 고통과 슬픔을 돌보아 주옵소서.'

정신부는 그렇게 몇 번이나 되뇌고 있었다.

"비키시요들! 관짝 들어간단 말이라우."

누군가 소리를 지르며 무턱대고 정신부의 등을 떠다밀었다. 돌아보니 용달차 한 대가 등뒤에 서 있고, 남자들 서넛이 뒤칸에서 몇 개의 관을 땅바닥에 내려놓고 있다. 장의사에 주문했던 관이 도착한 모양이었다. 송판으로 만든 관은 첫눈에 보기에도 엉성하고 허술하기 짝이 없다. 대패질도 제대로 하지 않은 채, 대충 치수를 재는 둥 마는 둥 모서리에 못만 꽝꽝 질러박아 급조한 티가 역력했다.

"이거, 관 짜놓은 모양이 왜 이런다요?"

"이 아저씨, 참말로 배부른 소리 하고 계시구마이. 이런 관이라도 구한 것만도 천만다행인 줄 아쇼이. 시방 온 시내에 관짝이 부족해서 난리가 났단 말이요!"

사무장 요한 씨가 한마디하자, 사내 하나가 화를 벌컥 내며 소리쳤다. 그들은 돈을 받아 쥐자, 또 다른 관 서너 개를 함께 내려놓은 다음 급히 사라졌다.

신자들이 빈 관을 옮겨놓고, 시신을 안치하기 위해 시트를 벗겨내렸다. 순간 정신부는 헉, 숨을 멈추고 말았다. 차마 눈뜨고 볼 수가 없었다. 햇볕 아래 드러난 소녀의 참혹한 모습. 콧구멍과 입에 틀어박힌 솜뭉치. 수박통처럼 커다랗게 부풀어오른 머리엔 붕대가 감겨져 있고, 이미 푸르딩딩하게 부어오른 얼굴은 눈과 입의 윤곽조차 해체되어 있었다.

정신부는 현주의 얼굴을 기억하고 있었다. 열여섯 살, 여고 일학년. 유난히도 흰 피부에 가녀린 목, 까맣고 초롱초롱 빛나던 두 눈, 가지런한 이를 드러내며 환하게 웃던 미소……

'아아, 그런데 이 끔찍한 시신이 바로 그 순결한 소녀란 말인가. 코스모스처럼 가녀리고 청초하던 그 소녀를 누가 이렇게 만들었단 말인가.'

끝내 정신부는 크흑, 목울음을 터뜨리고 말았다. 사제의 신분으로 지금껏 수많은 사람들의 임종을 지켜보아왔고, 이제 마악 세상을 떠나는 이들을 위해 수없이 많은 종부성사를 베풀어왔던 정신부였다.

그 어느 때고 지금껏 그는 결코 눈물을 보인 적이 없었다. 한 사람의 영혼이 세상에서의 긴 여행을 마치고 마침내 하느님의 품에 안기는 그 엄숙한 순간에, 사제는 절대로 눈물을 보이거나 슬픔의 흔적을 드러내서는 안 될 일이었다. 꼭 한 번, 정신부는 자신의 어머니를 위해 성사를 베풀면서 어쩔 수 없이 눈물을 흘린 적이 있을 뿐이다. 그런 정신부였지만, 지금 이 순간만은 터지는 오열을 참을 수가 없었다.

덮여 있던 시트를 몸에 둘둘 만 현주의 시신을 관 속에 넣은 다음, 정신부는 무릎을 꿇었다. 떨리는 손으로 망자의 얼굴과 가슴 위에 천천히 성호를 그어주고 나서, 망자의 육신과 관 주변에 성수를 뿌려주었다. 그리고 정신부는 가톨릭 의식에 따라 거기 모인 신자들과 함께 '죽은 이를 위한 기도'를 드렸다.

"항상 불쌍히 여기시고 너그러이 용서하시는 천주여, 오늘 이 세상을 떠난 교우 오현주 도미니카의 영혼을 위하여 간절히 비오니, 그를 원수의 손에 넘기지 마시고 영원히 잊지 마시어, 거

봄 날 277

룩한 천사들로 하여금 그를 맞아 고향 낙원으로 인도하게 하소서…… 아멘."

의식을 마치자마자, 강마리아 씨는 그때까지 간신히 참고 있던 애끓는 통곡을 다시금 터뜨렸다. 그녀의 곁에는 당장 함께 지켜봐주는 친척이나 가족 하나 없었다. 서울에서 대학을 다니고 있다는 현주의 오빠는 동생이 죽었다는 사실조차 모르고 있을 거라고 했다. 몸을 가누지조차 못 할 만큼 비탄과 충격에 빠져 있는 그녀를 번갈아 위로하며, 거기 모인 대여섯 명의 여교우들이 나지막이 성가를 부르기 시작했다.

"장례는 어떻게 하기로 했답니까?"

"조금 전 저 사람들한테 들어보니까, 희생자들은 일단 여기에 안치해놓았다가 이삼일 내에 합동으로 시민장을 치를 거라고 하더구만요."

"시민장으로요?"

"예. 저기, 가슴에 휘장을 두르고 다니는 젊은이들이 그러더군요. 사실 대부분의 희생자들로서는 워낙 졸지에 당한 일이라서 당장 마땅한 대책도 없는 처지고 해서, 일단 시민군들의 제안대로 따르기로 한 눈치 같습니다. 여하튼 일이 어찌 되어가는지 두고 봐야 할 것 같구만요, 신부님."

요한 씨가 가리키는 쪽을 바라보니, 과연 가슴에 휘장을 두른 청년들 십여 명이 사람들 사이를 오가며 분주히 움직이고 있다. 대개 대학생으로 보이는 젊은이들인데, 이따금씩 부상자가 들어오면 병원 안으로 급히 옮겨 들여가기도 하고, 차량에 실려온 관을 들어내리기도 했다.

그 동안에도 영안실 주변 공터엔 엄청나게 많은 시민들이 끊임없이 밀려들고 있었다. 가족 중에 돌아오지 않는 식구를 찾아 나섰다가, 행여 그 속에 끼여 있는 것은 아닌가 하고 시신들을 확인하려는 사람들이었다.

예의 그 휘장을 두른 젊은이들은 수백 명씩 몰려드는 사람들을 한쪽에 모아 줄을 세우고, 차례로 안으로 들여보내느라 진땀을 흘리고 있는 참이다. 사람들은 제 차례가 되면 앞으로 우르르 몰려나와, 즐비하니 놓여 있는 시신들 사이를 일일이 돌아다니며 얼굴을 확인하고 다녔다.

정신부는 주변을 잠시 서성거리다가 담배를 한 대 피워물었다. 신자들 앞에서는 되도록 담배를 삼가하는 편이었지만, 지금은 그런 걸 가리고 싶은 심정이 아니었다.

그때 별안간 바로 곁에서 목구멍이 째지는 듯한 비명 소리가 터져나왔다.

"오메오메엣! 이것이 뭔 일이다냐! 뭔 일이다냐앗!"

"아이구머니잇! 이게 누구다냐!"

허름한 월남치마를 입은 사십대의 두 아낙네. 금방이라도 지쳐 쓰러질 듯 비칠거리는 걸음으로 저쪽에서부터 시신들을 확인해오던 여자들이었다. 가마니를 하나하나 들쳐보며 다가오더니, 별안간 한 시신 앞에서 두 여자는 거의 동시에 땅바닥에 털버덕 나동그라지며, 째지는 듯한 비명을 토해냈다. 가마니 밑으로 드러난 시체는 검정색 교복 차림의 중학생 같았다.

"와이고오! 길봉아아! 내 새끼야아! 하나배끼 없는 내 아들아아! 이것이 뭔 일이다냐! 와이고오, 하느니임! 나는 어쩌란당가요! 어찌 살라고 이런당가요오! 으아아아!"

"길봉아! 워메워메, 이 일을 어째사 쓸꼬오! 친구집에 갔다온다고 나가더니이, 오메엣, 이것이 무신 일이디야! 워메워메, 나 죽 겄네에!"

두 여자는 미친 듯 손바닥으로 땅바닥을 퍽퍽 두들겨대며 악을 쓴다. 어미인 듯한 여자는 온몸으로 널을 뛰듯 펄쩍펄쩍 뛰어오르더니, 아예 땅바닥에 벌렁 드러누워 데굴데굴 굴러다니기 시작했다. 시장통에서 행상을 하는 아낙네들인가. 데굴데굴 굴러다니는 아낙의 허리엔 커다란 전대가 묶여 있었다. 사람들이 주위로 몰려들었다. 여자들의 몸부림을 지켜보며, 사람들은 연신 눈물을 찍어내고 있었다.

잠시 후 정신부는 일어서야 했다.
강마리아 씨의 손을 잡고 몇 마디 위로의 말을 건네긴 했지만, 그녀가 홀로 감당해야 할 충격과 슬픔의 무게를 덜어주기엔 그 어느 것도 너무나 무력하게만 여겨졌다. 사무장 요한 씨에겐 거기 남아서 일처리를 도와달라고 부탁을 해두었다.
마침 예의 그 청년들이 어디선가 '드라이 아이스'를 구해와서 현주의 관 속에 집어넣어주는 걸 보고, 정신부는 한없이 침통한 마음으로 자리에서 일어섰다. 자전거를 끌고 갈까 하다가, 거추장스러울 것 같아 다른 신자에게 맡겨놓기로 했다.
병원 담장을 돌아서던 정신부는 병원 정문 앞에서부터 진입로까지 한 무리의 시민들이 길다랗게 줄을 잇고 서 있는 광경을 발견했다. 앞쪽에서 청년들이 휴대용 확성기를 들고 뭐라고 외치고 있었다. 남자와 여자들, 더러는 노인과 중학생들까지 섞여 있는 그 대열이 헌혈을 하기 위해 기다리고 있는 사람들이라는 사실을 깨달았을 때, 정신부는 가슴이 뭉클해왔다. 아이를 업은 채 양산을 펴들고 서 있는 젊은 여자들도 보였다. 그 진달랫빛 연분홍 양산의 고운 색깔과 무늬가 어째선지 더없이 서럽고 아름다워 보여서, 정신부는 콧등이 시큰해오고 말았다. 거리는 아까보다 훨씬 더 불어난 사람들로 들끓고 있었다. 시 변두리의 주민들까지 시내 정황이 궁금해서 너도나도 도청을 향해 쏟아져나오는 모양이었다.

모든 대중 교통이 끊긴 거리를 삼삼오오 걷는 사람들. 자전거를 몰고 나온 사람들이 유난히 많았다. 그런 시민들의 표정은 하나같이 혼란스러워 보였다. 공수부대가 사라진 거리를 신기한 듯 두리번거리기도 하고, 텅 빈 차도로 이따금씩 맹렬한 기세로 질주해가곤 하는 시민군의 차량을 향해 손을 흔들고 환호를 보내기도 하다가, 사람들은 문득문득 불안감과 조바심으로 눈빛이 어둡게 굳어지곤 했다. 거리의 풍경은 바로 어제까지의 급박한 긴장감이나 공포로부터 풀려나 있음은 확실했지만, 그 돌연한 이완의 배후엔 또 다른 불안한 미래에 대한 어두운 그림자가 뚜렷하게 자리잡고 있는 것 같았다.

도청 쪽으로 바삐 걸음을 옮기면서 정신부 역시 그런 미묘한 감정의 혼란에 빠져 있었다. 태극기를 흔들며 마구 질주해다니는 시민군들. 잔뜩 들뜬 기세로 「애국가」며 군가를 소리소리 질려대는 그들을 향해, 정신부는 저도 모르게 한껏 흥분해서 길가의 시민들과 함께 거리낌없이 박수와 환호성을 보내기도 했다. 또 골목 어귀에서 기다리고 있다가 대야에 가득 담긴 밥이며 음료수, 드링크류, 삶은 계란 따위를 시민군의 차량 위에 올려주곤 하는 아낙네들을 보고는, 목구멍으로 울컥울컥 치밀어오르는 감격에 눈물까지 글썽이기도 했다.

그러다가도, 한 순간 시민군들의 손에 들려 있는 총이 눈에 들어오자마자 정신부는 가슴이 덜컥 내려앉았다. 더구나 고작 중학생 정도로밖에 보이지 않는 어린 소년들까지 장난감처럼 총을 쥐고 흔드는 모습에 몇 번이나 깜짝깜짝 놀라곤 했다.
 '아아, 이 일을 어찌해야 한단 말인가. 이렇듯 한꺼번에 저 엄청난 양의 무기가 쏟아져나오고 말았으니, 자칫하면 이번에야말로 참으로 더 많은 사람들이 고귀한 피를 흘리게 될지도 모르겠구나……'
 정신부는 눈앞이 아찔해옴을 느꼈다. 알 수 없는 일이었다. 요며칠 동안 총을 휴대한 공수부대원들의 짐승보다 못한 잔학 행위를 수없이 목격했던 그였다. 하지만 이 순간 시민들의 손에 들려 있는 총은, 군인들의 그것을 보았을 때와는 또 다른, 어떤 본능적인 불안과 공포심을 정신부에게 안겨주었다.
 '어쩌면, 시민들이 총을 들지 않았더라면 더 좋지 않았을까? 공수부대의 잔학성 앞에서 어쩔 수 없이 총을 들 수밖에 없었다는 사실은 인정하지만, 그러나 우리가 끝까지 총을 들지 않고 비폭력적으로 저항하는 쪽이 더 옳은 선택은 아니었을까? 왜냐하면, 총을 잡는 순간부터 이미 누군가를 죽여야 한다는 사실은 결정되어버리는 것이므로…… 생명을 빼앗는 폭력이란 여하한 이유로도 용서받지 못하는 것이다. 한 인간이 똑같은 인간을 죽인다는 것은, 그를 인간이 아니라 물건으로 취급하는 것이리라. 예수의 가르침 또한 바로 그 같은 폭력을 절대로 용납해선 안 된다는 것이지 않는가. 진정한 그리스도인이라면, 남의 생명을 죽이는 폭력만큼은 절대로 받아들일 수 없는 것이라는 사실을 그분은 수없이 말씀하시지 않았는가 말이다……'

정신부는 인간을 살상하기 위해 만들어진 그 '총'이라는 무기에 대한 본능적인 두려움에 사로잡힌 채, 잠시 그런 회의에 빠져들었다. 그러다가 이내 그는 세차게 고개를 저었다.

'폭력이라고? 아니다. 이건 폭력이 아니다. 저들 이름없고 힘없는 사람들은 스스로 자신들의 생명을 지키기 위해, 평화를 지키기 위해 어쩔 수 없이 총을 든 것이다. 자고로 평화란 불의를 물리침으로써만 얻어지는 선물이 아니던가. "평화를 위하여 일하는 사람은 행복하다"고 「마태복음」에도 적혀 있지 않는가. '평화를 만드는 자'라는 말뜻은 결코 침묵을 지키는 자를 의미하지 않는다. 천만에. 평화를 만드는 자는 문제를 회피함으로써가 아니라, 정의를 지키고자 문제에 직면하여, 대결과 투쟁을 불사하고 적극적으로 대처해나감으로써 비로소 평화를 이루어내는 사람일 것이다. 모든 사람을 위한 정의를 세우고자 투쟁하는 것만이 진정한 평화 만들기일 것이리라……'

정신부는 갑자기 머리가 어지러워졌다. 걸음을 멈추고 길가 은행나무에 한 손을 짚은 채 한동안 눈을 감고 서 있었다.

'물론 「마태복음」 「누가복음」 등 도처에 그런 말씀이 기록되어 있긴 하다. "누가 뺨을 치거든 다른 뺨마저 돌려 대주고, 누가 겉옷을 빼앗거든 속옷마저 내어주어라"고. 그러나 그것은 우리가 악한 자에게 그 어떤 저항이건 무조건 포기해야만 한다는 식의, 참으로 무력하고 자기 기만적인 뜻은 결코 아니리라. 인간이 극한적인 상황에 처하여, 더 이상 비폭력적 수단만으로는 자신의 소중한 가치, 하느님이 주신 고귀한 인간성을 더 이상 지킬 수 없게 되었을 때, 인간은 당연히 싸워야 하고, 목숨을 건 투쟁으로써 그 고귀한 인간성을 지켜내야 할 것이 아닌가. 그것이야

말로 하느님이 우리에게 요구하시는 진정한 용기, 진정한 의무가 아닐 것인가……'

정신부는 불현듯 주먹을 움켜쥐었다. 그리고 다시금 천천히 걸음을 옮기기 시작했다.

'그렇다면, 지금 분노하여 일어선 저들의 총은 폭력의 무기가 아니라, 정의를 위한 수단이 아니겠는가. 왜냐면, 평화는 오로지 정의로부터 결과하는 것이며, 성서에서 가르치는 것 역시 "어떻게 평화를 얻을 것이냐"가 아니라, 사실은 "어떻게 정의를 얻을 것이냐"의 문제에 다름아닐 것이기 때문이다. 그렇지 않은가? 평화라는 뜻으로 널리 쓰여지고 있는 '샬롬'의 진정한 의미는 "정의를 행하면 평화를 누릴 것이다"라는 것이고, 그것은 곧 '정의의 실천'을 가리키는 것이므로……'

그 대목에서 정신부는 저도 모르게 우뚝 걸음을 멈추었다. 그러자 또 다른 의문이 그의 뇌리에서 밧줄처럼 완강하게 꿈틀거렸다.

'자아, 그렇다면 나는 이 순간 무엇을 해야 할 것인가? 화해와 용서, 평화를 세상에 세우기 위해 기꺼이 영혼과 육신을 바쳐야 할 한 사람의 사제, 그리스도의 종으로서 과연 내가 지금 이 순간 선택해야 할 길은 무엇이란 말인가. 자, 정베드로, 네 자신에게 한번 물어보자. 원수까지도 포함하여 모든 사람을 사랑한다면서 어떻게 어느 한쪽을 편들 수 있겠는가? 그것은 여하한 갈등 속에서라도 그리스도인이라면 모름지기 어느 한쪽을 편들지 않고서, 싸우는 양쪽을 무조건적으로 화해시켜야 한다는 의미인가? 과연 그것이 가능하며, 그것이 옳은 해석인가?'

스스로를 향한 그 질문에 정신부는 세차게 고개를 저었다.

'아니, 그것은 실상 '화해'라는 말에 감추어져 있는 진정한 성서적 의미에 대한 오해에 지나지 않아. 화해란 결코 모든 종류의 갈등에 적용되는 절대적인 원칙일 수도 없고, 또 그래서도 안 되는 것이리라. 세상의 구체적인 삶 속엔, 역사 속엔 때로는 명백하게 정의로운 쪽과 부정한 쪽, 그리고 억압자와 그에 의해 일방적으로 고통을 겪는 약한 자간의 명명백백한 싸움도 무수히 많이 있는 것이다. 그런 싸움 앞에서, 만약 우리가 억눌림받는 이들의 편을 들지 않는다면, 그것은 실상 억누르는 자의 편을 드는 것에 다름아니리라. 진정한 그리스도인이 해야 할 일이 무엇이겠는가. 선과 악, 정의와 불의를 화해시키는 것이 아니라, 악과 불의와 죄를 물리치기 위해 싸워야 하는 것, 바로 그것이야말로 사제의 명백한 의무요 사명이 아니겠는가······'
　정신부는 또 한번 입술을 악물고 주먹을 불끈 쥐며 그렇게 중얼거렸다.
　그랬다. 지난 며칠 동안에 참으로 상상조차 할 수 없는 엄청난 폭력과 살육 행위가 자행되었다. 바로 자신의 눈앞에서, 이 평화로운 도시의 거리에서 말이다. 그리고 이제는 정작 그보다 더 무서운 비극이 바야흐로 눈앞에 닥쳐오고 있는 절대절명의 상황 앞에 서 있다. 그것을 막아야 한다. 무슨 일이 있어도, 죄 없는 시민들에게 더 이상의 피를 흘리게 해서는 안 된다. 정신부는 입술이 바작바작 타들어가는 것 같았다.
　'아아, 그러나 어떻게 할 것인가. 내 작은 몸으로, 이 절박한 상황 속에서 할 수 있는 일이란 도대체 무엇일 것인가.'
　정신부는 내내 그 의문의 답을 찾기 위해 고심하고 있었다. 하지만, 좀처럼 그 해답은 떠오르지가 않았다. 사실은 바로 어제,

정신부는 그와 똑같은 문제를 놓고 다른 일곱 명의 동료 사제들과 한자리에 마주앉아 오랫동안 고민을 했었던 것이다.

어제 오전, 광주 지역의 신부들 여덟 명이 호남동 성당에서 모임을 가졌었다. 며칠 동안 그 끔찍한 상황들을 지켜보면서도 사제로서 아무런 역할도 못 하고 있다는 자괴심, 그리고 이제라도 무엇인가를 해야 하지 않겠는가라는 숨가쁜 조바심 때문에, 누가 먼저랄 것도 없이, 한데 모여 대책을 강구해보자고 했던 것이다.

거기 모인 신부들의 입에서 여러 가지 이야기들이 오고갔다. 그 무렵 도청 앞에서는 시민과 계엄군이 일촉즉발의 긴장 상태 속에서 대치하고 있었다. 이대로 더 이상 가다가는 실로 엄청난 비극이 벌어지고 말 것이라는 불안감에 모두들 잔뜩 질려 있었다.

그러다가 한 신부가 모두 장백의(長白衣)를 입고 직접 거리로 나가자고 제안했다. 장백의란, 사제들이 엄숙한 미사를 집전할 때 착용하는 전통적인 예복의 하나로, 발치까지 길게 드리워지는 흰 예복이다. 그걸 입고 시민들의 선두에 서서 계엄군들을 향해 걸어나가, 더 이상의 희생을 초래하지 말고 그들에게 철수하라고 요구하자는 얘기였다. 그것은 어쩌면 목숨을 건 행진이 될지도 모른다. 도청 앞에 운집한 수만의 시민들 맨 선두에 섰을 때, 계엄군이 발포하지 않는다고 그 누구도 장담할 수 없는 일이었다.

그러나, 그 자리에서 신부들은 비장한 각오와 함께 만장일치로 그 제안에 찬성했다. 그리고 플래카드를 몇 개 준비하되, 그것에 써넣을 내용은 '폭력과 무기를 사용하지 말자' '평화적인 사태 해결' '시민과 민주 인사를 석방하라' '군은 민에게, 민은 군에게 폭력을 배제하자' 등으로 하기로 결정했다.

　마침내 성당의 청년들에게 플래카드를 제작하도록 지시를 한 다음, 일단 계엄군측에 신부들이 행진을 할 것이라는 사실을 알리고, 발포를 하지 말아달라고 요청하기로 했다.

　전부터 서로 안면이 있다는 한 신부가 전교사 사령관인 모 장군과 전화로 이십여 분 동안 통화를 했다. 그러나 계엄사 쪽에선, 사제들이 나오더라도 다른 유탄에 희생당할 수도 있으니, 만일의 사태에 대해서 책임질 수 없다는 식의 협박 섞인 강경한 거부 의사를 일방적으로 고집했다.

　통화를 마치고 나서 신부들 사이에 한동안 의견이 엇갈렸다. 설사 총을 쏘더라도 죽기를 각오하고 나가자는 쪽, 일단 좀더 상황을 지켜보자는 쪽으로 나뉘어 한참 설왕설래하고 있을 때였다. 느닷없이 거리에서 엄청난 총성이 일제히 쏟아져나왔다. 그때가 바로 도청 앞 집단 발포의 시작이었고, 결국 그것으로 장백의를 입고 나가자는 계획은 부산되고 말았던 것이다.

　바로 그 시각, 느닷없이 터져나온 수천 발의 총성에 놀라 정신부는 맨 먼저 후닥닥 성당 건물 밖으로 튀어나왔었다. 마당을 가로질러 정문을 막 나서려는 순간이었다. 공중에서 프로펠러 소리가 들려와 무심코 고개를 젖혀보니, 도청 쪽에서 광주공원 방향으로 향하는 군용 헬기 한 대가 저공으로 날아오고 있는 게 보였다.

　헬기가 광주천변 다리 바로 상공쯤에 이르자마자 그것의 동체 밑부분에서 돌연 불길이 번쩍번쩍 치솟아나왔다. 동시에 드르르륵, 드르르륵, 하는 요란한 총성이 세 차례쯤 허공을 흔들었다.

정신부는 반사적으로 담벽에 몸을 찰싹 붙인 채 온몸을 부들부들 떨었다. 뒤따라 달려나온 신부들이 방금 그게 무슨 소리냐고 외쳤다. 정신부는 한동안 말문이 열리지 않았다.
"그게 정말이오? 공중에서 기총 소사를 했단 말예요?"
"세상에, 이럴 수가! 이제는 헬리콥터로 시민을 향해 기관총까지 쏘다니!"
신부들은 하나같이 낯빛이 하얗게 질린 채 망연자실했다. 믿어지지 않는 일이었다. 어떻게 비무장 시민들을 향해 공중에서까지 무차별 사격을 가할 수가 있단 말인가. 세상에 이런 추악한 군대도 있단 말인가. 그런데도 우리는, 이런 끔찍한 사태를 지켜보면서도, 성직자로서 아무것도 할 수가 없단 말인가……
그 동안에도 도청 쪽에서는 콩 볶는 듯한 총성이 계속 터져나오고 있었다. 성당 안으로 되돌아온 신부들은 그 무시무시한 총성을 들으면서, 끓어오르는 분노와 충격에 몸을 떨며 하나같이 넋 빠진 사람들처럼 주저앉아 있었다. 그러다가 정신부는 참다 못해 끝내 오열을 터뜨리고 말았다. 그것이 바로 어제의 일이었다.
"……시민 여러분. 계엄군은 시 외곽으로 철수했습니다만 싸움은 아직까지 끝나지 않았습니다. 광주 시민 여러분. 지금 우리 주변은 곳곳이 파괴되었고 사방에 많은 오물들이 널려 있습니다. 우리 모두 나서서 거리의 쓰레기를 치우고 주변을 정돈합시다. 그리고 시민 여러분께서는 오늘부터 다시 생업에 종사해주시기 바랍니다……"
차도 앞쪽에서 확성기 소리가 들려왔다.
시민군의 방송 차량 한 대가 도청 쪽에서 천천히 다가오고 있었다. 주변을 청소하자는 말과 함께, 오늘부터 도청 앞 광장에서 시민궐기대회가 있음을 알리는 젊은 여자의 지친 목소리가 잡음과 함께 커다랗게 흘러나오고 있다.

정신부는 공고 앞 로터리를 지나 도청 쪽으로 걸음을 옮겼다. 오른쪽으로 이틀 전 시민들에 의해 불타버린 세무소 건물이 보인다. 일제 시대에 지어졌다는 그 낡은 목조 건물은 해골 같은 앙상한 골조의 형체만을 남긴 채 전체가 완전히 시꺼멓게 변해 있는 모습이다. 이제 곧 그 건물은 해체되어야만 하리라.

노동청 앞을 돌아 도청 길목으로 접어들자, 부근엔 수십 대의 부서진 차량들이 무더기로 쌓여 있다. 어제 그제, 시민들이 수차례 차량을 몰고 계엄군의 진영을 향해 돌진하면서 남겨놓은 잔해들. 어제 계엄군은 그것들을 한데 끌어모아 바리케이드로 삼았던 것이다.

로터리 한쪽에서는 한 무리의 사람들이 길거리를 청소하고 있다. 경찰 진압복이며 방석모, 헬멧 따위를 걸친 시민군 청년들이 차노의 통행을 막고 있는 차량의 잔해를 치우느라 애를 쓰고 있다. 또 인근 주민들도 삽이며 빗자루를 들고 나와서 길바닥의 돌멩이를 쓸어내거나 물로 최루탄 흔적들을 씻어내는 모습이 보였다. 그들의 분주한 움직임을 지켜보며 정신부는 불현듯 가슴이 뭉클했다. 누가 시키지 않아도, 시민들은 스스로 밖으로 나와 그렇듯 조금씩 생활의 질서를 되찾아가고 있었다.

도청 앞 광장 일대는 이미 수천 명이 몰려와 웅성거리고 있는 참이다. 인근 건물의 담과 벽마다엔 공수부대를 규탄하거나 시민들의 궐기를 호소하는 갖가지 벽보가 어지러이 나붙어 있다.

'대학생들이여! 이제는 우리가 나설 때이다. YMCA로 집결하

자!'
　'속보! 계엄군, 시 외곽 도처에서 학살 자행중!'
　'전두환의 광주 살육 작전 음모.'
　'민주 수호 전남 도민 총궐기문……'
　'우리는 피의 투쟁을 계속한다!'
　매직펜으로 급히 써내려간 그런 온갖 내용의 벽보들. 그외에도 서투른 글씨로 적힌 '사람 찾음. 정순태. 나이 17세……' 라는 식의 가족 찾는 벽보도 여기저기 눈에 띈다. 또 한쪽에서는 웬 중년 사내가 땅바닥에 주저앉아 대성통곡을 터뜨리고 있다. 고등학생인 자식을 계엄군이 쏘아죽였다며 울부짖는 그 사내의 넋두리를 사람들이 에워싼 채 침통한 표정으로 듣고 있다.
　그런 사람들 틈을 헤집고 다니는 노랑머리의 외신 기자들이 심심찮게 눈에 잡힌다. 그러고 보니 어느 틈에 많은 외국인 기자들이 시내로 쏟아져들어온 모양이다. 'AP' 혹은 'PRESS'라는 글자를 박아넣은 완장을 착용한 채 그들은 바쁘게 돌아다니며 촬영기를 들이대거나, 찰칵찰칵 카메라의 셔터를 눌러대기도 한다.
　상무관 앞에서는 군용 지프 한 대가 멈춰서서 유인물을 사람들에게 뿌리고 있었다. 시민들이 한꺼번에 몰려들어 그것을 다투어 받아간다. 정신부도 다가가서 한 장을 받아들었다.
　그때 차 위에 서서 유인물을 내미는 젊은이들 중 한 사람의 얼굴을 정신부는 금방 알아보았다. 한명기라고 했던가. 이틀 전 부상을 당한 동료와 함께 넷이서 자신의 성당 지하실로 몸을 피해왔던 바로 그 전남대 학생이었다.
　"아, 신부님! 나오셨군요."

청년은 무심코 고개를 돌리다가, 정신부를 알아보고 고개를 숙인다.
"그래, 참으로 애들 쓰는구먼. 고맙네, 명기군."
정신부도 미소를 지어보이고 돌아섰다. 펼쳐보니, 그 유인물의 제목은 어느새 '투사회보'로 바뀌어 있었다.
"민주 투사들이여! 더욱더 힘을 내자!! 승리의 날은 오고야 만다……"
16절 갱지에 손으로 써갈긴 그 유인물은 인쇄 상태가 흐릿했다. 저들 젊은이들은 밤새도록 이것을 찍어내느라 참으로 애를 썼으리라. 모든 언론이 입을 다물고 있는 절망적인 상황에서, 그 젊은이들은 시민들을 위한 유일한 눈·귀 역할을 하고 있는 거였다.
비록 조잡한 필사체로 급조된 어설퍼 뵈는 유인물이었지만, 그것은 현재 포위망 안에 감금된 시민들로서는 신뢰할 만한 단 하나의 진실한 목소리라고 할 수 있었다. 정신부는 새삼스레 그 젊은이들의 용기와 순수한 정의감에 가슴이 뜨거워짐을 느꼈다.
도청 정문 부근은 유달리 혼잡했다. 수백 명의 시민들이 서너 줄로 길게 열을 지어, 도청 안으로 들어갈 차례를 기다리고 있다. 하나같이 초조와 불안감에 사로잡힌 얼굴들. 정신부는 의아해서 그쪽으로 다가갔다. 그때 누군가 뒤에서 정신부의 팔을 잡았다. 돌아보니, 뜻밖에 동료 신부 두 사람이다.
"아니, 어떻게 된 겁니까. 호남동 성당에 계신 줄 알았는데."
"정신부님이야말로 왜 여기 계십니까?"
"안 그래도 그리로 가는 길인데, 궁금해서 잠시 둘러보고 있는 참입니다."

"저희들도 마찬가지랍니다. 어차피 이쪽 상황이 어찌 돌아가는지, 보고 가야 할 것 같아서요."

"참, 대주교님께서도 이곳 도청으로 출발하셨다는데, 혹시 만나셨습니까?"

강신부가 물었다.

"대주교님께서 무슨 일로요?"

"저도 모르겠습니다. 조금 전 교구청에 전활 해봤더니, 국장 신부님이 그러시더군요. 도지사실에서 아침부터 여러 차례 대주교님더러 나와주십사, 연락이 왔던 모양입니다. 그래서 저희도 겸사해서 여기서 기다리고 있던 참이지요."

"아, 그러시군요. 그럼 저도 함께 기다리지요."

그들은 사람들 틈에 섞여 기다렸지만, 대주교의 모습은 금방 나타나지 않았다.

정문 주변은 갈수록 더 혼잡해가고 있었다. 길게 늘어선 대열 앞에서 확성기를 든 무장 청년들이 이따금 사람들을 오십 명씩 도청 구내로 들여보내곤 했다. 그제서야 정신부는 그들이 도청 안에 안치된 사망자들의 신원을 확인하기 위해 몰려들고 있다는 사실을 깨달았다.

"도청 안에 시신들을 안치해둔 모양입니다. 그 소식을 듣고, 가족의 생사를 모르는 시민들이 저렇게 몰려들고 있는 것이겠지요."

"사망자가 모두 몇이나 되는지 아십니까?"

"글쎄요. 자세한 건 모르겠지만, 조금 전에 K일보 광주 주재 기자인 김상섭 기자를 요 앞에서 우연히 만났는데, 그 사람이 그러더군요. 현재 도청 안에만 해도 오십여 구의 시신이 있고, 전남대 병원에 22구, 기독병원에 18구, 적십자병원에는 17구가 안치되어 있답니다. 현재 확인된 사망자만 해도 그 정도인데, 행방불명되었거나 다른 곳에 흩어져 있는 경우까지 합하면 얼마나 될지 알 수가 없지요. 세상에, 이럴 수가 있는 겁니까."

"그나마도 신원이 확인된 시체는 몇 안 되는 모양입니다. 신원이 확인되는 대로 저렇게 벽에 게시를 하고 있긴 한데, 날씨가 더워놔서 시신들이 벌써 부패해가기 시작한다고, 안에서는 야단들이라는군요."

정문 한쪽엔 커다란 벽보판이 설치되어 있다. 정신부가 가까이 가서 들여다보니, 사망자의 이름과 나이가 줄줄이 적혀 있다. 그와 함께 본관 건물 옥상에 설치된 확성기를 통해, 사망자의 인적 사항 등이 간간이 되풀이해 방송되고 있었다.

그러는 사이에도 시민군의 차량이 끊임없이 도청 정문을 들락거렸다. 어디론가 병력 배치를 위해 떠나는 듯 무장한 청년들을 태운 차량들이 많았고, 이따금 새로운 시신들 혹은 빈 관을 구해 온 트럭들이 정문으로 들어가곤 했다.

시신을 어딘가로부터 싣고 온 차량들이 나타날 때마다 군중 속에서는 분노에 찬 고함 소리와 욕설, 탄식, 흐느낌 소리가 흘러나오곤 했다. 시 외곽 어딘가에서는 아직도 계엄군과의 충돌이 이어지고 있으며, 그때마다 시민들의 희생이 늘어가고 있다는 소문이었다.

그때, 군데군데 피로 물든 가마니에 덮인 또 한 구의 시신이 트럭에 실려 들어오고 있었다. 사람들이 트럭 주변으로 우르르 몰려들었다.

"이 사람은 어디서 왔소? 남자요, 여자요?"

"거기, 비키란 말요! 내 말 안 들려요!"
"남자요, 남자. 송암동 연탄공장 앞에서 공수놈들한테 당했소. 세 사람이 탔는디, 나머지 둘은 총상을 입어서 전대 병원에 넣어주고 오는 참이어라우!"
"아이고오, 얼굴 조까 봬주시요! 저고리는 뭘 입었습디까? 예?"
"아, 비키란 말요! 이따가 저 안에서 확인하면 될 거 아뇨!"
 트럭 위에 올라탄 청년들이 고함을 질렀다. 트럭은 정문 안으로 들어가더니, 시체를 내려놓았는지 이내 되돌아나왔다.
 그런 광경을 지켜보는 정신부의 가슴은 슬픔으로 찢어지는 것만 같았다. 눈앞에 벌어지고 있는 이 엄청난 상황 앞에서 당장 무엇을 어떻게 해야 할지조차 모르고 있는 자신들이 한없이 무력하게만 느껴졌다. 그때 머리 위에서 다시금 육성 방송이 흘러나왔다.
"시민 여러분께 알려드립니다. 현재 이곳 도청에서 사태 수습을 위한 시민수습위원회를 결성하고자 하오니, 시민들 가운데 계시는 각계각층의 인사들께서는 이 방송을 들으시는 대로 도청 안으로 들어와주시기 바랍니다. 다시 한번 말씀드립니다. 지금 이곳 도청에서……"
 도청 본관 옥상 위에 설치된 확성기로부터 울려나오는 목소리. 정신부는 동료 신부의 어깨를 붙잡으며 말했다.
"방금 들으셨습니까? 수습위원회를 구성한다고 그랬지요?"
"맞아요. 도지사가 늦게나마 나서기로 한 모양입니다."
"어찌시겠습니까, 두 신부님께선."
"어찌기는요. 함께 들어가봅시다."

그들은 정문을 향해 서둘러 걸음을 옮기기 시작했다.

> 박충훈 국무총리, 22일 오전 내무·동자·보사부
> 장관을 대동, 급거 광주로 내려감. 현지에서 광주
> 사태 현장을 둘러보고 관계관으로부터 사태의 경위
> 와 상황 보고 청취 후 사태 수습을 위한 대책을 수
> 립할 것으로 보임.
> ─ 동아일보, 80. 5. 22.

5월 22일 11 : 00, 전남도청

김상섭 기자는 아까부터 줄곧 도청 광장 주변을 맴돌면서, 시민들의 분위기를 살펴보고 있었다. 정오가 가까워오는 시각. 도청을 중심으로 한 금남로 일대엔 수많은 시민들이 모여들고 있었다.

시민들은 무엇보다 바로 전날 오후 계엄사령관이 라디오 방송을 통해 발표한 광주 사태에 관한 담화문에 분노하고 있었다. 이곳의 실상은 외면한 채, 일방적으로 소위 불순분자와 폭도들의 난동이라는 식으로 매도해버린 것에 흥분했다. 이 도시는 모든 언론으로부터도 철저히 외면당하고 있는 것이 현실이었다. 지방

신문이며 이 지역 텔레비전 방송은 중단되었고, 중앙 일간지 역시 시내 유입이 차단된 상태였다.

그러나 시가지로 몰려나온 시민들은, 한편으로는 여전히 정부 측에 대한 적지 않은 기대감도 버리지 않고 있는 분위기였다. 대폭적인 개각이 단행되었다는 라디오 방송도 있었던 데다가, 때마침 새로 임명된 국무총리가 바로 오늘 이곳으로 내려온다는 뉴스가 발표되었던 것이다.

그 기대감 때문에 시민들은 광장을 떠나지 않고 서성거리고 있었다. 사실 아까부터 시민군의 방송 차량이 가두 방송을 통해 시민들에게 도청 광장으로 모여달라고 독려하고 있는 것도 그와 같은 맥락에서였다.

"시민 여러분. 오늘 우리는 정부 당국과 협상을 하고자 합니다. 시민 여러분께서 한자리에 모여 좋은 의견을 내주십시오……"

그렇게 외치고 다니는 방송을 김상섭도 직접 들었던 것이다.

김상섭은 광장 모퉁이의 상무관 앞으로 걸음을 옮긴다. 한떼의 시민들이 담장 앞에 둘러서서 어지러이 붙어 있는 벽보들을 읽고 있다. 마침 그 가운데 전혀 색다른 벽보 하나가 김상섭의 눈에 들어왔다.

너와 나는 한 형제, 칼부림이 웬말이냐 지방색이 웬말이냐!

그런 제목을 단 그 벽보는, 지금 전두환 일당이 이번 사태를 통해 의도적으로 지역 감정을 조장하고 있으며, 이에 무분별하게 휩쓸리는 것은 오히려 저들을 도와줄 뿐이라는 짧은 내용을 담고 있다. 김상섭은 얼른 수첩을 꺼내어 그것을 급히 메모해둔다. 지금껏 수없이 많은 표어들이 동어반복되어왔었지만, 지역감정을 경계하자는 내용의 벽보는 처음 발견했던 것이다.

사람들의 눈을 피해 슬쩍슬쩍 메모를 하던 김상섭은 수첩을 주머니에 넣고 주변을 둘러본다. 박기자와 오기자는 어디로 갔는지 보이지 않는다. 아마 어디선가 제각기 흩어져 취재에 열중해 있으리라.

광장 주위에선 이제 꽤 많은 외신 기자들의 모습이 눈에 띈다. 완장을 차고 사람들 틈을 거리낌없이 헤집고 다니는 그들 양코배기 외신 기자들을 지켜보고 있으려니, 김상섭은 다시금 한심한 생각이 든다. 카메라는 물론이고 큼직한 촬영기까지 코앞에 마구 들이대는데도, 시민들은 누구 하나 제지하지 않는다.

반면 국내 언론사 기자들은 완장은커녕 카메라조차 꺼내보지 못하고 있었다. 걸핏하면 필름을 빼앗기거나 심한 비난과 항변 앞에서 쩔쩔매야만 했다. 취재해봤자 진실 보도는커녕 계엄군의 앵무새 노릇만 한다며, 시민들은 심한 불신과 적대감을 드러냈다. 따지고 보면 모든 것이 사실인지라 결코 시민들을 탓할 수만도 없었다. 김상섭은 그럴수록 더욱 심한 자괴감과 자책감을 떨쳐버리기 어려웠다.

"투사회봅니다! 투사회보!"

군중 사이를 헤치며 지프 한 대가 다가온다. 대학생들로 보이는 청년 넷이 차 위에서 유인물을 뿌리며 지나간다. 사람들이 몰려들어 한 장씩 집어들고 들여다본다. 김상섭이 받아보니, 좀 전에 읽었던 내용과 같은 것이다.

잠시 후, 이번엔 또 다른 대학생들이 뛰어다니며 유인물을 배포했다. 김상섭도 한 장을 길바닥에서 집어들었다. 이번 것은 투사회보가 아닌, '전두환의 광주 살육 작전'이라는 제목의, 갱지 앞뒷면을 빽빽히 채운 꽤 긴 것이다. 그것은 이렇게 시작되고 있었다.

아! 민족사의 대비극이다. 하늘은 어찌 이리도 무심하단 말인가! 신성한 국토 방위의 의무를 국민들로부터 위임받은 군인이 제2의 거창 양민 학살 사건을 자행하고 있다. 〔……〕 이러한 전두환의 특별 살육 명령으로 희생된 사망자는 200여 명, 부상자 수천 명을 헤아리고 있다. 그러나 이러한 참상을 보도해야 할 책임이 있는 언론은 21일까지 악몽의 5일 간 사실 보도는 일언반구도 없이, 전두환이가 작성해준 원고를 앵무새처럼 되뇌면서 광주 사태는 일부 외부의 불순 세력 책동이라고만 보도하고 있으니, 아! 앞이 캄캄하고 가슴이 아파 붓을 움직일 수가 없구나! 아! 그러나 이제는 독재의 쇠사슬을 끊고 항거의 핏빛으로 물든 광주의 하늘에 온 국민이 눈물과 분노로 동참하고 있다. 〔……〕 대한민국 만세! 민주주의 만세!
　——광주 시민은 최후의 한 사람까지 투쟁할 것이다!

이 유인물의 출처는 '조선대학교 민주투쟁위원회' 이름으로 적혀 있다. 그러나 김상섭은 그것이 윤상현의 작품이라는 것을 금방 확신했다. 어제 오전 함께 녹두서점으로 가는 도중에, 윤상현은 '투사회보' 말고도 다른 명칭을 붙여 몇 가지의 유인물을 작성, 배포하고 있노라고 말했던 것이다.
'대단한 친구야. 정말이지, 그 섬세한 얼굴이며 호리호리한 체구 어디에서 그렇게 놀라운 열정이 솟아나오는지 모를 일이

야……'
 김상섭은 윤상현의 모습을 떠올리며 새삼스레 감탄한다.
 재학 시절에는 막상 그런 면모를 찾아보기 어려웠던 상현이었다. 그저 평범하고 순박하게만 보이던 그가 갑자기 달라진 것은 제대를 한 후 복학해서부터였을 것이다. 윤상현이 졸업 후 취직했던 은행마저 포기하고 서울에서 광주로 내려왔을 때만 해도, 김상섭은 상현의 그런 의외의 처신에 대해 사실 조금은 이해하기 어려웠다. 야학 운동을 한다는 소문을 들었을 때는 얼핏 설익은 이상주의자쯤으로 치부하기도 했었다.
 그러나 지금 이 순간, 김상섭은 비로소 그의 존재 가치를 확실히 느낄 수 있을 것 같았다. 그런 그의 순수한 열정과 용기에 대해 김상섭은 새삼 대견함을 느끼며, 그 같은 인물을 알고 있다는 사실만으로도 마음 뿌듯했다.
 그러면서도 한편으로는 은근한 두려움이 일었다. 장차 사태가 수습된 후, 틀림없이 불어닥칠 정권의 보복 행위로부터 윤상현이 결코 무사할 수 없으리라는 우려 때문이다. 어쨌건, 모든 언론이 침묵하고 있는 이 절박한 상황 속에서 윤상현 홀로 시민의 입과 귀의 역할을 떠맡아 고군분투하고 있다는 사실에 김상섭은 더없이 고맙고 자랑스럽게만 여겨졌다.
 투타타타타……
 돌연 어디선가 날카로운 굉음이 들려왔다. 김상섭은 퍼뜩 놀라 목을 뒤로 꺾었다. 바로 머리 위쪽, 군용 헬리콥터 한 대가 눈에 들어온다. 대단히 높이 떠 있어서 그것의 검은 동체는 자그맣게 보였다.
 물을 끼얹은 듯, 일순 주변이 조용해졌다. 광장에 모인 만여 명의 시민들. 일제히 고개를 뒤로 젖힌 채 헬기의 움직임을 좇고 있다. 그것은 광장 바로 위쪽에서 천천히 공중을 선회하기 시작했다.

"대통령이다! 최규하가 탔다아!"

누군가 커다랗게 외쳤다.

"국무총리여! 국무총리가 왔다!"

"맞다! 총리가 탄 모양이다아!"

여기저기서 사람들이 와글와글 고함을 친다.

"정말인가? 시방 저 안에 국무총리가 타고 있단 말여?"

"그렇다고들 하잖는갑네이. 진짜로 오긴 온 것인가?"

김상섭 옆에서 사람들이 그렇게 수근거린다. 한 순간 김상섭도 바짝 긴장한다. 맞아. 그럴지도 몰라. 헬기 위에서 일단 한번 시내 상황을 살펴보자는 거겠지. 그리고 이제 곧 뭔가 한마디, 총리의 육성 방송이 흘러나올지도 몰라……

투타타타타타……

헬기는 몇 차례나 선회를 계속하고 있었다.

김상섭은 목을 한껏 젖혔다. 그리고 다른 사람들처럼 한 손을 펴서 눈 위에 차양을 만든 채, 좀더 자세히 보기 위해 연신 눈을 깜박였다. 광장에 모인 만여 개의 목과 눈동자들. 헬기의 움직임을 좇아, 일제히 해바라기처럼 이리저리 느리게 뱅글뱅글 맴을 돈다. 마침내 헬기에서 방송이 흘러나오기 시작했다.

"폭도들에게 알린다. 폭도들에게 알린다. 즉시 자수하라. 즉시 자수하라. 자수하면 생명을 보호받는다……"

"뭐, 뭣이여!"
 "저 개새끼덜! 어쩌고 어째!"
　거의 동시에 경악한 사람들의 입에서 터져나오는 고함과 욕설. 그리고 주먹질. 그 순간 탕, 타앙, 탕, 몇 발의 총성이 울렸다. 도청에 있던 시민군들 중 누군가가 헬기를 향해 발사한 모양이다. 쏴버려. 저 개새끼덜을 쥑여부란께! 광장은 분노의 외침으로 바글바글 끓어올랐다.
　총성이 들리자, 헬기는 갑자기 빠른 속도로 고도를 높인다. 이내 헬기 동체가 무엇인가 하얗고 작은 가루 같은 것을 토해내기 시작했다.
 "삐라다! 삐라를 뿌리고 있어!"
　사람들이 소리쳤다. 수없이 많은 자그마한 점들이 점점 아래로 내려온다. 그것들은 대단히 느린 속도로, 마치 금가루 은가루처럼, 희끗희끗 반짝이며 떨어지고 있었다.
 "폭도들은 자수하라. 즉시 자수하라. 폭도들은 자수하라……"
　헬기는 기수를 돌려 유유히 사라지고 있었다. 펄렁펄렁. 수천 개의 종잇장들은 춤을 추듯이, 나비처럼 정확히 광장 주변으로 착지했다. 김상섭은 손을 뻗어 용케 눈앞에서 한 장을 나꿔채었다. 계엄사령관 명의로 되어 있는 경고문이었다.

경고문

　친애하는 시민 여러분! 이제까지는 여러분의 이성과 애국심에 호소하여 자진 해산과 질서 회복을 기대하여보았습니다. 그러나, 총기와 탄약과 폭발물을 탈취한 폭도들의 행패는 계속 가열하고 있으며

> 이러한 상황하에서는 부득이 소탕하지 않을 수 없게 되었습니다.
> - 시민 여러분, 소요는 고정간첩·불순분자·깡패들에 의하여 조종되고 있습니다.
> - 집결된 지역에 있는 선량한 시민 여러분은 위험합니다.
> - 지금 즉시 대열을 이탈, 집과 가정으로 돌아가십시오.
>
> 계엄사령관 육군대장 이희성

십 분쯤 후, 또 다른 헬기가 나타났다. 이번엔 경찰 헬기다.

"친애하는 시민 여러분. 그리고 우리 광주 청년 학생 여러분! 지금 즉시 총을 버리고 집으로 돌아갑시다. 우리 광주를 살리기 위하여 모든 부모님들은 거리에 나오셔서 총을 거두는 데 앞장서주십시오. 모든 예비군과 민방위대원은 각 동네의 질서를 회복시킵시다……"

방송이 흘러나온다. 이번엔 약간 호소하는 투의 목소리. 아까처럼 헬기에서 다시 전단이 뿌려졌다. 도지사와 광주시장 이름이 박혀 있다. 문화공보부에서 제작된 전단도 있다. '대화로 모든 문제 해결 가능'이라는 제목. 그 아래엔 '정부, 사태 수습 위해 최선을 다할 터'라는 표어도 붙어 있다.

김상섭은 그 전단들을 주머니에 집어넣고는, 도청 정문을 향해 걸음을 옮겼다. 아까부터 도청 옥상에 설치된 대형 스피커를 통해 여러 차례 방송이 있었던 것이다. 시민수습위원회를 결성하려고 하니, 지역 내 사회·종교계 인사들에게 참여해달라는 내용이었다.
 십여 분 전, 그 방송을 듣고 도청 안으로 들어가려던 김상섭 일행은 정문에서 단번에 거절을 당했었다. 신문 기자라고 신원을 밝히자 총을 든 청년들이 대뜸 눈을 부라리며 거칠게 밀어내던 거였다.
 "기자 좋아하네. 전두환이 하수인들이지, 당신들이 무슨 신문기자여? 당장 꺼져부러!"
 청년들이 대뜸 총구를 들이대는 바람에, 김상섭 일행은 얼굴이 노래져서 쫓겨나오고 말았던 것이다.
 하지만 이대로 물러날 수는 없지 않은가. 박기자와 오기자를 찾아볼까 하다가, 김기자는 혼자만이라도 재차 시도를 해볼 결심으로 정문 앞으로 다가갔다. 그러나 지키고 서 있는 청년들을 보자 걸음을 멈추었다. 무슨 수가 없나. 고심하고 있는 참인데, 마침 저만치서 다가오는 사람들의 얼굴이 눈에 익었다. 정베드로 신부, 그리고 아까 잠시 스쳤던 두 명의 신부들이다.
 "정신부님, 여기서 뵙게 되는군요."
 "아, 김기자시로군."
 정신부가 반갑게 인사를 보낸다. 김상섭과는 이런저런 재야단체의 행사 때 여러 차례 만난 적이 있는 사이였다.
 "혹시, 신부님들께서 지금 저 안으로 들어가시려고 그러십니까?"
 "그래요. 수습위를 구성한다는 방송을 들었소만."
 "마침 잘되었습니다. 저 좀 도와주시겠습니까?"
 김상섭은 대충 어려운 사정을 말하고 나서, 세 신부의 뒤를 따라 정문으로 향했다. 경계 근무를 하고 있던 청년들이 그들을 막아세우더니 신분과 용무를 확인했다. 정신부가 신원을 밝히자 의외로 순순히 길을 비켜주었다. 게다가 한 청년은 친절하게도 그들을 본관 입구까지 앞장서서 인도해주고는, 이층으로 올라가라는 말을 남기고 돌아갔다.

계단 입구에서 김상섭은 C일보 양기자와 마주쳤다. 양기자는 그들 회사의 다른 동료 기자 두 사람과 함께였다.

"아니, 양기자. 어떻게 용케 정문을 통과하셨지요? 난 겨우 신부님들 도움으로 이제야 들어왔는데."

김상섭의 말에 양기자는 의아한 표정을 짓는다.

"이상하네요? 우린 별로 까탈 없이 들여보내주던데. 이 통행증 못 받았습니까?"

"통행증이라뇨."

양기자가 작은 쪽지 같은 것을 내보였다. 주민등록증만한 크기의 흰 종이에 무슨 도장이 찍혀 있고, 통행증이라는 글자가 박혀 있다. 양기자는 조금 전 일층 상황실에서 그것을 받아왔다고 한다.

"아하, 그랬군요. 난 또 그런 줄은 모르고."

김상섭은 맥이 풀린다. 그런데도 쓸데없이 정문 앞에서 그 젊은 친구와 승강이만 벌이고 있었다니. 그 청년은 순전히 제 마음대로 김상섭 일행을 되돌려보냈던 셈이다. 결국 그것은 현재 시민군 내부가 무질서하고 전혀 비체계적인 형태로 돌아가고 있음을 드러내는 단적인 예라고 할 수 있었다.

김상섭은 당장 일층 서무과에 임시로 마련되어 있는 시위대 상황실을 찾아갔다. 거기서 양기자가 지니고 있던 것과 똑같은 통행증을 받았다.
 그곳 상황실에서는 그외에도 형식적이나마 나름대로의 질서 유지를 위한 몇 가지 업무들을 처리하고 있는 눈치였다. 시내에 쏟아져나와 무질서하게 돌아다니는 차량들을 통제하기 위한 차량 통행증 발급, 그리고 시내 주유소의 유류를 보급하기 위한 유류 보급증 발급, 또 도청 내 상황실 출입증 발부 등의 업무가 이루어지고 있었다. 또 다른 한편으로는 외곽 지역에서 계엄군의 동태 감시와 자체 방위를 맡고 있는 시민군들과 연락을 취하면서, 그들을 지원하기 위해 기동 타격대를 자체적으로 편성, 수시로 출동하고 있노라고 청년이 설명해주었다. 대학생이라고 자신의 신분을 밝힌 그 청년은 언론사 기자들과의 접촉 임무를 맡고 있는 듯, 간단한 메모까지 손에 쥐고서 비교적 친절하게 질문에 응해주었다.
"무장 시민군의 지휘본부는 어디에 있습니까?"
"지휘본부는 광주공원에 있습니다. 거기서는 계엄군의 반격에 대비하고, 동시에 치안 유지 그리고 자체 조직과 병력 통제를 위한 시민군의 재편성 작업이 현재 진행되고 있는 줄로 압니다."
 청년은 지금 시내 요소요소에 바리케이드를 설치중이고, 몇 군데에 임시 초소를 만들어 계엄군의 동태를 감시하고 있다고 말했다. 또 치안과 자체 경비를 강화하기 위해 시내 각 주요 건물에도 시민군을 배치중이라고 했다.
 설명대로라면, 생각보다 훨씬 발 빠르게 움직이고 있다는 느낌을 주었다. 하지만 문제는 그 같은 지휘 체계가 얼마나 효율적이고 구체적으로 가동되어주느냐에 달려 있을 터였다.
 김상섭이 얼핏 둘러본 도청 내부는 여전히 무척 어수선했다.

경찰관들이 전날 황급히 철수할 때 버리고 간 작업복·군화·방석복·헬멧·방패, 그리고 최루탄이 든 상자들까지 여기저기 널려 있다. 본관 앞마당엔 엄청나게 많은 총기류와 실탄 따위가 수북하게 쌓여 있고, 한 무리의 무장한 시민군 청년들이 화단가에 모여앉아 김밥과 음료수를 먹고 있는 중이다. 대부분 십대 후반에서 이십대인 청년들. 저마다 소총 한 정씩을 휴대했는데, 상당수는 경찰이 버리고 간 전투복이며 군화·철모 따위를 쓰고 있다. 더러 방탄조끼까지 걸친 채 우쭐해서 돌아다니는 청년들도 보인다.

김상섭은 이층으로 올라갔다. 부지사실은 벌써 삼사십 명의 사람들로 붐비고 있다. 도청 공무원들 일부는 이날 아침 일찍부터 출근을 했다. 여덟시 조금 넘어서 부지사·기획관리실장·내무국장·비상기획관 등 간부들, 그리고 일부 직원들이 나와 대기중이었다.

별로 넓지 않은 부지사실은 너무 많은 사람들로 비좁게 느껴진다. 김상섭은 사람들 어깨 너머로 실내를 둘러본다. 이미 회의는 시작된 듯, 번갈아가며 발언이 이어지고 있다. 중앙의 긴 테이블을 중심으로 이십여 명이 앉았고, 그 뒤쪽에도 비슷한 수가 서서 귀를 기울이고 있다.

대충 실내를 둘러보니, 모두 삼사십 명의 법조계·언론계·종교계·학생·교수들이 모여 있다. 이른바 이 지역의 각 사회·종교 단체의 대표 격이라 할 수 있는 낯익은 얼굴들이 절반쯤, 그리고 나머지 절반은 김상섭으로서도 낯선 인물들이다.

원로 독립투사인 최한영, 전광주시장을 지낸 박윤종, 변호사 이종기, YMCA 이사 윤영규, 그리고 전남대 교수들인 이석연·

김상현, 사업가 장휴동 등이 보인다. 또 가톨릭 쪽에서는 정베드로 신부를 비롯한 세 명의 신부들, 개신교 쪽의 경우 목사 두세 명. 또 대학생 대표 자격으로 전남대 농대생이라는 청년 한 명이 앉아 있다. 그리고 잠시 후에 천주교 광주대교구장인 윤공희 대주교가 뒤늦게 회의장으로 들어섰다. 김상섭에게는 대충 그 정도가 낯이 익은 인물들이다.
"양기자. 도지사는 어째서 모습이 안 보이죠?"
도청 관리들 쪽에선 부지사 얼굴만 보이는 게 의아해서 김상섭은 물었다.
"그러게 말요. 애길 들으니, 도지사가 이리로 나오겠다는 걸 간부들이 만류했다고들 합디다. 책임을 지기가 두려웠던 모양이죠."
"그보다는 시민들에게서 비난이 쏟아질까봐 몸을 사린 거겠지요. 지역 행정의 수장인 신분으로 이제껏 아무 일도 못 했으니, 면목도 없을 테고."
"아무리 그렇더라도 지금이나마 수습을 하겠다고 나서야 마땅할 텐데, 참으로 답답한 위인이지 뭡니까."
양기자의 말에 앞에 앉았던 도청 관리 하나가 잔뜩 못마땅한 시선으로 힐긋 돌아본다.
당연히 도지사로서야 입이 열 개라도 할말이 없을 터이다. 바로 어제 오전만 해도, 시민 대표들과 면담을 한 자리에서, 공수부대 철수를 약속하겠다면서 정오까지 기다리라고 하고 상무대로 떠났던 사람이 아닌가. 그러나 그 약속을 믿고 기다리던 시민들에게 돌아온 것은 바로 그 무자비한 집단 발포였던 것이다.
한동안 회의장 분위기를 살펴보고 있던 김상섭은 고개를 갸웃거린다. 시민수습위원회. 명칭은 그럴싸하다. 하지만 이들만으로 과연 시민들 전체의 의사를 대변할 만한 어떤 의사 결정이 도출될 수 있을까 의심스럽다. 우선 무력한 지방 행정 관료들이 앞장선다고 해보았자 현시국에서 무슨 뾰족한 대책 따위를 찾아낼 수 있을까 싶고, 무엇보다 여기 모여 있는 사람들 중 상당수는 전부터 역대 정권에 기대어 자기 잇속을 챙겨왔다는 평판을 받고 있는, 소위 친여 세력권의 인물들이었기 때문이다. 어쩌면 그중 몇은, 그간의 이력으로 보아, 혹시 이 자리를 어떤 정치적인 입신의 좋은 기회로 삼으려는 엉뚱한 속셈을 가지고 있지 않은가 하는 의심마저 들었다. 게다가 마침 오늘 국무총리가 광주에 내려온다고들 하지 않았는가 말이다.

"양기자. 어째 좀 이상하잖습니까? 여기 모인 사람들 중 재야 쪽 인사들은 정작 몇 명 안 되는 것 같은데, 연락은 빠짐없이 했답니까?"

김상섭이 귓속말로 양기자에게 묻는다. 물론 그간 재야 인사들 중 대부분이 예비 검속을 피해 잠적하거나 시외로 빠져나가긴 했지만, 어제 오늘 사이에 상당수가 시내로 되돌아왔다는 얘기를 김상섭은 들었던 것이다.

"안 그래도 재야 인사들 쪽에서는 지금 남동성당에 모여 그들 나름대로 대책을 논의하고 있는 중이오. 나도 좀 전에 거길 들렀다가 오는 길인데, 일단 이곳 도청 쪽 상황이 궁금해서 달려온 참입니다."

양기자의 한 발 빠른 행보에 김상섭은 내심 속이 편치가 않다. 그의 얘기로는, 남동성당엔 그간 유신 정권하에서 민주화 투쟁을 해온 이 지역 재야 세력의 주요 인사들이 대부분 모여 있다고 한다. 홍남순 변호사, 송기숙·명노근 교수, 이기홍 변호사, 조아라 장로, 천주교 신부들 등 영향력을 가진 인사들 열대여섯 명이 지금 남동성당에 따로 모여 사태 수습을 위한 논의를 하고 있는 중이다. 그들 역시 애초에 도청 쪽에서 나와달라는 연락을 받았다고 하는데, 도청 수습위원이라고 거론되는 사람들 중에 그간의 행적이나 성향으로 보아 신뢰하기 어려운 인물들이 많다는 사실 때문에, 그들 나름대로 따로 자리를 마련한 모양이다.

양기자의 얘기를 듣고 나서야 김상섭은 비로소 대충 이곳 도청 모임의 성격을 파악할 수 있을 것 같았다.

회의는 한 시간 가까이 이어졌다.

예상대로 수습대책위원회는 처음부터 쉽게 풀리지가 않았다. 위원장으로 뽑힌 이종기 변호사가 사회를 맡았는데, 각자의 성향대로 저마다 내놓는 의견이라는 게 두서도 없이 한동안 중구난방 격으로 오락가락할 뿐이었다.

제기된 수습안 중에는 계엄 해제, 전두환 퇴진, 김대중 석방, 구속 학생 석방, 계엄군 철수, 그리고 이것들이 받아들여지지 않는다면 최후까지 투쟁하겠다는 내용도 나왔다. 또 다른 수습안으로는 발포자 공개, 사망자와 부상자 보상 및 치료와 연행자 석방, 전두환 퇴진, 계엄 해제와 광주 시민의 공포심 해소, 민주 정부 수립, 언론 자유 보장, 노동 3권 등도 제기되어졌다. 그러나 그 같은 수습안들은 대부분 현실적으로 계엄사나 정부 당국이 도저히 받아들일 리가 없는 문제들이라는 사실 때문에 논란을 불러일으켰다.

김상섭이 보기에, 수습위원회의 전체적인 의견은 결국 크게 두 가지로 나누어지는 듯했다. 하나는, 일단 정치적인 문제는 거론치 말고 시위대의 무기를 회수하여 질서 회복에 힘을 쏟자는 식의, 비교적 수세적인 입장. 다른 하나는 어차피 이렇게까지 막다른 골목에 다다른 이상, 그 근본적인 원인 배경인 정치적인 사항들까지 해결되도록 밀고 나가야 한다는 식의 강경론적 입장이다. 그 두 가지 서로 다른 입장들이 팽팽히 맞서는 바람에 꽤 긴 시간 동안 격렬한 논쟁이 오고 갔다.

 그러다가 결국 이견이 조금씩 좁혀지기 시작했다.

 먼저 민주화를 요구하는 시민들의 평화적 시위와 민주화 의지의 표명을 공수부대원들이 무차별 학살을 자행함으로써 현사태로까지 촉발·악화시킨 것이므로, 그 모든 책임은 전적으로 계엄군에 있다고 하는 사실에는 일단 대부분 의견이 일치되었다. 이와 함께, 비상계엄 해제, 정치 일정 단축, 유신 잔당 퇴진, 구속 학생 및 민주 인사 석방, 군의 국방 복귀, 평화적 가두 시위에 대한 무력 저지 불가 등등의 구체적인 대안들이 나왔다.

 이에 따라 또 한번의 어수선한 논란 끝에, 마침내 정부 당국에게 다음과 같이 모두 7개항의 요구 조건을 제시하기로 최종 합의를 보았다.

1. 사태 수습 전에 군 투입하지 말라.
2. 연행자 전원을 석방하라.
3. 군의 과잉 진압 인정하라.
4. 사후 보복 금지할 것을 보장하라.
5. 수습 후 시민·학생들에게 보복하지 말라.
6. 사망자의 장례식은 시민장으로 하고, 사망 및 부상자 보상하라.

7. 이상의 요구가 관철된다면 무기를 자진 회수·반납한다.

이와 함께, 위의 7개항 요구 조건을 들고 계엄소로 가서 협상을 맡게 될 대표를 뽑았다. 위원장 이종기 변호사를 비롯, 독립투사인 노령의 최한영, 종교계로는 천주교 1명과 개신교 2명, 그 외 사업가인 장휴동 등 모두 11명의 대표가 그 자리에서 대표인으로 결정되었다. 도청에서는 이 같은 사항을 계엄사에 직통 전화를 걸어 일단 통보했다.
"여러분. 잠시 제 말씀을 주목해주실랍니까?"
부지사가 통화를 마치고 들어오더니, 일어서서 좌중을 둘러보며 말했다.
"계엄사측에서 협상에 응하겠다고 약속을 했습니다. 일행이 타고 올 차량 앞에다가 흰색 깃발을 꽂아서 표시를 하고 오면, 맞아들이겠다고 합니다."
"백기를 꽂으라니, 우리가 지금 항복을 하러 가는 거요, 뭐요?"
대표 중 한 사람이 언성을 높인다.
"하아, 글쎄요. 뭐, 반드시 그런 뜻이 아니잖겠습니까. 일단 그렇게나마 표시를 하고 오라는 말이겠지요."
"그까짓 형식이야 뭐 그리 대단한 의미를 둘 필요까지 있겠소. 문제는 협상에서 기필코 소득을 얻어내야 합니다."
"자아, 그럼 한시에 정문 앞에 모여서 차량을 이용, 계엄사로 출발하기로 하겠습니다. 수습위원 대표 여러분들께서는 빠짐없이 내려오셔서 대기해주시기 바랍니다."
부지사의 말이 끝나자 실내는 대단히 어수선해진다. 모두들 자리를 털고 일어나 복도로 빠져나가기 시작했다. 김상섭은 정베드로 신부에게 다가갔다.

"신부님. 어려운 일을 맡게 되셨군요."

"그러게 말씀이오. 대주교님과 두 분 신부님께서 천주교측 대표를 저더러 맡는 게 좋겠다고 하시는 바람에 어쩔 수 없이 승낙은 했습니다만, 어떻게 해야 할지 아직도 망설여지는군요. 하지만 누군가 하긴 해야 한다면, 저라도 나서야죠."

정신부는 굳은 표정으로 말했다. 김기자는 사십대 초반의 그 사제를 전부터 마음속으로 신뢰하고 있었다. 다소 성격이 급한 편이기는 하지만 평소 매사에 강건하고 소신 있는 그의 성품을 잘 알고 있는 탓이다.

"염려 마십시오. 신부님이라면 누구보다 잘해내시리라는 걸 저는 믿고 있으니까요."

"고맙습니다. 그럼."

김기자는 정신부가 내미는 손을 맞잡으며 진심으로 그렇게 말했다. 그리고 계엄사에서의 협상 과정과 결과에 대해 자신에게 알려달라는 부탁도 잊지 않았다.

별보다 먼 나라에
그리운 당신들의 안부가 있습니다
까마득한 하늘에서는 알 수 없는 삐라가
까물까물 칼춤 추며 내려오는데
── 강인한, 「이것은 꿈입니다」에서

5월 22일 16 : 00, 도청 앞 광장

차창 밖으로 멀리 무등산이 보이기 시작했다.

상무대 정문을 빠져나오면서부터 내내 착잡한 심정으로 창밖 거리의 풍경을 내다보고 있던 정신부의 가슴은 한층 무겁게 가라앉았다. 차 안을 슬쩍 둘러보니, 함께 탄 여덟 명 수습위원들의 표정은 제각각이다. 엉뚱하게도 그 중 몇은 마치 대단한 수확이라도 얻어내어 돌아오는 것처럼 밝은 표정이다. 그들의 턱없이 활기 띤 표정을 보고 있자니, 정신부는 조금은 어이가 없다.

지금 그들 여덟 명의 수습위원들을 태운 버스는 계엄사측과의 협상을 마치고 도청으로 되돌아오고 있는 중이다. 정신부는 낮게 한숨을 내쉬며 다시 창밖으로 시선을 던진다. 광장이 가까워 올수록 거리엔 점점 더 사람들의 모습이 많아지기 시작한다.

'지금쯤 광장엔 여전히 수많은 시민들이 자리를 지키고 앉아서 우리들이 돌아오기를 기다리고 있으리라. 뭔가 긍정적이고 확실한 수습 대책을 계엄군측으로부터 약속받아오리라고 기대하면서 말이다. 하지만 어찌하랴. 세 시간 가까이 실랑이를 벌였지만, 정작 그들로부터 얻어낸 것은 거의 없다시피 한 처지가 아닌가. 꼭 한 가지. 연행해간 시민들을 석방해주겠다는 것—그러나 그것도 전원 무조건 석방이 아닌, 소위 '선별 후 석방'이라는 단서가 붙어 있는 것이다. 이런 사실을 시민들 앞에서 어떻게 전해줄 수 있을 것인가. 시민들은 또 얼마나 실망하고 분통해할 것인가……'

정신부는 다시금 상무대에서의 협상 과정을 돌이켜 생각해본다.

소위 수습위원회의 시민 대표랍시고 협상 테이블에 나섰던 우리들의 태도나 방식엔 과연 문제가 없었던가. 물론 적어도 나름대로는 최선을 다했지 않는가라는 생각도 든다. 그렇지만 좀더 강경한 기세로 저들에게 시민들의 입장을 밝히고, 보다 확실한 약속을 끝까지 당당하게 요구했어야 하지 않을까…… 하지만, 실상 달리 도리가 없었잖은가.

협상이라는 것은 원칙적으로 쌍방이 최소한의 줄 것과 받을 것을 각자 준비해놓은 상태임을 전제로 할 때라야 어떤 결과를 기대할 수 있는 것이리라. 그러나 저들의 태도는 처음부터 그게 아니었다. 저들은 다만 받을 것만 요구할 뿐, 정작 이쪽엔 아무것도 줄 것이 없다는 노골적인 고자세로 시종일관하지 않았던가. 차라리 그들의 태도는 협상하려는 것이 아니라, 안달이 나서 자신들에게 구걸하고 애원하는 이쪽의 모습을 구경하겠다는 속셈으로 나온 자들의 태도라고 해야 옳았다.

아니, 사실은 거기 나온 자들에겐 애당초 전혀 아무런 권한이 없었던 것이다. 그들은 다만 명령에 복종해야 하는 일개 하위 부대의 지휘관들에 지나지 않을 뿐이다. 광주에 공수부대를 투입해 학살극을 벌인 자들은 전두환을 비롯한 저들 신군부 집단이고, 그들이야말로 현재 이 나라의 모든 권력과 명령의 실체인 것이다. 고작 지역 부대의 말단 장성들로부터 무슨 해결책 따위를 얻어낼 수 있을 것인가 말이다…… 아아, 그런 내막도 모르고 난 얼마나 소박한 기대를 가졌던 것인가.

새삼스레 치밀어오르는 견딜 수 없는 배신감과 굴욕감, 그리고 무력감에 정신부는 입술을 아프도록 깨문다. 불현듯 자신들이 계엄사를 향해 출발하기 직전, 도청 광장에서 지켜보았던 그 감동적인 광경이 눈앞에 떠오른다.

낮 열두시 정각. 그들이 정문 부근에 모여 차량을 기다리고 있을 무렵, 시민군들은 도청 옥상의 태극기에 검은 리본을 달았다. 지난 닷새 동안 숨져간 희생자들을 추념하기 위해서였다. 이내 국기를 반쯤 내린 조기가 천천히 내려지면서 스피커를 통해 「애국가」가 울려퍼졌고, 광장과 금남로에 운집한 시민들은 일제히 가슴에 손을 얹었다.

그것은 참으로 엄숙하고 비장한 광경이었다. 시민들은 기억하고 있었으리라. 어제 오후 한시, 바로 그 똑같은 자리에서 느닷없이 울려퍼졌던 「애국가」. 전날의 그것은 군의 발포 명령이었고, 오늘의 「애국가」는 다름아닌 그때 쓰러져간 영령들을 위한 추모의 만가였던 것이다.

그 짧고도 엄숙한 의식이 끝나자마자 확성기에선 한 청년의 음성이 흘러나왔다. "우리 모두 내 조국을 사랑합시다. 내 고장을 지킵시다……" 여덟 명의 협상 대표들은 그 목소리를 들으며 차례로 차량에 올랐었다. 그 순간 정신부는 저도 모르게 눈시울을 적셨다.
'아아, 착하디착한 백성들. 누가 이들을 폭도라고, 불순분자라고 부른단 말인가……'
계엄사로 향하는 자동차 안에서, 정신부는 내내 눈을 감고 기도했다. 저 선량한 백성의 고통과 슬픔을 신께서 돌보아주시기를. 불의한 자들의 잔혹한 폭력으로부터 우리들을 구해주시기를. 그리고, 지금 협상을 위해 길을 나선 여기 수습위원들에게 용기와 지혜와 분별력을 나누어주시기를.
그때까지만 해도 정신부는 계엄군과의 협상에 실낱 같은 기대를 지니고 있었다. 저들이 과연 얼마나 성의를 보일 것인가 하는 의심과 회의 한편엔, 그래도 저들 역시 이 나라와 국민을 향한 최소한의 애정이나 책임 의식은 지니고 있으려니, 그리하여 더 이상의 비극을 어떻게든 막아보려 고심하고 있으려니, 그렇듯 애써 믿고자 했던 것이다. 그러나 그 믿음은 얼마나 어리석었는지.
앞에 흰 깃발을 단 그들의 차량은 군인들의 인도에 따라 상무대로 들어갔었다. 철모에 별을 단 장성들이 그들을 안내해 들어간 곳은 사령부의 회의실인 듯했다.
길다란 테이블을 사이에 두고 자리에 앉았다. 그들을 맞이한 계엄군측 협상 우두머리는 의외로 부사령관 김기석 소장이라는 인물이었다. 당연히 계엄분소장이자 최고 지휘관인 사령관과 마주하게 될 줄로 알았던 대표들로서는 처음부터 맥이 풀리는 기분이었다.
"죄송합니다. 사령관님께서 참석해야 마땅한 일입니다만, 마침 어제 날짜로 사령관 이취임 명령이 떨어진 관계로, 신임이신 소준열 장군님께서 참석하지 못하시고 그 대신에 제게 모든 권한을 위임하셨습니다."

김소장이 수습위원들에게 사정을 간단히 얘기했다. 어제 날짜로 해임된 윤흥정 장군이 아직 부대에 남아서 출발을 기다리고 있으며, 때문에 신임인 소준열 사령관도 전송을 위해 전임자와 함께 있는 중이라는 것이다.

"대단히 유감스럽군요. 지금 팔십만 시민의 운명이 달려 있는 문제로 협상을 하려는 마당에, 최고 지휘관인 지역 계엄사령관이 나오시지 않다니요."

정신부가 한마디 던졌다. 김소장은 돌연 얼굴이 딱딱하게 굳어지며, 정신부를 힐긋 돌아보았다.

"미안합니다만, 사령관님께서 명령을 받고 부임하신 지 불과 하루도 채 지나지 않은 처지올시다. 그분으로서도 어차피 그간의 사태의 경과에 대한 지식이 전혀 없으신 상태고 해서, 부사령관인 저한테 모든 것을 위임하신 것입니다."

지역 군부대 지휘관의 인사가 어제 전격적으로 행해졌다는 사실은 정신부도 이미 알고 있는 사항이었다. 상무대 군종 신부로부터 오늘 아침 전화가 걸려왔던 것이다.

군종 신부의 말을 빌리면, 바로 어제 군 내부에선 몇 가지 중요한 조치가 이루어졌다. 하나는 어제 21일 오후를 기해, 광주에서 작전중인 3개 공수여단의 작전 지휘권이 31사단으로부터 전투병과 교육사령부로 넘어가게 되었다. 이는 사실상 20일 오후부터 지휘권을 빼앗긴 상태였던 정웅 31사단장이 현재의 군 작전 계통상에서 공식적으로 완전히 배제당해버리고 말았음을 의

봄 날 317

미하는 것이라고, 군종 신부는 설명했다.
 또 하나의 조치로는, 신군부는 21일 오후를 기해 11개 부처 장관을 경질하는 개각을 발표, 전교사 사령관인 윤흥정 중장을 전격 예편시켜 체신부장관에 임명하고, 그 후임으로 소준열 소장을 발령하여 즉시 그를 광주로 내려보냈다. 이로써 결국 모든 작전권은 명실상부하게 공수부대가 장악함으로써 광주 현지의 군 지휘 체계는 완전히 붕괴된 셈이라고 군종 신부는 말했다. 그리고 또 하나는, 신군부가 서울에 남아 있던 20사단의 나머지 1개 연대를 광주에 또다시 추가 투입했다는 것이다.
 잠시 후 협상이 시작되었다. 테이블을 사이에 두고 양측이 자리를 잡았다. 계엄분소 쪽에서는 부사령관인 김소장이 가운데 앉고, 세 명의 준장 그리고 보안대장과 헌병대장이라는 대령과 중령이 좌우에 앉았다. 확실한 것은 모르나, 그 중 세 명의 준장은 공수부대 지휘관이 아닌가 싶었다.
 군인들의 표정은 시종 딱딱하게 굳어 있었다. 이쪽의 기세를 휘어잡으려는 듯 눈매에 잔뜩 힘을 넣은 채, 수습위원들이 발언을 할 때마다 하나같이 위압적으로 쏘아보곤 했다.
 그런 긴장된 분위기를 조금이나마 풀어보려는 듯이 김소장은 일단 본론에 들어가기 전에 이런저런 얘기를 먼저 꺼냈다.
 책임이야 어느 쪽에 있건간에, 사태가 이렇게까지 진전되고 만 것은 참으로 불행한 일이다. 가뜩이나 어지러운 사회 분위기가 걱정스럽다. 군과 민이 적이나 된 듯 충돌하게 되었으니, 유사 이래 이런 비극이 어디 있겠는가. 무엇보다 현재 엄청난 양의 무기가 유출되어 시내에 나돌아다니고 있는 것이 너무나 큰 문제가 아니냐⋯⋯

그런 김소장의 얘기에 대부분의 수습위원들도 공감을 표하고, 어떻게든 시급히 사태가 평화롭게 수습되어야 한다는 점에는 이견이 없었다.
"역시 덕망 있으신 유지분들이시라 생각이 깊으시군요. 사실, 솔직히 말하면 저 역시 전라북도 사람올시다. 신임으로 오신 우리 사령관님께서도, 제가 알기로는 바로 이 지방 출신이시지요."
문득 부사령관은 목소리를 낮추더니, 짐짓 뭔가 은밀한 눈빛 같은 걸 떠올려보이며 그렇게 말했다.
"아하, 그러십니까. 알고 보니 다 같은 고향 사람들이구만요. 허허."
수습위원들 중 한 사람이 채신머리없이 한마디 끼여들었다.
"그렇고말고요. 우리 모두 똑같은 고향 사람들이 아닙니까. 그래서 저 역시 누구보다 이번 일을 괴롭고 안타깝게 여기고 있지요. 하여튼 다 같은 고향 사람들끼리 모였으니, 뭔가 좋은 결과를 만들어내야 하지 않겠습니까."
장군은 부드러운 미소를 얼굴에 떠올리기까지 했다.
이윽고 수습위원들은 준비한 7개항의 요구 조건을 하나씩 차례대로 설명해나가기 시작했다. 맨 먼저, 이번 사태의 근본 원인은 전적으로 공수부대의 과잉 진압으로부터 야기된 것임을 계엄군측에서 인정해야 한다고 요구했다. 그러자 준장 하나가 대뜸 정색을 하며, 무슨 엉뚱한 소리냐고 맞받아 나섰다.
"가만, 지금 뭔가 사태 원인을 전혀 정반대로 판단하고 있는 모양입니다. 어째서 그것이 전적으로 우리 군측 책임일 수가 있습니까? 오히려 애초에 사태를 야기시킨 건 시민들 쪽이지요. 현재 어떤 상황입니까? 전국은 계엄령하의 비상 사태라 이 말입니다. 국가가 망하느냐 적화되느냐 하는 절대 위기 상황인데도 불구하고, 철없는 대학생들이 계엄령을 무시하고 사회 혼란을 기도하는데, 어찌 군이 나서지 않고 구경만 하고 있어야 한단 말입니까?"

"아무리 계엄령 시국이라고 해서, 군이 선량한 시민을 닥치는 대로 무자비하게 진압해도 된단 말입니까? 총과 대검까지 사용하면서까지요?"

"무슨 얘깁니까? 우리 군으로서는 발포 상황까지 가지 않도록 최대한 마지막까지 자제를 했다는 걸 아셔야지. 우리 군측에서 입은 피해가 얼마나 큰지 아십니까. 또 군의 위신이 국제적으로도 얼마나 깎였는지 아십니까. 물론 이런 불행한 사태까지 발전한 것은 우리도 크나큰 불행이라 여기고 있어요. 그러나 신성한 국방 의무를 위해 사회 질서 유지에 나선 군을 공격하고 심각한 피해를 입히는데, 우리가 언제까지 자제만 할 수는 없지 않소? 오죽하면 발포를 할 수밖에 없었겠느냐 말입니다. 국가 전체를 위기에 몰아넣는 상황에선 부득이 자위권을 행사할 수밖에 없지 않겠소?"

"아니, 그러니까 시민들이 먼저 공격했기 때문에 군이 발포를 하고 총칼로 죽이게 되었다 이 말입니까? 적수공권인 민간인들을 닥치는 대로 공격하는 게 자위권 행사란 말입니까?"

"우리 군은 시민들의 과격한 시위에 대해 어쩔 수 없이 과격하게 진압한 것일 뿐이오."

"허참, 세상에! 이런 적반하장이 있나!"

"장군님, 도대체 그게 말이 됩니까. 비무장인 시민들이 무장한 계엄군에게 무조건 과격하게 시위를 했다니요. 애당초 공수부대가 무자비한 폭력을 행사했기 때문에 울분을 참지 못하고 시민들이 대항하게 된 것이지!"

"이것들 보세요. 흥분하지 말고, 냉정하게 풀어나갑시다."

또 다른 준장 하나가 대뜸 눈을 험악하게 부릅뜨며 위협조로 정신부를 노려보았다. 그리고 어금니에 무엇인가를 물고 있는 듯한 목소리로 낮게 말했다.

"사과를 하라고 그랬습니까? 좋습니다. 자, 감정을 가라앉히고 이성적으로 한번 따져보면 그게 얼마나 어처구니없는 주장인지 알 것이오. 대체 무엇을 누구에게 사과하라는 겁니까. 정복을 입은 경찰관에게 돌을 던지고 각목으로 때리고 살해한 자들을 대체 어떻게 해야 옳겠소? 대한민국 군복을 입은 군인을 공격한 자들을 어찌 대해야 옳겠소? 사실상 적이 아니면 군인을 공격하는 집단은 없소. 그런데 누가 누구더러 사과를 하라고 해요? 지금 광주 시내 거리를 활보하는 자들은 모조리 총기를 휴대한 무장폭도뿐이오. 심지어 우리 방송은 믿지 말고 북한 방송을 들어라, 하고 차량으로 선전 방송을 하고 다니는 판국이오. 그놈들이 용공분자가 아니면 누구란 말이오. 사태의 진상을 제대로 파악이나 하고 지금 그런 얘길 하고 있는 겁니까?"

계엄군 지휘관들은 사태의 책임이 오히려 시민 쪽에 있다고 몰아붙이려 했다. 그들의 주장을 요약하자면 이러했다.

〈사태의 직접적인 발단 원인은, 5·17 조치 이후 서울에서의 반정부 활동이 불가능해지자 김대중 추종 세력을 포함한, 서울의 호남 출신 대학생들과 깡패들이 합세, 광주로 잠입함으로써 비롯된 것이다. 여기에 이 지역 불순분자들과 극렬분자, 깡패들이 동조하여, 반정부적인 지역 민심을 선동함으로써 대규모 시민 시위를 유도해 낸 것이다. 게다가 이들이 "경상도 군인이 광주를 쑥대밭으로 만든다" "전라도 사람 씨를 말려 죽인다" 따위 악의적인 황당무계한 유언비어를 유포함으로써 구두닦이·넝마주이·양아치·공원·전과자·무직자 등 불만 계층들이 제 세상을 만난 듯 날뛰게 되고, 이에 선동된 시민들까지 휩쓸려들어 사태가 확대된 것이다. 특히 일부 불순분자들에 의해 저질러진 난동 행위까지 계엄군에 일방적으로 전가시켜 일반 시민들을 자극, 시위에 가세케 했고, 여기에 고정간첩 등 용공 불순 세력들이 시위 군중들 틈에 끼여 갖가지 유언비어를 유포시켜 방송국을 비롯한 공공 건물에 방화를 유도시킴으로써, 결국 시위 군중을 일시에 폭도로 만들어버렸다.〉

한동안 대화 자체가 공전을 반복했다. 군측의 억지 주장에 맞서 강하게 따지기도 하고 때로는 전후 상황을 들어가며 설득조로 대하기도 했지만, 그들은 막무가내 억지 주장으로 일관할 뿐이었다. 정신부를 비롯한 수습위원들은 기가 막힐 지경이었다.

쌍방의 의견이 팽팽하게 맞서 풀리지를 않았으므로, 그 사항에 대해서는 일단 보류, 좀더 시간을 두고 다루기로 했다. 이어서 다른 사항들이 거론되었다.

"연행자 전원을 즉시 석방해주십시오. 여기엔 그간에 연행된 시민들 및 구속 학생, 그리고 예비 검속으로 잡혀간 민주 인사들까지 포함시켜야 한다는 게 우리들의 요구올시다."

"잠깐, 그 문제는 여기서 내가 혼자 결정할 성질이 아닌 것 같소. 잠시만 기다려주시오."

김소장은 문득 자리에서 일어나더니, 옆방으로 사라졌다. 어디론가 전화를 걸어, 그 문제에 대해 보고를 하고 지시를 받는 것 같았다. 전화를 받는 저쪽은 누구일까? 계엄사령관? 아니면, 신군부의 핵심 실력자? 정신부는 혼자 그런 의문을 던지고 있었다.

이내 소장은 돌아왔다.

"좋소. 사령관님께 보고를 드리고, 상부에도 보고를 했소. 일단 연행자들에 대한 석방 문제는 긍정적인 답변을 받았소이다."

수습위원들은 하나같이 반색을 했다. 혹시나 했는데, 의외로 순순히 요구 조건을 받아주는 것으로만 알았다.

"그런데, 한 가지 단서가 있소이다. 연행자들은 일단 조사 후에, 선별 작업을 거쳐서 석방해주겠소."

선별 후 석방이라니. 당연히 그건 또 다른 문제를 내포하고 있었다. 정신부가 나섰다.

"선별 후 석방은 안 됩니다. 지금 즉시 전원을, 아무 조건 없이 석방해주시오."

"그건 불가능하오. 이건 내가 결정할 문제가 아닙니다. 상부에서 이미 결정을 내린 것을 나는 단지 통고해줄 뿐이오."

"상부라는 건 누구를 말씀하시는 것입니까?"

정신부의 질문에, 문득 김소장의 표정이 굳어지는 듯했다.

"그것까지는 밝힐 의무가 없는 것 같소. 여하튼, 우리 군측의 결정은 그렇습니다."

그러자 곁에 있던 중령이 불쑥 험악한 얼굴로 으름장을 놓는다. 보안대장인가 헌병대장인가 하는 자였다.

"거, 무슨 말씀들을 하시는 겁니까? 연행자들 속에는 다수의 불순분자, 용공분자가 섞여 있을 텐데, 어떻게 무조건 석방한단 말이오. 고정간첩이 있어도 풀어주란 말입니까?"

중령의 매서운 눈초리와 공격적인 말투에 수습위원들은 말문이 막혔다. 잠시 서로의 눈치만 살폈다. 비록 선별 후 석방이란 조건이 붙긴 했어도, 그 정도의 약속이나마 얻어낸 것도 다행이지 않는가, 대부분 그런 표정들이었다.*

"시민들은 지금 정부가 사태 원인을 왜곡하고 또 일방적으로 불순분자니 폭도니 하는 식으로 매도하고 있는 데에 대단히 격분하고 있습니다. 무엇보다 집단 발포로 엄청난 희생을 초래한 것에 경악을 금치 못합니다. 따라서 우리들은, 정부가 발포 명령자를 처벌하고 대통령이 공개 사과 하기를 요구합니다."

그 대목에서 군인들의 입가에 묘한 비웃음 같은 게 흘렀다. 철딱서니 없기는. 그게 말이나 되는 소리야. 정신부의 눈에는 그들이 그렇게 말하고 있는 것처럼 여겨졌다.

"허참, 갈수록 태산이구만. 그런 문제를 어떻게 우리가 이 자리에서 결정할 수가 있겠습니까. 그건 정부 차원에서 해결할 문제 잖소."

"물론 그렇겠지요. 우리들이 바라는 건, 이 같은 시민의 입장을 정부 쪽, 특히 대통령께 전달해달라는 것입니다."

"대통령한테요?"

군인들의 입가에 또다시 야릇한 웃음기가 스쳤다. 김소장은 손에 쥔 만년필을 테이블 위에 토닥토닥 두드리며 잠시 생각하는 표정이더니, 입을 열었다.

"알겠습니다. 일단 상부에 건의해보겠소. 그 다음은 무엇입니까?"

---

* 이날 1차 협상 후 18:00경 연행자 848명 석방. 전남북 계엄분소는 18, 19 양일 간 연행되었던 학생, 시민 상당수를 21일부터 석방하기 시작하였다.

"사망자 및 부상자에 대해서는 전원 피해 보상을 해줄 것. 그리고 사망자들의 장례는 시민장으로 치를 수 있도록 해줄 것을 요구합니다."

그 말이 나오자마자 김소장은 다시 자리를 떴다. 이번에도 옆방으로 건너가서 역시 누군가에게 보고를 하고, 또 지시를 받는 눈치였다. 그는 잠시 후 되돌아왔다.

"피해 보상 문제에 대해서는 상부에서 추후 검토해보겠다는 답변을 받았소. 그러나 장례를 시민장으로 치르는 문제는 일단 보류하는 게 좋겠소."

"어째서입니까?"

"에 또, 아주 미묘한 사안이라서 현재로서는 당장 결정하기가 어렵고, 무엇보다 시민들에게 자극을 줄 수 있기 때문이오. 잔뜩 감정들이 격앙되어 있는 판에, 자칫하면 수습이 아니라 오히려 일을 더 어렵게 만들 가능성이 크지 않겠소?"

그 문제 역시 계엄군측은 얼렁뚱땅 넘어가고 있었다. 하지만 어차피 이들 하급 부대 지휘관들 차원에서 결정될 문제는 아니라는 점에서, 수습위원들 쪽에서도 더 이상 길게 따지고 들기도 어려운 일이긴 했다.

"그간의 사태 기간 중에 있었던 여하한 일로도 시민들 개개인에게 책임을 묻지 않아야 합니다. 즉 수습은 평화적으로 이루어져야 하고, 수습 후 계엄군 쪽에서 시민에 대한 일체의 보복 행위를 하지 않는다는 약속을 해주십시오."

이번에도 부사령관은 또다시 옆방으로 사라졌다가 잠시 후에 돌아왔다.

"군측에선 여하한 경우에도 보복 행위 따윈 하지 않소이다. 그걸 믿으셔야지. 육이오 때도 아니고, 우리 정부가 언제 그런 보복 행월 한 적이 있었습니까?"
 그 말에 정신부가 발언을 했다.
"천만에요. 대다수의 시민들로서는 자신들이 장차 틀림없이 가혹한 보복을 당할 것이라고 의심하고 있다는 사실을 정부 당국이 아셔야 합니다. 실제로 지난번 사북 사태의 경우에도, 당시 정부에선 차후 보복이 절대 없을 거라고 약속했습니다만, 수습 직후 즉각 수많은 사람들을 체포해서 무거운 형벌을 내리지 않았습니까. 광주 시민들은 이번에도 또 그러지 않을까, 우려하고 있어요."
"그러니까 뭡니까. 총을 탈취해서 군을 향해 발포를 하고 난동을 부린 자들까지도 모두 불문에 부쳐야 한다, 이 말입니까? 불순분자와 용공분자들까지도, 아예 아무런 일도 없었던 걸로 치고, 그냥 놔두라는 얘기냐 이겁니다."
 그때까지 줄곧 손으로 코를 주물러대고 있던 준장 하나가 불쾌한 기색을 노골적으로 드러내며 반문했다.
"어째서 시민들이 불순분자요 용공분자입니까. 그들은 공수부대의 무자비한 진압 방식에 울분을 참지 못해, 어쩔 수 없이 총을 들었을 뿐입니다."
"그렇고말고요. 여기 계신 장교분들도 직접 그 현장을 목격하셨다면, 시민들의 행동을 충분히 이해하고 남음이 있을 거외다. 오죽했으면, 남녀노소, 하다못해 부녀자들과 어린애들까지 거리로 쏟아져나왔겠소."
"허어! 이분들께서 대단히 위험천만한 생각들을 갖고 계시는 거 아뇨? 지금 우리 군이, 힘이 없고 대책이 없어서 이렇게 손놓고 기다리고만 있는 줄 아십니까? 상황이 어떻게 돌아가는 줄이나 제대로 판단들을 하셔야지요, 판단을!"
　대령이 벌컥 화를 내며, 목에 힘줄이 돋도록 언성을 높였다.
"이봐요, 박대령. 왜 이러는 거야. 이분들도 시민을 대표해서 뭔가 일을 잘 수습해보자고 나서지 않았는가 말이야. 흥분하지 말라구."
　김소장이 손을 들어 만류하는 척하고 나섰다.
"에이, 이거 도대체 무슨 말이 통해야지, 원."
　대령이 투덜대며 물러섰다. 정신부는 연신 가슴속에서 불덩이 같은 게 울컥울컥 치밀어올랐지만, 참을 도리밖에 없었다. 어쩔 것인가. 그들의 태도는, 어차피 칼자루는 자기네가 쥐고 있다는 식이었다. 마지막 요구 사항을 읽어내려갔다.
"사태의 수습은 절대로 평화적으로 이루어져야 합니다. 현재 다량의 무기가 나돌고 있는 상황에서, 우리는 수습위원회를 중심으로, 무기를 자진 회수하여 반납할 수 있도록 시민들을 최대한 설득해나갈 작정입니다. 그러므로 사태 수습 전에 절대로 군을 시내에 투입하지 말 것이며, 계엄군의 무력 진압을 절대로 금지해줄 것을 강력히 요구하는 바입니다."
　이번에도 또 옆방으로 가서 어디론가 통화를 마치고 나타난 김소장은 의외로 선선히 대답했다.
"좋습니다. 사태가 평화적으로 수습되어야 한다는 데에는 우리 군 역시 전적으로 동감하고 있소. 물론이고말고요. 무력 진압을 하게 된다면, 막심한 희생이 초래될 것은 명약관화한 일이 아니겠습니까. 사실 우리 군으로서도 그런 불미한 사태에 이르지 않도록 최대한 자제를 할 것이오."

봄 날　327

어째선지 김소장의 표정이 여유 만만해 보였으므로, 수습위원들은 반색을 하면서도 한편으로는 어리둥절해질 수밖에 없었다. 아니나다를까, 부사령관은 이내 단서를 달고 나섰다.
"에 또, 일단 무기를 자진 회수, 반납하겠다는 것에 대해서는 우리도 쌍수를 들어 환영합니다. 그렇게만 된다면 큰 희생 없이 평화적으로 모든 문제가 해결되지 않겠습니까. 그러나, 이것만은 필히 명심해주셔야겠소. 우리 군은 여러분의 약속을 일단 믿어보기로 하고, 무기 회수 작업 여부를 주의 깊게 지켜보기로 하겠소. 만약, 그것이 만족스럽지 못할 경우……"
그 대목에서 소장은 말을 멈추더니, 수습위원들의 얼굴을 하나하나 확인하는 듯한 눈초리로 쏘아보고 나서, 다시 입을 열었다.
"그럴 경우엔, 우리로서도 마냥 더 이상 지체할 수만은 없다는 사실이오. 무슨 말씀인지 아시겠습니까?"
소장의 음성은 낮고 느렸다. 하지만 그것은 지금까지의 어떤 말보다도 무겁고 차가운 의지가 담겨 있었다. 일순 좌중의 분위기가 싸늘하게 굳어졌다. 정신부는 조심스레 반문했다.
"그러니까, 만약 무기 회수 작업이 여의치 않다고 판단되면, 언제라도 불시에 무력 진압을 개시하겠다는 말씀인가요?"
"그렇소. 결국 모든 것은 여러분한테 달려 있다는 거요. 평화적으로 해결되느냐, 아니면 군이 부득이 무력 진압 작전을 펼칠 수밖에 없는 사태가 벌어지고 마느냐, 그 선택 여부는 여러분이 결정하시오."
소장의 대답은 짧고 단호하게 울렸다.
정신부는 자신의 손끝이 바르르 경련하는 것을 느꼈다. 그건 협박이었다. 노골적이고도 당당하게 가하는 협박. 수습위원들의 낯빛이 침통하게 일그러지고 있었다.
 이쪽을 빤히 건너다보고 있는 군인들의 입가에 다시금 미묘한 웃음기가 스치고 지나가는 것을 정신부는 똑똑히 확인했다. 그것은 얼핏 야비한 비웃음으로 비쳤다. 칼자루를 쥔 자의 오만함으로부터 나오는 조롱 섞인 비웃음…… 정신부는 등허리에 식은 땀이 돋았다. 대답이 빤한 질문이었지만, 정신부는 용기를 내었다. 목소리가 떨려나왔다.
 "장군님, 다시 한번 요구합니다. 우리가 평화적인 수습을 위한 준비를 하고 있는 동안엔 절대로 군 투입은 하지 않겠다고 보장해주시오. 그것이 받아들여지지 않는다면, 시민들로서는 무장해제를 하지 않으려 할 것입니다."
 그러나 저쪽의 답변은 한치도 물러서지 않았다.
 "같은 말을 자꾸 반복하도록 만드시는군요. 먼저 그쪽에서 조속히 무기를 자진 회수, 반납하시오. 전량을, 하나도 남김없이 말요. 그래준다면, 무력 진압 작전은 피할 수 있단 얘기요."
 "무력 진압을 하지 않겠다는 약속이 먼저 선행되어야 할 것 아닙니까. 그래야만 시민들도 안심하고 총을 반납할 것 아닙니까."
 정신부의 단호한 태도에 놀라, 옆에 앉은 수습위원 한 사람이 얼른 그의 팔을 잡아 제지했다. 준장 하나가 야릇한 미소를 지으며, 정신부를 찬찬히 쏘아보았다.
 "아직도 사정을 정확히 파악하지 못하시는 모양이군요, 신부님. 우리 군이 언제까지고 이렇게 인내심을 가지고 기다려주리라고 생각하십니까. 우리는 프로페셔널한 군인들이오. 그까짓 오합지졸 같은 시위대쯤은 당장이라도, 단 몇 분 만에 간단히 진

봄 날　329

압해버릴 수 있단 말이오. 그런데도 우리가 이렇게 참고 있는 이유는 단 하나, 인명 피해를 최대한 줄이겠다는 생각 때문이오. 그러나 인내심도 한계가 있어요. 언제까지 우리 대한민국 국군이 이렇게 치욕을 감내해가면서 당하고만 있을 것 같습니까?"

준장은 여전히 웃음기를 머금고 있었다. 그는 말을 멈추고, 갑자기 벌떡 일어나 창가로 다가가며 말했다.

"자, 저 바깥을 한번 내다보시오. 이쪽으로 오시라니까. 뭐가 보입니까?"

수습위원들은 엉겁결에 자리에서 일어나 창밖으로 시선을 보냈다.

장군이 손으로 가리키는 쪽은 연병장이었다. 하늘을 찌를 듯 솟아 있는 미루나무들 사이로 드넓은 연병장이 보였다. 그 연병장 이쪽 끝에서 저쪽 끝까지 도열해 있는 거대한 탱크와 장갑차, 엄청나게 많은 병력 수송 트럭들, 그리고 여러 대의 헬리콥터들이 보였다. 그 중 헬리콥터 한 대가 이제 막 흙먼지를 뿜어올리며 이륙하고 있었다.

"자, 저게 무엇인지 아시겠습니까? 우리는 이렇게 최신 무기로 완전 무장한 막강한 군대요. 명령만 내려졌다 하면, 불과 몇 분 후에 모든 상황은 종료된다 이겁니다. 참는 것도, 한계가 있다는 것을, 명심하시오."

어느 사이엔가 수습위원들의 낯빛이 참담하리만큼 어둡게 질려 있었다. 절박한 불안과 공포의 그림자가 모두의 눈빛에 짙게 드리워졌다.

'아아, 이 일을 어쩌면 좋을 것인가. 이젠 희망이 없구나. 결국 이자들은 끝끝내 엄청난 피를 보고야 말 작정이로구나. 시간이

가면 갈수록 시민들의 피해와 희생만 늘어나겠구나…… 아아, 잔인한 자들. 참으로 잔악하고도 무모하기 이를 데 없는 인간들. 이 일을 어찌해야 하나. 어찌하면 이 엄청난 비극을 막을 수 있을 것인가. 오오, 하느님. 도와주소서. 이 불행한 민족을, 광주 시민들을 구해주소서……'

정신부는 눈앞이 캄캄해져왔다. 장차 닥쳐올 환난의 날이 악몽처럼 눈앞에 어른거렸다.

"소장님, 우리가 최선을 다해볼랍니다. 어떻게 해서든지 시민들을 설득해서 무기를 자진 회수할 수 있도록 할 테니, 그때까지 몇 번이고 협상을 계속해나가야 합니다."

수습위원 중 한 사람이 거의 애원하듯이 김소장을 붙들고 말했다. 소장은 시종 여유 만만한 표정이었다.

"협상 창구는 항시 열어두겠소. 다만 시한을 두겠소. 정확한 시한은 나로서도 장담할 수 없지만, 잘해야 이틀? 아니 바로 내일이 될지도 모르는 일이오. 그전까지, 속히 무기 회수 작업을 완료해주시오."

"잘 알겠습니다. 그런데 우리들이 수습 회담차 왔다 되돌아가는 길인데, 뭐가 눈에 보이는 결과가 있어야 하지 않겠습니까. 아까 약속하신, 연행자 석방 조치부터라도 당장 취해주셨으면 하는데요. 그래야만 시민들에게 계엄군 쪽의 의사를 전달하고 또 무기 회수의 불가피성을 홍보·설득할 수 있을 것 아니겠습니까."

"그거야 내가 책임지고 약속을 지키겠소. 일단 오늘중으로 연행자 일부를 석방하겠으니, 무기부터 당장 회수하시오."

"최선을 다해볼랍니다. 직통 전화를 통해 계속 연락을 취할 수

봄 날 331

있도록 하면 좋겠습니다."

그 수습위원은 머리까지 조아리는 시늉을 해보이며 꽤나 덤벙거렸다. 사업가라는 얘기만 들었을 뿐 정신부로서는 그 인물에 대해서 아는 바가 없었다. 유난히 앞에 나서서 설치는 듯해서, 정신부는 내내 그 인물이 마음에 들지 않았다.

그들을 태운 차량은 상무대를 빠져나왔다. 통합병원을 지나 공단 입구 부근의 군 저지선에 이르렀을 때, 군인들은 그들을 남겨두고 돌아갔다.

도청으로 돌아오는 차 안에서 수습위원 대표들은 한동안 앞으로의 대책을 놓고 저마다 의견이 분분했다. 그들은 대부분 계엄군측의 위압적이고 완강한 태도에 질려 있었다.

"시간이 없다. 늦기 전에 무기를 회수하여 우리측에 반납하라. 그렇지 않으면 불시에 무력 진압 작전을 개시하겠다."

그렇게 노골적으로 가하는 경고에 그들은 공포심을 느끼고 있었고, 이제야말로 더 큰 참사가 벌어질지 모른다는 두려움에 잔뜩 위축되어 있었다. 때문에 거의 대부분의 수습위원들은 이젠 오로지 한 가지 생각뿐이었다. 그것은 한시 바삐 시민들로부터 무기를 회수함으로써 계엄군측과의 재협상을 통해 더 늦기 전에 어떻게 해서든지 평화적인 수습을 해야 한다는 것이었다. 그런 전체적인 분위기 속에서 정신부의 마음은 참으로 착잡하기만 했다.

'저들의 그 오만하고 노골적인 협박 앞에 결국 시민들은 이렇게 참담하게 무릎을 꿇어야만 한단 말인가. 그 길밖에 아무것도 남아 있지 않는 것인가.'

수많은 시민들의 희생과 슬픔을 생각하면, 그것은 참으로 견딜 수 없도록 분하고 억울한 일이었다.
 '그러나 어찌할 것인가. 우리에겐 힘이 없다. 어찌 저 막강한 군대에 대항하여 이길 수 있단 말인가. 승부는 어차피 정해져 있다. 그나마 실낱 같은 기대──정부측에서 뭔가 평화적인 수습을 위해 나서줄지도 모른다는──그 기대마저도 이젠 저만치 물러나버린 것만 같다. 그자들의 그 적반하장 격의 당당한 태도로 보아 아무런 기대도 할 수 없을 것 같다. 어찌할 것인가. 참으로 미치도록 분하고 억울하지만, 그러나 어쩌랴. 더 이상 무고한 희생은 막아야만 한다. 더 이상 피를 흘려서는 안 된다······'
 결국 정신부 역시, 한시 바삐 무기를 회수하는 길말고는 달리 방법이 없다는, 절망적인 결론을 내리고 있었다.

오후 5시
 버스는 어느덧 도청 광장으로 들어서고 있었다.
 차 안에 앉은 수습위의 협상 대표들은 놀랐다. 엄청난 인파가 광장과 금남로 일대를 빽빽히 메우고 있다. 수만 명, 적어도 사오만 명은 족히 될 성싶다. 분수대에 설치된 연단에서 누군가 확성기를 통해 수습위원들의 도착을 알리자, 우레와 같은 박수 소리와 함성이 일제히 터져나왔다.
 간간이 토론대회가 열리는 가운데, 시민들은 그때까지 협상 대표들이 계엄분소에서 돌아오기를 기다리고 있었던 것이다. 오후 세시경엔 관 위에 태극기를 덮은 시체 열여덟 구가 도청 광장 중앙 분수대 주위에 옮겨졌고, 이어서 추도식이 거행되었다. 협상 대표들이 도착한 것은 국기에 대한 경례, 「애국가」봉창, 묵념 등의 순서대로 이어지는 추도식이 끝난 지 얼마 지나지 않아서였다.
 협상 대표들은 일단 도청으로 들어가 의논을 했다. 누가 시민들 앞에 나가서 협상 내용을 발표할 것인가를 결정해야 했다. 시민들은 모두 대단히 흥분해 있는 상태였으므로, 계엄사와의 협상 결과를 발표하기란 무척 껄끄럽고 어려운 일이었다. 결국 사업가인 장휴동씨가 자진해서 그 일을 맡겠다고 나섰다. 대표들은 부지사 등 몇몇 인사들과 함께 광장으로 나갔다.
 장씨가 긴장된 표정을 하고 연단으로 바뀐 분수대 구조물 위로 올라가 마이크를 잡았다. 처음부터 박수와 야유가 함께 섞여 나왔다. 그는 사실 시민들로부터 별다른 호응을 받지 못하는 인물이었다. 유신 정권 시절 광주에서 무소속으로 국회의원에 입후보했던 경력도 있었고, 적지 않은 시민들로부터 그간의 정치적 이력에 대해 불신을 받고 있다는 평이었다.
 장씨가 먼저 묵념을 올리자고 한 다음, 계엄사와의 협상 내용을 보고하기 시작했다. 대통령에 대한 대 국민 사과 요구, 연행자 석방 요구 등에 관한 내용을 발표할 때만 해도 시민들은 박수로 환영해 받아들이는 분위기였다. 그러나 마지막으로, 이와 같은 요구 조건이 계엄사측에 의해 받아들여진다면 무기를 반납하고자 한다는 발언이 나오자마자 분위기는 일순간에 반전했다.
 "뭐가 어쩌고 어째! 야, 이 개자식아, 무기를 버리고 항복하잔 말여?"
 "야, 저건 뭐야. 저걸 당장 끌어내려부러!
 일시에 사방에서 굉장한 야유가 터져나오기 시작했다.
 "시민 여러분. 진정하시고 잠시만 제 말씀을 들어주세요. 이, 이건 흥분한다고 해결될 문제가 아니란 말입니다. 계엄군은 내

일이라도 당장 쳐들어와서 무력 진압을 할 만반의 준비가 다되어 있단 말입니다. 총기를 무조건 반납하고 사태를 수습해야만이 더 이상의 피해를 막을 수……"

장씨는 말을 채 맺지 못했다. 돌연 군중 속에서 청년 하나가 연단 위로 뛰어올라오더니, 그의 손에서 마이크를 빼앗았기 때문이다. 청년은 자신을 조선대학교 학생 김종배라고 소개한 뒤, 격렬한 목소리로 울부짖듯이 외쳤다.

"여러부운! 이게 웬 말입니까아! 죄 없는 시민들이 얼마나 많이 죽었는데, 무조건 무기를 버리고 투항하자니요! 억울하게 죽어간 무고한 생명들은 어쩌라고요! 우리가 무슨 죄가 있습니까! 도대체 무엇을 잘못했길래 이토록 당해야 한단 말입니까아……"

청년의 울부짖음이 광장을 폭풍처럼 뒤흔들었다. 청년은 부지사와 수습위원들을 향해 소리쳤다.

"무기를 반납하라고? 야! 팔십만 시민의 피를 팔아 출세하려는 인간들아. 당신들은 필요없어. 다 꺼져버리라고!"

삽시간에 도청 광장은 성토장으로 변하고 말았다. 격노한 시민들의 함성과 야유가 물 끓듯 터져나오고, 여기저기서 탕 타앙, 공포를 쏘기도 했다.

수없이 쏟아지는 야유와 비난 앞에서 수습위원들은 하나같이 참담함과 당혹감으로 하얗게 질려 있을 뿐이었다. 정신부는 내내 눈을 감은 채 서 있었다. 시민들의 분노는 충분히 예상했었고, 실상 그것은 너무나도 당연한 반응이었다.

한동안 이어지던 흥분과 분노의 물결이 조금 가라앉았을 때, 위원장인 이종기 변호사가 연단으로 올랐다. 그는 짧게 말했다.

"시민 여러분. 우리들은 계엄사 관계자들과 만나 협상을 했으나, 실제로는 아무것도 성의 있는 태도로 받아들여진 게 없으며, 따라서 결국 합의된 내용 역시 없습니다."

그의 말이 끝나자마자 또 다른 충격이 광장을 휩쓸고 지나갔다. 뭔가 최소한이나마 긍정적인 결과가 있으리라는 기대감이 허망하게 무너지자, 일순간에 엄청난 배신감과 분노가 사람들을 휘어잡아버리고 말았다.

"시민 여러분, 싸웁시다! 이젠 최후의 일인까지 저놈들과 싸우는 길밖에 없습니다아!"

"무기를 절대로 내줘선 안 됩니다! 그것은 항복이고, 굴복입니다!"

"우리 모두 무기를 들고 싸웁시다! 끝까지! 끝까지 투쟁합시다아!"

분노한 청년들이 너도나도 다투어 연단으로 뛰어올라 외치기 시작했다.

"옳소오. 싸웁시다. 전두환을 찢어죽입시다. 원수를 갚읍시다아. 와아아."

광장과 금남로 일대는 수만 군중의 함성과 환호, 구호 소리로 뜨겁게 끓어오르고 있었다.

> "만일 그 혼란에 종지부를 찍으려는 평화적인 방법이 먹혀들지 않을 때를 대비해, 한국 정부는 전남 지역에 보병 제20사단과 공군, 그리고 특수부대를 비상 대기시키고 있다."
> ── 글라이스틴 미국 대사, 5. 22. 밤, 백악관에 보낸 전문에서.

5월 22일, 17 : 00, 도청 앞 광장

 분수대를 중심으로 광장을 빽빽하게 채운 시민들 틈에 윤상현은 동료들과 함께 앉아 있었다. 시민들은 계엄사측과의 협상을 위해 상무대로 떠난 협상 대표들이 돌아오기를 기다리고 있는 중이었다.
 광장은 이날 종일 인파로 들끓었다. 모든 언론이 차단된 상황에서 시민들은 앞으로 전개될 이 도시의 운명의 향방에 대해 궁금해했다. 특히 국무총리가 방문한다는 소식에 아침부터 삼삼오오 광장으로 몰려나온 것이었다.
 시민들은 어제까지 계엄군이 점령하고 있던 도청 정문에서 어설픈 자세로 총을 들고 서 있는 시민군 청년들, 그리고 쉴새없이 들락거리는 시민군 차량들을 보면서 밤사이 세상이 뒤바뀌었다는 사실을 비로소 실감했다. 그리고 감격했다. 하지만 그 감격은 이내 짙은 불안의 그림자로 바뀌었다. 이것은 다만 일시적인 평화, 어쩌면 예비된 보다 더 큰 불행의 시발일 뿐인지도 모른다는 사실을 그들은 잘 알고 있었기 때문이다. 그들은 저마다 감격과 불안, 기쁨과 초조함이 뒤죽박죽된 복잡한 표정으로 서성거렸다.

정오 무렵, 부지사실에서 15명의 각계 인사들로 구성된 시민수습대책위원회가 결성되었다는 소식이 확성기를 통해 알려졌다. 한시쯤 수습위원들을 태운 차량이 계엄사측과의 협상을 위해 출발했을 때 시민들은 성급한 낙관론을 주고받기도 했다. 그들은 정부 쪽에서도 이젠 뭔가 평화적인 수습을 위한 긍정적인 대책을 내어놓으리라는 소박한 기대를 감추지 않았다.

시민들은 광장을 가득 메운 채 초조하게 기다렸다. 뭔가 반가운 협상 결과를 가지고 돌아올 수습위 대표들을, 또 12시에 방문할 것이라는 소문이 나도는 국무총리가 자신들의 눈앞에 나타나주기를 기다렸다. 군용 헬기가 광장 상공을 높다랗게 맴돌며 '폭도들은 자수하라' 는 선무 방송과 전단을 뿌리고 달아날 때에도, 시민들은 여전히 그 소박한 기대를 버리지 않고 있었다.

오후 세시경, 광장 중앙의 분수대 위에는 열여덟 구의 시신들이 옮겨져 있었다. 관 위에 똑같이 태극기가 씌워진 시신들. 급조한 어설픈 모양의 관이 옮겨질 때마다 신원을 확인하려는 사람들이 우우 몰려들곤 했다. 관 뚜껑이 열려지고, 처참한 시신들이 하나씩 모습을 드러냈다. 더러는 얼굴의 형체조차 안 남은 피투성이 육신들. 목이 없는 남자도 있었고, 내장이 터져나온 남자, 얼굴이 짓이겨진 단발머리 여고생도 있었다. 그 참혹한 시체들 앞에서 시민들은 분노와 공포, 설움과 충격에 몸서리를 쳤다.

시민들은 협상 대표가 돌아오기 전, 간단한 추도식을 치렀다.

국기에 대한 경례, 묵념, 「애국가」 봉창…… 그들은 국기를 향해 가슴에 손을 얹고 동해물과 백두산을 합창하면서도, 눈앞의 현실이 도무지 믿어지지가 않았다.

'그렇게 미친 듯이 무차별 총탄을 퍼붓고 몽둥이와 대검을 휘두른 자들이 정말로 이 나라의 군대, 같은 피를 나눈 동족이었을까. 우리들이 대관절 무슨 용서받지 못할 잘못을 저지르기라도 했단 말인가. 대체 무슨 이유로 이렇듯 맨주먹밖에 가진 것이 없는 우리들에게 그토록 무자비한 살육을 저질렀단 말인가……'

얼핏 모든 일이 그저 황당하고 어처구니없는 악몽 같기만 했다. 그러나 그것은 엄연한 현실이었다. 견딜 수 없는 분노와 슬픔에 치를 떨고 있는 시민들의 머리 위로 헬기가 이따금씩 나타나 꽃가루처럼 하얗게 전단을 뿌리고 사라졌다. 거기엔 "계엄군은 발포한 사실이 없다. 희생자는 중상자 한 명에 경상자 약간 명이며, 이들은 당국에서 잘 보호·치료중이다"라고 적혀 있었다.

자연스레 즉석에서 궐기대회가 열렸다. 너도나도 분수대 위에 올라가 고함을 지르고 울분을 터뜨렸다. 공수부대의 만행을 규탄하고, 가족을 잃은 슬픔과 분노에 마이크를 잡은 채 절규했다. 앞으로 어떻게 싸워나가야 할 것인가를 열심히 토로하기도 했다. 임시 연단으로 나선 사람들의 직업이나 계층도 다양했다. 시장에서 장사하는 아낙네·대학생·가정주부·교사·종교인·고교생·농민…… 순서도 체계도 없는 즉석 궐기대회는 시종 어수선하고 산만했지만, 지켜보는 모두의 눈엔 물기가 고였고, 가슴엔 뜨거운 피가 끓어올랐다. 지금 이 순간 그들은 너나없이 계엄군의 총구 앞에 서 있는, 하나의 공동 운명체였기 때문이다.

봄 날 339

윤상현은 처음부터 끝까지 집회의 분위기를 유심히 지켜보았다. 광장의 분위기는 어느덧 하나의 커다란 공감의 영역으로 확대되고 있었다. 서로 다른 계층과 직업에도 불구하고 시민들은 상황을 파악하는 눈과 감정이 거의 일치했다.

'그래. 이것은 필시 지난 닷새 간 우리들이 공유해온 동일한 운명의 체험, 그리고 함께 겪어낸 필사적인 저항의 체험이 가져다 준 투쟁 의식의 공감대로부터 비롯된 것이리라……'

가슴이 불현듯 뜨거워옴을 느끼며 윤상현은 그렇게 뇌까렸다.

물론 윤상현은 그 같은 시민들의 공감대가 언제까지나 온전하게 지속될 수 있으리라는 턱없는 환상 따위는 믿지 않았다. 만약 뭔가 확실한 출구가 나타나지 않는 채로 시간이 지나고 상황이 점차 악화되어갈 경우, 그 공감대는 현저히 약화, 분열되기 시작할 것임을 윤상현도 잘 알고 있었다. 하지만 당장은 자신들의 생존권을 스스로 지켜야 한다는 문제에 있어서 시민들은 분명한 합의를 이루고 있는 셈이었다.

박수 소리, 함성, 구호 그리고 간간이 터져나오는 폭소…… 윤상현은 그런 즉석 궐기대회장의 열띤 분위기 속에 잠재된 어떤 분명한 한계 또한 짚어낼 수 있었다. 차라리 그것은 일종의 한풀이 마당이라고 해야 보다 적절한 표현일 터였다. 최소한 시민들은 동일한 분노와 적대감을 공유하고, 비극적 현사태의 해결책이 어떤 것인가에 대해서는 거의 일치된 견해를 지니고 있는 듯했다. 그러나 시민들로서는 그것들을 통일된 의견으로 수렴시켜 줄 최소한의 조직을 아직까지는 갖추지 못한 상태였다. 계엄군은 철수했지만 오히려 이 도시는 훨씬 더 견고한 포위망 안에 갇혀 있었다. 조만간 눈앞에 닥쳐올 최후의 싸움은 몇 배나 더 힘겨운 것이 될 것이고, 승리에의 전망은 여전히 아득하게 멀었다. 그리고 그 힘겨운 싸움을 가능케 해줄 유일한 힘은, 현재로서는 오로지 시민들의 투쟁 의지 바로 그것밖에 없었다.

문제는 현재 비등점까지 끓어오른 시민들의 투쟁 의지를 어떻게, 얼마나 오래 지속시켜갈 수 있을 것인가라는 것이었다. 한 가지 답만은 자명했다. 시민들로부터 어떤 통일된 의견과 요구를 수렴하고 그 실천 방안을 조직적으로 제시, 실행해나갈 수 있는 확실한 조직이 탄생해야만 한다는 것.

그러나 막상 그 일을 떠맡아야 할 적임자들이 부재했다. 그간 민주화 운동을 해온 이 지역 주요 인사들은 대부분 연행되었거나 도피해버렸고, 전남대 학생회 간부들 역시 행방이 묘연한 상황이다. 그나마 아직 시내에 남아 있는 청년 운동가들은 소수인 데다가 대부분 소재 파악조차 쉽지 않다.

'그렇다고 언제까지 이렇듯 머뭇거리고 있을 수만은 없지 않은가. 이젠 나 혼자부터라도 나서야 하지 않겠는가.'

윤상현은 자문해본다.

'하지만 내겐 이렇다 할 운동의 경력도 능력도 영향력도 부족하다. 그런 내가 섣불리 혼자 앞장서 뛰어든다는 게 과연 현명한 일인가. 또 그것이 가능한 일이기나 할 것인가.'

윤상현은 자신의 어깨에 지워져 있는 막중한 책임을 새삼 느꼈다. 그러면서도 혼자의 힘만으로 당장 어디서부터 어떻게 시작해야 좋을지 몰라 허둥대고 있었다.

지금까지 윤상현은 자신이 감당해야 할 최대한의 가능한 몫이란 바로 투사회보 작업이라고 판단하고 있었다. 사실 투사회보 일만 해도 그 자신의 몸이 몇 개라도 부족할 지경이었다. 일체의 공적인 언론 매체가 묶여버린 현상황에서는 시민의 편에 서서 시민의 입과 귀가 되어줄 지하 신문이 절대적으로 필요했고, 시민의 정서와 요구를 대변하고 정확한 상황 판단 및 앞으로의 투쟁 방향을 제시해내는 선전 작업이야말로 무엇보다 중요하다는 사실을 윤상현은 확신하고 있었다.

물론 궁극적으로 그 같은 선전 작업이란 응당 통일된 조직하의 전체적인 전략 안에서 체계적으로 진행되어져야만 할 터였다. 그러나 확실한 중심 조직이 부재한 상황이라, 지금까지 투사회보를 통한 선전 작업은 부득이 고립되고 분산된 형태로 이어져올 수밖에 없었고, 결국 그것이 현재의 투사회보가 지닌 분명한 한계점이기도 했다.

때문에 당장 이제부터 투사회보는 명실상부하게 시민을 대변하는 공적인 매체로 탈바꿈해야 할 필요가 있었다. 그러기 위해서는 무엇보다 시민군 및 도청 지휘부와의 긴밀한 관계망을 확보해야만 했다. 아까 오전 열한시경 윤상현이 도청 수습위의 대학생 대표인 김영길을 찾아갔던 이유도 바로 그래서였다.

윤상현이 녹두서점을 나와 도청으로 가보니 시민수습대책위는 이미 구성된 직후였고, 거기서 김영길이라는 전남대 농대생이 대학생 대표 자격으로 수습위원에 포함되어 있다는 사실을 윤상현은 비로소 알게 되었다. 게다가 김영길은 잠시 후 있을 계엄사와의 협상 대표로도 참석하게 되어 있다고 했다. 김영길은 이날 아침 도청에 들어오자마자 우선 통제를 위해 업무를 분담시켰다. 도청 내의 시민·학생들을 무기 수거반·홍보반·차량 통제반·경비반 등으로 나눈 뒤, 자신은 대학생 대표 자격으로 나름대로 지휘부를 통솔하고 있는 참이었다.

윤상현에게 김영길은 전혀 미지의 인물이었다. 농과대학에 재학중이라는 사실말고는 학내 학생회 활동에서건 지역 내 운동권 내부에서건간에 어느 쪽에도 전혀 얼굴이 알려져 있지 않은 인물이었으므로, 그런 그가 어떻게 대학생 대표로 결정되었는지부터가 윤상현으로서는 무척 의아했다.

알고 보니 김영길은 처음부터 시민군으로 참여했던 것은 아니었다. 이날 아침 그는 스스로 도청 지휘부를 찾아와, 장차 학생 지도부가 정식으로 구성될 때까지 자신이 대학생 대표로 앞장서서 참여하겠노라는 의사를 밝혔다. 그 말을 들은 수습위원 중 누군가가 그 자리에서 임의로 김영길에게 대표 자격으로 회의에 참석할 것을 제의했고, 결국 그런 연유로 김영길은 그야말로 즉석에서 대학생 대표가 된 셈이었다. 일정한 논의조차 없이 대표로 결정되었다는 게 얼핏 납득하기 어려운 일이었지만, 사실 따지고 보면 시민수습위원회의 인물들 역시 사정은 그와 크게 다르지 않았다. 수습위원들 중엔 더러 부지사를 포함한 도청 관료들의 전화 연락을 받고 나온 사람들도 있었지만, 대부분은 수습위를 구성하겠으니 지역 유지급 인사들은 참여해달라는 가두 방송을 듣고, 자기 발로 찾아와서 스스로 대표가 된 사람들이었기 때문이다.

어쨌건 윤상현은 이미 구성된 수습위의 결정을 존중할 수밖에 없었으므로, 대학생 대표인 김영길을 만나 자신의 생각을 허심탄회하게 털어놓고 협조를 구해야겠다고 생각했다. 그래서 윤상현은, 시민군이 도청을 최초 접수할 때부터 도청에 들어가 상황실 일을 보고 있던 대학 후배 정태민의 도움을 받아, 윤강옥·박효선과 함께 상황실에서 김영길과 마주앉았다. 윤상현의 눈에 비친 김영길은 꽤 건장하고 다부진 체격에 어딘가 완고한 인상을 풍겼다.
"수고가 많으십니다. 윤상현이라고 합니다. 이렇게 어려운 상황에서, 무척 힘든 책임을 맡게 되셨군요."
따지고 보면 대학 후배인 데다가 나이도 자신보다 한참 아래였지만, 윤상현은 예의를 갖춰 정중하게 인사를 건네었다. 수습위원회 회의 도중에 잠시 빠져나왔으므로 시간이 없다면서, 김영길은 상기된 표정으로 악수를 나누었다.
"글쎄 말입니다. 어쩌다 보니 대학생 대표라고 수습위에 끼여들게 되었소만, 영 얼떨떨합니다. 솔직히 말하면 대학생 대표를 맡아야 할 사람은 박관현 학생회장이나 학생회 간부들이어야 하는데, 현재로서는 행방불명인 상태라 어쩌겠습니까. 그렇다고 대학생의 한 사람으로서 마냥 강 건너 불 보듯 할 수도 없고…… 그래서 어차피 박관현씨나 학생회 조직이 돌아올 때까지만 내가 일을 맡기로 했을 뿐입니다."
"그렇습니까. 어쨌건 이렇듯 긴박하고 중요한 상황에서 선뜻 책임을 맡겠다고 나설 수 있는 판단력이나 용기란 누구에게나 가능한 건 아니지요. 그런 점에서……"
윤상현이 다시 조심스레 입을 열었을 때, 김영길은 사뭇 상기된 표정으로 말을 잘랐다.
"아니 뭐, 판단력이니 용기니 할 것까지는 없습니다. 애당초 이번 소요 사태가 발생한 것도 대학생 시위에서 비롯된 것인데, 우리 대학생들이 당연히 나서야 되지 않겠는가, 또 그래서 시민의 생명을 지키고 더 이상의 피를 흘려서는 안 되겠다, 나는 그저 단지 그런 도덕적 의협심 하나만으로 도청에 들어왔는데, 몇몇

수습위 어른들께서 하도 맡으라고 하기에 승낙했을 뿐이오. 그나저나, 나를 만나자는 용건은 무엇입니까."

문득 김영길이 약간 경계하는 눈초리로 셋을 살피며 말했다.

"지금과 같은 긴박한 상황 속에서 뭔가 우리가 도움이 될 일이 있을 것 같아 찾아왔습니다. 서로 현상황에 대해 허심탄회하게 의견을 교환해가면서, 사태 수습을 위해 함께 일해보았으면 합니다."

윤상현의 말에 박효선이 보충 설명을 했다.

"여기 윤상현선배는 전부터 광천동에서 노동자들을 위한 야학을 운영해오고 있소. '들불야학'이라고 혹시 아십니까?"

"들불야학이라면…… 압니다. 전부터 소문은 많이 들었소."

어째선지 김영길의 얼굴에 경계하는 빛이 역력했다.

"우리는 지난 19일부터 야학의 강학들과 학생들을 중심으로 홍보 작업을 해오고 있소. 투사회보팀을 처음부터 이끌어온 사람이 바로 여기 계신 윤상현선배입니다."

"투사회보? 아하, 이것 말이군."

마침 의자 바로 옆 탁자에 놓여 있는 유인물 속에서 투사회보 한 장을 집어들더니, 김영길은 혼잣말처럼 다시 말했다.

"대충 읽어보니까, 문구가 상당히 과격하던데. 정치적 색채가 지나치게 드러나 있는 것 같고. 솔직히, 무조건 투쟁 일변도로 시민들의 여론을 몰고 가려는 태도에 대해서는 난 반대요."

뜻밖에도 거부감을 역력히 드러내는 태도였다. 그 말에 발끈해서 뭔가 한마디 나서려는 윤강옥을 윤상현이 얼른 가로막았다.

"좀 뜻밖이군요. 나로서는 지금 상황이야말로 시민들의 힘과

봄날 345

의지를 결집시켜야 할 중요한 시기라고 생각하오. 그러기 위해서는 도청 지휘부와 우리 투사회보팀이 힘을 합쳐서 보다 본격적이고 구체적인 작업을 해나가야 한다고 봅니다. 그래서……"
 순간 김영길이 단호한 어조로 윤상현의 말꼬리를 잘랐다.
 "아, 무슨 얘긴지 알겠소. 그러나 지금 상황에서 정치적 요구나 투쟁적 요구는 오히려 시민들의 피해만 더 크게 야기시킬 뿐요. 당장 시급한 문제는, 더 이상의 인명 피해를 막고 사태를 한시바삐 수습해야 하는 일이오. 정치적 요구니 투쟁이니 따위는 여기서 거론하지 맙시다."
 "뭔가 오해하고 있는 것 같습니다. 우리 역시 사태를 평화적으로 수습할 길을 모색하자는 거요."
 "평화적으로 수습을 해요? 아니, 무기를 들고 계엄군과 무력 대결을 해서 말요? 우리가 전면전을 벌여서 저들과 대적할 수 있을 것 같소? 제발 현실을 냉정하게 봅시다. 이건 팔십만 시민의 생명이 달린 문제요. 이젠 정치적 이념적 문제 따윌 떠나서, 인도적이고 평화적으로 현사태를 수습해야만 한단 말이오!"
 윤상현은 무척 당황했다. 김영길은 노골적으로 이쪽에게 거부감을 드러내고 있는 거였다. 전혀 예상치 않았던 일이었다.
 '이 친구는 뭔가 잘못 생각하고 있어. 지난 닷새 동안 시민들이 왜, 무엇을 위해 피를 흘려야 했는가에 대한 최소한의 인식조차 결여되어 있는 거야. 고작 이 정도의 빈약한 정치 사회적 의식을 가진 자가 어떻게 시민군 지도부를 이끌고 나간단 말인가……'
 윤상현은 가슴이 막막해옴을 느꼈다. 다시금 연행되었거나 도피해버린 선배들, 그리고 박관현을 비롯한 후배들에 대한 원망과 아쉬움을 새삼스레 짓씹었다.

윤상현은 애써 흥분을 가라앉히며, 무척 조심스레 김영길을 납득시켜야 한다고 생각했다. 어쨌건 현재 대학생 대표인 김영길의 도움이 절대적으로 필요했기 때문이었다. 윤상현은 답답함을 애써 억누르며 침착하게 말했다.
"사태가 평화적으로 해결되어야 한다는 건 나 역시 전적으로 동감이오. 그러나 그러기까지엔 신중한 준비와 과정이 필요하다고 생각하오. 수습 대책의 원칙은, 그것이 반드시 광주 시민의 편에서 이루어지는 수습이어야 하고, 무엇보다 그 동안 흘린 시민의 피와 고귀한 죽음의 대가에 상응하는 수습이어야 합니다. 그러기 위해서 우리들은 김영길씨의 일에 적극적으로 협조하겠소. 특히 홍보 부분은 지금껏 바깥에서 적극적으로 활동해온 사람들이 있고, 또 여기 있는 박효선이란 친구하고 나도 나름대로 열심히 유인물 작업을 해오고 있소. 그러니 우선 홍보 활동 부문의 일을 우리에게 맡겨주시오. 또……"
그때 김영길이 몸을 벌떡 일으켰다.
"미안하지만, 길게 얘기하고 있을 틈이 없소. 지금쯤 수습위원회 회의가 속개되었을 거요. 다음에 더 얘기하기로 합시다. 그럼."
김영길은 일방적으로 대화를 중단하고는 상황실 밖으로 성큼성큼 나가버렸다.
"저 자식이!"
몸을 벌떡 일으키는 박효선의 팔을 윤상현은 붙잡았다. 답답함과 낭패감을 견디기 힘들었으나 어쩔 수가 없었다. 현재로서는 자신들에겐 별다른 힘이 없는 거였다. 계엄군을 몰아내고 이 도시를 되찾은 것은, 재야 운동 세력의 인사들도 지식인들도 학

봄 날 347

생회 조직도 아닌, 그야말로 이름없는 민중들이었다. 그러므로 이제 와서 재야 세력이나 지식인들로서는 자신들의 설 자리를 떳떳하게 요구할 권리나 명분이 없었다. 윤상현은 누구보다 그 사실을 잘 알고 있었다. 잠시 후 그들 셋은 참담한 기분으로 도청을 빠져나올 수밖에 없었다.

이 무렵 도청 이층 부지사실에서는 시민수습대책위원회가 구성되어 첫 회의를 열고 있었다. 정시채 부지사가 주선한 이 모임엔 소위 지역 유지들 그리고 일부 재야 인사들을 포함한 15명이 수습위원으로 참석하고 있었다. 윤상현은 도청 바깥에서 수시로 이 회의 진행 과정에 대하여 관심을 기울였다.

수습위의 회의 분위기는 처음부터 의견 대립으로 난항을 거듭했다. 재야 인사들은 계엄 해제, 전두환 퇴진, 김대중 석방 및 구속자 석방, 공수부대 만행에 대한 사과, 사상자에 대한 적절한 대책 등을 수습 조건으로 내건 데 반해, 지역 유지측에서는 일단 정치적 입장을 떠나서 문제를 해결해야 한다는 논리로 맞서 의견 대립이 계속되는 모양이었다.

윤상현은 그 소식을 전해듣고 답답하기 그지없었다. 시민들의 희생의 의미를 망각한 채 단지 일방적으로 수습을 위한 수습 대책만을 논하고 있다는 사실에 울화가 치밀었다. 게다가 대학생 대표라는 김영길마저 지역 유지측이 내세우고 있는 무조건적인 수습 대책을 지지하는 듯한 입장을 취하고 있다는 거였다. 여기에 무장 시민군들의 무질서하고 혼란한 모습들을 지켜보고 있자니, 윤상현은 답답해 견딜 수가 없었다.

"여러부운! 협상 대표들입니다. 자리를 정돈해주십시오······"

윤상현이 혼자 그런 기억을 더듬고 있을 때, 돌연 광장이 소란해졌다. 계엄사측과의 협상을 위해 상무대로 떠났던 수습대책위원회의 대표들이 마침내 돌아왔던 것이다. 몇 시간째 자리를 뜨지 않고 초조하게 기다려왔던 시민들은 열렬한 박수로 대표들을 맞이했다. 과연 협상에서 어떤 약속을 받아왔을까. 뭔가 반가운 소식을 가져오지 않았을까. 시민들은 기대와 긴장감이 뒤섞인 눈빛들을 하고 저마다 귀를 기울였다.

맨 처음 연단에 오른 부지사의 사회로 대표들이 차례로 마이크를 잡고 협상 내용과 자신들의 생각들을 이야기했다. 계엄분소장이 공수부대의 과잉 진압 사실을 개인적으로 인정했노라. 나머지 조항도 상부에 건의해서 들어줄 터이니 시간 여유를 조금만 더 달라고 요구하더라. 그 말에 시민들은 기꺼이 박수를 보냈다. 또 대표 중의 한 사람이 질서 유지와 유혈 방지를 강조하자 시민들은 더 큰 박수를 보냈다. 다음엔 장 모씨가 올라왔다. 사업가인 그는 유신 정권하에서의 정치적 이력 때문에 시민들 사이에서 별로 좋은 평판을 얻지 못하고 있는 인물이었다. 그는 7개항을 설명하고 나서, 그런 모든 요구 사항을 관철시키기 위해서는 어서 빨리 무기를 계엄사에 반납해야 한다고 말했다.

"총기가 무분별하게 나돌고 있는데, 이러다간 결국 우리가 진짜로 폭도로 몰릴 수밖에 없어요. 시내 치안 질서 유지권도 시급히 계엄사에 넘겨주어야 합니다……"

그 말이 나오자마자 돌연 한 대학생이 연단으로 뛰어올라가 소리쳤다.

"당신은 시민의 입장이 아니라 계엄사의 입장을 대변하고 있소. 무고한 시민들이 이렇게 많이 죽었는데, 아무런 보상도, 사과도, 책임지겠다는 약속조차도 없는데, 무조건 투항하자는 말

봄 날 349

이오?"

 청년의 비난이 신호탄이나 된 듯, 일시에 시민들은 격노했다. 혹시나 하며 기다려온 자신들의 기대가 처참한 배신으로 되돌아왔다는 사실을 그들은 또 한번 확인하고 있었다. 탕, 타앙, 탕. 주변에 서 있던 시민군들이 허공을 향해 공포를 발사했다. 광장은 일시에 혼란에 휩싸였다.

 수만 명 시민의 엄청난 분노와 항의에 놀란 대표들이 쫓기듯 허둥지둥 도청 안으로 사라진 뒤, 야유와 욕설, 구호와 외침이 쏟아져나오기 시작했다.

 "놈들한테서 아무런 확답도 받아오지 못한 주제에, 무기를 자진해서 우리 손으로 가져다 바치자니! 무슨 개수작들이야?"

 "상현이형. 저 작자들이 제정신입니까? 시민 대표가 아니라 사실은 프락치들 아뇨?"

 "쓸개 빠진 것들! 아예 이건 투항 정도가 아니여. 시민들 피와 목숨을 팔아먹자는 짓들이라고."

 곁에서 지켜보고 있던 후배들이 울분을 터뜨렸다.

 윤상현은 잠자코 광장의 아우성을 바라보고만 있었다. 협상 대표들의 보고 내용과 발언에 윤상현 역시 심한 실망과 충격을 느꼈다. 애당초 계엄사측과의 협상에서 무엇인가 귀가 번쩍 열릴 만한 결과를 얻어낼 수 있으리라고 믿진 않았지만, 그래도 혹시나 하는 엷은 기대감마저 없지는 않았던 것이다. 하지만 정작 윤상현이 놀라고 실망한 것은 이른바 수습대책위원회 대표들이라는 사람들의 면모와 개인적인 발언에 대해서였다.

 그들의 주장은 한마디로, 당장 시민군의 손에 들어와 있는 무기부터 회수하여 반납하라는 계엄사측의 요구를 자신들이 앞장서서 실행에 옮기겠다는 얘기나 마찬가지였다. 그러면 계엄군도 군이 무력 진압을 하지는 않을 것이고, 시민들의 희생도 더 이상 생기지 않으리라는 것이다.

그러나 그것은 참으로 무책임하고도 무력한 패배주의적 발상이라고 윤상현은 생각했다. 무엇보다 당장 바로 눈앞에 즐비하니 놓여 있는 저 억울한 죽음들에 대한 보상과 책임은 누가 질 것인가. 지난 닷새 간 그 전대미문의 집단 학살의 피해자들인 팔십만 시민의 한과 울분, 고통과 슬픔을 어디에서 보상받을 수 있단 말인가. 하다못해 최소한 시민들에 대해 사후 보복을 하지 않겠다는 보장조차 받아내지 못한 마당에, 스스로 무장 해제를 하고 무릎을 꿇은 채 저들이 베풀어줄 선처만을 기다리자는 얘기라니……

윤상현은 기가 막혔다. 수십 년 독재 정권의 사슬을 끊고 이제 모처럼 새로운 싹을 틔우기 시작하려는 이 나라 민주주의를 또다시 암흑 속으로 처박아버리려는 자들 앞에서, 총칼로 민중의 생명을 제멋대로 참살하는 저 추악한 군부 정권 앞에서, 스스로 무릎을 꿇자는 얘기가 아닌가. 참으로 한심하고 어처구니없는 발상이라고 윤상현은 생각했다.

'아냐. 저들에겐 절대로 현사태를 수습하겠다고 나설 만한 자격이 없어. 저들은 전혀 아무것도 모르고 있는 거야. 저런 무력하고 무책임한 위인들에게 시민들의 운명을 맡겨놓을 수는 없어. 이대로 가다가는 수많은 시민들의 고귀한 희생은 자칫 아무런 의미도 없이 물거품이 되고 말 것이다. 안 돼. 그래선 안 돼……'

윤상현은 마음이 극도로 조급해지기 시작했다. 더 이상 이대로 머뭇거려서는 안 된다. 더 늦기 전에 시작해야 한다. 뛰어들어야 한다. 윤상현은 이마에 돋아나는 진땀을 주먹으로 훔쳐내며 숨가쁘게 뇌까렸다.

잠시 이어지던 성토대회는 아무 결론도 없이 끝났다. 시민들이 자리를 털고 일어나 저마다 집을 향해 어수선하게 흩어지기 시작했다. 한덩어리로 운집해 있을 때의 군중은 뜨겁고 열정적이었지만, 일시에 흩어지고 있는 군중의 모습은 더없이 혼란스럽고 무력하게만 보이는 것 같았다.

"워메. 오늘밤 공수부대놈들이 쳐들어온다여!"

"설마 아무려면 그렇게 빨리 들어오기사 할라능가."

"무신 소리여? 시방 상무대 앞에서 병력이 시내 쪽으로 출동할 준비를 하고 있다고들 하잖는갑네."

사람들이 수군거리며 앞을 지나갔다. 누구 입에서 흘러나온 것인지, 오늘밤 공수부대가 진입할 것이라는 소문이 급속히 번져나가고 있었다. 그래선지 시민들은 너나없이 불안하고 조급해진 걸음으로 어수선하게 흩어지고 있었다.

일곱시가 막 넘어선 시각. 도시의 얼굴 위로 검은 머리채 같은 어둠이 짙게 드리워지면서 빗방울이 하나둘 떨어지기 시작했다. 조금 전까지 인파로 들끓던 도청 앞 광장은 어느새 거짓말처럼 텅 비어 있었다. 분수대 위에 있던 시신들은 모두 도청 내 뜰로 옮겨졌고, 거리엔 무장한 시민군들만이 눈에 띌 뿐이었다.

그 텅 빈 광장이 눈에 들어오는 순간, 윤상현은 불현듯 가슴이 철렁 내려앉았다. 어째서일까. 정체 모를 불안과 외로움이 가슴을 세차게 후비며 밀물처럼 스며들었다. 언젠가는 이 광장 한가운데 자신만 홀로 버려지는 날이 올지도 모른다는, 그런 불길한 예감……

윤상현은 저도 모르게 가볍게 몸을 떨었다. 그리고 박효선과 함께 녹두서점을 향해 서둘러 걸음을 옮겼다.

"앞으로 광주 사태를 더 이상 거론하지 말고, 이를 교훈으로 삼아 전라도민의 명예와 자존심을 회복하여, 어느 도에 못지않는 훌륭한 도가 될 것으로 확신한다."
―― 전두환, 80. 9. 4. 대통령 취임 직후 광주 방문에서

5월 22일 19:30, 녹두서점

서점에 도착해 보니, 미리 연락을 받고 달려온 청년들과 학생들, 여성 사회 단체 간부들, 그리고 들불야학의 몇몇 강학들과 학생 등 이십여 명이 모여 있었다.

"상현이형, 잠깐만요! 지금 방송이 나오고 있으니까 들어봐요."

방안에 들어서자마자 후배 하나가 급히 상현을 방바닥에 주저앉히며 말했다. 모두들 라디오를 한가운데 내려놓은 채 모여앉아 있다.

"무슨 방송인데?"
"국무총리요. 어따, 모두 조용히 좀 해보란께는!"
 마침 국무총리 서리 박충훈의 목소리가 라디오를 통해 흘러나오고 있었다.

 ……현재 광주 시내는 군병력도 경찰도 없는 치안 부재 상태입니다.
 일부 불순분자들이 관공서를 습격·방화, 무기를 탈취하여 군인들에게 발포했음에도 불구하고, 군은 정부의 명령 때문에 시민들에게 발포를 못 하여 울화통이 터지는 상태에 있는 것 같습니다. 그럼에도 불구하고, 광주 사태는 시청 직원이 사무를 보고, 전기·수도가 공급되며, 은행을 약탈한다든가 하는 사건은 없는 것으로 보아, 차츰 호전되어가고 있는 것으로 알고 있습니다……

 저런 개같은 자식. 뭐가 어째. 얌마, 당장 안 꺼. 저따위 개소리 뭣 허러 듣고 자빠졌으까이. 야, 그놈이 그놈이제, 뭐가 다를 줄 알았냐. 다 똑같은 전두환이 졸개들인디…… 너도나도 한바탕 울화통을 터뜨린다.
 윤상현은 두 주먹을 쥐었다. 상황을 파악한답시고 총리가 광주에 내려온다는 발표에, 시민들은 오늘 온종일 광장에서 기다렸었다. 그런데, 끝끝내 모습 한번 나타내지 않은 채 서울로 되돌아가서 저렇듯 방송을 통해 엉뚱한 소리를 주절거리고 있다니…… 윤상현은 지금 이 방송을 듣고 있을 시민들의 분노와 고통을 생각했다. 참을 수 없는 모멸감과 분노에 윤상현은 이를 악물었다.

"국무총리란 놈이 저런 식으로 얘길 하는 판인디, 협상은 무슨 놈의 협상을 한다는 거여. 그런디도 시방, 무기를 회수해가꼬 자진 반납하자는 소리가 나와? 니기미, 수습위 대표란 놈들도 하나같이 썩어빠진 새끼들여!"

"자, 흥분하지들 말고 이쪽으로 앉아봅시다. 어차피 예상했던 일이고, 우리는 우리대로 뭔가 대책을 강구해봐얄 것 아녀."

김영철의 말에 모두들 자세를 고쳐 앉았다. 윤상현이 먼저 입을 열었다.

"오늘 이렇게 모이자고 한 것은, 현재 우리가 처한 상황을 분석해보고 구체적인 실천 방향을 진지하게 모색하기 위해서입니다. 현재 광주는 계엄군이 철수함으로써 일종의 해방구가 되었지만, 시민들은 피 흘려서 차지하게 된 그 해방을 주체적으로 지속·발전시켜갈 만한 능력을 아직 갖추지 못하고 있습니다. 급조된 도청 내 지도부는 질서도 체계도 그리고 정치적 입장도 갖추지 못한 상태이고, 수습을 한답시고 나선 사람들은 소신 없이 갈팡질팡하고 있습니다. 무장 시민군 또한 향후 투쟁에 대한 방향을 가늠할 수 없을 만치 무질서한 상태입니다. 포위망 저쪽에서 계엄군이 어느 때 불시에 진입해올지 모르는 긴박한 상황인데도, 모두들 명확한 투쟁 방향이나 사태 해결을 위한 최소한의 통일된 지침조차도 없이 갈피를 잡지 못한 채 시간만 허비하고 있을 뿐입니다."

윤상현은 잠시 말을 멈추고 주위를 돌아본다. 모두들 긴장한 얼굴로 주시하고 있다.

"결론부터 말하자면, 지금 우리에겐 민중적 힘과 요구를 정확하게 정치적으로 이념화시키고 실천에 옮길 수 있는 실질적인 조직 결성이 시급합니다. 불행히도, 그 같은 일을 담당해야 할 재야 인사들, 청년 운동가들, 그리고 학생 운동 지도부 등은 지금 우리 곁에 남아 있지 않습니다. 결국 남아 있는 사람들이나마 힘을 합해 나설 수밖에 없다는 판단에 따라, 오늘 여러분과 함께 그 문제를 논의해보자는 것입니다."

윤상현의 말이 끝나자 방안은 잠시 무거운 침묵이 감돌았다.

"그러니까 자네 말은 현재의 도청 지도부하고는 별도로 새로운 지도부를 지금 이 자리에서 만들어보자는 얘기인가?"

김영철이 눈을 껌벅이며 물었다.

"물론 당장은 쉽지 않겠지요. 또 아직까지는 우리에겐 그럴 만한 힘도 없고요. 이 자리에서 일단 여러 사람들의 의견을 모아보고, 대책을 강구해보자는 것입니다."

"내 생각엔, 당분간은 좀더 시민수습위를 포함한 도청 내 지도부의 동향을 면밀히 주시해보면서, 진행 상황에 따라 대응책을 모색해가는 편이 좋을 듯싶은데요. 지금처럼 우리가 도청 쪽과는 전혀 관계를 갖지 못한 채 바깥에서만 겉돌고 있다가는, 장차 어떤 형태로든 실질적인 대응책을 강구하기가 더 어렵지 않겠습니까?"

"그렇지는 않아요, 형. 도청 상황실에는 전남대 후배들 서너 명이 이미 들어가서 활동하고 있으니까요. 그 친구들이 도청 내에서 진행되는 사항들을 녹두서점을 통해 우리한테 수시로 연락해오고 있어요."

"거, 현재의 수습위나 도청 지도부는 근본적으로 한계가 있다니까 그래. 수습위에 참여한 인물들의 면면을 보면 모르겠나. 그 사람들은 시민들의 폭발적이고 필사적인 행동 양식이 어떤 근거로 이렇듯 엄청난 상황을 몰고 왔는가 하는 것에는 초보적인 이해조차 못 하고 있다구. 시민들이 무엇을 요구하고 있는지를 애당초 모른다는 얘기야."

"그 사람들 얘기는, 평화적이고 인도적인 수습이니 어쩌느니 하면서 정치적 요구는 절대로 해서는 안 된다는 식이니, 그게 말이 됩니까? 대한민국 군대가 무고한 수백 명의 시민을 총과 대검으로 학살했는데, 이 판국에 정치적인 해결 외에 대체 무엇으로 수습을 합니까?"

"무기를 계엄군에게 반납하겠다는 건 자살 행위밖에 안 돼. 저놈들은 사과는커녕 사후 처벌을 않겠다는 약속조차도 할 수 없다고 나오는 판인데, 스스로 무기를 갖다바치면 돌아올 게 뭐겠어? 그야말로 희생자들은 개죽음이 될 것이고, 광주 시민 모두를 진짜로 폭도와 양아치들로 만들어버리고 말 거여."

"나는 무기를 회수하자는 얘기도 일리가 있다고 생각하는디? 솔직히, 이렇게 엄청난 양의 무기가 아무렇게나 나돌고, 너나없이 제멋대로 총을 들고 돌아다니다가는 무슨 일이 벌어질지 모른다고. 시민들도 무척 불안해하고 있단 말여."

"무기 회수와 반납은 전혀 다른 문제지요. 물론 나도 지금처럼 무기가 제멋대로 나돌아다니는 건 시급히 막아야 한다고 생각합니다. 일단 무기는 모두 거둬들이되, 일단 시민군 조직을 재정비한 다음에 신원이 확실한 사람에게만 다시 지급하고, 그때부터는 총기 휴대를 엄격히 통제하자는 얘기지요. 그런데 수습위 주장은 그걸 무작정 계엄군한테 자진해서 갖다바치자는 것이니, 환장할 노릇 아닙니까. 아무런 대책도 약속도 보장받지 못한 상태로 말입니다."

"이제 목숨을 걸고 싸워야 하는 쪽은 우리들만이 아니라, 바로 전두환이랑 그 졸개들도 마찬가지여. 이 엄청난 짓을 저질러놓고 뒷걸음질을 치게 되면 결국 그 순간이 제놈들로서도 마지막이 될 테니까. 이제 어차피 이 싸움은 광주 시민들만의 싸움을 넘어서, 이 나라의 민주주의가 살아나느냐 죽느냐의 역사적이고 운명적인 싸움이 되고 만 거여. 그런 판국에, 어떻게 총을 놓을 수가 있겠어. 전시민이 옥쇄를 당하더라도 싸워야제."

"그럼 선배님은 끝까지 정면 대결로 나가자는 애깁니까? 계엄군과 무력으로 맞섰을 경우에 승산이 있다고 보느냐고요."

"이 자식, 그 따위 말이 어딨냐? 그럼 어차피 승산이 없으니까 미리 총대 거꾸로 들고 항복하자는 거야, 뭐야?"

"그게 아니라, 내 말은……"

"알어, 무슨 소린지. 하지만 어쩌겠냐, 죽기를 각오하고 붙어봐야제. 물론 진짜로 저놈들이 밀고 들어온다면, 어찌 우리가 이길 수 있겠냐? 요컨대, 마지막 순간까지는 목숨을 걸고 버티고 보자는 거여. 우리가 시일을 끌어가며 필사적으로 버티고 있노라면 국민들도 마침내는 들고일어나지 않겠냐? 최소한 서울이나 부산에서 시위가 터져주기만 한다면, 그땐 전두환이도 무너지고 말 것이다. 미국이라든가 국제적인 여론도 가만 보고만 있지는 않을 테고."

한동안 저마다 이런저런 얘기들이 바쁘게 오갔다. 그때 문밖에서 전화벨이 울렸다.

"상현이형. 도청에서 전화가 왔는데, 이제 막 학생수습위원회가 결성되었답니다. 김영길이가 위원장이 되고, 김종배가 부위원장 겸 장례 담당, 정태민은 총무, 허규정은 무기 관리 업무를 각각 맡았다는데요."

김영길이 위원장이 되었다는 사실이 찜찜했으나, 그나마 윤상현은 조금 마음이 놓였다. 학생수습위 간부들의 이름을 들어보니, 그 중 서너 명으로부터는 앞으로 상당한 도움을 받을 수 있을 터였다.

현재 학생수습위는 도청에서 수습 방안을 놓고 회의를 계속중이라고 했다. 김영길 등은 시종 정규군인 계엄군과 시민군의 싸움은 불가하다며 무기 반납만이 최선의 수습 책임을 주장하고, 반면 김종배·허규정 등 소수는 원칙과 대책이 없는 상황에서의 무기 반납을 거부하고 있어서, 양쪽의 대립으로 회의는 난항중이라는 보고였다.

윤상현은 내심 고개를 끄덕였다. 실은 아까 오후에 윤상현은 도청에서 김종배와 정태민을 은밀히 만나서 미리 의견을 전달하고, 앞으로 서로 힘을 모으기로 약속했던 참이었다.

"시민수습위 쪽 상황은 어떻다든?"

"그쪽도 계속 회의중이랍니다. 협상 결과를 놓고 의견이 오가고 있는데, 종전처럼 무기를 반납하자는 쪽으로 대세가 기운 모양입니다."

시민수습위 쪽은 여전히 별다른 변화가 없는 기색이었다. 윤상현으로서는 이미 충분히 예상한 바였다. 시민수습위에 참여한 사람들 대부분은 더 이상 아까운 생명을 희생시켜서는 안 된다는, 단지 순수한 양심과 소박한 정의감으로 나섰을 뿐, 현상황에서 어떤 고도의 정치적 해결책을 모색한다든가 하는 데에는 인식이 미치지 못하는 사람들이 대부분이었다. 때문에, 애당초 수습에 임하는 그들의 입장은 이미 정해져 있었던 셈이다. 정규군인 계엄군과 오합지졸 시민군과의 싸움은 승산이 없으므로 어떻게든 막아야 한다는 것. 그리고 더 이상의 피해를 막기 위해서는 한시 바삐 계엄군에게 무기를 반납해야 하고, 그것만이 유일한 최선의 수습책이라는 것이었다. 때문에 지금도 시민수습위에서 오가고 있는 얘기들은, 가령 도로 청소를 한다거나, 각 동별로 학생 자치대를 조직하여 시민들을 계몽하고 다니게 한다거나, 무기 반납을 촉구하기 위한 방안 따위에 대한 것들이었다.

그때 또 전화벨이 울렸다.

"도청에 들어간 후배한테서 온 전화예요. 수습위원들이 무기 회수 작업을 본격적으로 시작했답니다. 김영길하고 시민수습위 사람들이 나서서 도청 안에 있는 시민군들부터 총을 거둬들이고 있는데, 현재까지 대략 삼백여 정이 회수되었다는데요."

김상집의 말에 모두들 놀란다.

"뭐야? 벌써 그렇게나 많이?"

"저런 머저리 같은 작자들! 무기를 내놓고 나면 계엄군이 지금 당장이라도 밀고 들어올 텐데, 참말로 죽으려고 환장했구만!"

"도청뿐만 아니라, 몇 사람은 외곽에 나가 있는 시민군들한테도 회수하겠다고 나갔다는데요. 그새 시민군 상당수가 총을 내놓고 집으로 돌아가고 있답니다."

방안엔 돌연 긴장과 초조감이 감돌았다. 예상보다 훨씬 상황이 급박하게 돌아가고 있었다. 그들은 머리를 맞대고, 현상황에 어떻게 대처할 것인가에 대해 의견들을 모았다. 그들의 생각들은 대부분 일치했다.

현재 도청의 지도부는 투쟁의 방향을 엉뚱한 쪽으로 몰아가고 있다. 수습위는 오합지졸로 이루어진 시민군들을 전혀 통제할 능력도 없는 상태인 채로, 무기 반납을 통한 무조건적 수습만을 일방적으로 주장하고 있다. 또 여기에 무장 시민군들은 그들대로 무질서하게 움직이고 있는 실정. 이러다간 결국 갈피를 잡지 못한 채 우왕좌왕하다가, 계엄군의 의도대로 우리 내부에서 스스로 붕괴해버리고 말 것이 뻔하다. 벌써 수습위에선 무기 회수 작업에 착수한 상태고, 이에 따라 시간이 갈수록 시민들의 투쟁 열기도 현저히 식어갈 것이 분명하다. 고로, 무엇보다 무조건적인 무기 회수 및 반납만은 당장 저지해야 한다. 이대로 간다면, 아무런 명분도 보상도 보장받지 못한 채 이 싸움은 허망하게 끝나고 말 것이다. 따라서 무엇보다 당장 새로운 조직적인 투쟁 지도부가 출현해야만 한다. 학계·종교계·청년 등 재야 세력이 모두 나서서, 시민들의 투쟁 의지를 결집시키고, 앞으로의 싸움을 이끌어나가야 한다……

"그렇다면, 우리들이 당장이라도 도청으로 들어가서 새로운 지도부를 구성해야 하지 않겠습니까?"

"그건 현재로서는 불가능해."

"왜요?"

"몰라서 그래? 우리에겐 아직 그럴 만한 힘도, 명분도 없는 처지야. 계엄군을 몰아낸 건 순전히 시민들의 힘이었고, 우린 지금껏 아무 역할도 해내지 못했어. 그런데 지금 와서 어떻게, 무슨 명분으로 앞장서겠다고 나선단 말인가. 더구나 시민군들은 우리들에 대해 상당한 거부감을 갖고 있는 상태이고."

모두들 침통한 표정으로 말없이 방바닥만 내려다보았다. 그랬다. 이 절박한 상황에서 정작 그들에겐 마땅히 설 자리가 없는 것이다. 그건 다른 누구도 아닌, 바로 그들 자신의 탓이었다. 그렇다고, 이렇게 마냥 주저앉아 있을 수만은 없지 않는가. 그들은 참담함과 초조함으로 굳어 있는 서로의 얼굴을 쳐다보았다. 어디선가 몇 발의 총성이 울렸다. 외곽 어딘가를 향해 질주하는 차량의 바퀴 소리가 서점 앞 차도를 지나갔다.

윤상현이 무겁게 입을 열었다.

"지금으로서 우리가 할 수 있는 최선의 일은, 시민들의 여론을 이끌어나가는 것이라고 생각합니다. 현재 계엄군과 맞설 수 있는 우리의 유일한 무기는 바로 시민들의 분노에 찬 투쟁 의지, 그것말고는 아무것도 없습니다. 투쟁 의지의 불꽃이 사그라지는 순간, 지금까지의 싸움은 물거품이 되고 말 것입니다. 그 불꽃을 지켜내야 합니다. 더 늦기 전에, 그 불꽃이 꺼지지 않도록, 시민들의 분노에 찬 투쟁 의지를 불러일으켜야만 한다는 얘깁니다."

모두의 시선이 윤상현에게 모아졌다. 그러나 어떻게 그 불꽃을 지켜낼 수 있다는 말인가. 모두의 눈빛이 그렇게 묻고 있었다.

"한 가지 방안으로, 시민궐기대회를 열기로 하는 게 어떻습니까? 내일부터 당장, 아니 날마다 도청 광장에서 계속하는 것입니다. 그래서 시민들의 여론을 일정한 방향으로 이끌어내고, 투쟁의 열기를 계속 이어나갈 수 있도록 하는 것입니다. 그렇게 일단 시민들의 호응을 얻어내게 된다면, 그에 따라 새로운 지도부 구성의 필요성도 자연스레 제기될 것입니다."

"맞았어! 그게 좋겠소. 시민궐기대회를 우리가 밀고 나가는 거야!"

윤상현의 제안에 모두들 이구동성으로 찬성했다.

당장 내일부터 제1차 시민궐기대회를 열기로 결정하고, 그들은 곧 구체적인 준비에 착수했다. 대자보 작성, 플래카드 제작, 문안 작성, 대회 진행 등등 세부적인 업무들을 정했다. 그리고 이를 위해서 '들불야학,' 박효선이 이끄는 극단 '광대,' 여성 단체인 YWCA와 송백회의 회원들 등 가능한 인원들이 모두 나서서 각기 업무를 분담, 총력을 기울이기로 했다.
　밤 열한시가 넘어서야 그들은 자리에서 일어났다. 내일 오후 세시로 예정된 궐기대회 준비를 위해 모두들 새벽부터 정신없이 뛰어다녀야 할 처지였다.
　일행과 헤어진 윤상현은 후배 박효선과 둘이서 광천동으로 가기 위해 트럭에 올랐다. 투사회보팀이 전용으로 쓰고 있는 차량이었다.
　투사회보 역시 당장 본격적인 회보 제작 작업에 돌입해야 할 터였다. 인쇄 부수도 대폭 늘려야 하고, 보다 체계적이고 신속한 제작 방식의 운용이 절실했다. 그러자면 무엇보다 더 많은 인원이 필요했다.
　달리는 차 안에서 윤상현은 박효선에게 이제부터 회보 제작 작업을 본격적으로 도와달라고 부탁했다.
　극단 '광대'는 전남대 졸업생과 재학생들을 주축으로 구성된 마당극 단체였다. 지난해에는 전국적인 돼지 산지 가격 폭락 문제를 풍자적으로 다룬 작품 「돼지풀이」를 가지고 여러 달 동안 도시와 농촌 마을을 순회하며 공연하는 등 상당한 성과를 거두었고, 최근엔 황석영 작 「한씨연대기」 공연을 준비중이었다. 광주 지역의 대표적인 문화 운동 단체인 이 극단은 이미 전부터 이 지역 민주화 운동 그룹들과의 긴밀한 관계 속에서 적극적으로 활동해오고 있는 터여서, 정보 기관의 주요 사찰 대상으로 주목받아온 지 오래였다. 윤상현 역시 극단 단원들 대부분을 잘 알고 있었고, 그 중 몇은 전부터 '들불야학'에서 강학을 맡거나 후원 사업에 직접 참여하고 있는 중이기도 했다.

"걱정 말아요, 형. 아침에 단원들 전체가 모이기로 했습니다."

"고맙다. 궐기대회 일만 해도 '광대' 팀들이 가장 일이 많을 텐데, 어쩌겠냐. 재능이 많은 딴따라들이라 요긴하게 쓰일 자리도 많은걸."

모처럼 윤상현은 웃음을 터뜨렸다. '광대' 회원들이 가세하게 된다는 데에 윤상현은 무척 마음 든든했다. 단순히 회보 제작 작업에 필요한 인원을 보충한다는 점에서뿐만 아니라, 장차 보다 적극적인 대 시민 홍보 활동을 벌일 수 있게 되었다는 점에서 윤상현의 어깨를 가볍게 했다.

극단 '광대'의 회원들이 가세함으로써 이제 '투사회보' 제작팀도 본격적인 작업에 돌입할 수 있게 된 셈이다. 지금까지는 세대의 등사기로 거의 온종일의 작업을 통해 매일 약 오륙천 부 정도를 찍어냈지만, 이제부터 작업 체계가 잡히게 된다면 최소한 하루 이만 부 정도씩은 가능할 터이다.

윤상현은 내일부터 회보 제작 장소를 YWCA회관으로 옮길 생각이었다. 본격적인 제작에 착수하기 위해서는, 현재의 야학 건물은 너무 비좁은 데다가 시 외곽에 위치한 까닭에 여러모로 어려움이 따랐다. 그에 비해 YWCA회관은 금남로 1가에 위치해 도청 및 시내에서 일어나는 상황을 신속하게 파악할 수 있고, 또 사무실의 넓은 공간을 충분히 활용할 수 있어서 여러모로 최적의 장소였다. 더구나, 당장 내일부터는 시민궐기대회 준비에 총력을 기울여야 할 터였다.

때문에 지금 윤상현은, 회보 제작에 필요한 모든 도구를 내일 오전까지 YWCA회관으로 옮겨놓도록 후배들에게 지시해놓기 위해 광천동으로 가는 참이었다. 그런 다음엔 곧장 도청으로 가서, 그쪽 상황을 좀더 자세히 알아볼 작정이었다.

"피곤하지 않아요, 형? 어제도 잠 한숨 못 잤다면서."

"내가 생각해도 이상하지 뭐냐. 졸음은커녕 갈수록 정신이 말똥말똥해지는구나. 하기야, 지금 누군들 편히 잠들 수 있겠느냐만."

"그러게 말요. 그런데, 나는……"

어째선지 그 다음 말이 없어서, 윤상현은 문득 고개를 돌렸다. 어느새 박효선은 차창에 이마를 기댄 채 졸고 있었다. 윤상현은 슬며시 웃었다. 트럭은 텅 빈 거리를 달리고 있었다. 불빛이 뜸해진 도시는 폐허처럼 정적 속에 무겁게 엎드려 있었다.

"그래, 이제부터 시작이다. 시작하는 거야."

윤상현은 스스로에게 다짐하듯, 그렇게 뇌까렸다.

〔5권에 계속〕